Sabine Gronover
Edles Geblüt

Bisher von der Autorin bei *KBV* erschienen:

Wölfe im Münsterland
Edles Geblüt
Die Rotte
Falkenmord
Maxipark

Sabine Gronover, geboren 1969 in Hamm-Heessen, studierte Diplom-Pädagogik und Kunsttherapie an der WW Universität Münster und arbeitet als Therapeutin an der LWL-Klinik Münster sowie auf einer Palliativstation und im Hospiz. Sie lebt mit ihrer Familie und einigen Tieren auf dem Land in Mersch-Drensteinfurt.
Edles Geblüt ist der zweite Teil ihrer Münsterland-Krimireihe bei KBV. www.sabinegronover.de

SABINE GRONOVER

EDLES GEBLÜT

1. Auflage 2020
2. Auflage 2025

© KBV Verlags- und Mediengesellschaft mbH
Am Markt 7 · DE-54576 Hillesheim · Tel. +49 65 93 - 998 96-0
info@kbv-verlag.de · www.kbv-verlag.de

Bei Fragen zur Produktsicherheit wenden Sie sich bitte an unsere
Herstellung: info@kbv-verlag.de · Tel. +49 65 93 - 998 96-0

Umschlaggestaltung: Ralf Kramp
unter Verwendung von © virgonira und © AnnaReinert - stock.adobe.com
Lektorat: Volker Maria Neumann, Köln
Druck: Druckhaus Nord GmbH, Bremen
Printed in Germany
ISBN 978-3-95441-513-7 (Taschenbuch)
ISBN 978-3-95441-525-0 (eBook)

Gewidmet dem traditionsreichen
Hof Schulze Gronover in Greven,
den Ingrid und Dirk in seiner langen Geschichte
der Pferdezucht inklusive Reiterbetrieb
so erfolgreich weiterführen.

1. KAPITEL

Bert wischte über den dunklen Tresen, eine Aufgabe, die ebenso notwendig wie sinnlos war. Schon nach kurzer Zeit klebte die Theke ohnehin wieder von den Getränken, die herübergereicht wurden. Verstohlen sah er auf die Uhr und strich sich eine braun-graue Haarsträhne aus dem markanten Gesicht. Zehn Uhr durch, zwei Stunden würde er hier bestimmt noch stehen. Getränke mixen, Geld kassieren, Schirmchen für die Damen in die Cocktails stecken und darauf achten, dass keiner der Gäste seinen Promillewert nicht mehr im Griff hatte und Ärger machte. So etwas musste er spüren, bevor es passierte. Bert war groß, und seine Arme glichen dem Umfang einer ausgewachsenen Python. Und er wusste sie auch einzusetzen, wenn es nötig wurde. Abgesehen davon liebte er ein friedliches Miteinander und hörte sich bereitwillig die kleinen und großen Probleme seiner trinkenden Kundschaft an.

Dass es Ärger geben würde, ahnte er mit dem Gespür eines erfahrenen Wolfes, als ein neuer Gast die Bar betrat. Er war mittelgroß, und seine blonden Haare mussten dringend nachgeschnitten werden. Seine Kleidung war teuer, aber der Mann trug sie ebenso nachlässig wie seine Haare. Er war schlank, beinahe mager, dabei drahtig. Es waren seine blauen Augen, die Bert Sorge machten. Unstet wanderten seine Blicke hin und her, ohne wirklich etwas oder jemanden anzusehen. Sonst wäre sein Blick länger an der außergewöhnlich hübschen, brünetten Dame am Tisch hinten links hängen geblieben. Die konnte man nicht übersehen. Ihre langen Beine ragten in den Gang hinein, und ihr Lächeln traf unbeschwert jeden, der eintrat. Im Augenblick saß sie alleine dort, denn ihre Freundin war zur Toilette gegangen. Es war Bert klar, dass die beiden Frauen es auf einen unkomplizierten Flirt abgesehen hatten. Doch sie waren wählerisch. Zwei junge Männer hatten sie schon kichernd weggeschickt. Der neue Gast trat nun an den Tresen, setzte sich und starrte auf die Getränke an der Wand. Sein Blick streifte den des Barkeepers, dann murmelte er leise: »Einen Glenmorangie bitte. Ohne Eis. Und ein Glas Leitungswasser.«

Bert nickte, ließ das Wasser lange laufen, damit der Mann frisches, kaltes Wasser bekam, und reichte den Whisky dazu. Eine Schale Erdnüsse schob der Mann wortlos zur Seite. Er sah Bert an, die blauen Augen hatten Wimpern wie von einem Kind, kurz und dicht. »Wie lange machst du das hier schon?« Die Bezeichnung »das hier« wurde mit einem Rundblick über die Theke und das Lokal begleitet.

»Ein paar Jährchen sind es wohl«, gab er zurück.

Die Frage war nicht ungewöhnlich. Bert dachte an die dörfliche Eckkneipe, in der er mit fünfundzwanzig Jahren angefangen hatte. Als jeder jeden kannte und sich zum Austausch in der Schänke sehen ließ, zum Frühschoppen oder weil die Frau gerade zur Kur war. Als die Landwirte zwischendurch ein Bier und einen Korn tranken, während sie Viehfutter kauften oder Medikamente beim Tierarzt besorgten. Natürlich wurde auch geraucht. Und stieg man dann zufrieden in seinen alten Wagen, fragte keiner nach einer Promillezahl. Mehr Unfälle gab es deswegen nicht. Über Fußballergebnisse, Politik oder Fleischpreise wurde geredet. Doch die Eckkneipe hatte schon vor langer Zeit ausgedient. Nun musste man den Gästen mehr bieten als Bier und Korn und eine blauweiß karierte Tischdecke, sowie die Frikadelle zum Feierabendbier. In dem Lokal, in dem Bert nun bereits seit acht Jahren hinter dem Tresen stand, gab es diverse Speisen, Cocktails und Longdrinks, Whiskys und Kaffeespezialitäten. Die Gäste sollten sich wahlweise wie in einem italienischen Café oder einem irischen Pub fühlen. Eine Kneipe mit rein westfälischem Angebot gab es nur noch in den Erzählungen irgendwelcher Schützenbrüder oder Kegelclubs. Und somit bediente Bert nun eine etwas andere Kundschaft. Studenten aus aller Herren Länder, Professoren, Frauengrüppchen und einsame Nachtschwärmer. An den Wochentagen kamen zum Glück auch noch ein paar der alten Stammgäste dazu. Die brauchten weder Schirmchengetränke noch ein vegetarisches Risotto. Ein frisch Gezapftes und einen strammen Max, sowie einen guten Schnack über Politik, Fußball oder das Wetter, so wurde der Feierabend eingeläutet.

Wenig konnte Bert noch überraschen. Doch die nächste Frage seines Gastes traf ihn unvorbereitet: »Warst du schon einmal schuld am Tod eines Menschen?«, fragte er und trank aus seinem Whiskyglas, ohne den Blick zu senken.

»Du meinst, ob sich bei mir schon mal jemand zu Tode getrunken hat?« Bert stemmte die kräftigen Arme auf die Spüle, so als müsste er sich gleich verteidigen.

»Nein, das meine ich nicht. Trinken tut ja jeder freiwillig. Hast du mal jemandem den Tod gewünscht?«

Bert dachte an seinen Lateinlehrer, dem er damals am liebsten die Pest an den Hals gewünscht hätte, und sagte schnell. »Nein, natürlich nicht.«

»Natürlich nicht? Es ist ziemlich natürlich für uns Menschen, dass wir anderen Übles wünschen, wenn sie unseren Weg behindern.« Er schwenkte seinen Whisky und beobachtete die Wellenbewegung.

Bert starrte ebenfalls darauf und suchte nach der Falle in der Frage. Er nahm ein nasses Glas und rieb es trocken, setzte ein harmloses Gesicht auf. »Ich wünsche anderen nichts Böses und wissen Sie auch, warum? Weil ich mit meinem Leben zufrieden bin. Ich kann großzügig sein.«

Der Gast zuckte mit den Schultern und blickte in das Lokal hinein. »Ich bin nicht zufrieden mit meinem Leben, und ich habe das Gefühl, jede einzelne Person in dieser Bar trägt daran eine Mitschuld.« Der Tonfall, in dem er das sagte, hinterließ bei Bert eine Gänsehaut. Er blickte sich in der Bar um. Hoffentlich wollte der ihn nur provozieren und sich wichtigtun, dachte er und nahm sich das nächste Glas vor.

Die Freundin der hübschen Brünetten kam von der Toilette zurück und bestellte zwei neue Cocktails. Sie war ebenfalls recht apart, aber klein und etwas draller.

Ihre strahlenden, blauen Augen musterten den Neuankömmling, doch der reagierte nicht. Entweder war der wirklich so sehr mit seinen eigenen Problemen beschäftigt oder kurzsichtig. Bert lächelte der Kleinen zu, steckte zwei Schirmchen in die Getränke und kassierte mit einem Augenzwinkern zwei Euro weniger. Der Barkeeper solidarisierte sich mit seinen anderen Gästen.

»Warum sollen wir schuld sein? Wie haben wir denn aktuell dazu beigetragen, dass dein Leben dir keinen Spaß mehr macht?« Unbeabsichtigt duzte Bert den anderen.

Die junge Frau nahm ihre Gläser und transportierte sie vorsichtig zum Tisch. Die Brünette erhielt gerade einen Anruf und eilte grinsend aus dem Lokal, das Handy am Ohr. Sie kam nur wenige Minuten später wieder herein. Die Freude über den Abend war beiden anzusehen.

Was sollten diese Grazien dem schlaksigen Mann schon angetan haben? Oder die vier Männer, die sich hier regelmäßig trafen und zwei Flaschen Wein tranken? Dazu aßen sie fast immer einen deftigen Burger. Ein Liebespaar, beide mit üppiger Figur, saß versonnen an einem hohen Tisch, sie hielten Händchen und tranken Sekt. Ihren Burger mit Steakhausfritten hatten die beiden zuvor bereits gegessen.

Bert stellte ein weiteres blitzblank geputztes Glas ab. Dabei überlegte er, ob er den Mann vor sich schon einmal gesehen hatte. Gut möglich. Er bewegte sich in dem Lokal so, als wäre er schon mal hier gewesen.

»Ich möchte noch einen, bitte.« Er schob sein Glas von sich weg. Die Frage des Barkeepers ließ er unbeantwortet. Stattdessen holte er einen Zwanziger aus der Hosentasche und schob ihn über den Tresen. »Das passt schon. Ich brauche ihn nicht mehr.« Dann trank er schweigend das Glas leer.

Der spitze Schrei einer Frau sorgte fünf Minuten später für Aufruhr. Das Liebespaar zog gerade seine Jacken an. Die vier Männer hielten sich auch nur noch an einem warmen Rest im Weinglas auf. Bert kochte sich einen Kaffee und erstarrte förmlich, als er die Pistole sah, die sich plötzlich in der Hand des seltsamen Whiskytrinkers befand, der noch immer an der Theke saß. Eben noch hatte er sein Glas geschwenkt, nun hielt er eine Pistole in der Hand. Und er zielte damit auf die hübschen Freundinnen, die ihm am nächsten saßen.

»Hey Mann, mach doch keinen Scheiß.« Zack, schwenkte die Waffe herum und zeigte nun auf den kräftigen Brustkorb des Barkeepers. »Willst du mir die Pistole abnehmen? Du könntest damit Leben retten. Du könntest deines aber auch verlieren. Wie wichtig ist dir das Leben deiner Gäste? Nehmen wir doch die hübsche Brünette.« Und schon drehte der Mann sich wieder um und zielte auf die größere der beiden Freundinnen. »Bist du ein Held, Barkeeper?« Bert hatte sich bislang in nahezu jede Schlägerei eingemischt, die es während seiner Schichten gegeben hatte. Aber eine Pistole ließ einem Mann wenig Spielraum. Und noch weniger Zeit. Das Gesicht des Barkeepers war für einen Moment wie eingefroren.

Dann ging alles blitzschnell. Bert beugte sich über die Theke und haute dem anderen eine Flasche Gin über den Schädel. Die Hand mit der Waffe schnellte nach oben. Ein Schuss löste sich. Der ohrenbetäubende Knall sorgte erst für Stille, dann für ein Raunen und Kreischen. Bert duckte sich schnell. Sein Gast hielt die Waffe noch immer in der Hand, stand aber zusammengekrümmt kurz vor der Theke und hielt sich mit der freien Hand den Kopf. Als er die Hand wegnahm, war sie voller Blut. Im Hintergrund sah man einen der Wein trinkenden Männer ins Handy tippen. Man konnte sich denken, dass er einen Notruf an die Polizei absetzte. Die Brünette wollte offensichtlich auch kein zweites Mal zur Zielscheibe werden und hatte sich in den hintersten Winkel des Raumes zurückgezogen, ihre Freundin an der Hand im Schlepptau. Das mollige Liebespaar stand starr.

Der Mann mit der Pistole lachte plötzlich. Das laute Gelächter, der teure Gin auf dem Schädel des Angreifers, das alles war bizarr genug. Dann wandte sich der Mann zur Tür. Er schritt durch den Eingang, als wäre nichts gewesen. Nur das tropfende Haar, die Flecken auf dem Jackett und die Pistole in der Hand passten nicht zu der zur Schau gestellten Lässigkeit. Er verließ das Lokal, und wenige Sekunden später war wieder ein Schuss zu hören. Die Tür fiel mit einem Klicken in den Türrahmen zurück.

2. KAPITEL

Es war halb eins in der Nacht von Freitag auf Samstag, als Kommissar Schmitt einen Anruf erhielt, der dafür sorgte, dass er für die nächsten zwei Wochen in die Abgründe der Warendorfer Gesellschaft eintauchte. Hätte er geahnt, was er als verwitweter Kommissar Mitte fünfzig alles zu bewältigen haben würde, er wäre vorher in den Urlaub gefahren und hätte endlich die schon lange geplante Reise mit den Hurtigruten gebucht.

Mit geschwollenen Augen und leichten Kopfschmerzen setzte Schmitt sich in seinen Audi und fuhr nach Warendorf. Er war kurz zuvor von Oelde nach Freckenhorst gezogen und hatte nun einen kürzeren Dienstweg. Er kam um ein Uhr in Warendorf an und ließ sich von seinem Navi in die beschauliche Innenstadt von Warendorf führen, an den Ort, wo man den toten Mann gefunden hatte. Das Lokal nannte sich *RoBerta*. Schmitt fand es schnell und stellte den Wagen direkt davor ins Halteverbot.

Die Kollegen der Polizei in Warendorf hatten bereits gute Arbeit geleistet. Mit Absperrband war der Tatort eingekreist, von den letzten Gästen aus dem Lokal waren die Personalien aufgenommen worden, sie waren mittlerweile nach Hause gegangen.

Nur der Barkeeper, wie er sich selbst vorstellte, war noch da. »Bert, guten Abend. Ich bin der Barkeeper und Mann für alles hier. Mir gehört der Laden zur Hälfte.«

»Kommissar Schmitt. Guten Abend. Haben Sie auch einen Nachnamen?«

»Ja, aber den benutzt nur der Anwalt meiner Exfrau.«

»Mmmh«, machte Schmitt, überlegte kurz und sagte dann: »Lassen Sie uns den Personenkreis vorsichtig erhöhen, und nennen Sie mir bitte Ihren Nachnamen.«

»Hansmann, Bert Hansmann.« Bert verschränkte die Arme vor der Brust, und Schmitt starrte auf die tätowierten Muster, die die gesamte Fläche der Arme schmückten.

»Hansmann. Okay, ich nenne Sie also Bert.«

In den nächsten Minuten erzählte Bert alles, was am späten Abend vorgefallen war bis zu dem Schuss, den dann er und seine Gäste beim Zufallen der Tür gehört hatten.

»Das war aber mutig bis leichtsinnig von Ihnen, einfach einen Mann anzugreifen, der eine Waffe auf jemanden gerichtet hält.« Schmitt machte sich Notizen in ein kleines Büchlein, das er aus dem Jackett gezogen hatte.

»Ich habe gebetet, dass es gutgeht, und es ist gutgegangen. Na ja, zumindest für uns hier drinnen.«

Schmitt blickte dem bärtigen Barkeeper in die braunen Augen. Er hatte schon dümmere Antworten gehört, aber der Mann vor ihm erstaunte ihn doch. »Gut, erzählen Sie weiter.«

»Wir haben den Schuss gehört und wussten natürlich nicht, ob der Verrückte jetzt einen Passanten erschossen hatte. Oder gleich wieder reinkommen wollte. Also habe ich erst mal die Tür abgeschlossen. Ich trage den Schlüssel immer in der Hosentasche.«

Schmitt blickte automatisch auf die ausgebeulte Jeanshose. »Gut so. Sie haben sich und die Gäste in Sicherheit gebracht. Die Polizei war ja schon informiert, soweit ich weiß.«

Bert nickte. »Einer meiner Gäste hatte bereits eine Nachricht per Handy losgeschickt, als der Mann uns bedrohte. Nicht ganz so leichtsinnig wie meine Aktion, aber auch mutig und sehr geistesgegenwärtig«, gab Bert grinsend zu. »Wir hörten kurze Zeit später das Martinshorn, und da habe ich wieder aufgeschlossen. Ja, und dann lag er da, direkt vor meiner Tür. Ich stehe also verdattert im Türrahmen, da hält auch schon der Streifenwagen und zwei Beamte springen auf mich zu. Zum zweiten Mal an diesem Abend wird eine Waffe auf mich gerichtet, und ich kann Ihnen sagen, dass mir das für die nächsten zwanzig Jahre an Erfahrung reicht. Wollen Sie etwas trinken, Herr Kommissar?«

Schmitt hatte sich umständlich auf einen der Barhocker gesetzt. »Ja, gerne, eine Fanta bitte.«

Bert goss sich eine Cola ein, und für den Kommissar stellte er eine kleine Flasche Fanta und ein Glas bereit.

Der Kommissar nahm das Glas dankend entgegen und goss es voll. »Und Sie sind sich sicher, dass der

Mann sich selbst erschossen hat, kaum dass er Ihr Lokal verlassen hat?«

Der Barkeeper lachte und strich sich über seinen kurzen Bart. »Wir sind hier in Warendorf. Hier begegnen Ihnen schon mal mehr als zwei Pferde. Aber zwei bewaffnete Männer in einer Nacht? Unwahrscheinlich. Das kann Ihnen in Chicago passieren, aber doch nicht bei uns. Wo wohnen Sie, Herr Kommissar?«

»Jetzt in Freckenhorst, vor einem Jahr noch in Oelde.«

Bert nickte. »Dann wissen Sie ja, was ich meine.«

»Nun, die Spurensicherung und die Rechtsmedizin werden das herausfinden. Haben Sie eine Idee, warum der tote Mann behauptete, dass Ihre Gäste an seinem Unglück schuld seien?«

»Nein, aber ich weiß, dass dieser Mann nun an meinen Schwierigkeiten die Schuld trägt. Oder glauben Sie, dass einer der Gäste in nächster Zeit wieder in mein Lokal kommt, weil ihm der Abend so gut gefallen hat? Die sind bestimmt alle traumatisiert.«

»Doch, das glaube ich. Die kommen wieder. Und noch viele andere mehr werden kommen und sich den Ort des Schreckens anschauen. Die meisten Menschen lieben in Wirklichkeit solche Dramen. Ihnen gehört der Laden?«

»Ich bin Teilhaber. Zusammen mit Robert Heinemann, der zurzeit im Urlaub auf Teneriffa ist.«

Schmitt schrieb alles auf. Dann blickte er hoch, als ein Beamter der Spurensicherung zu ihm trat. Er war jung und schlaksig und sah als Einziger nicht müde, sondern eifrig aus. Der weiße Papieranzug, den er trug, knisterte bei jeder Bewegung. »Aus der Pistole ist tatsächlich nur ein Schuss abgegeben worden. Das passt schon mal zur Selbstmordtheorie.«

»Nein, tut es nicht«, mischt sich Bert ein und machte ein betroffenes Gesicht. Dann erzählte er den Hergang vollständig.

Schmitt seufzte. Nun würde er den Fall doch nicht so schnell zu den Akten legen können. »Also, dann machen Sie sich als Nächstes auf die Suche nach dem Projektil«, wandte er den Blick zu dem Mann von der Spurensicherung. »Ich fasse den Abend also wie folgt zusammen: Ein Mann kommt in das Lokal *RoBerta*, trinkt Whisky und erzählt, dass die ganze Welt und vor allem die anderen Gäste schuld an seiner aktuellen und grundsätzlichen Unzufriedenheit seien. Nach dem zweiten Whisky will er sich dann rächen oder zumindest die Truppe aufmischen und zieht eine Pistole. Nachdem Sie, Bert, dem Mann Paroli boten, löste sich ein Schuss, und der Typ lachte laut auf. Und dann verließ er mit seiner Waffe in der Hand das Lokal und wurde im gleichen Moment von einer anderen Person erschossen, just als er nach draußen trat.«

»Das klingt wie aus einem John-Wayne-Film.« Bert trank seine Cola aus und goss sich dann einen Eierlikör ein.

Sowohl der Mann von der Spusi als auch Schmitt staunten nicht schlecht, als der große, kräftige Mann das Glas ausschleckte wie eine Katze süße Milch und dann entschuldigend sagte: »Das brauchte ich jetzt für meine Nerven. Sagen Sie es nicht weiter, aber ich stehe total auf dieses Alte-Tanten-Getränk. Könnte es sein, dass dieser Typ mit seiner Waffe bereits andere Leute zuvor bedroht hat und jemand sich dachte, dass er dafür nun bezahlen muss? Nach dem Motto: Bevor du mich umbringst, bringe ich dich um?«

Kommissar Schmitt rutschte unbeholfen von dem Barhocker und sagte: »Das werden ich und meine Leute nun herausfinden müssen. Aber nicht mehr heute Nacht. Morgen werden wir die Gäste befragen, die bedroht worden sind, und nach Zeugen auf der Straße suchen. Und Bert, Sie überlegen noch mal ganz genau, ob Sie den Mann gekannt haben und inwieweit er wütend auf Sie hätte sein können. Das kann das schlecht gezapfte Bier sein oder der Parkplatz, den Sie ihm mal weggenommen haben. Menschen können sehr unterschiedlich wahrnehmen, was beleidigend ist und was nicht.« Kurz hielt er inne, dann blaffte er: »Wieso weiß ich noch nicht, wie der Tote heißt?« Strafend blickte er den Mann von der Spurensicherung an.

Der lief sofort los.

Während der rundliche Kommissar die letzten Instruktionen verteilte, formte sich ein Gedanke in seinem Kopf, der nicht ohne Trost war. Er wusste nun, wen er sich als rechte Hand in diesem Fall zu Hilfe holen würde.

Der Spusi-Mann kam nach zwei Minuten zurück und referierte hastig: »Der Tote heißt Balthasar Fromm, wohnhaft in Warendorf, Seewiese. Er lebte allein. Mehr wissen wir noch nicht.« Noch immer eifrig tippte der Beamte mit einem Stift an seinen Block, von dem er die Notiz abgelesen hatte.

»Gut, danke. Wir werden uns morgen beziehungsweise heute früh um etwaige Angehörige kümmern.« Schmitt holte sein Handy heraus und suchte eine Nummer. Dafür setzte er eine Lesebrille auf, die er in der Jackentasche trug. Dann wählte er und hielt sich das Mobilteil ein wenig steif ans Ohr. Offenbar war es dem Kommissar bei diesem Anruf egal, dass es mitten in der Nacht war. Nicht jeder litt unter Schlaflosigkeit und freute sich, wenn dann um zwei Uhr nachts das Handy bimmelte. Entsprechend lange musste der Kommissar warten, bis eine genervte Stimme verkündete. »Dirk Kemper, wer immer gerade anruft, ich hoffe, es ist verdammt wichtig.«

»Hier spricht Kommissar Schmitt. Entschuldigen Sie die Störung, guten Morgen oder gute Nacht. Ich habe einen Toten mitten in Warendorf vor einer Bar liegen und würde Sie gerne wieder an meiner Seite haben. Sie sind doch noch bei der Polizei, oder?«

Am anderen Ende der Leitung herrschte Stille. Schmitt kannte den jungen Polizisten Dirk Kemper von einem Fall aus Oelde, als sie sich gemeinsam um Wölfe, rumänische Einbrecher und einen skurrilen Mörder hatten kümmern müssen. Schmitt dachte nur ungern an den Fall zurück. Während der ganzen Ermittlung waren ihm einfach zu viele große Tiere begegnet.

»Ja, ich bin noch bei der Polizei. Wo sollte ich sonst sein? Ab wann brauchen Sie mich?«

»Morgen um acht Uhr im Kommissariat in Warendorf. Ich kläre das mit Ihrer Dienststelle. Sie können doch samstags arbeiten, oder?«

»Ich habe eigentlich … Doch das geht. Bis morgen, Herr Schmitt.«

* * *

Dirk Kemper starrte noch eine Zeitlang auf sein Handy, bevor er schließlich den Wecker stellte. Neben ihm regte sich seine Freundin Ella. Kemper wohnte zwar in Oelde, doch am Wochenende übernachtete er gerne bei Ella in Münster. Diese Stadt hatte einfach mehr Nachtleben und Flair für ein junges Paar. Er liebte es, mit Ella am Samstagvormittag über den Wochenmarkt am Domplatz zu gehen, frischen Käse und Blumen zu kaufen und danach einen Cappuccino im Marktcafé zu genießen oder an einem der duftenden Kaffeestände vor dem Dom. Das Bummeln auf dem Markt würde nun leider ohne ihn stattfinden. Schade, aber die Tatsache, dass Kommissar Schmitt ihn erneut zu einem Mordfall rief und er somit Teil des Ermittlerteams werden würde, freute den jungen Mann ungemein. Ella arbeitete für den NABU und war selbst oft genug für eine gute Story unterwegs. Er wusste, dass sie dafür Verständnis haben würde.

»Was'n los?«, meldete sich ihre dumpfe Stimme. Halb unter der Decke vergraben und mit geschlossenen Augen fragte Ella nach dem Grund der Störung.

»Schmitt hat mich zu einem Mordfall nach Warendorf beordert. Ich muss um halb sieben Uhr aufstehen.«

Ella richtete sich abrupt auf und strich sich die zerzausten blonden Haare aus den Augen. »Ein Mord in Warendorf? Da gibt es doch nur Reitunfälle. Und außerdem bist du doch dafür gar nicht zuständig, oder?«

»Jetzt schon«, grinste er, und gab ihr einen Kuss auf die Nase. »Kommissar Schmitt will ausdrücklich mich dabeihaben.«

»Cool, du erlebst noch was. Sind wieder wilde Tiere im Spiel?«

Auch Ella erinnerte sich gerne an den letzten Fall, als ein Wolf und ein Rottweiler die Ermittlungen um den Tod einer Bäuerin ordentlich durcheinandergebracht hatten.

Dirk schüttelte den Kopf. »Nicht, dass ich wüsste. Ein Mann ist auf offener Straße erschossen worden.«

Ella ließ sich zurück ins Kissen fallen.

Dirk Kemper war viel zu aufgekratzt, als dass er noch richtig in den Schlaf zurückfand.

Früh am Samstagmorgen setzte er sich in seinen Wagen und genoss die Ruhe der Stadt. Um diese Zeit war die Verkehrslage in Münsters Innenstadt relativ entspannt, das würde sich in zwei, drei Stunden ändern. Er schaffte es in einer halben Stunde, an der Direktion der Polizei in Warendorf anzukommen. Nachdem er seinen Ausweis vorgezeigt hatte, brachte ihn eine freundliche, dralle Frau zum Büro von Kommissar Schmitt. Der saß vor einem modernen Schreibtisch und las in einer Akte. Sie hatten sich ein paar Monate nicht gesehen, aber der Kommissar sah mit seinem Bürstenhaarschnitt, der Stoffhose und dem feinen Hemd genauso souverän aus, wie Kemper ihn in Erinnerung hatte. Das konnte man von dem Polizisten allerdings nicht behaupten. So traf den jungen Mann erst ein fragender Blick, bis Schmitt schließlich genauer hinsah und statt eines Morgengrußes das Gesehene kommentierte.

»Wo haben Sie denn Ihre Uniform gelassen? Und was ist das für eine Unart, dass alle Männer sich wieder lange Haare wachsen lassen? Ich dachte, das hätten wir seit einhundertfünfzig Jahren überwunden.« Schmitt blickte konsterniert auf den jungen Mann mit dem blonden

Pferdeschwanz, der in Jeans und Sweatshirt vor ihm stand. »Sie sehen aus, als wollten Sie mich zum Shoppen abholen.«

Dirk Kemper grinste. »Genau das stand bis heute Nacht ja auch auf meinem Programm. Ich habe das Wochenende eigentlich frei und bin bei meiner Freundin in Münster. Meine Uniform liegt in Oelde in meiner Wohnung. Ella und ich sind seit unserem letzten Fall ein Paar. Sie haben sie ja kennengelernt.«

»Das war doch diese Umweltaktivistin, die den Wolf am liebsten im Hundekörbchen mit in ihr Wohnzimmer genommen hätte und damals im Kindergarten für Ärger sorgte. Aber hübsch anzusehen, das weiß ich noch.« Die leichte Andeutung eines Lächelns zeigte sich im Gesicht des älteren Mannes. Dann stand Schmitt auf und reichte Dirk die Mappe. »Machen Sie sich schnell einen Überblick. Wir fahren gleich los.«

Dirk blätterte die wenigen Seiten durch, die es zu dem Fall gab. Die ballistische Untersuchung war noch nicht abgeschlossen, aber es war eindeutig, dass der Mann nicht mit seiner eigenen Waffe erschossen worden war. Das hieß, jemand musste auf der Straße darauf gewartet haben, dass er aus dem Lokal herauskam, um ihn dann aufs Korn zu nehmen. Der Tote hieß Balthasar Fromm, war achtunddreißig Jahre alt und wohnte in Warendorf. Er arbeitete beim LWL in der Personalabteilung. Seine Eltern lebten in Freckenhorst. Diese mussten sie nun als Erstes befragen.

Erst als Dirk bei Kommissar Schmitt in dessen Audi einstieg, erinnerte er sich wieder an die unruhige und sehr schnelle Fahrweise. Er hatte sich kaum angeschnallt, da bretterte Schmitt auch schon aus der Einfahrt auf die Straße hinaus, und Dirk hatte den Eindruck, als hätte der Mann nicht mal ordentlich nach rechts und links geschaut. Nach Freckenhorst, einem Vorort von Warendorf, fuhren sie zügig und standen wenig später vor einem Einfamilienwohnhaus mit langweiligem Vorgarten, wie der junge Polizist bemerkte. Der biedere Vorgarten bestand hier aus einem Platz mit grauem Schotter. Links und rechts vom gepflasterten Weg standen zwei kleine Bäumchen, und neben der Haustür befand sich ein Blumentopf mit roten Geranien. Pflegeleicht, ordentlich und völlig uninteressant für die heimische Vogel- und Insektenwelt.

»Solche Gärten setzen sich immer mehr durch und werden ein echtes Problem für Bienen und Schmetterlinge«, bemerkte Dirk abfällig, als sie sich der Haustür näherten.

Schmitt klingelte und trat dann einen Schritt zurück. Dirk tat es ihm gleich. Wenig später öffnete eine gepflegte Dame Anfang sechzig die Tür. Ihre blonden Haare trug sie zu einem lockeren Zopf gebunden, das Gesicht war trotz der frühen Tageszeit sorgfältig geschminkt. Sie war klein und zierlich und setzte ein fragendes Gesicht auf.

Kommissar Schmitt stellte sich und Kemper vor und zeigte seinen Dienstausweis. »Dürfen wir eintreten, Frau Fromm?«

Sie trat einen Schritt zur Seite und schien eher neugierig als besorgt. »Natürlich, kommen Sie rein. Um was geht es denn? Hat ein Schüler etwas angestellt? Mein Mann ist kurz zur Schule gefahren. Er hat dort ein Treffen mit einem Architekten.«

»Es geht um Ihren Sohn Balthasar.«

Kurz hielt Frau Fromm, die nun vorausging, inne, führte die Herren dann aber weiter in eine gemütliche Küche und bat sie, Platz zu nehmen. Ohne zu fragen, nahm sie zwei Kaffeebecher aus einem Schrank und stellte sie unter einen Kaffeeautomaten. Ratternd setzte sich dieser in Bewegung. Ihr eigener Becher stand noch auf dem Tisch. Daneben befand sich ein gebrauchtes Glas Sekt, das der Kommissar nun mit einem interessierten Gesichtsausdruck streifte. Immerhin war es ein früher Samstagmorgen im März.

Frau Fromm schob das Glas zur Seite. »Ich habe oft Probleme mit dem Kreislauf. Ein kleines Gläschen ab und an wirkt da Wunder. Wussten Sie, dass man dies noch vor dreißig Jahren sogar schwangeren Frauen empfohlen hat? Also, was hat Balthasar angestellt? Hat er es mit seinen Recherchen übertrieben?«

Sie sprach nun schneller, ihr linkes Augenlid zuckte leicht. Kommissar Schmitt schien zu überlegen, wie er mit dem Gespräch beginnen sollte, und fragte zunächst. »Welche Art von Recherche meinen Sie?«

»Na, für seine Schreiberei recherchiert er doch immer irgendwo und interviewt Hinz und Kunz. Er schreibt Romane.« Sie schien nicht so viel davon zu halten, sondern wedelte eher abfällig mit der Hand. »Er hatte gestern Abend eine Lesung in Warendorf. Mein Mann und ich waren auch dort, aber es sind nicht sehr viele Leute gekommen. Mein Sohn ist ein unbekannter Autor mit sehr viel Leidenschaft, wobei man dies wörtlich nehmen kann. Es schafft Leiden. Er fühlt sich nicht gesehen, nicht unterstützt und ist bislang nur bei einem kleinen, unbekannten Verlag untergekommen.« Sie trank ihren Kaffee und schob unbewusst wieder ihr Sektglas näher zu sich.

»Wo hatte Ihr Sohn gestern eine Lesung?«

»In der Buchhandlung mitten in der Stadt.« Ihre schlanken Finger umschlossen den Hals des Glases. Jetzt mischte sich Dirk Kemper ein. »Die Buchhandlung *Ebbeke*? Die liegt doch direkt neben dem Lokal *RoBerta*.«

»Ja, ich glaube, neben der Buchhandlung gibt es ein Lokal. Aber da waren wir noch nie. Mein Mann und ich sind da ein wenig verwöhnt. Wenn wir mal essen gehen, speisen wir gerne im *Engel*, Sie wissen schon, dem Hotel.«

Schmitt straffte nun die Schultern und sagte: »Frau Fromm, es tut mir sehr leid, Ihnen mitteilen zu müssen, dass Ihr Sohn heute Nacht verstorben ist. Er wurde vor dem Lokal *RoBerta* erschossen.« Da die Dame des Hauses zunächst keinerlei Reaktion zeigte, sprach Schmitt vorsichtig weiter. »Es ist so, dass es Zeugen gibt, die behaupten, Ihr Sohn habe in dem Lokal kurz zuvor mit einer Pistole ein paar Gäste sowie den Barkeeper bedroht. Dieser hat das Schlimmste verhindert, indem er Ihrem Sohn eine Ginflasche über den Kopf geschlagen hat. Daraufhin soll sich Ihr Sohn lachend nach draußen begeben haben, wo er unmittelbar später von einer anderen Person erschossen wurde.«

Frau Fromm starrte Schmitt an, ihre Hände krampften sich um das zarte Sektglas, sodass der Kommissar die Hand ausstreckte und ihr vorsichtig das Glas aus der Hand nahm. Er gab Dirk ein Zeichen, ihr nachzuschenken und zeigte auf den Kühlschrank. Erstaunt blickte der junge Polizist in den Kühlschrank, in dem gleich zwei Flaschen Sekt lagerten, eine dritte stand offen in der Tür. Schmitt nickte wissend, er schien geahnt zu haben, dass die Dame nicht nur ausnahmsweise ein Gläschen Sekt zum Frühstück genoss.

Ihre nächste Frage brachte beide Herren aus dem Konzept. »Dann wird er jetzt berühmt, oder? Ein Autor, der nach seiner Buchvorstellung erschossen wird. Unglaublich.« Gleichzeitig liefen ihr aber auch Tränen die Wangen herunter, und sie nahm das gefüllte Sektglas entgegen.

»Vielleicht sollten Sie Ihren Mann anrufen, damit er herkommt.«

»Wer bringt denn den Balthasar einfach um? Das war bestimmt eine Verwechslung. Oder er ist jemandem beim Recherchieren auf die Füße getreten.«

»Woher hatte Ihr Sohn eine Pistole, Frau Fromm? Immerhin hat er zuvor selbst mit einer geladenen Pistole in dem Lokal agiert.«

Sie schüttelte den Kopf. »Das weiß ich doch nicht. Sie müssen mit Manfred reden, vielleicht weiß er davon. Er ist in der Schule. Mein Mann ist Direktor der städtischen Gesamtschule.« Sie stützte ihren Kopf in einer Hand auf, in der anderen hielt sie das Sektglas. »Bitte rufen Sie ihn an«, bat sie. »Ich kann das jetzt nicht.«

Schmitt reichte ihr ein Taschentuch, stand auf und griff nach seinem Handy. In dem Moment konnte man draußen quietschende Reifen hören und eine Autotür, die laut zugeknallt wurde. Dann öffnete sich die Haustür, und noch ehe Frau Fromm sich wundern konnte, stürmte ein kräftiger, großer Mann in die Küche und erstarrte.

»Also doch. Balthasar ist tot.« Er fuhr sich mit einer großen, sehr gepflegten Hand, die ein Siegelring zierte, über das Gesicht und ließ die Schultern hängen.

Schmitt machte einen Schritt auf den Mann zu, der ihn um einen ganzen Kopf überragte, und stellte sich vor. Dann bat er ihn: »Bitte nehmen Sie Platz und erzählen Sie mir, wie Sie bereits vom Tod Ihres Sohnes erfahren haben.«

Herr Fromm setzte sich zu seiner Frau und nahm sie in den Arm. Er sagte: »Irgendeiner von den Leuten, die dabei waren, hat ein Foto auf Facebook gepostet. Ein Kollege sprach mich an. Auf dem Foto konnte man das Lokal erkennen und eine Person, die eine Waffe in Richtung Barkeeper hielt. Er glaubte, in der Person meinen Sohn erkannt zu haben. Ich dachte erst, dass das sicher nur eine Übung für eine Romanszene war, aber dann wurde behauptet, dass der Mann kurz darauf erschossen wurde. Da habe ich alles stehen und liegen gelassen und bin nach Hause gefahren. Was ist denn bloß passiert? Wir haben doch gestern Abend noch seine Lesung besucht. Da war doch alles in Ordnung mit ihm. Kann ich ein Glas Wasser haben?« Herr Fromm fragte das in einem Ton, als säße er gar nicht in seiner eigenen Küche.

Dirk Kemper blickte um sich, nahm ein Glas aus einem Schrank mit Sichtfenster und füllte es aus der Flasche Wasser, die er im Kühlschrank gesehen hatte. Er reichte es dem Mann und lehnte sich dann an die Arbeitsplatte.

»Was für einen Eindruck hat Ihr Sohn gestern Abend auf Sie gemacht?«, fragte Schmitt und holte nun sein kleines Notizbuch aus der Jacke.

»Naja, er war schon enttäuscht, dass nur so wenige zur Lesung erschienen waren. Ungefähr fünfzehn Leute waren da, fünf Bücher sind verkauft worden. Aber er muss ja nicht davon leben. Er hat einen wirklich guten Job beim Landschaftsverband in Münster.«

»Können Sie sich erklären, warum er mit einer Waffe auf die Gäste des Lokals gezielt hat und behauptete, jeder von denen sei schuld an seinem Elend?«

»An seinem Elend?«, mischte sich nun Frau Fromm ein. »Es ging ihm nicht elend. Es hat ihm nie an irgendetwas gemangelt. Diese Schreiberei kann er doch nicht so hochgehängt haben.« Sie trank ihr Glas leer und schnäuzte leise in ihr Taschentuch.

Ihr Mann nickte wissend und sagte: »Ich bin mir sicher, dass das alles mit einem neuen Buchprojekt zusammenhängt und er bei der Recherche jemandem auf die Füße gestiegen ist. Fragen Sie doch mal seine Exfreundin. Nicole Quante. Sie hat einen kleinen Bauernhof zwischen Freckenhorst und Warendorf. Balthasar hat sich erst vor Kurzem von ihr getrennt.«

Schmitt schrieb den Namen auf und fragte dabei: »Warum hat er sich getrennt? Wissen Sie das zufällig?«

Herr Fromm guckte seine Frau an, die hob erst die Schultern und murmelte dann, dass die Dame nur eine passende Arbeitskraft für ihren Hof gebraucht habe. »Mein Balthasar ist ein Büromensch. Er liebt gute Kleidung und gute Restaurants und verreist gerne mal. Mist wegfahren, Zäune reparieren und der ewige Gestank von Tieren, das ist nicht sein Ding, und das hat er Nicole auch immer wieder gesagt. Aber sie hatte wohl andere Erwartungen.«

»Ja, große Tiere sind nicht jedermanns Sache«, sagte der Kommissar. Laufen dort denn viele Tiere frei herum?«

Hierauf erhielt Schmitt keine Antwort, was er missmutig registrierte. Danach besprachen sie noch mehrere organisatorische Dinge, die es zu regeln galt. Ein Elternteil sollte den toten Balthasar identifizieren. Die Wohnung des Toten musste natürlich genau durchsucht werden, um den Computer würde sich ein Fachmann von der Spurensicherung kümmern, und das ganze Privatleben von Balthasar Fromm würde nun die Polizei genauestens unter die Lupe nehmen. Auf all das bereitete Schmitt die Eltern nur zum Teil vor, alles mussten sie gar nicht wissen.

* * *

Wieder im Auto blickte Schmitt den jungen Kollegen an. »Mir wäre es lieber, wir laden diese Nicole Quante zu einem Gespräch ins Kommissariat ein, aber wir wissen beide, dass das nur unnötig Zeit kostet. Trauen Sie sich das Gespräch alleine zu? Ich würde dann jetzt erst zu meinen Leuten in die Wohnung des Toten fahren. Die sind da schon seit sieben Uhr zugange und haben hoffentlich ein paar Ergebnisse für mich. Wir treffen uns dann später in meinem Büro.« Schweißperlen standen auf seiner Stirn, als er Dirk Kemper fragend anschaute.

Der nickte nur. »Natürlich.«

»Wir fahren aber erst ins Büro, damit Sie sich eine Uniform leihen und einen Wagen der Polizei nehmen. Das soll schön offiziell aussehen, und das dürfen auch die Nachbarn sehen.«

Eine halbe Stunde später machte Dirk Kemper sich mit einer geliehenen Uniform, die am Oberkörper überall spannte, auf den Weg. Das lag nicht an dem Genuss zu vieler Hamburger oder Grillwürstchen, sondern an seinen breiten Schultern und dem etwas einseitigen Kraftsportprogramm für die Arme. Neben ihm saß ein Kollege, der den Hof Quante kannte und ihm unterwegs ein paar Informationen liefern konnte. So erfuhr Dirk, dass Nicole den Hof mit ihrem älteren Bruder zusammen führte und die beiden Geschwister ihn von ihrem Vater geerbt hatten. Robin Quante kümmerte sich um die Bestellung der Felder und den Viehhandel, Nicole übernahm das Füttern und Sauberhalten der Stallungen. Im Winter hatte sie mehr zu tun, im Sommer ihr Bruder, denn dann waren die Kühe auf der Weide.

»Nicole ist ein netter Mensch, aber sie hat ein paar Macken. Sie steht extrem früh auf und verschreckt damit jeden Verehrer, der bei ihr übernachten möchte und sich auf ein langes Frühstück freut. Wenn Nicole dir dann um fünf Uhr ein Spiegelei und eine Scheibe Toast serviert, wird das für den Magen eine echte Herausforderung. Doch richtig Probleme bekommst du, wenn sie vor dem Spiegelei noch Sex möchte.« Der Kollege namens Mark betonte diesen Satz. »Ich kann so früh jedenfalls noch nicht, dabei ist gegen ihren Körper nichts einzuwenden.«

Dirk fragte: »Wann warst du denn mit dieser Nicole zusammen?«

»Das ist schon sieben Jahre her, mittlerweile bin ich glücklich verheiratet, meistens zumindest.« Er grinste und fuhr fort. »Da vorne musst du links rein, gleich sind wir da.«

Dirk folgte dem Feldweg und sah bereits den Hof vor sich liegen. Er war größer, als er gedacht hatte. »Könnte Nicole Balthasar Fromm erschossen haben? Weil er sie abgewiesen hat? Oder Nicoles Bruder?«

»Schießen können sie beide, sie haben auch beide einen Jagdschein. Aber ich halte Nicole nicht für so leidenschaftlich, dass sie aus verschmähter Liebe einen Mann umbringt. Sie ist sehr pragmatisch. Als ich mit ihr Schluss gemacht habe, weil ich meine Frau kennen und lieben gelernt hatte, hat sie nur gefragt, ob ich vorher noch, wie versprochen am Wochenende die Tiere versorgen würde. Da sei sie doch mit ihrer Freundin im Wellness-Hotel verabredet.«

»Und was ist mit dem Bruder?«

»Robin ist verwitwet und hat einen fünfzehnjährigen Sohn, der immer mal Ärger macht. Der Bengel hat zu früh seine Mutter verloren und musste schon zeitig mit anpacken. Wie das so ist auf den Bauernhöfen. Die Kinder werden allzu schnell kleine, unbezahlte Mitarbeiter. Nicole hat ihre eigene Wohnung und bewohnt die obere Etage des Hauses.«

Sie waren an ihrem Ziel angelangt und wurden auch gleich neugierig von einer Frau beäugt, die zwei unglaublich dicke Brillengläser auf der Nase hatte, die die Augen zu Maulwurfsäuglein machten. Da ging sein Blick lieber zu ihrer wirklich sehr schönen Figur, der man ansah, dass sie körperlich arbeitete. Ihre rotblonden, langen Haare hatte sie zu einem Pferdeschwanz gebunden, und ihr großer Mund verzog sich spöttisch, als sie die beiden Polizisten sah.

»Mark, hat sich jemand über eine entlaufene Kuh beschwert, oder was treibt dich her?« Dann blickte sie plötzlich besorgt drein und fragte weiter: »Oder hat Jonas etwas angestellt? Er ist heute Morgen schon früh zum Training gefahren.«

»Nein. Wir sind wegen Balthasar Fromm hier.« Bevor er weiterreden konnte, winkte Nicole ab und machte Anstalten, nach der Schubkarre mit Mist zu greifen, die vor ihr stand. Ein wenig flatterten ihre Lieder dabei und eine Hand griff kurz ins Leere, doch sie sagte betont gleichgültig: »Diesem schöngeistigen Schreiberling habe ich zu viel gearbeitet und zu wenig Zeit für die Bewunderung seiner Werke aufgebracht. Der hat doch nicht wirklich damit gerechnet, dass ich gestern zu seiner Lesung aufgetaucht wäre, oder? Was will er?«

»Dass wir seinen Mörder finden«, mischte sich Dirk Kemper wenig diplomatisch ein und stellte sich vor. Mit wenigen Worten erklärte er der Bäuerin von dem gestrigen Abend. In dem Moment kam ein riesengroßer Bernhardiner langsam über den Hof getrottet und stellte sich dicht neben Nicole, als hätte er geahnt, dass sie schlechte Nachrichten erhielt. Dirk konnte froh sein, dass er nicht mit seinem Chef hergefahren war. Alles, was über die Größe eines Beagles hinausging, führte zu Schnappatmung und panischem Verhalten. »Wenn Sie nicht auf der Lesung waren, was haben Sie und Ihr Bruder dann gestern gemacht?«

»Aha, die Überprüfung meines Alibis. Balthasar wäre begeistert, wenn er lebend daran beteiligt gewesen wäre. Entschuldigung, aber ich war über zwei Jahre mit ihm zusammen und erfahre hier neben einer Schubkarre mit Mist, dass er ermordet wurde. Ist es zu viel verlangt, wenn ich einen Augenblick für mich bekomme? Ich gehe jetzt ins Haus und trinke ein Glas Wasser. Danach rufe ich euch rein, und ihr könnt eure Fragen stellen.« Und dann drehte sie sich einfach um und marschierte davon, der Bernhardiner trottete treu hinter ihr her.

»Die hat Stil«, bemerkte Dirk, und Mark ergänzte: »Und sie hat recht. Wir sind zwei Trampel. Komm mit, ich zeige dir den Hof.«

Zehn Minuten später stand Nicole mit einer großen Tasse dampfenden Tees in der Tür und bat die beiden hinein. Von der großen Diele mit einem offenen, alten Kamin ging eine Holztreppe nach oben, und alle drei setzten sich in eine gemütliche Küche mit bunten Kacheln und alten Holzdielen. Es duftete nach einem aromatisierten Tee und nach Apfelkuchen, den die Bäuerin heute Morgen schon gebacken haben musste. Sie bot den Polizisten ein Stück an, und beide Männer nickten begeistert. Man sah Nicole Quante an, dass sie ein paar Tränen um ihren Exfreund vergossen hatte, doch nun hatte sie sich wieder im Griff. Sie setzte sich mit ihrem Tee zu ihnen an den Tisch und schwieg.

Dirk Kemper holte zwischen zwei Bissen des sehr leckeren Apfelkuchens ein kleines Notizbuch heraus. Das hatte er sich von Schmitt abgeguckt. Dann befragte er Nicole zunächst nach den üblichen Personalien und kam schließlich auf Balthasar Fromm zu sprechen. Zu den Vorfällen in der Bar bemerkte Nicole nur, dass sie so ein Verhalten nicht besonders wundere. Zum einen habe Balthasar immer schon andere für etwaige Probleme verantwortlich gemacht, und zum anderen sei er oft seltsam gewesen, wenn es um Recherche und um seine Schreiberei gegangen sei. »Gut möglich, dass er nur etwas ausprobieren wollte, ohne daran zu denken, dass ihn eine solch dumme Tat in einer öffentlichen Bar ins Gefängnis bringen könnte.«

»Oder in die Leichenhalle. Entschuldigung. Es war jedenfalls keine Schreckschusspistole, die er bei sich hatte. Sie ist in der Bar sogar losgegangen und hätte beinahe jemanden verletzt. Kannst du dir vorstellen, dass er so etwas billigend in Kauf genommen hat?« Mark konnte offenbar nicht fassen, dass seine Exfreundin mit so einem Typen befreundet gewesen war.

Sie zuckte mit den Schultern. »Ich bin Landwirtin, keine Seelenklempnerin. Was weiß ich schon, zu was jemand fähig ist, wenn er einen richtig schlechten Tag erwischt hat. Eventuell wollte Balthasar etwas Spektakuläres machen, damit er als Autor endlich wahrgenommen wird. Es ist ja nicht so, dass er schlecht schreibt, aber es gibt zu viel Konkurrenz. Ich habe ihm immer gesagt, er soll es als Hobby sehen.« Ihrem Gesichtsausdruck nach zu urteilen, war dieser Vorschlag ganz schlecht angenommen worden. Plötzlich guckte sie erschrocken. »Himmel, was ist denn jetzt mit Bolle?«

»Wer ist Bolle?«

»Sein Golden Retriever, ein ganz tolles Tier, das er sogar oft mit ins Büro genommen hat. Steckt den Hund bloß nicht ins Tierheim! Ich nehme ihn gerne.«

Dirk machte sich eine Notiz und fragte weiter: »Wissen Sie, an welchem Buchprojekt Balthasar aktuell gearbeitet hat?«

Nicole grinste. »Ach, Balthasar hatte so viele Ideen, aber der Stoff sollte sich ja auch verkaufen lassen. Er wollte mal etwas Aktuelleres machen, so was mit Bezug zur Stadt Warendorf.«

Dirk nickte und schrieb eine Notiz dazu. Das war sehr vage, aber der Autor hätte mit einem aktuellen Thema durchaus schlafende Hunde geweckt haben können. »Gab es Streit bei der Arbeit? Nach dem, was er in der Bar gesagt hat, war er sehr unzufrieden und gab allen möglichen fremden Leuten die Schuld daran.«

»Nicht, dass ich etwas wüsste.«

Zum Schluss wollte Dirk noch die Waffen der beiden Geschwister sehen. Sie verwahrten sie in einem alten Waffenschrank, der vorschriftsmäßig abgeschlossen war.

Als sie gerade in der Diele vor dem massiven Teil standen und eine Pistole begutachteten, erschien der Bruder in einer alten Hose, kariertem Hemd und einem Gesichtsausdruck, als würde seine Schwester soeben überfallen. Er stemmte die kräftigen Arme in die Hüften und stellte sich breitbeinig in den Raum. Sein volles Gesicht mit dem blonden Bart zog sich zusammen, wie beim Essen einer Zitrone. Er war ein paar Jahre älter als Nicole.

»Was schnüffelt ihr hier am Waffenschrank herum? Ich habe doch schon vor vier Tagen gemeldet, dass meine Pistole weg ist.«

Nachdem Dirk sich vorgestellt und erklärt hatte, warum sie da waren, musste Mark zerknirscht zugeben, dass er wohl nicht ausreichend informiert gewesen sei. Derweil machte Nicole ihrem Bruder Vorwürfe, weil er ihr nichts davon gesagt hatte. Es war sehr wahrscheinlich, dass es die Glock von Robin Quante war, die ihr Exfreund am Abend zuvor so missbräuchlich eingesetzt hatte. Dafür reichte ein Telefonat mit der zuständigen Behörde. Die Glock war eine Pistole, die unter Jägern sehr gerne verwendet wurde. Aber auch als Dienstwaffe war sie auf Grund ihres geringen Gewichtes beliebt. Sie war klein, schwarz und in versierten Händen tödlich.

»Konnte Balthasar Fromm schießen, und hat er von der Waffe und dem Aufbewahrungsort gewusst?« Mark blickte dem fülligen Landwirt mahnend in die Augen.

»Ja, er hat mich neulich danach gefragt. Er als Autor müsste doch auch über Waffen Bescheid wissen.« Robin guckte zu Boden, dann zu seiner Schwester. »Wir haben vorletzte Woche ein bisschen geschossen. Ich wusste doch nicht, dass er mit dir Schluss machen wollte, ich mochte ihn. Balthasar war dabei, als ich die Glock wieder in den Schrank geräumt habe, er hat ein Bier am Kamin getrunken, muss mich aber genau beobachtet und das Ding später mitgenommen haben. Es ist mir erst am Dienstag aufgefallen, als ich selbst am Waffenschrank war und neue Munition reingelegt habe.«

Nicole verschränkte zornig die Arme vor der Brust. Im Gegensatz zu ihrem Bruder roch man bei ihr ein frisches Deo, während Robin Quante einen leichten Stallgeruch mit in die Diele gebracht hatte. »Das hättest du mir sagen können. Das bedeutet doch, dass er irgendetwas mit der Pistole geplant hat. Aber ein Überfall auf ein Lokal?« Sie guckte fragend zu ihrem Bruder.

Der machte ein skeptisches Gesicht und sagte: »Also komisch war der in der letzten Zeit schon. Der hat mir beim Schießen so merkwürdige Fragen gestellt. Ob ich mir vorstellen könnte, einen Menschen zu erschießen. Oder was es für ein Gefühl sei, wenn ich bei der Jagd ein Tier erlege.«

Mark schaute verdutzt: »War der nicht ganz dicht, oder was?«

Dirk versuchte, die Frage seines Kollegen ein wenig professioneller zu formulieren. »Gab es Anzeichen, dass er depressiv war oder geistig verwirrt?«

Nicole schüttelte den Kopf, während ihr Bruder noch überlegte, dann aber sagte: »Glaube ich nicht. Er war, hm, schräg drauf. Ich denke, es war eher so eine Art Zynismus.«

Nicole ergänzte: »Balthasar war oft deprimiert, weil es mit seinem Schreiben nicht so gut lief, wie er sich das vorgestellt hat. Er hat alles immer sehr persönlich genommen.«

»Warum hat er mit dir Schluss gemacht?«, fragte Mark sehr direkt.

Nicole grinste ihn an. »Sag du es mir. Warum hast du dich damals von mir getrennt? Vielleicht sind es ähnliche Gründe.«

So richtig betroffen schien die Dame nicht zu sein, dachte Dirk und sah seine Ella vor sich.

Mark lachte verlegen. »Ach, es hat nicht so gepasst. Du liebst diesen Hof und bist in erster Linie mit den Tieren verheiratet. Du kannst nur schwer von deinen Gewohnheiten absehen und gehst für einen Partner kaum Kompromisse ein. Ich hatte den Eindruck, dass ich mich immer deinen Zeiten anpassen musste.«

»Willkommen auf einem Bauernhof.« Nicole lachte bitter. »Ich kann nur einen Mann gebrauchen, der Verständnis für diese Arbeit mitbringt. Das ist wie bei Polizisten, oder? Eure Frauen müssen doch auch eine Menge Verständnis für die Dienstzeiten aufbringen. Also zurück zu Balthasar. Wenn er nicht Schluss gemacht hätte, hätte ich es früher oder später getan. Wir passten nicht wirklich gut zusammen. Aber sein Tod tut mir sehr leid. Ich würde jetzt gerne wieder arbeiten.«

* * *

Nachdem sie sich verabschiedet hatten, fuhren Dirk und Mark wieder zum Büro zurück. Doch auf halber Strecke rief er Schmitt an und schlug ihm vor, dass er bei der Buchhandlung vorbeischauen und sich nach dem Verlauf der Lesung erkundigen könnte.

Schmitt klang etwas verschnupft. »Für einen Polizisten ganz schön scharfsinnig, aber so ein Kommissar wie ich einer bin, der ist schon früher auf diese Idee gekommen. Ich war natürlich längst zum Gespräch in der Buchhandlung. Ich weiß auch, dass unter den Gästen unser Mörder gewesen sein kann. Wir tauschen uns später aus.«

»Warten Sie, haben Ihre Kollegen in der Wohnung von Balthasar Fromm einen Hund angetroffen? Er heißt Bolle und kann gerne auf dem Hof der Quantes abgegeben werden. Nicole nimmt ihn auf.«

Das Schweigen am anderen Ende der Leitung sprach Bände. Dann stieß der Kommissar hervor: »Sie glauben doch nicht wirklich, dass ich das Tier in meinem Auto herumkutschiere. Der Hund ist so groß wie ein Pony und macht sämtliche Türen selber auf. Die Alpträume, die ich heute Nacht haben werde, wünsche ich keinem. Ich gebe es aber weiter. Einer von der Spusi wollte sich um das Problem kümmern.«

3. KAPITEL

Nachdem die Männer von der Polizei noch in der Nacht jeden Zentimeter hinter der Theke nach dem Projektil abgesucht hatten, räumte Bert nun seine zahlreichen Spirituosen wieder ins Regal zurück. Seine Müdigkeit machte sich nur dadurch bemerkbar, dass er sich mit den Händen wiederholt über die Augen fuhr. Die Kugel war auf Kopfhöhe in den Boden des Regals eingedrungen, unterhalb einer Tequilaflasche und gar nicht mal weit von seinem Körper weg. Der Angriff auf den Mann am Vorabend hätte Bert leicht das Leben kosten können.

Der Barkeeper konnte sich kaum vorstellen, dass im beschaulichen Warendorf in einer Nacht gleich zwei durchgeknallte Personen zufällig mit einer Pistole herumgerannt waren. Das konnte kein Zufall sein, und so glaubte Bert eher, dass diese beiden Männer einen gemeinsamen Plan verfolgt hatten. Und dieser Balthasar Fromm hatte sich vielleicht nicht an die Vereinbarungen gehalten. Ein bewaffneter Banküberfall ergab mitten in der Nacht keinen Sinn. Was also konnten sie vorgehabt haben? Der Kommissar glaubte offenbar eher an eine Beziehungstat. Bert war mittags beim Kommissariat gewesen und hatte seine Aussage unterschrieben. Kommissar Schmitt hatte ihn erneut nach Balthasar befragt. Ob er nicht gewusst habe, dass der nebenan eine Lesung gehalten habe. Nein, das hatte Bert nicht gewusst. Er konnte mit den meisten Büchern nichts anfangen und musste sich schon bei der Arbeit genug Lebensgeschichten anhören.

Bert wurde aus seinen Gedanken gerissen, als die Tür aufging und die Chefin der Buchhandlung Ebbeke von nebenan auftauchte. Hilde Koch war eine kleine, etwas pummelige Frau mit roten Haaren, um die sie stets ein gelbes Tuch gebunden hatte. Eine schwarz umrandete Brille gab dem hübschen, aber zu vollen Gesicht einen leicht erstaunten Ausdruck.

»Meine Güte, Bert, es tut mir ja so leid, was dir gestern Nacht passiert ist.« Sie setzte sich mit einem leichten Ächzen auf einen Barhocker.

Das Lokal hatte noch geschlossen, aber Bert wollte nicht seine Geschäftsnachbarin rausschmeißen. »Mir ist streng genommen gar nichts passiert, Hilde. Möchtest du etwas trinken?«

»Selbstverständlich möchte ich etwas trinken. Am liebsten würde ich sogar sehr viel trinken, aber ich habe ja noch Kundschaft. Wer hätte gedacht, dass dieser arme Autor mir noch eine Menge Werbung einbringt. Ich nehme einen Gin Tonic.« Dann guckte sie erschrocken und legte die Hand vor den Mund. »Nicht, dass du denkst, ich wollte das jetzt feiern. Nein, nein, ich brauche den Gin für meine Nerven.«

Bert machte ihr einen Gin Tonic fertig und goss sich selbst eine Fassbrause ein. »War die Lesung gut besucht?«

»Nicht so wirklich. Fünfzehn Leute waren da, davon zwei Mitarbeiter der Buchhandlung und drei Verwandte des Autors. Die Eltern halt und eine Tante. Aber er hat gut gelesen.«

»Worüber schreibt er?«

»Er hat ja erst zwei Bücher herausgebracht, und das waren historische Romane. Aber gestern Abend hat er eine Sammlung von Kurzgeschichten vorgelesen, Krimigeschichten.« Sie trank von ihrem Gin und blickte sich in dem Lokal um. »Also, das ist schon unheimlich, wenn ich mir vorstelle, wie Balthasar Fromm erst seine Krimis bei mir vorliest und dann mit einer geladenen Waffe in deinem Lokal die Gäste bedroht. Meine Güte, man hat ihm nichts angemerkt. Er war halt nur etwas enttäuscht, dass nicht mehr Leute gekommen sind. Nicht auszudenken, wenn er ins Publikum gezielt hätte.« Mit einigen tiefen Schlücken trank sie das Glas leer und stellte es auf den Tresen ab. »Bert, glaubst du, einer aus dem Publikum hat auf Balthasar Fromm geschossen?«

Bert verschränkte seine kräftigen Arme vor der Brust und zeigte ihr den Ansatz großflächiger Tattoos. Von denen die Buchhändlerin sichtlich beeindruckt war. Ihre großen Augen ruhten sehr lange auf den Armen des Barkeepers und wanderten dann zu seinem Gesicht mit dem Dreitagebart und den tiefdunklen Augen, so als nähme sie ihren Nachbarn zum ersten Mal richtig wahr.

Bert sagte: »Ich habe keine Ahnung, was für Typen eine Lesung besuchen. Aber ich will es mal so sagen. Den einzigen Kerl, den ich gestern Abend mit einer geladenen Waffe habe herumhantieren sehen, das war Balthasar Fromm persönlich. Und wenn jemand so leichtfertig mit einer Waffe andere Menschen bedroht, muss er damit rechnen, dass sich nicht alle ein solches Verhalten gefallen lassen.« Von seiner Vermutung, dass der Autor einen Verbündeten hatte, den er möglicherweise im Stich gelassen hatte und von dem er deshalb erschossen worden war, erzählte der Barkeeper nichts.

Hilde Koch schlug die Beine übereinander, legte den Kopf in ihre aufgestützte Hand und tat erstaunt. »Meine Güte, daran habe ich noch gar nicht gedacht. Er kann ja vorher auch schon jemanden bedroht haben. Wie spät ist Balthasar Fromm denn hier im Lokal aufgetaucht? Die Lesung war um halb zehn beendet.«

»Das war kurz vor zehn Uhr, als er hereinkam und einen Whisky bestellte. Was weißt du von ihm, außer dass er ein Schreiberling war?«

Hilde Koch spielte mit dem leeren Glas und wartete offensichtlich darauf, dass sie einen weiteren Gin Tonic angeboten bekam.

Den Gefallen tat der Barkeeper ihr, indem er ihr einfach das Glas abnahm und zur Ginflasche mit dem blauen Etikett griff. Bert bevorzugte den englischen *Haymans London Dry Gin*, der wegen seiner kräftigen Note ausgezeichnet geeignet war für einen Gin Tonic und selbst in einem schwächeren Mischungsverhältnis seine Aromen entfaltete. Und da er die Buchhändlerin nicht vor dem Feierabend abfüllen wollte, mischte er ihren Drink ein wenig sanfter.

Sie bedankte sich mit einem herzlichen Lächeln und zählte auf, was sie wusste. »Er ist hier in Warendorf groß geworden, sein Vater ist Direktor der städtischen Gesamtschule, aber Balthasar ist zum Gymnasium gegangen. Den eigenen Vater zum Lehrer zu haben, ist schwierig. Er hat dann in Berlin ein paar Semester Geschichte studiert, dies aber abgebrochen und eine Verwaltungslehre gemacht. Er arbeitet in der Personalabteilung des LWL, ist unverheiratet, lebt alleine und hatte eine Beziehung, die gerade zu Ende ging, wie der Kommissar mir berichtete. Geschichte interessiert ihn noch immer sehr, daher die historischen Romane. Insgesamt war die Zusammenarbeit mit ihm aber mittelmäßig bis schwierig, da er sehr schnell gekränkt war.«

Bert hörte mit einem Stirnrunzeln zu und fragte sie: »Warum hast du dann mit ihm eine Lesung veranstaltet?«

Sie stöhnte leise. »Ich kenne seine Mutter ganz gut, und sie bat mich darum. Und er ist ein einheimischer Autor, der immerhin sogar bei einem Verlag untergekommen ist. Ein wenig Werbung ist so eine Veranstaltung für den Buchladen schließlich auch. Überhaupt finde ich, dass unserem Dörfchen ein bisschen mehr Kultur ganz guttäte. Es kann doch nicht immer nur um Pferde gehen. Himmel noch eins, die ganze Innenstadt ist doch von diesen bescheuerten bunten Plastikpferden zugepflastert.«

Da musste ihr Bert recht geben. Überall standen lebensgroße Pferde mit verschiedenen Farben und Werbeaufschriften herum. Warendorf war die Pferdestadt des Münsterlandes. Sogar aus Amerika und England kamen die Menschen, um beispielsweise der Hengstparade im Landgestüt NRW beizuwohnen oder ihre Stuten besamen zu lassen. Bert grinste breit. »Wir sind nun mal eine Pferdestadt. In Hamm stehen überall Elefanten herum, und das nur, weil sie den Maxipark mit ihrem gläsernen Elefanten haben. Da ist unsere Pferdegeschichte schon etwas älter und hat Hand und Fuß.«

»Schnickschnack. Wir waren früher eine Hansestadt. Die Preußen haben das Landgestüt erst vor knapp zweihundert Jahren gegründet.«

»Kann ich die Geschichten mal lesen?«

»Ja, sie sind in einer Anthologie veröffentlicht worden. Ich kann dir gleich ein Buch vorbeibringen.« Sie tippte auf ihren Drink. »Tauschen wir in Naturalien? Und willst du ein handsigniertes Exemplar?«

»Ja klar.«

»Wenn du dich für Kriminalgeschichten interessierst, kann ich dir aber auch noch viel schönere Bücher empfehlen. Ich habe …«

Bert beugte sich vor und lächelte sie überaus charmant an. »Hilde, ich interessiere mich kein bisschen für Geschichten, ob als Krimi- oder Liebesgeschichte geschrieben. Aber ich interessiere mich für den Mord. Und deshalb werde ich mir das Buch anschauen. Nur deshalb.«

Die Tür öffnete sich, und Achim, der Koch, betrat das Lokal, ein Mann von kleinerer Statur mit deutlichem Bauchansatz und dünnen Beinen, einem schwarzhaarigen Zopf und Kulleraugen. Er sah aus wie ein Südländer, aber jeder, der ihn kannte, wusste, dass er durch und durch Westfale war. Im Schlepptau hatte er seinen Lehrling, Knecht und Prügelknaben Tim, der so lange eine große Klappe hatte, wie er außerhalb der Küche war. Innerhalb der Küche herrschte Achim und duldete keine Ablenkung und nur wenig Eigenengagement. Das selbstständige Denken dürfe ein Kochlehrling erst nach zwei Jahren gut überstandener Lehrzeit beginnen, so stellte Achim die Regel in seiner Küche auf. Und auch wenn Bert einer der Eigentümer des *RoBerta* war, in der Küche bestimmte er lediglich den Preis für ein Gericht.

Achim und Tim hatten zum Zeitpunkt der Ereignisse vom Vortag das Lokal bereits verlassen. Die Küche schloss um neun Uhr, und ab halb zehn Uhr genoss Achim sein Privatleben, das niemanden etwas anging. Daher wusste Bert nicht einmal, wo der Kauz wohnte, er hatte nur eine Handynummer für den Notfall. Von der Schießerei in und außerhalb der Bar hatten beide natürlich gehört, und so entspann sich zunächst eine heftige Diskussion und Fragestunde, von der die Buchhändlerin sich aber schnell zurückzog. Es gebe auch noch ein Geschäft zu führen. Mit sehr konzentrierten Bewegungen verließ Hilde Koch das Lokal.

Tim schüttelte derweil immer wieder den Kopf und meinte schließlich: »Krass, ich hatte den alten Fromm als Biologielehrer. Der hatte ein interessantes Lieblingsthema, Genetik, und er hatte ein so diabolisches Interesse daran, dass er seine Schüler die Blutgruppen ihrer Eltern und Geschwister auflisten ließ. Wenn du im Unterricht ein bisschen aufgepasst hast, wusstest du, wessen Alte fremdgegangen ist.« Tim grinste breit.

Bert machte ein betretenes Gesicht. »Ach du liebe Güte. Das kann aber ganz schön schiefgehen.«

»Ist es auch regelmäßig. Ich hätte mich daher nicht gewundert, wenn der alte Fromm mal Ärger bekommen hätte. Aber dass nun sein Sohn auf offener Straße erschossen worden ist, finde ich krass. Ganz ehrlich: Ich wäre gestern gerne noch dabei gewesen.«

»Ich nicht.« Achim band sich seine Schürze um und machte ein skeptisches Gesicht. »Entweder kommen heute sehr viele Gäste, um sich das Flair großstädtischer Kriminalität um die Provinznase wehen zu lassen. Oder es kommt kaum einer, weil es hier offenbar zu gefährlich ist. Wird schwer, sich heute passend vorzubereiten. Habt ihr übrigens mal Lokalnachrichten gehört? Vom Landgestüt ist ein wertvoller Hengst verschwunden.«

Bert wusste nur so viel von Achims Privatleben, dass sein Koch sich im Pferdesport einigermaßen auskannte. Ob er auch ritt oder nur als Zuschauer oder gar als Wettspieler vom Reitsport profitierte, entzog sich seiner Kenntnis. Nun aber fragte Bert genauer nach. »Achim, glaubst du, dass dieser Diebstahl mit den Ereignissen von letzter Nacht in Zusammenhang steht?«

»Ich wüsste nicht wie. Ich habe mich nur daran erinnert, dass das damalige Führungstrio des Landgestüts vor einigen Jahren in Geschäfte mit einigen Ölscheichs verwickelt war und sich in einer Art bereichert haben soll, die den dreien sogar Geldstrafen eingebracht haben. Und natürlich sind sie ihre angesehenen Stellen beim Landgestüt losgeworden. Wer weiß, eventuell wollte sich einer der drei rächen und gleichzeitig wieder für ein gutes Einkommen sorgen. Ich weiß nur so viel, dass die damals keine schlechte Arbeit gemacht haben, was die Führung des Gestüts anging. Es gab viele Erfolge im Turniersport, und die Einnahmen des Gestüts stimmten auch. Sie sollen sogar so hoch gewesen sein, dass das Gestüt so gut wie keine Zuschüsse vom Land brauchte. Das ist heute anders. Wenn die armen Helikoptermütter wüssten, wie viel Geld das Land in das Gestüt steckt, statt in neue Kitaplätze, dann würde der Laden eher heute als morgen schließen. Allein die Mieten für die Gebäude, die das Land an die Stadt Warendorf zahlen muss, sind enorm. So, genug geredet, ab durch die Mitte, Tim. Schwing den Gemüseschäler.«

Schade, Bert hätte gerne noch mehr über den Fall erfahren. Wenn im Landgestüt ein wertvolles Pferd verschwand, dann ging es schnell um eine hohe Geldsumme. Das wusste jedes Kind in Warendorf auch ohne speziellen Reitunterricht. War der tote Balthasar Fromm darin verwickelt gewesen?

Er blickte auf sein Handy und suchte nach den neusten Nachrichten. Viel fand er nicht. Das Landgestüt hatte Anzeige gegen unbekannt gestellt. Interessanterweise konnte keiner genau sagen, wann das Tier verschwunden war, da die Stallbox am Abend gar nicht leer gewesen war. Sondern der oder die Täter hatten einfach ein ähnliches Pferd, allerdings mit deutlich geringerem Wert, in den Stall gestellt. Keinem der Pferdewirte war beim flüchtigen Durchlaufen des Stalles etwas aufgefallen. Erst am Morgen stellte eine der Pferdewirtinnen fest, dass die Box völlig falsch besetzt worden war. Anfangs als schlechten Scherz behandelt, erkannte man dann die Schlagzeile. Doch bei einer solch heimlichen

Tat hätte man sich nicht den Weg freischießen müssen. Selbst wenn Balthasar vor der Lesung noch bei der Sache mitgemacht hatte, wozu hätte er eine Waffe gebraucht, und warum hätte sein Komplize ihn erschießen sollen? Der Clou war ja gelungen. Nein, diese beiden Fälle hatten wahrscheinlich nichts miteinander zu tun, sondern zeigten nur, dass es im beschaulichen Warendorf gerade recht kriminell zuging.

Die Tür ging auf und zwei Männer mit Sporttaschen in den Händen betraten das Lokal und bestellten im Vorbeigehen jeweils ein Weizenbier. Danach setzten sie sich in eine Ecke ans Fenster. Bert befüllte zwei schlanke Weizengläser und brachte sie an den Tisch. Da die beiden Männer bereits eifrig über Fußballergebnisse diskutierten, ging Bert davon aus, dass der Mord keine Rolle für ihren Besuch spielte.

Kurz darauf schickte Hilde ihre Mitarbeiterin vorbei, die ihm das versprochene Buch des Autors übergab. Und dann erschien tatsächlich einer der Gäste des Vorabends, einer der Männer, die sich hier auf eine Flasche Wein getroffen hatten. Der Mann war klein und dünn und trug eine Halbglatze, die er mit einem ziemlich dichten Bart kompensierte. Die klugen Augen steckten hinter einer getönten Brille.

Er setzte sich zu Bert an die Theke und lächelte halbseiden. »Es treibt nicht nur den Täter an den Tatort zurück, auch mich als Opfer lassen die Bilder nicht los. Haben Sie eine Ahnung, was da gestern passiert ist? Erst bedroht der Kerl uns alle, geht dann lachend raus, nachdem Sie ihm heldenhaft Paroli geboten haben, um sich dann stumpf erschießen zu lassen. Das kann doch keiner von uns gewesen sein. Oder haben Sie etwa gesehen, dass sich einer der Gäste rausgeschlichen hat? Ich nehme ein Glas Rotwein, wenn Sie was offen haben.« Er packte sich an den ordentlichen Hemdkragen und öffnete zwei Knöpfe.

Bert machte einen trockenen Dornfelder auf und goss dem Gast ein Glas ein. Derweil betraten zwei weitere Gäste das Lokal, zwei Frauen, und setzten sich hin, um die Karte zu studieren. Es war halb sieben und damit die Zeit, in der die ersten Essensbestellungen losgingen. Bert antwortete dem Gast: »Nein, ich glaube nicht, dass sich das jemand gewagt hätte. Kannten Sie den Mann? Er hatte kurz zuvor eine Lesung in der Buchhandlung nebenan.«

»Ach, der war das? Der Autor? Ich habe das Plakat gelesen, als ich daran vorbeigegangen bin. Ich gehe ganz gerne mal zu einer Lesung, aber nun war ich ja verabredet. Tommy kam extra aus Osnabrück, um sich mit mir zu treffen.« In dem Moment wusste Bert, dass sein Gesprächspartner auf Männer stand. Auch gut. Er fragte ihn: »Das war der Mann, der so umsichtig die Polizei gerufen hat, oder?«

Der andere nickte und blickte sich um. »Der Typ gestern Abend, der war nicht gut zurecht. Ich kenne mich da ein wenig aus. Er erinnerte mich an jemanden, dem plötzlich alles egal ist und der in sein Auto steigt, um verkehrt herum auf die Autobahn zu fahren. Dem muss irgendetwas über den Kopf gewachsen sein. Vermutlich war das unter anderen Umständen ein total harmloser Typ.«

Bert lächelte knapp und erwiderte: »Nun, ich denke, dem Typen, der ihn erschossen hat, ist noch deutlich mehr über den Kopf gewachsen.« Dann wandte er sich ab und bediente seine Kundschaft.

Die nächsten drei Stunden hatte Bert gut zu tun. Auf neugierige Fragen zum gestrigen Abend ließ er sich nur dann ein, wenn er den Eindruck hatte, selbst etwas zu erfahren. Das war aber nur einmal der Fall. Ein älteres Ehepaar behauptete, die Lesung in der Buchhandlung besucht zu haben. Sie konnten sich überhaupt nicht vorstellen, dass der nette Autor eine geladene Waffe auf andere gerichtet haben sollte. Das habe bestimmt etwas mit einer Buchrecherche zu tun gehabt und man hätte den armen Mann missverstanden. Die beiden Fans waren überzeugt davon, dass Balthasar Fromm aufgrund seiner Schreiberei umgebracht worden war. Immerhin habe der Mann bei der Lesung selbst erzählt, dass er bereits Drohbriefe erhalten habe. Das war nun allerdings eine Information, die Bert wichtig erschien. »Haben Sie das der Polizei erzählt?«

»Nein, die haben uns gar nicht befragt. Dabei waren wir ja wohl die letzten Personen, die ihn lebend gesehen haben.« Die Frau schob die faltige Unterlippe vor.

Um halb zehn Uhr kam eine weitere Dame Anfang sechzig herein. Sie zeigte den hoch konzentrierten Gang einer Frau, die ihren Promillewert lieber verbergen will. Mit staksigen Schritten lief sie zur Theke und hielt sich am Hocker fest. Sie sah gepflegt aus und trug teure Kleidung, und sie war definitiv kein üblicher Gast im *RoBerta*. Mit fragendem Blick begrüßte Bert die Dame, die es sicherlich nicht gewohnt war, alleine an einer Theke zu stehen.

»Ich möchte gerne einen Espresso macchiato. Und dann möchte ich wissen, was gestern hier mit meinem Sohn geschehen ist.«

Oha, dachte Bert. Nun fühlte er sich überfordert. Mit Problemgesprächen und alkoholisierten Melancholikern kam der Barkeeper klar, doch mit einer Mutter, die ihren Sohn bei einer Schießerei verloren hatte, das traute er sich nicht so recht zu. Er schob ihr einen starken Espresso hin und bat sie, Platz zu nehmen. Aber diese Dame auf einem seiner Allerweltshocker, das sah merkwürdig aus.

»Sie haben mein tiefstes Mitgefühl«, sagte Bert.

Er dachte fieberhaft darüber nach, wie er ihr den Teil mit der Ginflasche erzählen sollte. Doch zunächst musste er nur zuhören. Er bat Tim, den Service zu übernehmen, und trank einen Espresso mit ihr.

Frau Fromm erzählte von ihrem Sohn. Von seinem guten Job in Münster und von seiner Schreiberei. Die sei ihm wichtig gewesen, und eventuell habe er daher mal die eine oder andere Merkwürdigkeit von sich gegeben. Künstler halt. An dieser Stelle unterbrach Bert ihren Bericht. »Ihr Sohn hat eine geladene Pistole auf mich und meine Gäste gerichtet. Dafür wäre er wahrscheinlich ins Gefängnis gekommen. Als sich im Gerangel mit ihm ein Schuss gelöst hat, wäre ich beinahe getroffen worden. Das kann mir jetzt keiner mit einer harmlosen Rechercheaktion erklären. Auch nicht seine trauernde Mutter.«

Sie nickte betroffen und schaute ihn mit Tränen in den Augen an. »Aber deshalb ist er nicht erschossen worden, nicht wahr? Kann ihn jemand verwechselt haben, als er aus der Tür ins Dunkle getreten ist?«

»Wieso hatte er überhaupt eine Waffe bei sich?«

Jetzt schlug Frau Fromm die Hände vor das Gesicht und weinte stumm vor sich hin. Bert war dies sehr unangenehm, da einige Gäste schon herüberschielten. Er reichte ihr ein Küchentuch.

Sie schnäuzte sich und nahm wieder Haltung an. Mit leiser Stimme sagte sie: »Ich glaube, Balthasar wollte nur sich selbst umbringen.«

* * *

Maja Sperling setzte kurz die Schubkarre voller Mist ab und wischte sich den Schweiß von der Stirn. Sie war heute spät dran. Wegen einer Familienfeier hatte sie ihre Schicht verschoben. Nun war es bereits kurz nach neunzehn Uhr, und sie wollte allmählich nach Hause. Die Ausbildung zur Pferdewirtin im Landgestüt Warendorf machte ihr großen Spaß – noch. Aber die körperliche Arbeit hatte sie unterschätzt. Sie war hier als Mädchen für alles, die alteingesessenen Mitarbeiter hielten sich gerne an ihrem Besen fest oder an einem Bier, das sie heimlich in einem kleinen Raum hinter der Sattelkammer zu sich nahmen.

Heute kam noch eine extrem angespannte Stimmung hinzu. Alle waren nervös, da der Hengst Dragon verschwunden war. Dragon war eine hervorragende Investition des Gestüts gewesen. Die Tatsache, dass keiner der Mitarbeiter sein Verschwinden bemerkt hatte, warf auf alle kein gutes Licht. Maja konnte sich rausreden. Sie hatte die Stallung II, in der Dragon untergebracht war, am Vortag überhaupt nicht betreten, aber ihr Kollege Jens hatte am Abend eine letzte Runde gemacht, und ihm war nicht aufgefallen, dass ein anderes Tier im Stall gestanden hatte.

Sie leerte den Mist aus, stellte die Karre ab und kehrte zurück in den Stall III. Hier waren die Lehrpferde des Gestüts untergebracht. An einer Stalltür hingen zwei Halfter, und Maja nahm eines herunter, um es in die Sattelkammer zu bringen. Kaum hatte sich die Tür des kleinen Raums hinter ihr geschlossen, empfand Maja ein Gefühl der Beklemmung. Es war ziemlich dunkel hier drin. Schon zig Mal war die junge Frau in der Kammer gewesen, doch an diesem Abend sah man sie unsicher und ängstlich hantieren. Sie schaute in jede Ecke und hängte das Halfter an einen Haken. Dann hielt sie kurz inne. Da war das Atmen einer zweiten Person zu hören. Es stellten sich ihr die Nackenhaare auf, doch es war zu spät für eine wie auch immer geartete Reaktion. Jemand packte Maja von hinten am Hals und an der Schulter und drückte ihren Kopf an einen Sattel. Sie roch Leder und spürte die glatte Fläche an ihrer Stirn. Sie bekam keine Luft, obwohl der Mund frei war. Dennoch war sie nicht in der Lage zu schreien. Die Hand umschloss ihren Kehlkopf so eng, dass sie in Panik geriet und nur damit beschäftigt war, genügend Luft zu bekommen.

»So, meine Liebe, du drehst dich jetzt nicht um und hörst ganz genau zu. Du bist nämlich eine überaus wichtige Zeugin, Kleines. Du wirst erzählen, dass du Dragon gestern gegen neunzehn Uhr noch in seiner Box gesehen hast. Und es ist mir scheißegal, ob du in seiner Nähe warst oder nicht, du wirst es auf jeden Fall behaupten. Anderenfalls wirst du nie wieder auf einem Pferd sitzen, da ich dir das Rückgrat brechen werde, hast du verstanden?« Die Stimme klang dumpf und heiser, so als steckte das Gesicht unter einer Mütze. Maja hatte keine

Ahnung, wer sie gerade überfiel. Sie kannte die Stimme nicht, und sehen konnte sie auch nichts. Die Person fuhr fort: »Solltest du also irgendwem von unserer kleinen Unterredung berichten, werde ich dich finden.«

Maja schwitzte und fror zugleich. Es gab eine Menge Leute, die ihr prophezeit hatten, dass der Job auf dem Landgestüt gefährlich werden würde. Der tägliche Umgang mit zahlreichen großen Hengsten, die schwere Arbeit. Ein Huftritt konnte ausreichen, um einen Menschen zu töten. Aber dass sie hier ohne jedes Zutun von einem Irren bedroht wurde, damit hatte sicher niemand gerechnet. Maja wünschte, sie wäre jetzt in einem Stall bei einem starken Hengst, der keinen Fremden in die Box ließ und hinter dem sie sich verstecken konnte. Doch sie war alleine in der Sattelkammer, die meisten Mitarbeiter hatten Feierabend, und hören würde sie hier um diese Zeit auch keiner.

»Warum soll ich das tun? Und wo ist Dragon überhaupt?« Sie schrie auf, denn der Angreifer hatte ihr mit einem gut kalkulierten Schwung sein Knie in die Seite gerammt. Nun bekam sie noch weniger Luft.

»Tu einfach, was ich dir sage.«

Ganz plötzlich schubste er sie so heftig nach vorne, dass sie mit dem Kopf gegen die Holzwand knallte und zu Boden stürzte, wobei sie den erstbesten Sattel mit sich zog. Als sie sich aufgerappelt hatte, war die Tür zur Sattelkammer zu. Ihre Beine fühlten sich wie Pudding an, und sie kam nur langsam voran. Der Täter war längst weg, vom Dunkel der Dämmerung verschluckt. Der Rest ihrer Arbeitszeit lief wie in einem schlechten Horrorfilm ab. Maja vermutete hinter jeder Ecke den nächsten Überfall. Alltägliche Geräusche wurden zur Mutprobe, und ihr Rücken schmerzte plötzlich, als würde das Rückgrat tatsächlich jeden Moment durchbrechen.

Weinend saß sie schließlich am Steuer ihres kleinen Nissans und fuhr nach Hause. Ein Gedanke tröstete sie. Die Befragungen durch die Polizei waren am heutigen Morgen alle schon gelaufen, als sie bei der Familienfeier gewesen war. Vielleicht musste sie also gar nichts mehr zu dem Vorfall sagen. Ihr war nur leider eine Sache klar. Das Verschwinden von Dragon war kein Dummejungenstreich gewesen. Der überaus wertvolle Hengst war offenbar von gefährlichen Tätern entführt worden, die vor Gewalt nicht zurückschreckten. Ihre Beule am Kopf war der Beweis.

* * *

Am Montagmorgen verlangte Kommissar Schmitt laut und zornig nach einer Erklärung, warum ihm niemand von dem zweiten Verbrechen in Warendorf berichtet habe. »Wenn an einem Abend gleich zwei merkwürdige Taten in einem beschaulichen Ort wie Warendorf geschehen, dann will ich davon wissen. Es besteht immerhin die Möglichkeit, dass diese beiden Verbrechen in einer Verbindung stehen!«

Zunächst wusste keiner der müden westfälischen Beamten, wovon Schmitt da überhaupt sprach. Immerhin befanden sie sich hier im Kommissariat, das für Gewalttaten verantwortlich war. Aber außer einem erschossenen Autor hatte am Freitagabend kein weiteres Gewaltverbrechen vorgelegen. Nun war es Montagmorgen, und in der *Glocke* konnte man lesen, dass es noch immer keine Spur von dem entführten Hengst Dragon gab, der seit Freitagabend aus seinem Stall verschwunden war.

Dirk Kemper, nun in Uniform und ordentlich frisiert, schaltete als Erster: »Sie meinen, unser toter Autor Balthasar Fromm hat etwas mit dieser Pferdeentführung zu tun?«

»Es ist zumindest denkbar, dass wir ein Motiv für den Mord finden, wenn wir die beiden Fälle miteinander in Beziehung setzen. Es gab zwei Männer, die am Freitagabend mit einer Waffe im Ort herumgelaufen sind und diese auch noch benutzt haben. Ich möchte die Polizisten sprechen, die beim Landgestüt vor Ort ermittelt haben. Jetzt.« Schmitt ahnte, was ihm bevorstand, und das trug größtenteils zu seiner Erregung bei. Er würde mit an Sicherheit grenzender Wahrscheinlichkeit selbst nochmal zum Landgestüt fahren müssen. Große, wilde Pferde, herumlaufende Hofhunde und raue Mitarbeiter, die sich Angst vor Tieren überhaupt nicht vorstellen konnten und Feingefühl nur für eine Pferdeseele kannten. Dennoch entschied er am späten Vormittag, sich selbst einen Überblick zu verschaffen. Es ging nicht anders. »Kemper, Sie kommen mit mir und werden jedes Tier, das sich mir nähert, unbedingt aufhalten.«

Der junge Polizist grinste, ein Besuch beim Landgestüt versprach interessant zu werden. Und sein Chef konnte wirklich ausgesprochen amüsant werden, wenn es um gewissermaßen harmlose Tiere ging. Er musste mal dringend etwas gegen diese Phobie unternehmen.

Sie fuhren also wenig später die Auffahrt zum herrschaftlich anmutenden Landgestüt entlang, das es bereits seit mehr als hundertneunzig Jahren gab. Die Sonne schien matt auf die große Bronzestatue, und auf dem Reitplatz und den Wegen herrschte reger Betrieb. »Das ist Paradox, der wegen seiner wertvollen Nachkommen als Millionär der westfälischen Pferdezucht gilt«, erklärte Dirk und betrachtete den edlen Kopf der Statue.

Die Wirtschaftsgebäude und Stallungen lagen wie ein U um ein Rondell, das mit vielen Blumen bunt bepflanzt und mit einem breiten Rasenstreifen umgeben war. Auf dem breiten Weg, der Rondell und Gebäude trennte, waren früher sicher herrschaftliche Kutschen herumgefahren. Schmitt fuhr so nah wie möglich an das Hauptgebäude heran und blickte beim Aussteigen unnötig oft herum, ob sich auch kein Hofhund zeigte. Sie schritten auf eine große, grüne Tür zu, hinter der sie die Büros vermuteten, und wurden von einem Mann in Reithosen aufgehalten. »Kann ich helfen? Haben Sie eine Spur von Dragon?«

Schmitt stellte sich und Kemper vor und schüttelte den Kopf. Dann sagte er: »Ich würde gerne die Mitarbeiter sprechen, die an dem Tag Dienst hatten, als der Hengst verschwunden ist.«

Der schlanke Mann rieb sich die Stirn. »Nun, streng genommen könnte Dragon am frühen Abend oder am frühen Morgen verschwunden sein, denn es wurde ja erst am nächsten Tag bemerkt.«

Doch diese Behauptung wurde schnell entkräftet. Denn schon wenig später gab es einige Aufregung unter den Mitarbeitern, als eine zierliche Frau mit einem blonden Pferdeschwanz und viel zu großen Zähnen behauptete, dass sie Dragon am Freitagabend noch gesehen habe. »Ich bin mir ganz sicher, dass es Dragon war, ich kenne doch seine sternförmige Blesse an der Stirn. Ich hatte einen Ohrring verloren und war nochmal im Stall I, um danach zu suchen.«

Der Hengst war am Samstagmorgen als vermisst gemeldet worden. An dem Tag hatte die junge Maja Sperling später ihren Dienst verrichtet und zum Zeitpunkt, als die Beamten eine Befragung am Gestüt vorgenommen hatten, war sie auf einer Familienfeier gewesen. Schmitt betrat mit Kemper den großen Stall, in dem zahlreiche Pferde in geräumigen Boxen standen. Hier waren die berühmten Zuchthengste untergebracht. Die Gasse war breit, sodass Kommissar Schmitt weit genug von den Tieren entfernt stehen konnte. Es waren drei Mitarbeiter anwesend, die gerade heftig diskutierten.

»Wieso hast du uns das nicht schon am Samstag erzählt?«, fragte ein junger Pferdewirt mit unreiner Gesichtshaut und blonden, strähnigen Haaren. »Ich habe dich doch noch gefragt, und du hast behauptet, du seist am Freitag gar nicht hier im Stall gewesen.«

Maja bekam hektische Flecken im Gesicht und schob die Unterlippe vor. »Ich hatte es vergessen. Durch diese blöde Familienfeier am Samstag war alles etwas hektisch. Und nur deshalb fiel mir ja auf, dass ein Ohrring fehlte, weil ich sie auf der Familienfeier tragen wollte. Als ich festgestellt habe, dass einer fehlte, bin ich an so vielen Orten suchen gewesen, dass ich einfach nicht mehr daran gedacht habe.«

Schmitt blickte auf ihre Ohrläppchen, an denen zwar Löcher zu sehen waren, aber kein Schmuck.

Der dritte Mann war ein gutaussehender, athletischer Typ Anfang dreißig, der Maja nun in Schutz nahm.

»Nun hack doch nicht auf ihr herum, Jens. Immerhin haben wir von Maja nun eine Aussage.«

Jens verschränkte die Arme vor der Brust. »Als wenn wir da was drauf geben können. Sie wusste ja nicht mal mehr, dass sie im Stall war, geschweige denn, welches Pferd in der Box stand. Wenn man einen Ohrring sucht, blickt man zu Boden und schmust nicht mit den Pferden.«

Schmitt musste dem Jüngling recht geben. Er mischte sich nun ein. »Frau Sperling, wann genau waren Sie im Stall und haben den Hengst gesehen? Und wer von den Mitarbeitern ist Ihnen begegnet? Gab es viele fremde Besucher? Ist Ihnen etwas aufgefallen.«

Sichtlich überfordert mit mehr als einer Frage schüttelte die junge Frau den Kopf. »Mehr weiß ich nicht. Es war Dragon. Er kam zur Tür und beobachtete mich. Ihr wisst doch, wie neugierig der immer ist.«

Dirk Kemper lief derweil die Boxen ab und besah sich die wunderschönen, gut gewachsenen Zuchthengste. Die eine oder andere Pferdenase streckte sich ihm entgegen, und er streichelte sie. Er hatte immer gedacht, dass Hengste nervöse, aggressive Tiere seien, die sich stets in einer gefährlichen Erregung befanden. Doch diese Tiere hier machten einen entspannten und friedlichen Eindruck. Angeblich änderten sie ihr Verhalten erst, wenn eine rossige Stute in der Nähe war, wie der Polizist erfahren hatte. »Das ist sicher ein schönes Arbeiten hier im Gestüt, oder?«, stellte er schließlich fest und schaute die Mitarbeiter fragend an.

Maja nickte, Jens blickte auf seine Reitstiefel und Leo sagte: »Naja, man darf nicht vergessen, dass wir eine behördliche Einrichtung sind, in der nicht immer Raum für neue Ideen oder Kreativität ist. Aber es ist vielseitig: Wir züchten, bilden aus, haben die Reitschule dabei, veranstalten Paraden und Körungen und sind weltweit bekannt.«

Dirk besah sich den Hengst, der neben dem leeren Stall von Dragon stand, und fragte. »Wie muss ich mir die Zucht vorstellen. Dürfen die Hengste noch, hm, Spaß dabei haben oder läuft alles automatisch?« Nun hörte auch Kommissar Schmitt aufmerksam zu, hatte dabei aber die neugierigen Pferdeköpfe im Blick. Leo erklärte: »Das entscheidet im Grunde genommen der Stutenhalter. Manche Stuten werden nur trächtig durch den sogenannten Natursprung. Vor allem ältere Züchter halten von einer Besamung nichts und wollen den Natursprung haben.«

Maja mischte sich ein. »So ganz unrecht haben sie ja auch nicht. Die Erfolgsquote beim Natursprung liegt bei fünfundachtzig Prozent, bei der Besamung nur bei fünfundsechzig Prozent.«

»Und ein Gestüt verdient durch die Deckprämie Geld?« Schmitt machte ein Gesicht, als hätte er einen völlig neuen Wirtschaftszweig verstanden.

»Ja natürlich«, nickte Leo. »Deckprämie plus Trächtigkeitsprämie, also das Geld, was gezahlt werden muss, wenn die Stute trächtig wird. Da kommen schnell tausend Euro pro Stute zusammen. Für unsere Kaltbluthengste gilt der Preis natürlich nicht. Da zahlt man in der Regel nur die Deckprämie von hundertfünfzig bis zweihundert Euro. Wir haben hier knapp siebzig Hengste, die mehrfach ihren Samen spenden.«

Schmitt und Kemper sahen sich an, und der Polizist pfiff durch die Zähne. »Wenn ich mehr Ahnung hätte, würde ich ein Gestüt gründen.«

Leo und Jens schüttelten beinahe gleichzeitig die Köpfe, und Leo sagte: »So einfach, wie es sich anhört, ist es nicht!«

Sie verließen dann die Stallungen und befragten auch noch weitere Mitarbeiter. Keiner wollte gesehen haben, dass ein anderes Pferd in den Stall geführt worden war. Und keiner außer Maja hatte Dragon ab dem frühen Abend noch gesehen. Die Befragung einiger kichernder Mädels der angeschlossenen Reitschule ergab, dass so einige Gestüter und Pferdewirte mit jungen Mädels auf dem Heuboden verschwanden. So gab es nur in der Theorie eine ständige Aufsicht. Dragon war am Freitagvormittag geritten worden. Danach gab es, außer von Maja Sperling, keine zuverlässige Aussage mehr über den Verbleib des Hengstes. Irgendjemand hatte ihn aus dem Stall geholt und ein Schulpferd mit ähnlichem Aussehen hineingestellt. Denn wenn im Stall mit den Schulpferden mal eine Box leer war, regte sich keiner auf. Die Pferde wurden für den Reitlehrbetrieb ständig gebraucht. Das Gestüt kümmerte sich ja nicht nur um die Zucht. Daher gab es auch einige Wallache hier.

»Himmel …«, sagte Dirk, als sie schließlich wieder in Schmitts Wagen stiegen, »das ist vielleicht ein Anwesen hier. Meiner Meinung nach laufen hier viel zu viele Leute herum und zu viele Pferde, die für mich alle gleich aussehen.«

»Ich dachte, nur ich erkenne die Unterschiede schlecht. Ich bin erstaunt, dass auf einem Gelände mit derartig wertvollen Tieren so viele Besucher einfach herumlaufen dürfen. Am Wochenende muss hier doch die Hölle los sein. Dazu noch der laufende Reitbetrieb. Es fällt doch überhaupt nicht auf, wenn man mit einem selbstbewussten Gesicht und den passenden Klamotten einen wertvollen Hengst wegführt. Decke drüber, eventuell die Mähne kurz mit Farbe einsprühen, und schon erkennt auch der erfahrenste Pferdewirt seinen Deckhengst nicht auf Anhieb.«

Schmitt fuhr los, sodass der staubige Boden unter den Reifen kleine Wolken verursachte, und schnallte sich dabei an. Erst als sie das Gestüt lange hinter sich gelassen hatten und gerade auf den Parkplatz des Kommissariats fuhren, meinte er plötzlich mit einem Blick auf die Uhr. »Ich denke, Sie können sich gleich auf den Weg machen und diese Maja Sperling zu Hause aufsuchen. Ihr Dienst endet gleich. Ich möchte wissen, warum sie gelogen hat.«

4. KAPITEL

Montags hatte das *RoBerta* geschlossen. Da Achim, der Koch, manchmal auch die Einkäufe übernahm, konnte Bert tatsächlich den freien Tag zumindest in Ansätzen genießen. Er wohnte in der Nähe des Lokals am Freckenhorster Wall und lebte so alleine, wie man das mit einem dreizehn Jahre alten Kater schaffte. Das Tier hatte er von einem Freund geerbt, der verstorben war. Es war keine innige Liebe, die Mann und Kater miteinander verband, sondern eine Zweckgemeinschaft mit gegenseitigem Respekt. Bert würde Paul niemals Trockenfutter vorsetzen, und Paul seinerseits sprang nicht auf die Tische und respektierte den Küchenbereich. Die innigsten Momente hatten sie beim gemeinsamen Fernsehschauen, wenn Paul links im Sofa lag und Bert rechts, aber so, dass seine Füße mit dem weichen Fell Kontakt hatten.

Bert machte sich am Morgen sein Frühstück, nahm es mit zum Sofa, blätterte in dem Buch von Balthasar

Fromm und las zwei oder drei Geschichten aus der Krimi-Anthologie. Fromm konnte sich gut ausdrücken, und an einigen Stellen waren die Geschichten spannend genug, um Berts Kaffee lauwarm werden zu lassen. Aber der Autor besaß keinen Humor und nahm sich selbst zu wichtig, fand Bert. Und daher hatte er nach der vierten Geschichte genug gelesen.

Bert schlug das Buch zu und begab sich auf Socken zum Briefkasten, um seine Tageszeitung zu holen. Und da prangte bereits auf der ersten Seite eine Nachricht, die ihn grinsen ließ:

Wertvoller Zuchthengst aus Landgestüt verschwunden.

Sollten nach den Vorwürfen gegen die alte Gestütsleitung nun neue Skandale für Aufregung sorgen? Waren es externe Täter oder gab es erneut interne kriminelle Machenschaften?

So fragte sich die Redaktion, und Bert musste mehr als einmal lächeln angesichts des Artikels. Er hatte nie verstanden, dass ein Pferd wertvoller als ein Haus sein konnte. Ganz schön verrückt. Mal landete es als Sauerbraten in der Fleischtheke und mal wurde es gehütet wie ein Prinzenkind. Nicht zu fassen. Das Tier wurde sicher ganz schnell ins Ausland verkauft. Denn die Zuchtlinien aus Warendorf waren auch bei den Ölscheichs bekannt und beliebt.

Das Klingeln der Haustür ließ Kater Paul empört mauzen. Das Tier sprang vom Sofa und schlich neugierig in den Flur zur Haustür. Bert folgte irritiert, denn für die Post war es an sich zu früh, und Besuch erwartete er nicht. Vor der Tür stand eine hübsche Frau mit braunen Haaren und langen Beinen, die in einer engen Jeanshose steckten. Sie trug eine Bluse und eine Lederjacke darüber, und in der Hand hielt sie eine Flasche guten Gin, wie sein Kennerblick sofort erfasste. Sie kam ihm bekannt vor, und noch bevor die Dame etwas sagte, wusste er woher. Und diese Erkenntnis war verwirrend.

Sie lächelte ihn charmant an, wobei sie interessanterweise ein leichtes Glitzern von Tränen in den Augen hatte. »Darf ich hereinkommen?«

Bert nickte erst seiner Nachbarin zu, die bereits in den Rabatten des Vorgartens lag und neugierig herüberblinzelte. Dann bat er die Frau mit der Ginflasche, die für seinen Geschmack zu jung für ein Rendezvous mit ihm war, zu sich herein. Er führte sie ins Wohnzimmer, während sie den Kater streichelte, der sich um ihre Beine schlängelte. Das war nicht unbedingt eine übliche Begrüßung von Paul, der gerne Berts Besucher anfauchte. Offenbar stand er auf weiblichen Besuch. »Hier, für Sie«, sagte seine Besucherin und reichte ihm mit einer abrupten Bewegung die Ginflasche.

»Danke sehr. Womit habe ich mir diese Flasche verdient? Und haben Sie den etwas turbulenten Abend gut überstanden?«

»Nicht wirklich. Also, die Flasche haben Sie sich schon verdient, aber ich habe seitdem kaum geschlafen und habe ständig Alpträume. Sie haben mir das Leben gerettet.« Tatsächlich traten ihr bei diesen Worten Tränen in die Augen.

Bert verschränkte die Arme vor der Brust und schüttelte den Kopf. »Nicht doch. Ich glaube nicht, dass dieser Balthasar Fromm wirklich vorhatte, jemanden zu erschießen. Denn dann hätte er es spätestens nach meiner Attacke auch getan. Das hätte auch ganz anders ausgehen können, und dann wäre mein Eingreifen sogar sehr dumm gewesen.«

Sie wechselte zur persönlicheren Anrede. »Aber du hast dich getraut, einzugreifen. Einfach so, und ohne darüber nachzudenken, ob das für dich gefährlich war. Und dafür möchte ich dir danken. Glaubst du, jemand anderer wollte ihn aufhalten, bevor er tatsächlich jemanden umbringt, und hat ihn deshalb erschossen?«

»Du meinst, es sei eventuell eine schützende Tat gewesen, ihn zu erschießen? Nein, das glaube ich nicht. Meiner Meinung nach haben sich an dem Abend mindestens zwei Männer mit einer Pistole und schlechten Absichten in Warendorf herumgetrieben. Ich frage mich, was Balthasar Fromm mit seiner Waffe wirklich an dem Abend vorhatte. Es schien mir nicht unbedingt eine geplante Tat zu sein, in meiner Bar aufzutauchen. Ich heiße übrigens Bert, und wer bist du?« Bert bat die Dame noch immer nicht, Platz zu nehmen. Im Grunde wollte er, dass sie schnellstmöglich wieder aufbrach. Er mochte seine Privatsphäre, und unangemeldete Besuche empfand er keineswegs als positive Überraschung.

»Tina Dessel. Darf ich mich setzen?« Wie die meisten schönen Frauen ging sie davon aus, dass er sich freute, wenn sie blieb. Tina setzte sich auf sein buntes Sofa. Mit einem geschmeidigen Sprung lag Paul sofort neben ihr und ließ sich kraulen.

»Hör mal, Tina, du bist mir nichts schuldig, und ich danke dir für den guten Gin. Aber heute ist mein freier Tag, und ich habe noch eine Menge zu erledigen.«

»Freier Tag und viel zu erledigen? Klingt auch nicht nach geschickter Freizeitgestaltung, oder? Ich habe heute auch frei, ich habe mich krankgemeldet. Und dann habe ich gemerkt, dass ich nicht gut allein sein kann. Noch nicht. Wir könnten etwas zusammen unternehmen.« Sie strahlte ihn an, voller Vertrauen.

Das fehlte noch, dass so ein zwanzig Jahre jüngeres Ding sich in ihn verliebte, nur weil sie seinen Heldenmut verherrlichte. »Du musst jetzt gehen, ich habe wirklich noch jede Menge zu tun, Tina.« Mit einem, wie er fand, väterlichen Lächeln stand er vor ihr und blickte demonstrativ zur Uhr. Zu seiner Erleichterung stand Tina nun tatsächlich auf.

Aber beim Hinausgehen sagte sie: »Ich habe Angst, Bert, denn ich glaube, ich habe den Mörder dieses Autors kurz vorher gesehen.«

»Was? Wo denn?«

»Ich war doch kurz draußen, als mein Handy klingelte. Da saß der Mann schon bei dir an der Theke und trank etwas. Als ich vor die Tür gegangen bin, stand ein Mann auf der anderen Straßenseite. Er hatte dichte, blonde Haare, einen kleinen Bart und war groß und breitschultrig. Und er wirkte nicht wie ein Einheimischer. Er hat genau zu deinem Lokal herübergeblickt, als ich hinaustrat. Unsere Blicke trafen sich für einen Moment, dann drehte er sich um und tat so, als würde er auf sein Handy gucken. Ich bin sofort wieder reingegangen, mein Bruder wollte mir nur kurz sagen, dass er mich und meine Freundin abholen würde.«

Bert hoffte, dass Tina diese Geschichte nicht auftischte, um ihn zu beeindrucken. »Hast du das der Polizei erzählt?«

»Nein, es ist mir erst heute eingefallen, dass es eine Bedeutung haben könnte. Wenn dieser Typ sich an mich erinnert und er der Mörder ist, dann bin ich doch in Gefahr, oder? Ich könnte ihn identifizieren.«

Bert hatte nun die Haustürklinke in der Hand. »Er weiß doch gar nicht, wer du bist. Geh halt zur Polizei und gib eine Personenbeschreibung durch. Das schadet bestimmt nicht. Mach's gut.«

Mit einer Spur von schlechtem Gewissen schloss er die Haustür hinter ihr und fragte sich, warum er einem hübschen Frauenbesuch gegenüber so abweisend war. Er verkroch sich nun seit drei Jahren wie ein Bär in seiner Höhle, während er nachts den verständigen Barkeeper spielte, der zu jedem Problem den passenden Ratschlag gab. Der Versuch, einen bewaffneten Mann zu überwältigen, hätte auch schnell sehr schiefgehen können. Falls Tina die Wahrheit gesagt hatte, stellte sich die Frage, ob der Unbekannte sein Lokal aus irgendwelchen Gründen, die nur ihm bekannt waren, beobachtet hatte, oder ob er es von vornherein auf Balthasar Fromm abgesehen hatte. Beides war möglich. Ob die Polizei auch darüber nachdachte, dass es jeden erstbesten Gast aus dem Lokal hätte treffen können?

* * *

Dirk Kemper dachte die ganze Fahrt darüber nach, warum Schmitt sich immer so verdammt sicher war, wenn es um die Einschätzung von Menschen ging. Und der Kommissar irrte sich selten. Er hielt vor dem Einfamilienhaus der Familie Sperling. Maja wohnte anscheinend noch bei ihren Eltern. Dirk konnte sich auch nicht vorstellen, dass man als Pferdewirtin in Ausbildung genug verdiente, um sich eine eigene Wohnung zu leisten. Er klingelte und hielt ein wenig Abstand zur Tür.

Es war Maja selbst, die öffnete. Ihre Haare waren nass und rahmten ihr schmales Gesicht ein. Sie trug eine Stoffhose und einen Schlabberpulli, und sie erschrak sichtlich, als der Mann in Uniform vor ihrer Tür stand. »Was wollen Sie«, rief sie so laut, als ob sie ihre Nachbarn informieren wollte.

Dirk hob beschwichtigend die Hände. »Ich möchte noch mal Ihre Aussage von heute Morgen mit Ihnen durchgehen. Kann ich reinkommen?« Bevor sie antworten konnte, war Dirk bereits in die Wohnung getreten und machte die Tür zu.

Sie standen in einem schmalen Flur, von dem aus eine Treppe nach oben führte. Durch eine Holztür mit Glasfassung gelangte man in einen hellen Wohnbereich. Doch Maja machte keine Anstalten, den Polizisten irgendwohin zu bitten. Sie versteckte die Hände hinter ihrem Rücken und nagte an der Unterlippe. Bei ihrem Anblick ahnte auch Dirk, dass sie etwas zu verbergen hatte. Er nutzte ihre Unsicherheit und fragte sie direkt auf den Kopf zu: »Warum haben Sie gelogen?«

Die Reaktion der jungen Pferdewirtin war bühnenreif. Ihre Unterlippe bebte, die Gesichtsfarbe wechselte sekündlich von Dunkelrot zu Kreidebleich und wieder zurück. Ihre Augen riss sie weit auf. Kurz danach flossen Tränen, und sie schlug die Hände vor das Gesicht.

Dirk legte seinen Arm um sie und führte sie durch die Tür auf ein großes, helles Sofa. Er holte aus der angrenzenden Küche ein Glas Wasser, griff nach einem Taschentuch und setzte sich dann neben Maja. »Jemand wollte also, dass Sie diese falsche Aussage machen. Wer?«

Sie nickte und sagte: »Ich weiß es nicht. Ich habe den Kerl nicht gesehen.« Unter Tränen erfuhr Dirk Kemper von dem Überfall in der Sattelkammer und verstand nur zu gut, warum die junge Frau eine solche Angst hatte. Er konnte nicht einschätzen, ob man die Drohungen gegen die junge Frau ernst nehmen musste, aber es war klar, dass jemand den Zeitpunkt der Entführung des Hengstes nach hinten schieben wollte. Kemper ließ Maja einen Moment alleine und rief den Kommissar auf dessen Handy an. Er schilderte ihm den Vorfall im Stall und fragte: »Wie gehen wir damit um? Das Mädchen hat panische Angst, der Mann, der sie bedroht hat, könnte nun erfahren, dass sie uns alles erzählt hat.«

Schmitt brauchte nicht lange zu überlegen. »Wir tun so, als hätte sie nichts anderes erzählt, als dass sie am Freitagabend den Hengst gesehen hat. Wir müssen den Kollegen natürlich davon erzählen, denn der verschwundene Hengst ist ja nicht unser Fall. Aber die sollten ähnlich diskret weiter ermitteln. Und Maja soll Augen und Ohren offenhalten. Wenn sie den Typ nicht gesehen hat, so hat sie eventuell etwas gerochen, oder die Schuhe sind ihr aufgefallen, eine bestimmte Sprache. War es wirklich ein Mann? Die meisten Menschen unterschätzen die anderen Sinne. Wir können doch nicht nur gut gucken. Fragen Sie sie noch mal danach. Den Bericht erwarte ich dann morgen früh.«

Ja, ebenfalls einen schönen Feierabend, dachte Dirk missmutig und legte auf.

Die nächsten zehn Minuten ließ er sich einiges einfallen, um noch brauchbare Informationen zum Unbekannten zu bekommen.

»Er sprach dumpf, wahrscheinlich hatte er eine Strickmütze vor dem Gesicht. Und er roch nach Sauerkraut. Es ist mehr ein Gefühl, als dass ich es wüsste, aber ich glaube, er war größer als ich«, fasste Maja schließlich ihre Eindrücke zusammen.

Dirk betrachtete die zierliche Frau, die kaum einen Mann finden würde, der kleiner als ihre eins-fünfundsechzig war. An ihr waren nur die Zähne groß, fand er. Pferdezähne. Er hatte mal gelesen, dass Hundebesitzer und Hund sich äußerlich im Laufe der Jahre ähnelten. Vielleicht traf das auf Pferdenarren auch zu. Zu ihrer Frisur sagte man ja auch Pferdeschwanz.

Es war achtzehn Uhr, als der Polizist nach Oelde zu seiner Wohnung fuhr. Um 19.30 Uhr rief Schmitt an und verkündete: »Wir haben einen weiteren Mord.«

* * *

Tina Dessel machte sich auf den Weg nach Hause. Sie war die kurze Strecke bis zum Freckenhorster Wall, wo der Barkeeper wohnte, mit dem Bus gefahren. Drei Stationen, mehr waren es nicht. Um an seine Adresse zu kommen, hatte sie ein wenig forschen müssen. Die stand nicht im Telefonbuch, aber offenbar wohnte er im Haus seiner Eltern, und die hatten einen alten Eintrag gehabt. Schade, dass Bert sie so hatte abblitzen lassen. Das war Tina nicht gewohnt. Gut, er war älter als sie, mindestens fünfzehn Jahre, aber seit wann störte das die Männer?

Sie würde wohl noch das eine oder andere Mal ins *Ro-Berta* gehen müssen, um den Barkeeper zu überzeugen. Dabei war ihr tatsächlich erst nach dem Überfall aufgefallen, wie attraktiv sie den großen, kräftigen Mann mit dem Dreitagebart und den dunklen Augen fand. Er besaß eine furchtlose Lässigkeit, die sie sehr verlockend fand. Denn Tina Dessel hatte tatsächlich Angst. Ganz rational betrachtet wusste sie, dass ihr das Erlebnis vom Freitagabend noch in den Knochen hing und sie nicht wirklich bedroht wurde. Zumal der Mann, der die Waffe auf sie gerichtet hatte, tot war. Aber da war ja noch der fremde Mann, dem sie in die kalten, blauen Augen geblickt hatte und der kurz vor den tödlichen Schüssen definitiv vor dem Lokal gestanden hatte. Das war keine rührselige Geschichte gewesen, um den Barkeeper zu beeindrucken.

Ihre Freundin Elli steckte die Sache deutlich besser weg. Sie erzählte munter von ihren Erlebnissen, schmückte die Geschichte sogar noch aus und war kurz davor, Autogramme zu geben. Am Wochenende hatte Elli bei Tina übernachtet, doch seit heute Morgen war die Freundin auf einem Seminar in Hannover.

»Reiß dich zusammen«, sagte sie zu sich, als sie die Haustür ihrer Wohnung aufschloss. Sie wohnte in einer kleinen Einliegerwohnung zur Miete. Ihre Vermieter waren rüstige Rentner, die den Großteil des schlechten Wetters in Deutschland auf Lanzarote verbrachten. Auch jetzt befanden sie sich im Urlaub. Dabei gab es jetzt im März durchaus schon schöne Frühlingstage in Warendorf. Alle drei Tage ging Tina zum Blumengießen in das große Haus. Eine Zeitschaltuhr sorgte für passende Beleuchtung am Abend. Das Blumengießen war ein lukratives Abkommen, denn dadurch zahlte sie für ihre kleine Wohnung weniger Miete. Und ihr Vermieterehepaar war froh, eine zuverlässige Person in der Nähe zu wissen.

Tina probierte zweimal, die Handynummer des Kommissars anzurufen, doch er war nicht erreichbar. In Warendorf gab es mehr Funklöcher als Kühe auf der Weide. Seitdem sie mal beim Ladendiebstahl erwischt worden war, wollte sie sich nicht auf dem Revier sehen lassen. Sie war sich eh unsicher, ob sie nicht einfach nur Gespenster sah, wo keine waren. Sie lenkte sich mit einer Serie auf Netflix ab und sagte einer Kollegin zu, am nächsten Tag wieder bei der Arbeit zu erscheinen. Einer plötzlichen Eingebung folgend suchte sie im Telefonbuch nach einer Nummer und führte ein weiteres Gespräch, das einigermaßen tröstlich war. Sie ließ dem Kommissar nun seinen Feierabend und verschob ihre Aussage auf den nächsten Tag.

Tina schob sich eine Pizza in den Ofen und guckte die Nachrichten. Beim Wetterbericht um kurz nach sieben Uhr hörte sie zum ersten Mal ein Geräusch. Es kam aus dem Keller. Ihre Einliegerwohnung war durch den Keller mit dem großen Haus verbunden. Wenn nebenan das Haus bewohnt war, störten sie solche Geräusche nicht, denn im Keller lagerten Vorräte und Getränke ihrer Nachbarn. Der Keller war sorgfältig gepflegt, und ganz bestimmt wurden dort keine Mäuse oder gar Ratten geduldet.

Als sie gerade ihre Pizza aus dem Ofen nehmen wollte, hörte sie es wieder. Ein Schaben, als rückte jemand etwas zur Seite. Tina blieb stocksteif in ihrer Küche stehen. Obwohl sie roch, dass ihre Pizza nicht einen Moment mehr Hitze gebrauchen konnte, war sie nicht in der Lage, sich zu rühren. Zur Haustür gelangte sie nur über den Flur, in dem auch eine Tür zur Kellertreppe führte. Und die wurde gerade definitiv aufgeschlossen. Ein einziger hoffnungsvoller Gedanke schoss Tina durch den Kopf: Ihre Vermieter waren eher wieder da und brauchten Hilfe. Denn natürlich besaßen sie einen Schlüssel zur Kellertür. Er hing in ihrem Schlüsselkasten neben der Haustür.

Wertvolle Sekunden verstrichen, in denen sie sich durch einen Griff in die Schublade hätte bewaffnen können. Oder aus dem Fenster im Wohnzimmer hätte springen können. Als sie schließlich schwere Schritte hörte und keine bekannte Stimme ihren Namen rief, griff sie nach einer leeren Flasche Wasser.

Es war ein ungleiches Paar, das da nun in der Küche stand. Der große, breitschultrige Mann, ein überlegenes Lächeln im Gesicht, und die schlanke, verängstigte Frau, die dennoch mutig die Glasflasche in ihrer Hand erhob. Der Mann streckte seine Hand vor und ließ ein Klappmesser aufschnappen.

»Was wollen Sie von mir?«

Er lachte kurz auf. Sein Deutsch war fehlerfrei, aber begleitet von einem osteuropäischen Akzent. »Du hast mich verraten. Ich habe das Haus von dem Lokalbesitzer beobachtet. Warum läufst du zu ihm und nicht zur Polizei?«

Tina witterte eine kleine Chance. »Er ist mein Typ. Ich weiß nichts, warum sollte ich also zur Polizei gehen?«

Sie merkte, wie ihre Unterlippe bebte, das Sprechen war nur schwer möglich.

Der Mann lehnte sich betont lässig an den Türrahmen. »Kann sein, dass er dein Typ ist. Aber du hast ihm von mir erzählt, nicht wahr?«

Sie änderte ihre Taktik instinktiv und wurde laut. »Ja, habe ich. Ich habe ihm eine genaue Personenbeschreibung geschildert, und er geht damit zur Polizei. Wenn mir etwas passiert, wissen die, wer das war.«

Jetzt lachte der Mann, den sie dem Akzent nach für einen Russen hielt, schon wieder. »Der Typ wird mich auf keinem Foto erkennen können, weil er mich noch nie gesehen hat. Du schon. Du kannst mich auf einem Foto identifizieren. Dummerweise hat die Polizei ein paar hübsche Fotos von mir. Lass die Flasche fallen.« Er stieß sich vom Rahmen ab und machte einen Schritt auf sie zu, das Messer erhoben.

Tina warf ihm die Flasche mit Wucht gegen den Kopf, und für einen Moment war er tatsächlich abgelenkt und wich zurück. Aber der Aufprall war nicht heftig gewesen. Tina huschte an ihm vorbei, gelangte in den Flur und dann zur Haustür. Doch just in dem Moment, als sie die rettende Tür öffnete, packte er sie an den langen Beinen und zog sie zurück in die Küche. Sie wehrte sich nun panisch und mit aller Kraft, die sie besaß. Die Wasserflasche war auf dem Boden zerschellt, und Tina spürte, wie ihr eine Scherbe die Hand verletzte. Sie kroch und strampelte auf ihrem Küchenboden herum, rutschte weg und griff nach einer Glasscherbe, die sie ihm ins Bein rammte. Wütend schrie er auf und lockerte den Griff. Wieder versuchte Tina, in den Flur zu entkommen, aber wieder griff er nach ihr und schleuderte sie quer durch die Küche. Sie stieß mit dem Kopf schwer an einer Schranktür an und spürte, wie sie benommen wurde. Aber sie wusste, dass diese Benommenheit sie nicht übermannen durfte, denn daraus würde sie nie wieder erwachen.

Gleich darauf vernahm sie einen Schuss. Ohrenbetäubend laut, hart und mit einem schrecklichen Geruch verbunden.

5. KAPITEL

Dirk Kemper räusperte sich und wechselte den Hörer von der einen in die andere Hand. »Wo denn?«

»In der Wohnung einer jungen Frau, die am Freitagabend im *RoBerta* war. Nachbarn haben gehört, dass der Rauchmelder in der Küche anging. Sie hatte eine Pizza im Ofen. Wir können mal davon ausgehen, dass es mit unserem Fall zusammenhängt.«

»Soll ich noch kommen?« Dirk guckte begierig auf den Eintopf, den er sich warm gemacht hatte. Der war von seiner Mutter, die ab und an nach dem Rechten sah und ihm Essen hinstellte, wann immer ihr danach war, den einzigen Sohn zu verwöhnen.

»Nein, wieso denn?«, fragte Schmitt mit zorniger Stimme. »Wir warten, bis der Täter noch mehr Leute erledigt, dann lohnt sich das späte Arbeiten wenigstens. Ich sag Ihnen jetzt was, Kemper. Wenn Sie in zehn Minuten nicht hier sind, können Sie zukünftig in den Kindergärten von Oelde den Schwimmkurs bewachen.«

Dirk kaufte sich gedanklich schon mal eine Badehose, denn in zehn Minuten konnte man nicht von Oelde bis nach Warendorf gelangen. Das waren über zwanzig Kilometer. Die Adresse, zu der er dann in der Dämmerung eilte, hatte Schmitt ihm per WhatsApp geschickt. Im Vorbeigehen hatte Dirk sich noch einige Obstteile aus dem Korb genommen, den seine Mutter ebenfalls regelmäßig auffüllte. Davon durfte Ella auf gar keinen Fall jemals erfahren, dachte er, als er in eine Birne biss.

Wieso hatte der Täter jetzt noch eine weitere Person aus dem *RoBerta* erschossen? Das gab dem Fall eine völlig neue Richtung. Müde wischte er sich über die Augen, als ein leichter Sprühregen die Sicht behinderte. Am Tatort, einer ruhigen Straße mit Einfamilienhäusern und Doppelhaushälften, stand ein dunkler Bestatterwagen. Dieser würde die Leiche natürlich erst in die Rechtsmedizin bringen. Dirk brauchte nur dem Licht und dem Trubel zu folgen und gelangte zu einer Eigentumswohnung. Ein Rettungswagen und ein Polizeiauto, sowie der ihm bekannte Audi von Kommissar Schmitt standen an der Straße.

»Himmel, was kommen Sie spät. Die Herren wollen die Leiche endlich mitnehmen, aber Sie haben sich wahrscheinlich erst ein feudales Abendessen gegönnt. Hier, nun werfen Sie einen Blick auf den Mann und sagen Sie mir, ob Ihnen was auffällt. Kennen Sie ihn?« Schmitt hatte an der Haustür auf ihn gewartet und zerrte ihn nun ins Haus. »Hier ist so ein Hinterwäldler von der Warendorfer Schutzpolizei. Halten Sie mir unbedingt den Rücken frei und schicken Sie ihn nach Hause. Das schaffen wir besser zu zweit.«

Ein Mann von der Spurensicherung kniete neben einer Leiche und nahm die Fingerabdrücke. Laut Adresse wohnte hier eine Tina Dessel, das wusste Dirk aus der Nachricht des Kommissars. Doch auf dem Küchenboden, der mit Scherben übersät war, lag ein großer, kräftiger Mann, der ganz offensichtlich durch einen Kopfschuss getötet worden war. Genau wie Balthasar Fromm. Dirk hatte den toten Mann noch nie gesehen. Im Wohnzimmer hörte man das Schluchzen einer Frau, während ein schlaksiger Mann in Uniform hilflos neben ihr stand und sich ständig am Ohrläppchen zupfte. Mit der anderen freien Hand klopfte er der jungen Frau wie ein Zirkusbär auf die Schulter. Das war also der Hinterwäldler, dachte Kemper.

Er hörte seine brummige Stimme: »Nun beruhigen Sie sich doch, nun beruhigen Sie sich doch.«

Diese Worte schien er schon oft wiederholt zu haben. Auf der Stirn der brünetten Frau klebte ein großes Pflaster. Dirk stellte sich vor und fragte den Mann mittleren Alters: »Hat Frau Dessel schon etwas bekommen?«

»Ja, ja, ein Pflaster und ein Glas Wasser.«

Dirk nickte und drehte sich um. Er fragte Schmitt nach dem Rettungsdienst, der Wagen stand schließlich noch immer vor der Tür.

»Oh, der Sanitäter ist gerade zur Toilette, hat irgendetwas von einer Harnwegsentzündung gemurmelt. Aber die Kollegin ist noch im Auto. Wir haben heute nicht das fitteste Personal bekommen. Was brauchen Sie?«

»Ein Beruhigungsmittel für Frau Dessel. Die Dame sieht aus, als hätte sie einen Kampf auf Leben und Tod hinter sich. Hat sie etwa geschossen?«

Schmitt lachte leise. »Das würde mich nun sehr wundern. Ich konnte noch nicht viele Worte mit ihr wechseln. Sie bildet sich ein, dass der Barkeeper aus dem *Ro-Berta* ihr nun zum zweiten Mal das Leben gerettet hat und dann schnell verschwunden ist. Er ist in ihren Augen wohl der größte und schönste Ritter, den Warendorf gerade zu bieten hat.« Schmitt verdrehte die Augen. »Ich traue Bert allerdings zu, dass er als Schütze hiergeblieben wäre und sich um die Dame gekümmert hätte. Und vor allem uns benachrichtigt hätte. Aber Sie haben recht. Die sollten ihr etwas zur Beruhigung geben. Am liebsten wäre es mir, wenn die Sanitäter sie ins Krankenhaus bringen. Sie war ja eine Zeitlang ohnmächtig. Können Sie sich darum kümmern, Kemper? Aber achten Sie auf die Reihenfolge, erst etwas zur Beruhigung, dann ihre Aussage, und dann können Sie sie mitnehmen.«

Dirk freute sich, dass Schmitt ihm eine solche Verantwortung übertrug. Der Kommissar war damit beschäftigt, Beamte in alle Richtungen ausströmen zu lassen, um den flüchtigen Schützen zu finden.

Die Tür zur Toilette ging auf, und der Sanitäter kam mit schmerzverzerrtem Gesicht heraus. »Mann, Wasserlassen tut zurzeit echt weh. Ich sollte mit einer Wärmflasche auf die Couch.«

Dirk nickte mitfühlend und stellte sich vor. Dann bat er: »Können Sie Frau Dessel ein leichtes Beruhigungsmittel geben? Wir brauchen dringend ihre Aussage, also nichts zum Wegdämmern. Und es wäre gut, wenn Sie sie anschließend für eine Nacht ins Krankenhaus bringen.«

Mittlerweile waren die beiden Männer im Wohnzimmer angekommen, und Frau Dessel hatte die Worte mitbekommen. »Das Beruhigungsmittel nehme ich«, sagte sie, »aber ins Krankenhaus lasse ich mich nicht bringen.« Sie sah jetzt etwas besser aus. Die Farbe kehrte in ihr Gesicht zurück, und sie saß aufrecht im Sessel. »Der Typ, der jetzt tot in der Küche liegt, wollte mich umbringen. Ja. Aber derjenige, der ihn erschossen hat, ist so schnell wieder abgehauen, dass ich ihn nicht gesehen habe. Ich glaube, es war Bert, der Barkeeper. Denn ihm habe ich heute noch erzählt, dass ich eventuell den Mörder des Autors gesehen habe. Ich denke also nicht, dass ich noch in Gefahr bin.«

Der Sanitäter reichte ihr zwei kleine Tabletten und ein Glas Wasser, und die junge Frau schluckte diese artig herunter. Die beiden Männer vom Bestattungsunternehmen nahmen die Leiche mit, um sie in die Rechtsmedizin zu bringen. Das nächste rechtsmedizinische Institut war in der Universitätsklinik Münster, das Revier des kauzigen Dr. Börne.

Dann erzählte Tina Dessel eine Geschichte, die sie besser schon am Freitagabend von sich gegeben hätte. Dirk staunte nicht schlecht, es sah so aus, als hätten sie den Mörder von Balthasar Fromm vor sich liegen, doch nun mussten sie den nächsten Schützen jagen. Leider fand man außer einem Klappmesser keine Waffen bei dem Toten. Dirk konnte es kaum abwarten, bis die ersten Ergebnisse zu den Fingerabdrücken vorlagen und die Ballistiker ihre Untersuchungen abgeschlossen hatten.

»Dieser Mann in meiner Küche hat eindeutig versucht, mich umzubringen, und er hat es damit begründet, dass ich ihn am Freitagabend gesehen hatte. Also für mich war das ein klares Geständnis, dass er den Autor umgebracht hat. Er sprach übrigens mit einem osteuropäischen Akzent. Wahrscheinlich war er ein Russe. Die sind oft groß und kräftig. Ich kann noch immer nicht glauben, dass ich mich so lange gegen ihn zur Wehr gesetzt habe. Wissen Sie was? Es kann ja an diesen Tabletten liegen, aber jetzt gerade fühle ich mich richtig stark und gut.«

Dirk nickte verstehend. »Warum haben Sie uns am Freitagabend nicht schon von diesem Mann erzählt?«

»Ich habe mir da noch keine Gedanken zum Mord gemacht. Wir waren ja alle dermaßen geschockt. Man trifft doch häufig andere Menschen auf der Straße, wenn man mal vor die Tür geht. Ehrlich, mein Gehirn hat die Verknüpfungen erst nach und nach geschafft. Aber dieser Barkeeper von dem *RoBerta* fand auch, dass ich zur Polizei gehen sollte.« Dirk guckte erschrocken. »Hat der den Mann denn auch gesehen?«

»Nein, ich war heute Morgen bei ihm und habe ihm davon berichtet. Außerdem wollte ich mich bedanken, weil er so beherzt eingegriffen hat, als eine Waffe auf mich gerichtet wurde. Warum ist er heute Abend sofort weggelaufen? Das war doch ein Fall von Notwehr. Oder war es doch jemand anderes?« Tina Dessel sprach jetzt ein wenig schleppend, die Tabletten wirkten gut. Die Angst war offenbar weg, stattdessen wirkte die Frau so, als würde sie die Aufmerksamkeit des Polizisten durchaus genießen.

Mit einem misstrauischen Blick betrat Kommissar Schmitt nun das Wohnzimmer und betrachtete die Szene. Er wusste schon, warum er diesen Polizisten aus Oelde an seiner Seite haben wollte. Dem erzählten die Leute einfach gerne alles Mögliche. Schmitt fragte noch mal nach dem Erinnerungsvermögen von Tina: »Sie haben also wirklich nur den Schuss gehört, aber nichts gesehen, was Hinweise auf die Identität des Schützen geben könnte?«

Tina schüttelte den Kopf und verzog gleich darauf schmerzhaft das Gesicht. »Ich bin gegen die Schranktür gestoßen worden und war wohl eine kleine Weile bewusstlos. Ich habe noch den Schuss gehört wie aus einem Nebel kommend und dachte, dass er mir galt. Und erst später, als nichts geschah, kein weiterer Schmerz, habe ich mich umgedreht. Ja, und dann lag da der tote Russe.« Sie blickte auf, als der Mann von der Spusi nun hinter Schmitt auftauchte und sich räusperte.

Der Kommissar sagte: »Ich glaube Ihnen, Frau Dessel, aber dennoch müssen wir Ihre Hände auf Schmauchspuren hin untersuchen. Und es wäre schön, wenn Sie uns Ihren Pullover mitgeben könnten.« Sie guckte ihn mit großen Augen an, nickte und ließ den Mann im weißen Anzug gewähren. Mit kleinen Metallstempeln tupfte der Beamte ihre Hände ab.

Tina verfolgte den Vorgang interessiert und kicherte dann: »Vom Opfer zum potentiellen Täter. Den Stich ins Bein des Russen gebe ich übrigens offen zu.«

Der Kommissar nickte: »Wenn alles sich so abgespielt hat, wie Sie ausgesagt haben, dann hat Ihnen der Stich wohl das Leben gerettet.«

Von einer Sekunde zur anderen verzog sich das Gesicht der hübschen Frau, und Tränen liefen ihr die Wange herunter. Die Nerven lagen blank.

Dirk reichte ihr ein Taschentuch und fragte vorsichtig: »Wollen Sie nicht doch lieber ins Krankenhaus?«

Sie schüttelte den Kopf, und in dem Moment klingelte es an der Wohnungstür. »Das ist meine Freundin, sie kümmert sich und bleibt über Nacht.«

Da die Freundin eine patente ältere Nachbarin war, zogen Schmitt und sein jüngerer Kollege ab und baten Tina, am nächsten Tag ins Büro zu kommen, um ihre Aussage zu unterschreiben.

»Ich bin jetzt seit über zwölf Stunden für Sie im Einsatz. Darf ich nun nach Hause und ein wenig schlafen?«, fragte Dirk anschließend.

»Sie sind nicht für mich im Einsatz, sondern für Staat und Ordnung, mein Lieber. Mein längster Einsatz ging mal sechsunddreißig Stunden lang.« Schmitt blickte dabei so traurig drein, dass Dirk lieber nicht fragte, was das für ein Einsatz gewesen war. Er verabschiedete sich und fragte beim Gehen betont harmlos: »Morgen um acht Uhr?«

»Können Sie so machen. Ich komme aber erst um neun Uhr. Möchte mal ausschlafen.«

* * *

Als Dirk Kemper am nächsten Morgen um neun Uhr zehn im Kommissariat Warendorf ankam, roch es nach verbranntem Kaffee und einem Aftershave, das man gerne mit Goldkettchen und Schnurrbart verband. Im Büro des Kommissars stand ein Beamter mit einem Ordner in der Hand und redete auf Schmitt ein. Der saß auf seinem Schreibtisch und rührte ein wenig gelangweilt in einer Tasse Kaffee.

»Ja, aber warum sind Sie einfach zu meinem Tatort gefahren und haben Zeugenaussagen überprüft? Sie hätten mich fragen können. Unter Kollegen finde ich Ihr Verhalten merkwürdig bis unhöflich.« Sein Tonfall war quengelnd.

Schmitt hatte nun genügend gerührt. Er streifte Dirk Kemper mit einem Blick und sagte dann: »Ich finde es großartig, dass wir nochmal hingefahren sind. Und wir haben es vor allem meinem jungen Assistenten zu verdanken, dass wir von der Zeugenbeeinflussung einer gewissen Maja Sperling erfahren haben. Ich hoffe sehr, Sie gehen nun vertrauensvoll mit der Aussage um, damit wir das junge Mädchen nicht in Gefahr bringen.«

Der Beamte bekam rote Flecken im Gesicht. »Das ist auch so eine Sache, die ich nicht verstehe. Sie holen sich einfach einen Kollegen aus Oelde, dabei haben wir hier genug eifrige Jungpolizisten, die bei einer Mordermittlung viel lernen könnten und möchten.«

Schmitt lächelte müde und winkte ab. »Das ist genau das Problem. Ich brauche keine Welpen an meiner Seite, die noch viel lernen müssen, sondern jemanden mit Hirn und Verantwortungsgefühl. Kemper und ich sind ein eingespieltes Team. Ich schlage vor, wir kümmern uns wieder jeder um seine Angelegenheiten, und wenn wir Parallelen feststellen, kontaktieren wir uns sofort. Auch ich werde mich zukünftig daran halten. Versprochen.« Schmitt nickte ihm zu und stand mit der Tasse in der Hand auf, um diese am Waschbecken auszuleeren.

Mit einem Schnaufen verließ der Warendorfer Kollege das Büro.

»Hören Sie auf zu grinsen, Sie sind viel zu spät, Kemper. Wir fahren jetzt nach Münster in die Rechtsmedizin.« Er nahm einen schmalen Ordner von seinem Schreibtisch. »Hier, das lesen Sie mir während der Fahrt vor, als Erstes die Ergebnisse der Ballistiker.« Und schon eilte Schmitt mit kürzeren Beinen, aber mehr Dynamik als Kemper voraus. Mit einem vergnügten Gesicht schnallte Schmitt sich an und fuhr auch schon los.

»Also, was schreiben unsere Ballistiker?«

Dem jungen Polizisten war es nicht geheuer, beim rasanten Fahrstil seines Chefs nach unten zu gucken, und bereits nach fünf Minuten war ihm übel. Aber das Ergebnis war interessant. Der gebürtige Russe Mischa Bolschakow wurde mit derselben Waffe erschossen, mit der auch schon Balthasar Fromm umgebracht worden war.

»Heißt das jetzt, Mischa war gar nicht der Mörder des Autors?«

Schmitt wiegte den Kopf hin und her. »Ganz bestimmt war er das. Aber es ist möglich, dass dem Russen die Waffe abgenommen wurde. Ich vermute, dass unser Russe nur ein Söldner in einem Spiel ist, das wir noch nicht durchblicken. Lesen Sie mal die Fakten, die wir zu Herrn Bolschakow haben.«

Dirk blätterte in den wenigen Papieren, die die Kladde enthielt, und staunte nicht schlecht. Bolschakow war bereits mehrfach aktenkundig geworden und hatte zuletzt sogar für ein halbes Jahr in Münster gesessen. Er war wegen Körperverletzung, Überfall einer Tankstelle und räuberischer Erpressung in den letzten Jahren angeklagt worden, aber nur die Klage wegen Körperverletzung konnte ihm eindeutig nachgewiesen werden. In bestimmten Kreisen war er als »der kalte Russe« bekannt, weil er im Sommer wie im Winter mit einem Polohemd herumlief. Nun war er tatsächlich kalt, eiskalt und mausetot, dachte Dirk, als er die Fotos aus der Kartei anschaute. Er klappte den Ordner zu, da ihm nun richtig schlecht wurde. Tief einatmend blickte Dirk starr auf die Fahrbahn.

»Wieso sind Sie aus Oelde weggezogen?«, fragte er Schmitt.

»Mit dem Haus waren zu viele Erinnerungen verbunden. Meine Frau ist vor einigen Jahren an Krebs gestorben. Es war eine recht spontane Entscheidung. Ich hörte, dass ein kleines Haus mit Garten in Freckenhorst angeboten wurde und habe mich gleich verliebt. Erst in das Haus, aber meine Nachbarin von gegenüber schaue ich auch gerne an. Sie ist geschieden und hat ihren Mann nach Strich und Faden ausgenommen. Nun besitzt sie das schönste Haus in der Straße. Morgens sieht man sie auf ihrem Fahrrad mit wehendem Rock und langen Beinen zum Bäcker radeln, und nachmittags fährt sie im Cabrio zum Tennis. Netter Anblick.«

»Klingt nach Gefahr«, meinte Dirk, der die Augen nun geschlossen hatte, denn die Geschwindigkeit, mit der sie auf Ampeln oder andere Autos zufuhren, war seinem Magen wenig zuträglich.

Als sie an der Röntgenstraße angekommen waren, bezweifelte Dirk, dass er den Gerüchen, mit denen man in der Rechtsmedizin konfrontiert wurde, standhalten konnte. Zum Glück mussten sie einige Zeit auf die beiden Rechtsmediziner warten. Ein langer, schlaksiger Mann in weißem Kittel kam schließlich aus einem Raum heraus, begleitet wurde er von einer jungen Frau mit einem deutlichen Veilchen und sichtbaren Prellungen an den Armen. Eine Hand trug sie in einer Schlaufe.

Der junge Arzt verabschiedete sie herzlich und wandte sich dann an die beiden Beamten. »Dr. Schäfer mein Name, hallo. Ich habe Sie schon erwartet. Wir sind fast fertig. Mein Kollege Dr. Berndt ist noch bei Ihrem Toten. Mir kam noch ein Notfall dazwischen.« Mit langen Schritten lief er neben ihnen her.

Dirk wunderte sich: »Behandeln Sie hier Unfallverletzungen?«

Dr. Schäfer hielt inne und blickte betrübt drein. »Nein, nicht so, wie Sie meinen. Aber wir kümmern uns um Opfer von Gewaltverbrechern und nehmen ihre Verletzungen auf, dokumentieren sie für eine Verwendung vor Gericht. Es ist ja nicht so, dass wir nur Obduktionen oder gerichtsmedizinische Untersuchungen durchführen. So, da wären wir.« Er öffnete eine schwere Tür, und sie standen in dem typisch steril und kalt anmutenden Raum der forensischen Medizin. Auf einer Metallbahre lag der tote Mischa Bolschakow.

Dr. Berndt führte sie in eine Ecke, in der sie nicht unbedingt auf den geöffneten Leichnam schauen mussten. Er stellte sich kurz vor und unterrichtete sie dann von seinen bisherigen Erkenntnissen. »Bei dem Toten handelt es sich um einen Mann Mitte dreißig mit einer ausgezeichneten Konstitution und ausgeprägter Muskulatur. Er ist durch einen Schuss ins Genick getötet worden. Außerdem hatte er eine Glasscherbe im Oberschenkel, schmerzhaft sicherlich, aber nicht gefährlich. Das spricht für einen Kampf, der dem Schuss vorausgegangen ist. Ich wundere mich aber über den Genickschuss, der aus einer relativ kurzen Entfernung abgefeuert wurde.«

Kommissar Schmitt nickte anerkennend. »Ja, wir hatten hier einen ungleichen Kampf zwischen diesem großen Russen und einer zarten jungen Frau, die sich zum Glück tapfer gewehrt hat. Sonst hätten Sie hier vermutlich zwei Leichen liegen. Denn es kam offenbar eine dritte, noch unbekannte Person und erschoss den Angreifer, nicht aber die Frau und verschwand sehr schnell wieder. Was hat er zuvor gegessen oder getrunken?«

Dirk blieb stehen, wo er war, weit genug weg von der Bahre, während Schmitt neugierig an die Leiche herantrat. Ein grünes Tuch lag über dem Toten, und nur der muskulöse Oberkörper mit dem typischen Y-Schnitt war zu sehen. Das Gesicht hatte einen starren Ausdruck angenommen. Der Blick des Kommissars ging interessiert über die Körperstellen, die für ihn sichtbar waren, das Tuch fasste er aber nicht an. Plötzlich hatte er etwas gesehen, das seine Aufmerksamkeit erregte, denn er beugte sich vor, blickte auch den rechten Oberarm an und fragte: »Ist dies hier die einzige Tätowierung?«

»Nein«, sagte Dr .Berndt, »der wesentlich ältere der beiden Ärzte. »Er hat auf dem Rücken noch eine Tätowierung. Sie passt zu dem Hufeisen hier. Moment, ich kann sie Ihnen zeigen.« Nun trat auch Dirk näher, während der Arzt die Leiche bewegte wie ein Brett. Auf dem Rücken war ein stolzes, wildes Pferd zu sehen, in steigender Haltung.

Schmitt machte einen spitzen Mund und wandte sich an seinen jungen Kollegen. »Warum muss ich gerade an das Verschwinden des Hengstes denken?«

Dr. Schäfer las eine Notiz ab: »Er hatte ein alkoholfreies Weizenbier intus und Pirogi mit Hackfleisch gefüllt, sowie Rote-Bete-Salat. Und da ich mich ein wenig auskenne, kann ich Ihnen versichern, dass unser Toter vorher ein typisch russisches Gericht gegessen hat, wie es dies bei Mutter oder Gattin geben würde. Für ein Restaurant war es zu individuell zubereitet.«

»Der klingt ja, als hätte er selbst davon probiert«, meinte Dirk leise und verzog das Gesicht.

Schmitt grinste nur und fasste zusammen: »Mischa Bolschakow hat also vorher gemütlich mit der Familie gespeist. Leider haben wir keine Ahnung, wo diese wohnt. Seine letzte Adresse ist falsch, dort wohnt eine Flüchtlingsfamilie, und die haben die Wohnung von der Stadt vermittelt bekommen. Heute Nachmittag kommt sein ehemaliger Bewährungshelfer ins Büro, eventuell weiß der etwas.« Weitere Erkenntnisse, die für die Beamten wichtig gewesen wären, gab es nicht, und sie verabschiedeten sich.

* * *

Als Bert am Dienstagmittag ins *RoBerta* kam, um seine Putzfrau zu bezahlen, wartete bereits der Kommissar mit dem runden Bäuchlein und der ausgezeichneten Garderobe auf ihn. Die Putzfrau hatte ihn hereingelassen. Sie war enttäuscht, das sah er Maria an, da sie nun keinen Plausch mehr mit ihrem Chef halten konnte, und so nahm sie nur den Umschlag in Empfang und ging.

»Sie bezahlen Ihre Putzfrau schwarz? Mutig.«

»Ach was. Sie bekommt nur die Überstunden so ausgezahlt. Maria ist bei mir angemeldet, das können Sie gerne überprüfen. Aber Einsatz muss sich auch mal lohnen, oder?«

Kommissar Schmitt winkte ab und kam gleich zur Sache: »Gestern war eine Tina Dessel bei Ihnen. Können Sie mir sagen, was sie Ihnen erzählt hat? Und könnte ich eine Cola light bekommen, bitte.«

»Das hat sie Ihnen doch hoffentlich auch erzählt, oder?« Bert runzelte die Stirn und verstand das Spielchen nicht. Hatte Tina ihn in eine Falle gelockt, die er nicht sah?

»Ich würde das jetzt gerne von Ihnen hören. Wir müssen nun mal Aussagen und Alibis auf den Wahrheitsgehalt hin überprüfen.«

Bert goss missmutig eine Cola ein und stellte sie dem Kommissar auf den Tresen. Dabei lief der noch in seinem Lokal herum und guckte in jede Ecke. »Sie wollte sich bei mir bedanken, weil sie glaubte, dass ich ihr das Leben gerettet habe. Sie hat auch ein wenig mit mir geflirtet, aber ich habe sie nach Hause geschickt. Zwanzig Jahre jüngere Frauen fallen nicht in mein Beuteschema. Noch nicht. Vielleicht werde ich im Alter peinlich. Vorher hat Tina mir aber noch erzählt, dass ihr am Freitagabend vor dem Lokal ein großer Mann aufgefallen ist. Und zwar sehr kurz vor dem tödlichen Schuss. Sie war wegen eines Anrufs auf ihrem Handy kurz rausgegangen. Tina hatte nun Sorge, dass sie den Täter gesehen hat, und er sie. Eine Sorge, die ich für begründet hielt, und daher riet ich ihr, zur Polizei zu gehen. Ich nehme an, sie war bei Ihnen?«

Schmitt ließ den Barkeeper nicht aus den Augen und trank von seiner Cola. Dann nickte er. »Ja, aber sie hat es uns zu spät erzählt. Nun haben wir wieder einen Toten. Und bei diesen merkwürdigen Todesfällen kommt mir der Gedanke, dass die Fälle vielleicht auch etwas mit Ihnen oder Ihrer Lokalität zu tun haben könnten. Was haben Sie gestern Abend zwischen neunzehn und zwanzig Uhr gemacht?«

Bert erschrak und fuhr ihm dazwischen. »Wollen Sie mir auf diese Weise mitteilen, dass die junge Frau auch tot ist?«

»Nein, sie wäre beinahe gestorben, aber ein unbekannter Held ist dazwischengegangen und hat ihren Angreifer, den Mann, den sie Freitagabend gesehen hat, in ihrer Küche erschossen. Ein Russe namens Mischa Bolschakow. Unschön, selbst für meine Berufsaugen. Nun glaubt die junge Dame, dass Sie ein zweites Mal zum Ritter ohne Furcht und Tadel geworden sind.« Schmitt erzählte dem Mann nun die Einzelheiten.

Bert verschränkte die Arme demonstrativ vor der Brust und zog spöttisch die Augenbrauen hoch. »Wollen Sie mal im Keller nachschauen, ob ich neben dem Wein meine Ritterrüstung verstecke? Wenn ich den Angreifer tatsächlich wie auch immer getötet hätte, wäre mein nächster Akt der Anruf bei der Polizei gewesen. Ich war es nicht. Leider habe ich montagabends meist kein Alibi, alle anderen Tage schon.«

Schmitt nickte und gab zu verstehen, dass er ihm fürs Erste glaubte. »Hat dieser Mann vor Ihrem Lokal auf Balthasar Fromm gewartet oder war es vielleicht eine Verwechslung? Hatte er es womöglich auf Sie abgesehen? Haben Sie zurzeit Feinde?«

»Nein. Und jeder weiß, dass ich erst sehr spät aus dem Lokal komme, da hätte er lange in der Dunkelheit warten müssen, um mich zu erwischen. Was wissen Sie denn von diesem Russen?« Man konnte sehen, wie es im Kopf des bärtigen Barkeepers zu arbeiten begann.

»Wir wissen, dass er ein Vorstrafenregister hatte, das ihn nicht gerade zum beliebtesten Schwiegersohn machte. Seine Vergehen sind so gestrickt, dass er vermutlich zu einem Mord fähig war.«

Bert nickte und sagte: »Ich mache mir ja auch so meine Gedanken, also: Am Freitagabend trieben sich im kleinen Warendorf gleich zwei Männer zur selben Zeit und am selben Ort mit einer Pistole herum. Vielleicht waren die beiden ein Team. Und einer spielte falsch. Wobei man noch nicht weiß, ob Balthasar sich nicht an eine Vereinbarung hielt und deshalb erschossen wurde, oder ob der andere ihn ausgetrickst hat und ihn loswerden wollte. Wenn Sie mir jetzt erzählen, dass nun auch der Schütze von Freitagabend tot ist, dann steckten Balthasar und dieser Mann bestimmt mal unter einer Decke.«

Das Gesicht des Kommissars hatte im Laufe der Ausführungen einen hochkonzentrierten Ausdruck angenommen. »Wir wissen nicht, ob Bolschakow der Mörder von Balthasar war, vieles spricht aber dafür. Wir haben außer einem Klappmesser keine Waffe bei ihm gefunden. Seine Wohnung wird derzeit noch inspiziert, aber bislang ist zumindest die Tatwaffe noch nicht gefunden worden. Sie haben jedenfalls Phantasie, Bert. An was für eine Verbindung denken Sie da?«

»Eine, bei der man eine Pistole benötigt. Vielleicht wollten sie eine Villa überfallen, eine Bank, eine Tankstelle? Für den Autor war es nur eine aus dem Ruder gelaufene Recherche, und er kneift im letzten Moment. Fuchtelt stattdessen frustriert in meinem Lokal mit der

Pistole herum, während er seinen Partner kalt im Stich lässt.« Bert hob seine breiten Schultern. »Ist nur eine Theorie.«

Schmitt kramte umständlich in seinem Jackett und reichte Bert eine Visitenkarte über den Tresen. »Sie haben hier jeden Abend Warendorfer Bürger sitzen, die sicher auch die aktuellen Ereignisse bei einem Bierchen durchkauen. Wenn Ihnen irgendetwas interessant genug vorkommt, dann rufen Sie mich bitte an. Einverstanden?«

An der Tür hielt Schmitt noch mal inne. »Was ist eigentlich mit Ihrem Teilhaber? Weilt der noch auf Lanzarote?«

»Teneriffa. Er weilt auf Teneriffa, und da werde ich ihn nicht stören. Wir haben ein Abkommen, dass keiner im Urlaub gestört wird, selbst dann nicht, wenn uns das Lokal um die Ohren fliegt.«

»Wenn Ihr Teilhaber deutsche Nachrichten liest und in sein Handy schaut, wird er wissen, was passiert ist.« Und damit ließ er die Tür los und verschwand aus dem Sichtfeld des Barkeepers.

Der runzelte gerade seine Stirn. Da hatte der Kommissar nämlich etwas ausgesprochen, das im Hintergrund bereits an ihm nagte. Warum meldete Robert sich nicht? Bert konnte sich auch kaum vorstellen, dass er von seiner Tochter nicht längst über die Ereignisse hier informiert worden war. Oder von seiner Königin Mutter. Bert rechnete selbst täglich damit, dass Frau Gerlinde Heinemann bei ihm auftauchte und ihm die Leviten las. Weil er zuließ, dass das *RoBerta* sich zu einer Ganovenherberge entwickelte.

Doch als Nächstes erschienen Achim und Tim. Beide waren in ein Gespräch über Fußball vertieft. Als der

Koch Bert am Tresen sitzen sah mit einem Bier vor sich und einer Tafel Schokolade, schickte er Tim in die Küche. »Geh vor und zähl die Pfannen.«

»Wir haben sechs Pfannen, da brauche ich nicht lange zählen«, maulte der Lehrling und sah ebenfalls neugierig zu seinem Chef hinüber. Dass ein Barkeeper vor dem Tresen statt dahinter saß, kam selten genug vor. Wenn er dann noch Schokolade und Bier kombinierte, machte man sich so seine Gedanken.

»Mein lieber Tim, wenn du nicht gleich durch die Mitte verschwindest und dich nützlich machst, zählst du unsere Tiefkühlerbsen.«

Der Junge zog mit hängenden Schultern ab in die Küche, und Achim goss sich eine Cola ein und setzte sich neben Bert. Er sagte zunächst nichts, sondern wartete ab.

Bis Bert ohne aufzuschauen fragte: »Für wie wahrscheinlich hältst du es, dass Robert auf Teneriffa nichts von unseren Ereignissen gehört hat?«

»Ich tippe fünfundachtzig Prozent, dass er es weiß.«

Bert nickte. »Warum meldet er sich dann nicht?«

»Er ist im Urlaub, Bert. Das war doch euer Abkommen. Während des Urlaubs hält man sich aus allem raus.«

Bert kaute ein Stück Schokolade, widersprach dann aber mit leisem Sarkasmus in der Stimme. »Ja, aber bei dieser Absprache haben wir nicht an mehrere Morde gedacht, sondern höchstens an einen Gast, der die Zeche prellt oder ein Glas kaputt macht.« Auf den fragenden Blick des Kochs hin erzählte Bert ihm, was er vom Kommissar erfahren hatte. Dann sprang er plötzlich auf und fragte: »Kannst du Tim für eine Stunde entbehren, damit er hier gleich für mich übernimmt? Ich muss los ...«

* * *

Gerlinde Heinemann war eine Frau von Mitte siebzig, die dank einer teuren Kosmetikerin, einer guten Hautärztin und vor allem dank eines ausgeklügelten Beleuchtungssystems in ihrem großen Haus auch locker für zehn Jahre jünger geschätzt werden konnte, wenn sie Gäste empfing. Ihre Haare waren sorgfältig in einem warmen Braunton gefärbt und umrahmten kinnlang das aristokratische Gesicht. Als kluge Frau mit kritischem Selbstblick wusste sie, dass eine zu schlanke Figur im Alter dem Gesicht schadet, und so hatte sie ein paar passende Rundungen um die Hüften. Dass diese Hüften in geschmackvoller, edler Kleidung steckten, verstand sich von selbst.

Bert hatte sich bereits vor der Haustür mehrfach mit einem Taschentuch die feuchte Stirn abgewischt. Er war mit seinem Auto die zehn Kilometer bis zum Elternhaus seines Teilhabers gefahren und folgte der Dame des Hauses nun in ein schönes Wohnzimmer, in dem die Farbe Weiß überwog. Erst als er auf einem Sessel Platz genommen hatte, hielt Frau Heinemann es für angebracht, auf seine Begrüßung und sein Anliegen zu reagieren.

»Du willst dich also nach Robert erkundigen? Wann war noch gleich die Schießerei in eurem Lokal?« Sie verschränkte die Arme und stand vor einem antiken Buffet mit alkoholischen Getränken.

»Am Freitagabend, und der Mann ist vor unserem Lokal erschossen worden, nicht innen drin.«

»Mein lieber Bert, heute ist Dienstag. Ich hatte dich bereits am Samstag erwartet. Du kommst ein wenig spät, findest du nicht? Ich bin die Mutter deines Teilhabers und nicht die Mutter deines Kochs. Gott sei Dank muss man da sagen. Aber lassen wir das. Ich sterbe beinahe vor Sorge. Hat man es auf dich oder Robert abgesehen? Hast du genügend Polizeischutz? Und weshalb sollte ich wissen, wie es Robert geht?« Jetzt schüttete sie sich einen Sherry ein und trank ihn in einem Zug leer. Danach goss sie zwei Gläser voll und reichte Bert ebenfalls ein Glas.

Der blickte sie erstaunt an. »Ich dachte, du hättest Kontakt zu ihm. Wir haben ja ein Abkommen, dass wir uns im Urlaub nicht stören. Aber du bist seine Mutter.« Bert trank vorsichtig von dem viel zu süßen Creamsherry und duckte sich ganz unwillkürlich, als Frau Heinemann plötzlich zu einem Tisch ging und mit ihrer kleinen Faust auf die Holzplatte schlug, bis die Porzellandeko klirrte.

»Also das ist doch wohl die Höhe. Du lässt dich in eine Schießerei verwickeln und tauchst hier nach fast einer Woche auf, um zu fragen, ob Robert sich noch passend erholt? Wer weiß, ob er mittlerweile nicht längst auf Teneriffa einem Attentat erlegen ist? Kannst du das ausschließen? Denn bei mir hat er sich nicht gemeldet. Und an sein Handy geht er auch nicht, keine Mail, keine WhatsApp-Nachricht wird gelesen oder gar beantwortet. Ich dachte bis dato, es läge an dem kleinen Streit, den wir zuvor hatten. Und da kommst du und erzählst mir, du

hättest nicht einmal versucht, Kontakt aufzunehmen?«
So viel Text mit erhobener Stimme und innerer Erregung war auch für eine Frau Heinemann etwas viel. Erschöpft sank sie auf das weiße Sofa und legte auch gleich noch die Beine auf einen zum Sofa passenden Hocker.

»Was für einen Streit hattet ihr?« Bert nippte an seinem Glas.

»Ach herrje. Das geht dich gar nichts an. Robert hatte mal wieder Angst um sein Erbe, weil ich mit meinem Golflehrer im Theater war. Der Mann ist Anfang siebzig, herzkrank und besitzt ein Haus in Werne sowie eine Mietwohnung in Münster. Wenn ich tatsächlich etwas mit dem Mann anfange, verbessere ich sein Erbe.«

Bert fragte sie. »Was ist mit seiner Tochter? Hat Jasmin etwas von ihrem Vater gehört?

»Puh, Jasmin. Die ist gerade frisch verliebt und wusste nicht einmal, dass ihr Vater Urlaub hat, als ich nach ihm fragte.« Plötzlich kam wieder Schwung in ihre Bewegungen. »Ruf ihn an. Jetzt.«

Bert zog zögerlich sein Handy heraus. Er war nicht glücklich über den Verlauf seines Besuches. Und natürlich machte er sich schon länger Gedanken über das Schweigen seines Kompagnons. Das wurde auch nicht besser, als dieser auf Berts Anruf hin nicht reagierte. Bert schrieb ihm eine kurze Nachricht. Sorry, Mann, aber ruf bitte mal zurück.

Die alte Dame und der Barkeeper schauten sich an, dann nickte Gerlinde Heinemann energisch und erhob sich. »Gut, dann packe ich jetzt meine Koffer und fliege nach Teneriffa. Einer muss ja seine Leiche identifizieren, falls ihm etwas geschehen ist.«

Bert schluckte. »Darüber solltest du keine Witze machen. Ich bin mir ganz sicher, dass sich Robert auf Teneriffa bei bester Gesundheit befindet und nur sein Handy weggepackt hat, um Urlaub zu machen. Den sollten wir ihm auch lassen. Ich meine, was ist denn schon groß passiert, wofür es seiner Anwesenheit bedürfte?«

Jetzt stemmte Roberts Mutter die Hände in die Hüften und runzelte die Stirn. »Sag mal, du bist nicht gut darin, Zusammenhänge zu erkennen, oder? Das Pferd, das verschwunden ist, das war bereits verkauft. Und zwar an Robert. Nun ist es entführt worden, während mein Sohn auf Teneriffa weilt. Und am selben Abend werden eure Gäste mit einer Waffe bedroht. Und als wäre das noch nicht genug der Zufälle, wird ein Mann vor eurer Tür erschossen. Und nun sag mir noch mal, dass Robert lieber in Ruhe seine *papas arrugadas* genießen soll. Eher bricht der Teide wieder aus, als dass Robert nur seine dürren Glieder in die Sonne hält. Das stinkt doch alles zum Himmel.«

Bert saß still auf der Kante des Sessels und rang förmlich nach einem klaren Gedanken. »Robert wollte sich ein Pferd kaufen? Er reitet doch gar nicht, oder?«

* * *

Maja Sperling fuhr am Ende des Arbeitstages mit ihrem Fahrrad nach Hause. Sie war zumindest ein wenig erleichtert. Bei einem Gespräch mit dem Stalljungen Jens kurz zuvor hatte sie ihre Geschichte, sie habe Dragon am Freitagabend in seiner Box gesehen, noch einmal wiederholt, wenn auch mit Zittern in der Stimme. Lügen war nicht ihre Stärke, so viel war mal klar. Aber jetzt konnte sie sich ein bisschen sicherer sein, dass derjenige, der sie da im Stall bedroht hatte, immer noch glauben musste, sie habe der Polizei nichts erzählt. Wer auch immer das gewesen sein mochte, Jens war es jedenfalls nicht, davon war Maja überzeugt.

Zu Hause erwartete sie eine Überraschung. In ihrer Küche saß Leo, der erfahrene Gestütsmitarbeiter, und unterhielt sich mit ihrer Mutter. Leo hatte im Gegensatz zu manch anderem Mitarbeiter seinen Beruf als Pferdewirt und Berittmeister von der Pike auf gelernt. Im Gestüt gab es auch einige Leute, die aus dem Osten kamen und leider manchmal eine Pflicht- und Arbeitsauffassung mitgebracht hatten, die eher kommunistisch geprägt war. Sie verstanden sich als Dekoration.

Maja hörte ihre Mutter kokett lachen. »Nein, am Freitag war Maja schon um halb fünf Uhr hier. Wir haben uns schöne Leckereien eingekauft und einen Mutter-Tochter-Abend gemacht und die letzte Staffel von *Greys Anatomy* geschaut.«

So musste sich eine Panikattacke anfühlen, dachte Maja, als sie Leo bei ihrer Mutter sitzen sah. Ihre Brust wurde so eng, dass sie kaum Luft bekam, der Puls raste, das Gesicht wurde heißer und heißer. Sie wollte sich umdrehen und schnell verschwinden, doch ihre Mutter hatte sie bereits gesehen.

»Hi Maja, wir haben netten Besuch. Komm und setz dich zu uns.«

Maja schluckte und murmelte etwas von Jacke ausziehen und Hände waschen. Dann stürzte sie ins Bad. Konnte es sein, dass Leo der Angreifer in der Sattelkammer gewesen war? Dort hatte alles nach Leder und Pferdeschweiß gerochen, sie konnte sich nicht an ein Aftershave erinnern. Jetzt hing ein würziger Herrenduft in der Luft, der nicht zu ihrem Vater gehörte. Doch sie glaubte nicht daran, dass es Leo war. Leider würde der Pferdewirtschaftsmeister aber nun wissen, dass sie gelogen hatte, und dann wussten es bald alle.

Maja hielt ihr Gesicht unter den kalten Wasserstrahl und fasste einen Entschluss. Sie würde nun die Wahrheit sagen und dann den netten Polizisten anrufen und um Hilfe bitten. Interessant, wie schnell ein mutiger Entschluss die Stimmung verbessern konnte. Einigermaßen gefestigt schloss sie die Tür auf und sah sich im Spiegel im Flur an. Schmal, blass mit Augenringen und zerzausten Haaren. Gut, dachte sie, so sah nun mal ein Opfer aus. Hoch erhobenen Hauptes marschierte sie in die Küche, setzte sich zu ihrer Mutter und goss sich ein Glas Saft ein. Auf dem Tisch standen eine Karaffe mit Gläsern und ein Teller mit Keksen.

Leo beobachtete sie dabei. »Maja, ich bin hier, um nochmal mit dir über deine Aussage zu sprechen. Mir sind da einige Dinge aufgefallen, die nicht zusammenpassen. Es ist eine sehr ernste Sache, in diesem Fall eine falsche Aussage zu machen und …«

Sie unterbrach ihn. »Ich wurde zu der Aussage gezwungen.«

Sowohl ihre Mutter als auch der Pferdewirtschaftsmeister starrten sie verblüfft an.

Maja fasste die Ereignisse zusammen und erzählte dann von der unangenehmen Begegnung in der Sattelkammer. »Die Polizei weiß, dass das Pferd wahrscheinlich schon am Freitagabend verschwunden ist, wir haben die Lüge zu meinem Schutz aufrechterhalten.«

Leo nickte verständig und drückte kurz ihren Arm.

Doch ihre Mutter sagte entschlossen: »Du kannst dort auf keinen Fall mehr arbeiten. Das lasse ich nicht zu.«

Leo überlegte laut. »Ich denke, wir halten die Lüge aufrecht und sehen, wer davon profitiert. So ist Maja noch am besten geschützt. Außerdem kann ich auf sie aufpassen.«

»Und wer sagt mir, dass nicht Sie der Angreifer waren? Jeder dort hätte sich in die Sattelkammer schleichen können.«

Jetzt lächelte der Ausbilder wieder sehr charmant und beugte sich ein Stück zu Frau Sperling hinüber. Seine weißen Zähne blitzten in dem braun gebrannten Gesicht. »Das sagt Ihnen doch sicher Ihre Menschenkenntnis. Aber im Ernst. Ich kann beweisen, dass ich es nicht war. Den Freitag habe ich bis zum Sonntag im Krankenhaus verbracht. Ich hatte eine scheußliche Gallenkolik und wollte tatsächlich sterben. Bis mir eine hässliche, aber sehr fähige Ärztin ein wunderbares Medikament verabreichte, das mich zumindest geistig in eine bessere Welt verbannte. Ich war erst Sonntagmorgen wieder bei klarem Verstand. Nun steht leider eine kleine Diät an.« Er lächelte nun auch Maja gewinnend an. »Wir werden den Übeltäter schon finden.«

»Ich habe gehört, dass Dragon so gut wie verkauft war. Stimmt das?«

Leo wurde von der Frage kalt erwischt, das sah man ihm an. Er lehnte sich zurück und verdrehte die Augen. »Ja, es gab da ein gutes Angebot, aber diese Geschäfte obliegen unserer Gestütsleitung. Ich weiß nur, dass es Schwierigkeiten mit einigen Züchtern gab, die noch geklärt werden mussten. Denn Dragon war schließlich ein gefragter Deckhengst. Mir fällt da nur gerade ein merkwürdiger Zufall ein.« Er fuhr sich mit den Händen ein paar Mal durch das Gesicht und schüttelte dann den Kopf. »Egal. Ich werde mal wieder losfahren.«

Majas Mutter fragte ihn neugierig: »Meinen Sie den Todesfall am Freitagabend? Im *RoBerta* ist doch ein Mann erschossen worden, ein Autor, der vorher sogar eine Lesung in der Buchhandlung nebenan gehabt hat.«

Leo stand auf und griff nach seiner Jacke. »Wie hieß der Autor, wissen Sie das zufällig?«

»Ja«, nickte Frau Sperling, und ihre blonden Haare wippten mit. »Das stand in der Zeitung. Er war nicht sonderlich berühmt, aber kam nun mal aus dem Ort. Der Nachname war Fromm.«

Leo blieb stehen und suchte erst sein Portemonnaie und dann nach einer Visitenkarte, die er dann den Damen vorzeigte. »Balthasar Fromm«, sagte er und seine Stirn legte sich in Falten. »Ich glaube, es wird Zeit, den Kommissar anzurufen.«

6. KAPITEL

Dirk Kemper saß mit Kommissar Schmitt in dessen Büro und musste grinsen, als sich ein Mann näherte, der so sehr das Klischee eines Bewährungshelfers erfüllte, wie man es nur in B-Filmen beobachten konnte. Dünn, schlaksig mit einer verwaschenen Jeanshose, in der sein kleiner Hintern kaum zu erahnen war. Dazu trug er ein rosafarbenes Poloshirt und einen beigefarbenen, zerknitterten Blazer. Das alles passte zu dem Pferdeschwanz und dem Fünftagebart. Unter dem Arm trug er eine abgewetzte Greenpeacetasche.

Lächelnd betrat er das Büro und grüßte freundlich. »Hallo und guten Tag. Ich bin Frank Gernwohl.«

»Mit dem Namen finden Sie bestimmt viel Anklang bei den meisten Häftlingen«, meinte Dirk lächelnd und entschuldigte sich sofort, als er in Schmitts Gesicht blickte.

Der Kommissar bat den Mann herein und kam gleich zur Sache. »Was können Sie uns über Ihren ehemaligen

Schützling Mischa Bolschakow erzählen? Er liegt derzeit in der Gerichtsmedizin, da er bei einem Überfall auf eine junge Frau erschossen wurde.«

Frank Gernwohl nickte und zog einen Zettel mit Notizen aus seiner Tasche. »Ja, das hat man mir gesagt. Und es wundert mich nicht. Mischa war ein Mann, der in unser braves Städtchen gar nicht reinpasste. Nicht umsonst wurde er der *kalte Russe* genannt. Er brachte eine gewisse Skrupellosigkeit mit, die zum Bild der Russenmafia passt. Dabei konnte er gleichzeitig auch sehr charmant und liebevoll sein. Für seine Mutter beispielsweise hatte er eine Schwäche. Für die wäre er in den Hades hinabgestiegen. Für seine Exfrau ebenso, obgleich sie ihn verlassen hatte. Er hat ihr häufig Geld und Geschenke nach Kasachstan geschickt.« Der Bewährungshelfer wischte sich mit einem Taschentuch den Schweiß von der Stirn. Schmitt saß an seinem Schreibtisch und machte sich Notizen. Jetzt fragte er: »Was war der Mann von Beruf? Er kam aus Kasachstan, nicht wahr? Und lebte seit fünfzehn Jahren schon hier.«

»Ja genau. Er war Hufschmied, daher auch seine Tätowierungen. Aber er hat hier in Deutschland nie als Schmied gearbeitet. Bis vor einem Jahr. Da soll er bei einem Schmied angefangen haben. Ich bin aber schon seit mehr als zwei Jahren nicht mehr für ihn zuständig. Könnte ich ein Glas Wasser bekommen?«

Sowohl Schmitt als auch Dirk beobachteten, dass ihr Besucher ein wenig mitgenommen wirkte. Er schwitzte stark und saß unruhig auf seinem Stuhl.

So wenig professionell, wie Schmitt auf Tiere reagierte, mit Menschen kannte er sich gut aus: »Der Tod dieses Mannes scheint Sie ganz schön mitzunehmen, Herr Gernwohl.«

»Ja, ähm, in der Tat. Ich musste seinerzeit die Betreuung abgeben, da es zu Verwicklungen gekommen war, die niemand hatte absehen können.«

Dirk Kemper musste bei diesem Satz schon wieder grinsen, während Schmitt interessiert weiterfragte. »Welche Art von Verwicklungen? Hat er sie bedroht?«

Nun wurde Frank Gernwohl auch noch rot und rutschte hin und her. »Nein, nein, er hat ... ähm, ich konnte nicht mehr länger mit ihm arbeiten, weil ... also, Mischa, er hat mit meiner damaligen Verlobten angebändelt.« Jetzt war es heraus und der Mann sackte in sich zusammen.

Die beiden Beamten schwiegen peinlich berührt, dann fragte Dirk: »Nur damit ich das richtig verstehe, das geschah mit dem Einverständnis Ihrer Verlobten? Sie schildern hier keine Straftat?«

»Nein, nein. Meine Verlobte hatte sich in den Mann verliebt.«

»Das tut mir leid, Herr Gernwohl. Der Charme der bösen Jungs ist nicht zu unterschätzen. Und das gilt sogar umgekehrt. Auch Straftäterinnen haben so ihre Anziehungskraft auf gut situierte Männer.« Schmitt räusperte sich. »Nur für den Notfall, kann ich Namen und Adresse Ihrer Exverlobten bekommen?«

Frank Gernwohl nannte ihm die gewünschten Daten und fügte hinzu: »Ich weiß nicht, ob sie noch Kontakt zu diesem Mischa gehabt hat. Ich habe jedenfalls beide schon seit über zwei Jahren weder gesehen noch gesprochen. Ich habe mir einen Hund gekauft. Er wartet draußen.«

Schmitt blickte erschrocken auf die Tür. »Er ist hier im Gebäude?«

»Nein, er wartet im Auto. Haben Sie sonst noch Fragen?«

»Ja«, sagte der Kommissar. »Ich brauche die Kontaktdaten der Mutter von Mischa Bolschakow, wenn Sie die haben. Können Sie sich vorstellen, dass Bolschakow auch als Auftragsmörder gearbeitet hat?«

»Wenn die Kohle stimmte. Mischa war ein Söldner, der für den Meistbietenden die Arbeit machte. Vorausgesetzt, diese Aufträge kollidierten nicht mit seinem zweifelhaften Ehrenkodex. Ich glaube, Kinder und hilflose alte Frauen waren für ihn tabu.« Mit einem Zug trank Gernwohl das Glas Wasser leer, das Dirk ihm hingestellt hatte. Der junge Polizist wunderte sich. »Als er erschossen worden ist, war er gerade dabei, eine junge Frau umzubringen. Das ließ sich offenbar erstaunlich gut mit seinem Ehrenkodex vereinen. Wir glauben, dass ihr einziges Vergehen darin bestand, ihn am Freitagabend vor dem Lokal gesehen zu haben, als dort ein Mann erschossen wurde.«

Gernwohl hob den Zeigefinger. »Okay, aber das ist ein sehr triftiger Grund aus der Sicht eines Verbrechers. Er tötet dann, um seine eigene Haut zu retten. Und das ist auch schnell mal ein Grund, warum der eigentliche Auftraggeber einen eliminiert. Es ist unprofessionell, gesehen zu werden. Ein toter Söldner kann nicht mehr aussagen, für wen er aktuell arbeitet. Es wundert mich jedenfalls nicht, dass er so endet, der kalte Russe.«

Ein Anruf beendete schließlich das Gespräch, und Gernwohl versicherte freundlich, dass sie ihn jederzeit kontaktieren könnten, wenn ihnen noch Fragen einfielen. Während Dirk den Bewährungshelfer an der Tür verabschiedete, hörte er Schmitt sagen: »Okay, Bert, wir kommen gleich vorbei.«

* * *

Bert stand hinter dem Tresen, der einen großen Teil seines Lebens ausmachte, und starrte düster vor sich hin. Achim hatte in der Küche gut zu tun. Es war zwar erst sechs Uhr, aber ein Tisch mit fünf Frauen hatte bereits Abendessen bestellt. Vorweg tranken sie einen Aperitif. Bert kannte die Runde, es waren Frauen, die dienstags immer einen Sportkurs besuchten und danach üppig speisten.

Bert stöhnte und legte das Handy zur Seite. Er hatte noch mehrfach versucht, Robert zu erreichen. Vergeblich. Robert war sein Partner im Geschäftlichen, aber nicht unbedingt ein Busenfreund. Sie kamen gut miteinander aus, aber sie erzählten sich nicht viel Privates. Natürlich war es möglich, dass Robert in teure Pferde investierte. Aber dass er so gar nichts über sein neues Steckenpferd erzählt hatte, stimmte Bert missmutig. Auch mit Roberts Mutter hatte er gerade noch mal telefoniert, sie hatte sich angekündigt, weil sie doch erst für den nächsten Vormittag einen Flug nach Teneriffa habe buchen können. Sie brauche dringend ein ordentliches Omelett, er solle seinem Koch Anweisung geben. Der Dame war es völlig egal, was auf Berts Speisekarte stand.

In diesem Moment trat Kommissar Schmitt durch die Tür und ging zielstrebig auf einen kleinen Tisch am Fenster zu. Man sah dem gut gekleideten Mann mit dem Bauchansatz den Hunger und die Vorfreude auf eine Mahlzeit förmlich an. Er schnupperte in der Luft herum und schnappte sich, kaum dass er saß, die Speisekarte. Bert ging jedoch zuerst in die Küche, in der emsig gearbeitet wurde. Tim bereitete Salatschälchen vor, und Achim briet Hackburger in der Pfanne. Bert informierte Achim, dass Roberts Mutter gleich vorbeikommen wolle und nach einem Omelett verlangte. Achim lachte nur. »Das kriegen wir schon hin, Extrawünsche diverser Mütter sind meine Spezialität. Auch wenn insbesondere Gerlinde mich ständig beschimpft.«

Bert wurde hellhörig. »So gut kennst du sie? Warum klagt sie eigentlich so über dich? Sie hat dich doch nur höchstens drei Mal gesehen und noch weniger oft hier gegessen.« Achim grinste von einem Ohr zum anderen. »Vor zehn Jahren haben wir uns mal öfter getroffen, und Zeit zum Essen hatten wir damals wenig.«

»Danke«, sagte Bert. »Die Bilder werde ich in diesem Leben nicht mehr los. Sie darf dich ruhig weiter beschimpfen. Von Robert habe ich noch immer nichts gehört.« Achim winkte nur ab und schien wenig besorgt.

Bert ging zum Kommissar und fragte ihn zunächst nach seinen Wünschen. Schmitt bestellte einen Salat mit gebackenem Ziegenkäse und eine Fanta. Erst nachdem der Barkeeper auch noch zwei Herren an der Theke mit Bier bedient und die Bestellung in der Küche abgegeben hatte, setzte er sich zum Kommissar und erzählte ihm von seinem Besuch bei Frau Heinemann, der Mutter seines Teilhabers.

Schmitt hörte interessiert zu, nickte ein paar Mal, schrieb ein paar Sätze in ein Notizbuch und sagte schließlich: »Ihr Teilhaber Robert Heinemann hat also angeblich den Hengst gekauft, der am Freitagabend entführt worden ist. Danke. Das sind sehr wertvolle Informationen, die Sie uns da liefern. Nun müssen wir sehr wohl mit Ihrem Teilhaber reden. Es wäre gut, wenn er seinen Urlaub schnellstmöglich unterbricht.«

»Wir erreichen ihn nicht. Weder seine Mutter noch ich haben Kontakt zu ihm. Er geht nicht an sein Handy und beantwortet keine Nachricht. Seine Mutter ist in großer Sorge und will morgen nach Teneriffa fliegen.«

Schmitt blickte überrascht von seinem Notizbuch auf. »Ist sie nicht etwas zu alt, um für ihren Sohn die Telefonate zu übernehmen? Ich meine, entweder will er nicht gefunden werden, oder er steckt in Schwierigkeiten. Beides könnte eine alte Frau schnell überfordern.«

Bert nickte wichtig und Schmitt folgte dem Blick des Barkeepers, der zur Tür ging. Herein kam soeben eine Dame mit weißem, knöchellangem Mantel, schwarzen Stiefeletten mit kleinem Absatz und einer überdimensionalen Handtasche. Ein frischer Duft begleitete ihren Auftritt. Zügig kam sie auf Bert zu und somit an den Tisch des Kommissars.

»Das ist sie«, sagte Bert leise. »Frau Heinemann.«

Die zog ihre rosafarbenen Lederhandschuhe aus und reichte dem Kommissar mit einem charmanten Lächeln die Hand. Schmitt stand sofort auf und deutete eine Verbeugung an. »Kommissar Schmitt, angenehm.« Auch die beiden Herren am Tresen verfolgten Frau Heinemann, widmeten sich dann aber wieder ihrem Bier. Schmitt schob der Dame einen Stuhl hin und fragte nach ihrem Getränkewunsch. Mit gutem Benehmen lief ein

Gespräch mit einer Dame gleich ganz anders ab, so viel Erfahrung besaß der Kommissar, zumal er selbst Höflichkeit schätzte.

Bert stand auf, denn erneut öffnete sich die Tür, und ein junges Pärchen betrat den Schankraum. Wenn das an diesem Dienstagabend so weiterging, wären sie unterbesetzt. Offenbar hatten nun mehrere Warendorfer Bürger von der Schießerei im *RoBerta* gehört und besuchten den Ort des Verbrechens.

Bert brachte Frau Heinemann einen Sekt, und sie berührte ihn kurz am Arm. »Ach, Bert, das Omelett kann doch noch etwas warten.«

Höflichkeit hin oder her, sobald die Getränke auf dem Tisch standen, nutzte Kommissar Schmitt die Gelegenheit. »Schön, dass wir uns hier zufällig im Lokal treffen. Ich wollte mir persönlich mal einen Eindruck vom *RoBerta* bei einem Abendessen verschaffen und habe jetzt doch ein paar Fragen an Sie. Wann hat Ihr Sohn denn nun den Hengst im Landgestüt gekauft? Und vor allem, warum? Soweit ich weiß, werden dort die Samen der Hengste zu Fortpflanzungszwecken verkauft. Mit den Hengsten verdient das Gestüt doch durch die Deckprämien Geld.«

Sie leerte ihr Glas bis zur Hälfte und antwortete: »Stellen Sie immer so viele Fragen auf einmal? Im Leben ist es meist eine Frage des Angebotes, ob Sie bekommen, was Sie wollen. Und natürlich verkauft das Gestüt auch mal Hengste, um Platz für neue Tiere zu bekommen oder weil sie zu alt werden. Dragon ist fünf Jahre alt, also recht jung, aber jemand hat seine Anlagen erkannt und meinte, er hätte das Zeug, sich zu einem Champion im Dressurreiten zu entwickeln. Für das Gestüt läuft er als gutes Springpferd. Die haben das Potential des Tiers noch gar nicht erkannt, meinte mein Sohn.«

»Nun irgendwer hat es offenbar erkannt, denn er ist ja nun entführt worden. Ich wusste nicht, dass Ihr Sohn reitet.«

»Ich habe nicht gesagt, dass er reitet.«

Kommissar Schmitt klopfte einen kleinen Trommelwirbel mit seinen Fingern auf einem Bierdeckel und wartete ab, ob es bei dem einen Satz blieb. Er musste nicht lange warten. Der schnell getrunkene Sekt tat Wirkung und die Zunge der Dame wurde lockerer. »Robert hat mich nicht im Einzelnen in seine Pläne eingeweiht, aber er hat angeblich jemanden an der Hand, der ein Profi ist, außergewöhnlich begabt. Der soll dem Hengst den letzten Schliff geben und ihm zum Siegerpferd machen. Eventuell wollte Robert den Hengst aber auch sofort weiterverkaufen. So genau weiß ich das nicht. Es war ein Geschäft mit einem gewissen Risiko, ganz bestimmt. Aber auch mit Sportsgeist. Doch Sie haben recht, offenbar hat nun noch ein anderer das Potential dieses Pferdes entdeckt. Wenn Sie mich fragen, ist der Hengst längst ins Ausland verkauft worden. Hier im Umkreis kann man kaum mit einem gestohlenen Tier auf einem Turnier starten. Aber die Ölscheichs sind ganz wild auf deutsche Zuchthengste.« Mit einem Winken ihres Glases zeigte sie Bert, dass sie noch einen Sekt trinken wollte.

Schmitt schrieb sich alles auf und wollte dann wissen: »Was glauben Sie, warum Ihr Sohn sich nicht aus dem Urlaub meldet? Macht er das öfter so?«

»Als er sich das letzte Mal partout nicht zurückgemeldet hat, obwohl sein Vater im Krankenhaus lag, hatte er spontan und heimlich geheiratet und seine Flitterwochen in Kanada verbracht. Aus dieser Ehe ist nichts Gutes entstanden außer meiner Enkeltochter. Aber das alles ist bereits zwanzig Jahre her.«

»Kennen Sie einen russischen Mann namens Mischa Bolschakow?«

Sie hob eine sorgfältig gezupfte Augenbraue in die Höhe. »Der einzigen Russe, den ich kenne, stimmt mir mein Klavier, und er hat einen unaussprechlichen Namen. Wer soll das sein?«

»Das ist der Mann, der sich am Freitagabend vor dem Lokal herumgetrieben hat, als der Autor Balthasar Fromm erschossen wurde. Er ist mit ziemlicher Sicherheit der Mörder von Balthasar Fromm. Bolschakow selbst ist dann am Montagabend getötet worden. Er war Hufschmied und kannte sich ganz sicher gut mit Pferden aus. Ich frage mich gerade, ob er eventuell Ihren Sohn treffen wollte.«

Frau Heinemann starrte den Kommissar an, der sie soeben allen Ernstes gefragt hatte, ob dieser Russe ihren Sohn hatte treffen wollen. »Treffen im Sinne von Erschießen oder zu einem Gespräch treffen? Sie müssen Ihre Worte schon mit mehr Bedacht wählen, Herr Kommissar. Es gibt bestimmt einige Gründe, warum man meinem Sohn mal einen Kinnhaken verpassen möchte, aber einen tödlichen Schuss? Womöglich, weil er ein Pferd gekauft hat? Wir sind die Pferdehauptstadt Deutschlands. Wenn es um berühmte Zuchtpferde geht, kommt man an dem Namen Warendorf nicht vorbei. Jeder weiß, dass die Pferde aus dem Landgestüt Warendorf schon seit Jahrzehnten Spitzenplätze in der Weltzuchtrangliste belegen. Deshalb bin ich auch überzeugt davon, dass der Hengst längst ins Ausland verkauft worden ist.« Sie stand für ihr Alter erstaunlich geschmeidig auf und ging zu Bert: »Ich möchte jetzt mein Omelett serviert haben.«

Die meisten Leute im Lokal verfolgten die elegante Frau mit ihren Blicken. Bert nickte nur und gab es an die Küche weiter.

Als sie an den Tisch zurückkehrte, sagte sie: »Wenn der Schuss meinem Sohn galt und die Täter nun wissen, dass er im Urlaub ist, dann lauern sie ihm womöglich noch auf. Ich beantrage also Polizeischutz für Robert, sobald er wieder da ist. Schreiben Sie das mal sofort auf, Herr Kommissar.« Sie tippte eifrig auf sein Notizheft, das auf dem Tisch lag und auf dem ein Nilpferd als Deckblatt prangte.

»Wann kommt Ihr Sohn denn regulär zurück?«, fragte Schmitt.

»In vier oder fünf Tagen.«

»Ich hoffe, dass wir den Fall bis dahin aufgeklärt haben. Reisen Sie wirklich Ihrem Sohn hinterher?« Schmitt hielt Robert Heinemann zwar für einen wichtigen Gesprächspartner, um eine Aussage zu machen, aber um dessen Gesundheit machte er sich nicht mehr Sorgen als um jeden anderen Sonnenanbeter mit nordeuropäischer Haut.

Sie zupfte an der Tischdecke herum und antwortete: »Nein, wohl eher nicht. Meine Enkeltochter meinte, in dem Fall würde ich meinen Sohn eventuell zum letzten Mal sehen. Sie glaubt, dass ihr Vater in amouröse Abenteuer verstrickt ist und dabei gewiss keine Hilfe von Verwandten benötigt.«

»Gut.« Schmitt schien erleichtert. »Wissen Sie, wer für Ihren Sohn den Pferdeverstand besessen hat?«

Die alte Lady schaltete schnell. »Meinen Sie, dieser Jemand hat das Pferd geklaut, um nicht nur als Reiter oder Berater mit einem lächerlichen Stundenlohn abgespeist zu werden, sondern als Besitzer?«

Schmitt trank seine Fanta leer und setzte ein Pokerface auf. »Wir müssen jeder Spur nachgehen. Ah, sehen Sie, da kommt unser Essen. Würden Sie mit mir zusammen an meinem Tisch speisen?«

Amüsiert lächelte Frau Heinemann ihn an. »Soll ich mich jetzt vielleicht noch umsetzen?«

Bert hatte derweil gut zu tun, und er blickte erleichtert zur Mutter seines Teilhabers, da sie sich offenbar in guter Gesellschaft befand und ihn in Ruhe ließ.

Die beiden Bier trinkenden älteren Herren waren nun auch beim Stadtthema Nummer eins angekommen und machten den Nachruf über den toten Balthasar Fromm zu ihrer Angelegenheit. Der eine von beiden kannte ihn aus seiner unmittelbaren Nachbarschaft, wie Bert aus dem Gespräch schließen konnte. »Das war ein wirklich netter Kerl, der seinen Hund liebte und regelmäßig zu seinen Eltern fuhr. Und klug war er auch. Er hat Bücher geschrieben. Ist schon abgedreht, dass so einer dann in einen realen Krimi gerät und erschossen wird.«

»Ist für einen Autor eigentlich ein schöner Tod«, meinte der Ältere und strich über seinen beträchtlichen Bauchumfang.

»Ich weiß nicht«, gab der Jüngere zurück, »was hat man denn von seinem Ruhm, wenn man tot ist?« Er strich sich seine blonden Haare aus der Stirn und machte ein zweifelndes Gesicht. »Ich kann mir vorstellen, dass der Fromm bei einer Recherche zu weit gegangen ist. Der hatte doch selbst eine scharf geladene Waffe dabei. Und die hatte er von seiner Exfreundin.« Der Jüngere nickte wichtig. »Das erzählt man sich beim Seniorentreff, hab's von meiner Ma gehört. Die Geschwister Quante, die kennst du doch sicher. Die haben ihren Hof in Freckenhorst, machen viel auf Bio. Und mit ihr hatte der Tote wohl ein Verhältnis. Die Geschwister besitzen beide einen Jagdschein. Da kennt einer jemanden, der eine kennt – und die besitzt eine Waffe. Und schon kann jeder Warendorfer mit einer Knarre rumlaufen.«

»Ich kenne keine Bauern in Freckenhorst. Ich wusste nicht mal, dass Fromm eine Freundin hatte, ich habe ihn immer nur mit dem Hund gesehen. Ich glaube nicht, dass der Fromm auf einen Menschen geschossen hätte. Der wollte sich nur mal wie Billy the Kid fühlen, um dann darüber schreiben zu können. Aber das hat er verdammt ungeschickt angestellt. Ich glaube, der ist einem auf die Füße getreten. Seine Tante wird es wissen.«

Der Blonde stellte sein geleertes Bier vernehmlich auf den Tresen und winkte.

Bert war so beschäftigt damit, dem Gespräch zuzuhören und seine Kasse mit dem Kleingeld zu sortieren, dass er sich tatsächlich gestört fühle, als er nun zapfen musste. Das Gespräch nahm eine interessante Wendung.

»Seine Tante«, meinte der Blonde jetzt verblüfft. »Tanten sind gut für ein leckeres Stück Torte oder ein schmackhaftes Wildragout, aber doch nicht für Geheimnisse.«

Der Ältere setzte sich auf dem Barhocker zurecht und erklärte: »Doch, doch, seine Tante ist auch Lehrerin, wie der Vater von Fromm. Und die liest alle seine Manuskripte Korrektur. Das hat er mir mal auf einem Spaziergang erzählt. Mit ihr würde er seine Ideen besprechen, und sie hat ihm auch bei der Verlagssuche geholfen. Ich nehme auch noch ein Blondes, Bert.«

Bert nickte und dachte, dass der Kommissar vielleicht davon wissen sollte. Er blickte zu dem Tisch hinüber, an dem Frau Heinemann und Schmitt aßen und vergnügt miteinander plauderten.

Der Jüngere lachte. »Na, dann sollte die Polizei mal mit der Dame reden.«

Doch der andere schüttelte nun den Kopf. »Diese Dame redet nicht mit der Polizei. Bestimmt nicht. Ihr Mann hat bei der Polizei gearbeitet. Sie hält sehr wenig von dem Verein. Ihren Mann hat sie mittlerweile rausgeschmissen, und es laufen noch immer drei Anzeigen gegen ihn. Aber die Bullen halten wohl alle zusammen.«

Bert bekam kaum mit, dass der Kommissar, der zuvor bereits bezahlt hatte, das Lokal verließ. Hätte er ihm von dieser Tante erzählen sollen? Er hatte große Lust, selbst ein wenig zu ermitteln. Immerhin war sein *RoBerta* Ausgangspunkt gewesen, und nun schien ja auch noch sein Kompagnon darin verwickelt zu sein.

Bert dachte plötzlich an Tina Dessel. Die junge Frau hatte ihm schöne Augen gemacht, so viel war klar. Aber diese Art von Angeboten, wie sie zu später Stunde schon mal vorkamen, weckten kaum Berts Interesse. Er brauchte eine Partnerin auf Augenhöhe, eine, mit der er reden, lachen und alt werden konnte. Seine letzte Beziehung lag drei Jahre zurück, bei Robert war es noch länger her. Sofern der ihm alles erzählt hatte. Zurzeit schien Robert ja eher Geheimnisse zu haben. Wiederholt schaute Bert auf sein Handy, doch noch immer wurde nicht angezeigt, dass Robert seine Nachrichten gelesen hatte.

Um halb elf Uhr abends war auch der letzte Gast verschwunden.

* * *

Bert schloss die Kasse und machte sich auf den kurzen Weg nach Hause. Er hatte heute sein Fahrrad dabei, ein altes Hollandrad. Stabil und zuverlässig und für seine Größe geeignet. Die Straße lag ruhig und leer vor ihm, nur ein paar vereinzelte Autos konnte man hören. Doch als er sein Schloss aufdrehte und um den Sattel legte, erhielt er einen kräftigen Schlag gegen den Hinterkopf, in dessen Folge seine Nase gegen den harten Sattel stieß. Für einen Moment war er benommen. Bert war ein kräftiger Kerl, so schnell überfiel man ihn eigentlich nicht. Doch der Angriff kam aus heiterem Himmel. Aus seiner Nase lief Blut, aber kaum konnte er sich wieder aufrichten, drehte Bert sich um und hob die Fäuste, um zuzuschlagen. Der Angreifer schlug jedoch im Moment der Deckung in Berts Magen und er schnappte nach Luft. Übelkeit stieg in ihm hoch und er musste einen Schwall Flüssigkeit erbrechen. Das war weder eine einfache Faust noch ein Tritt gewesen, der ihn getroffen hatte, eher ein harter Gegenstand, war Bert sich sicher.

Dann hörte er eine Erklärung. Die Stimme klang dumpf: »Das hier ist nur der Anfang, wenn dein feiner Kompagnon sich nicht bald meldet. Sag ihm das.«

Bert richtete sich langsam auf und sah eine schwarz gekleidete Gestalt mit einem Motorradhelm. Der Typ hielt eine Eisenstange in der Hand, es wäre dumm gewesen, angeschlagen und mit bloßen Fäusten, auf ihn loszugehen. Die Zahnarztrechnung konnte er sich sparen.

»Bei wem soll er sich denn melden? Ich habe überhaupt keine Ahnung, was hier läuft. Aber dieser Auftritt ist ja wohl unterste Schublade. Du guckst zu viel Chuck Norris.« Bert hustete nach der langen Rede.

Ein dumpfes Lachen ertönte aus dem Helm. »Quatscht wie ein Waschweib, der Typ. Also, bring mir den Arsch von Heinemann wieder her. Der wird schon wissen, bei wem er sich melden muss.« Und dann war der Mann hinter der nächsten Biegung verschwunden, und ehe Bert hinterherlaufen konnte, hörte er das Aufheulen eines Motorrads.

Mühsam hielt er sich an seinem Fahrrad fest. Er spuckte noch mal aus und sah nach, ob Blut dabei war. Wenn er jetzt innere Blutungen hatte, würde er dann still und einsam über Nacht in seiner Wohnung verbluten? Aber ins Krankenhaus zu fahren, kam ihm albern vor. Er schleppte sich laufend den Kilometer nach Hause und rief dann Kommissar Schmitt an. Doch es ging nur die Mobilbox an. Auch Kommissare nutzten ihren Feierabend.

Er wartete auf den üblichen Piepton der Mailbox und sprach: »Ich bin soeben überfallen und zusammengeschlagen worden. Jemand will, dass Robert Heinemann sich bei ihm meldet. Der Typ hat sich aber nicht zu erkennen gegeben. Bin zu Hause und lecke meine Wunden. Schlafen Sie gut.« Danach ging Bert ins Bad und zog sich vor dem Spiegel aus. Ein großes, rundes, dunkelblau gefärbtes Hämatom färbte seinen Bauchbereich ein. Und tat weh. Am Hinterkopf konnte er eine leidlich große Beule ertasten, der Kopfschmerz war auszuhalten. Bert legte sich nur mit seinen Boxershorts bekleidet sofort ins Bett, Handy und Telefon nahm er mit. Als er auf seinen Laken vor sich hindämmerte, spürte er eine gehörige Portion Wut aufkommen. Seit Tagen schon lief hier einiges schief, und Robert hielt es noch immer nicht für nötig, mal ein Lebenszeichen von sich zu geben. Bert knipste den Lichtschalter seiner Nachttischlampe an, griff nach seinem Handy und machte ein Foto seines Bauches. Trotz der Schmerzen spannte er dabei die Muskeln an, kam sich zwar furchtbar albern vor, sandte das Foto aber an Roberts Nummer. Sein Text dazu war knapp: *Irgendein Typ verlangt, dass du dich bei ihm meldest. Die Spuren seiner höflichen Bitte kannst du an meinem Bauch ablesen.* Wenn Robert sich auf diese Nachricht hin noch immer nicht zurückmeldete, dann konnte wirklich etwas nicht stimmen.

* * *

Hilde Koch packte sich eine widerspenstige Haarsträhne und schob sie unter ihr gelbes Tuch. Schon wieder hatte sie ein Buch von Balthasar Fromm verkauft. Die signierten Exemplare waren schon Anfang der Woche ausverkauft gewesen. Beim Verlag hatte sie bereits zwanzig Bücher nachbestellt.

Beinahe war sie ein wenig enttäuscht, dass Balthasar Fromm nicht vor ihrem Buchladen erschossen worden war. Andererseits: Es war ja doch ganz in der Nähe des Ladens gewesen. Schließlich lagen die Buchhandlung und das *RoBerta* nebeneinander. Es wurde Zeit, dass man sich als direkte Nachbarn mal etwas näherkam, dachte Hilde und sah den großen stattlichen Bert vor sich. Sie hatte sonst immer mehr mit dem anderen Teilhaber gesprochen, mit Robert. Der las im Gegensatz zu Bert recht gerne mal einen Roman und ließ sich von Hilde regelmäßig beraten. Aber Bert gefiel ihr fast noch besser, stellte sie nun fest und sah unwillkürlich zur Tür.

Es war noch nicht einmal Mittag, und das *RoBerta* hatte noch geschlossen. Es öffnete um siebzehn Uhr. Ein Lächeln ging über ihr hübsches Gesicht. Was zig Leser konnten, das könnte sie auch mal versuchen. Zumal sie noch viel mehr Hintergrundwissen besaß. Warum nicht ein wenig im Leben ihres Autors forschen? Und dabei das eine oder andere mit Bert besprechen? Zunächst müsste sie mal mit den Eltern, dem Ehepaar Fromm reden. Sie schuldete auch einem toten Autor dessen Honorar. Das stand ja nun den Hinterbliebenen zu. Sie legte einen Finger an ihre Stupsnase. Natürlich waren die Eltern nicht auf ein eher klägliches Honorar angewiesen. Herr Fromm Senior war Direktor an der Gesamtschule, und seine Frau war Anwältin und arbeitete zumindest stundenweise in einer Kanzlei. Aber man sollte Hilde nicht nachsagen, sie würde die Misere anderer ausnutzen und sich bereichern. Also steckte sie kurz vor der Mittagszeit ihren Quittungsblock ein und ließ ihre Angestellte alleine im Laden. Kurz vor Mittag würde nicht mehr viel passieren.

Die Adresse von Balthasars Eltern fand sie im Telefonbuch, und zwanzig Minuten später stand sie vor der eleganten Haustür und bewunderte die gut gepflegten Geranien, die bei ihr immer eingingen. Sie war abends einfach zu müde zum Gießen. Das war sicher schön, mit einem Mann verheiratet zu sein, der ein sicheres Einkommen nach Hause brachte und für ein schönes Zuhause sorgte. Da hatte man Zeit für Blumen im Garten und für teure Klamotten, führte Hilde ihren Gedanken weiter, als Frau Fromm die Tür öffnete und in einem schwarzen Hosenanzug vor ihr stand.

»Ah, Frau Koch, wie freundlich von Ihnen, mich zu besuchen. Kommen Sie doch herein.«

Hilde folgte der blonden Frau in die Küche, die mit ihrer gemütlichen Einrichtung einen krassen Gegensatz zum schlichten Vorgarten bot.

Frau Fromm deutete auf einen runden Holztisch und fragte: »Möchten Sie einen kleinen Sherry? Ich trinke schon mal vor dem Essen einen Sherry, während ich auf meinen Mann warte. Ich habe einfach keinen Appetit mehr, und das hilft ein wenig.« Auf dem Tisch stand ein leeres Gläschen.

Hilde Koch nickte und beteuerte zunächst ihre Anteilnahme. »Ich kann das noch immer nicht fassen. Und ich frage mich natürlich, ob er sich als Autor Feinde gemacht hat oder als Privatperson oder ob er versehentlich umgebracht wurde. Eventuell war er ja gar nicht gemeint.«

Frau Fromms Hände zitterten leicht, als sie ihres und ein zweites Glas mit Sherry auffüllte. Eine Träne tropfte ihr auf die Hand. »Nein, das war kein Versehen. Ich fürchte, mein Sohn ist in etwas hineingeraten, das eine Nummer zu groß für ihn war. Er hatte sich diese Sache mit dem Schreiben so sehr in den Kopf gesetzt. Ich glaube, er wollte sich und anderen endgültig etwas beweisen und riskierte dabei zu viel. Vor zwei Wochen ist er zu mir gekommen und hat sehr spezielle Fragen gestellt. Über Strafrecht. Ich konnte ihm nicht viel helfen, ich bin auf Scheidungsrecht spezialisiert. Beim Abschied meinte er, mit dem nächsten Buch würde er eine Bombe platzen lassen.« Sie nagte an ihrem Daumennagel und guckte Hilde Koch an.

Die Buchhändlerin hing an ihren Lippen und erkundigte sich: »Was war denn zum Beispiel eine seiner Fragen?«

»Wie das Strafmaß sei, wenn man ein Verbrechen in Auftrag gebe. Wer mehr Strafe bekomme, der Auftraggeber oder der Vollstrecker. Ob mir schon mal das perfekte Verbrechen begegnet sei. Ach, eher Dinge, die man aus amerikanischen Krimiserien kennt.« Sie stützte den Kopf in ihre Hände. »Hätte ich es verhindern können, wenn ich ihn ernster genommen hätte?«

Hilde Koch probierte den süßen Sherry und leckte sich die Lippen. »Ach was«, sagte sie. »Krimiautoren müssen doch recherchieren. Aber Grund zur Enttäuschung haben viele Autoren durchaus. Weil der Verlag sie ausnutzt, der Leser sie nicht versteht und die Rezensionen oberflächlich sind. Sie glauben ja nicht, was ich alles schon mit Autoren erlebt habe. Ach, der Balthasar bekommt ja noch ein Honorar von mir, und ich dachte, das zahle ich jetzt einfach an Sie aus ...«

Frau Fromm blickte sie beinahe zornig an und sagte einigermaßen empört: »Soll ich jetzt mit den letzten Stunden, die mein Sohn gelebt hat, Profit machen? Es ist schlimm genug, wenn die Eltern den Sohn beerdigen müssen.« Sie bediente sich aus der Karaffe mit dem Sherry.

Hilde schob den Quittungsblock zurück in die Handtasche. »Entschuldigung, ich wollte nur korrekt sein.«

Frau Fromm nickte und goss ihrer Besucherin das Glas randvoll. »Frau Koch. Hilde. Darf ich Hilde sagen? Du hast meinen Jungen immer unterstützt und seine Bücher wertgeschätzt. Lass das Honorar stecken.«

Hilde kam es so vor, als wenn Frau Fromm ein wenig verwaschen sprach. Wer konnte schon wissen, was die Frau in ihrer Trauer schon vor dem Sherry alles getrunken hatte. Daher war sie erleichtert, als sie die Haustür hörte und der Ehemann die Küche betrat. »Du hast Besuch? Wie schön.« Doch er blickte mit einem Stirnrunzeln auf die Karaffe und auf Hilde und brachte den Sherry wortlos ins Wohnzimmer. Dann erst begrüßte er Hilde mit einem festen Händedruck, seine Frau mit einem Kuss auf die geschminkte Wange. »Ich muss gleich wieder los. Hast du etwas zu essen für mich?«

Hilde Koch stand auf und verabschiedete sich von dem Ehepaar. Sie hatte immerhin erfahren, dass Balthasar Fromm sich mit kriminellen Fragen beschäftigte hatte und mit dem nächsten Buch etwas Großes vorhatte. Beim Verlassen des Hauses kam ihr eine interessante Idee, und so fuhr Hilde Koch einigermaßen beschwingt in den Laden zurück. Statt eines warmen Mittagessens gönnte sie sich ein belegtes Brötchen beim nächsten Bäcker.

* * *

Kommissar Schmitt legte sein Handy zur Seite und war beruhigt, dass es Bert gut genug ging, um später bei ihm vorbeizuschauen und eine Aussage zu machen. Schmitt hatte, nachdem er Berts Nachricht auf seiner Mailbox abhörte, sofort seinen jungen Mitarbeiter Kemper und einen Notarzt losgeschickt in Berts Wohnung. Die hatten ihm nach einer medizinischen Erstversorgung rückgemeldet, dass keine akute gesundheitliche Gefahr bestehe. Was war das nur für ein unverantwortliches Verhalten, sich nach so einem Überfall einfach nach Hause ins Bettchen zu verkriechen!

Jetzt las Schmitt sich gerade den Bericht der Ballistiker durch.

Der Autor war erschossen worden, als er das Lokal verließ, und den Russen hatte die Kugel erwischt, als er eine Zeugin beseitigen wollte, die ihn zur Tatzeit vor dem Lokal gesehen hatte. Da lag die Vermutung nahe, dass Bolschakow erst Balthasar Fromm erschossen hatte und dann, womöglich von dem Auftraggeber selbst, beseitigt worden war. Doch wie war dieser an die Waffe gekommen? Hatte der Russe sie am Freitagabend noch bei einem potentiellen Auftraggeber abgeliefert, oder hatte der Schütze sie ihm abgenommen, als er Bolschakow in die Wohnung von Tina Dessel gefolgt war? Aber Frau Dessel hatte ausgesagt, dass Bolschakow nur ein Messer dabeigehabt habe. Doch auf diese Aussage gab der erfahrene Kommissar nichts. Die junge Frau hatte Todesangst ausgestanden und sicher nicht erfassen können, ob der Eindringling eine Pistole am Körper getragen und ein Kampf zwischen den Männern stattgefunden hatte. Hierbei könnte Bolschakow die Pistole abgenommen worden sein.

Er verließ sein Büro und ging zu einem der Besprechungsräume. Dort stellte Schmitt sich an ein Whiteboard und fertigte für sich und seine Mitarbeiter eine Übersicht der Fakten an. Es gab nun definitiv eine Verbindung zwischen den beiden toten Männern und dem Diebstahl eines Hengstes auf dem Landgestüt. Das hatte er dem Kollegen, der den Hengstraub bislang für seinen Fall gehalten hatte, bereits mitgeteilt. Die Zuständigkeit hatte sich damit verändert, alle Ergebnisse liefen nun über Schmitts Schreibtisch. Aber warum ein harmloser und bislang unbedeutender Autor und ein bislang unbescholtener Mitbesitzer eines Lokals darin verwickelt waren, blieb rätselhaft.

Noch immer gab es kein Lebenszeichen von Robert Heinemann. Wenn er bei den spanische Kollegen in Teneriffa nachfragte, ob sie nach einem deutschen Touristen suchen könnten, von dem man weder Hotel noch Ort angeben könne, würde er sich lächerlich machen. Es war aber auch wie verhext, dass man sich heute oft nur noch auf das Handy verließ und mit dem Ausfall desselben jegliche Kontaktaufnahme hinfällig war.

Eine Mitarbeiterin hielt ihre Stupsnase in den Raum. »Ein gewisser Bert ist da und wartet auf Sie. Seinen Nachnamen wollte er nicht nennen, Sie würden ihn erwarten, sagte er.«

Schmitt nickte, legte den Stift zur Seite und fand Bert im Flur vor seiner Bürotür wartend. Der große Mann sah blass und mitgenommen aus, die dunklen Augenringe und angespannten Gesichtszüge fielen dem Kommissar sofort auf. Wahrscheinlich hatte der Barkeeper noch immer Schmerzen. »Hallo Bert, wie geht es Ihnen? Die Untersuchungen sind abgeschlossen?«

Bert stand auf und gab Schmitt die Hand. »Ja, ich habe ein stumpfes Bauchtrauma, aber zum Glück ohne Verletzung der Organe. Der Typ schien genau gewusst zu haben, wie feste und wohin er schlagen musste. Umbringen wollte er mich wohl nicht. Noch nicht.« Bert erzählte alle Einzelheiten des Angriffs, beschrieb das, was er von dem Täter gesehen hatte, und die Drohung, die er ausgesprochen hatte.

»Könnte in der Motorradkluft auch eine Frau gesteckt haben?«, fragte Schmitt.

»Die Schmach ist auch so schon groß genug, aber ja, schlussendlich kann es auch eine Frau gewesen sein. Die Stimme konnte man durch den Helm nur dumpf hören. Der Angreifer war jedenfalls kleiner als ich. Ich bin wirklich richtig sauer, dass Robert sich einen Scheiß darum kehrt, was hier passiert.«

»Haben Sie wirklich keine Ahnung, in welchem Hotel oder Ort er sein könnte? Er muss doch irgendetwas erzählt haben. Erinnern Sie sich an einen Namen oder eine Sehenswürdigkeit? Hat er über ein Reisebüro gebucht?«

Schmitt setzte sich und bot auch Bert einen Stuhl ein. In dem Moment kam Dirk Kemper zurück und setzte sich zu den beiden Männern und sagte: »Diese Pferdeleute sind schon bizarr.«

»Ach, waren Sie beim Landgestüt? Ich hatte ehrlich keine Ahnung, dass mein Kompagnon ein Pferd gekauft hat. Aber so richtig wundern kann ich mich auch nicht darüber. Robert hatte schon öfter seine Finger in merkwürdigen Investitionsplänen. Mal hat er Silber gekauft, dann Gold oder Aktien. Das schnelle, aber riskante Geld reizte ihn schon immer, und dafür hatte er bislang auch jederzeit etwas Spielgeld über. Woher, weiß ich aber nicht.«

Schmitt nickte und kam auf den ersten Teil der Unterhaltung zurück. »Vielleicht tun wir Ihrem Freund Unrecht, und er kann sich gar nicht zurückmelden. Wissen wir, ob er überhaupt auf Teneriffa angekommen ist?«

Bert guckte den Kommissar an, als hätte er in einer anderen Sprache gesprochen. Dann spitzte der Barkeeper den Mund, runzelte die Stirn und atmete tief ein und aus. »Sie meinen, das war alles nur ein Bluff?«

»Nein, ich meine, dass man ihn aus dem Verkehr gezogen haben könnte. Ihnen müsste ja bereits aufgefallen sein, dass wir es hier mit einem oder mehreren ziemlich skrupellosen Tätern zu tun haben.« Dirk verschränkte die muskulösen Arme und nickte wichtig. »Wir sollten uns mal seine Bankdaten anschauen, denn dann bekommen wir eventuell heraus, bei welchem Anbieter oder in welchem Hotel er gebucht hat. Es müsste ja eine Abbuchung zur Reise geben, oder?«

Schmitt nickte lobend. »Kümmern Sie sich bitte darum, dass wir die Genehmigung vom Staatsanwalt bekommen, Kemper. Und dann fahren Sie bitte zu seiner Bank und lassen sich die notwendigen Unterlagen zeigen.«

Dirk schnappte sich das mobile Telefon und verließ das Büro, um sich der Sache anzunehmen.

»Wir haben natürlich auch die Gäste überprüft, die am Freitagabend in Ihrem Lokal saßen. Da gab es ein Paar, beide waren ein wenig mollig.« Bert nickte zustimmend, und Schmitt fuhr fort: »Diese beiden haben zuvor die Lesung von Balthasar Fromm besucht, sind aber in der Pause gegangen. Wahrscheinlich hat es ihnen nicht so gut gefallen, gesagt haben sie aber, dass sie hungrig geworden seien. Wissen Sie noch, wann die beiden aufgetaucht sind?«

»Das muss so zwischen halb neun und neun Uhr gewesen sein. Sie haben jeweils einen Burger gegessen und danach Sekt getrunken. Eine etwas ungewöhnliche Reihenfolge, wenn Sie mich fragen, aber wie der Gast es wünscht. Das Paar kommt öfter mal ins *RoBerta*.«

»Hatten Sie den Eindruck, dass die beiden Balthasar Fromm gut gekannt haben?«

Bert schlug die langen Beine übereinander. »Keine Ahnung. Ich habe eher auf die beiden jungen Frauen geachtet, auf die Fromm seine Waffe gerichtet hatte. Die schienen ihn aber nicht zu kennen. Ich meine, sonst sagt man doch schon mal Hi, Balthasar, was soll der Scheiß, oder so.« Sein Handy vibrierte in der Tasche, und beide Männer dachten wohl an das Gleiche. Bert holte es aus seiner Gesäßtasche, blickte darauf und sagte. »Nicht Robert, sondern Achim. Das ist mein Koch. Ich muss ins Lokal, irgendwelche Presseleute bedrängen ihn.«

»Brauchen Sie Hilfe? Soll ich Ihnen einen Beamten mitschicken?« Bert baute sich zu seiner vollen Größe von knapp 1,90 Meter auf und schüttelte den Kopf. »Sie wollen mir doch wohl nicht die Presse davonjagen. Ich muss an meinen Umsatz denken.«

Er unterschrieb seine Aussage und wollte das Büro verlassen, doch der Kommissar stellte noch eine Frage. »Könnte es sein, dass gar nicht Balthasar Fromm gemeint war? Vielleicht hat der Killer auf Robert gewartet. Wie ähnlich sehen sich die beiden im Dunklen?«

Bert ließ sich einigermaßen erstaunt zurück auf den Stuhl fallen. »Das würde dann erklären, warum der Russe erschossen worden ist. Er hatte versagt. Erst lässt er eine Zeugin zu, und dann erschießt er den Falschen. Oh Mann, in was ist Robert da nur reingeraten?«

»Bert, es ist erst mal nur eine Vermutung. Balthasar Fromm steckte schließlich auch irgendwie mit drin.«

Bert nagte an der Unterlippe und gab sich einen Ruck. »Da ist noch etwas. Ich habe gestern Abend ein Gespräch mitgehört. Zwei Männer unterhielten sich, der eine war ein Nachbar von Fromm, und er erzählte, dass Balthasar Fromm seine Manuskripte und Ideen immer sehr vertraut mit seiner Tante besprochen hätte. Vielleicht weiß die Dame also mehr, aber sie spricht angeblich nicht mit der Polizei. Das hat irgendetwas mit ihrem Exmann zu tun. Ich dachte, dass ich die Dame mal besuchen könnte ...« Bert merkte selbst, dass er sich gerade um Kopf und Kragen redete.

Schmitt zog denn auch erstaunt die Augenbrauen hoch und fragte mit einem blasierten Tonfall: »Was erzählen Sie denn da? Was glauben Sie wohl, wie hoch der Prozentsatz der Personen ist, die nicht gerne mit der Polizei reden? Und was glauben Sie wohl, was wir auf der Polizeischule lernen? Tatsächlich gehört das Befragen von Personen in allen erdenklichen Gemütszuständen dazu. Also lassen Sie die Tante bitte meine Sorge sein und erinnern Sie sich stattdessen an Ihre Blessuren. In diesem Fall ist die Darstellung im Fernsehen sogar korrekt – privates Schnüffeln bringt Sie in Gefahr.«

Bert fand, dass der Kommissar ihm dennoch für den Hinweis danken könnte, und so stand er einigermaßen pikiert auf. Als er an der Tür war, sagte Schmitt zu ihm: »Aber vielen Dank, dass Sie so offen waren. Ich weiß das zu schätzen.«

7. KAPITEL

Leo Tenne saß in einem der Büroräume des Landgestüts und blickte auf den Bildschirm, auf dem der Deckplan des Gestüts zu sehen war. Er hatte die undankbare Aufgabe, einige Züchter anzurufen und ihnen mitzuteilen, dass der Hengst Dragon nicht mehr zur Verfügung stehe.

Maja betrat diese Räume selten, doch nun stand sie mit erhitzten Wangen vor ihm und platzte mit der Neuigkeit heraus: »Draußen stehen zwei Polizisten und behaupten, sie hätten vielleicht unseren Dragon gefunden.«

Leo hatte den Telefonhörer schon in der Hand, um eine Nummer zu wählen, und legte das mobile Teil nun mit einem vernehmlichen Knall auf die Schreibtischplatte zurück. »Was sagst du da? Das wäre ja fantastisch.« Er blickte sie erstaunt und sprang auf. »Wo sind die Beamten?«

»Komm mit«, sagte Maja und war schon losgestürmt. Sie freute sich sichtlich, was nachvollziehbar war. Wenn der Hengst wieder auftauchte, dann würde man sicher auch den Täter haben, und sie müsste sich nicht mehr vor einem tätlichen Angriff fürchten.

Leo holte Maja ein, und zusammen standen sie schließlich vor dem Polizeiauto. Zwei Polizisten traten auf sie zu, und der Ältere, ein dicker Mann mit borstigen Haaren und gutmütigem Gesicht, erklärte: »Wir haben einen Anruf erhalten. Zwei Männer wollen Ihren Hengst in einem abgelegenen Stall bei Telgte gefunden haben. Der Stall gehört einem Landwirt. Die beiden Männer sind arbeitslos und helfen beim Bauern ein wenig aus. Sie sind natürlich scharf auf den Finderlohn, den das Gestüt ausgesetzt hat. Wir wollen jetzt mit einem Ihrer Leute hinfahren, und Sie prüfen, ob es Ihr Hengst ist, okay?«

»Gut, ich fahre mit Ihnen, Maja auch, sie kennt Dragon besser als ich. Hat es Sinn, schon mit einem Transporter hinzufahren? Wenn es Dragon ist, so möchten wir unser Pferd natürlich schnellstmöglich in Sicherheit bringen.«

Der dicke Polizist wiegte langsam seinen Kopf und grinste entschuldigend. »Das geht leider nicht so schnell. Das haben nicht wir zu entscheiden. Soweit ich weiß, geht es in diesem Fall auch um Mord. Also, fahren Sie uns bitte einfach hinterher.«

Leo nickte kurz, und Maja strahlte, Leo bei dieser wichtigen Aufgabe begleiten zu dürfen. Es war ein deutlich besseres Abenteuer als der perfide Überfall in der Sattelkammer.

Im Auto sagte Leo. »Ich kann das gar nicht glauben, dass Dragon in so naher Umgebung herumstehen soll. Ich dachte, der sei längst ins Ausland gebracht worden. Mensch, den hätten wir ja fast wiehern hören können.«

Sie fuhren eine Viertelstunde, bis sie an einem Gehöft vorbeikamen, zu dem eine alte Stallung an einer kleinen Weide gehörte. Der Stall lag versteckt zwischen ein paar alten Eichen. Ein betagter Golf stand am Straßenrand, und zwei Männer stiegen aus, denen man unter anderen Umständen aus dem Weg gegangen wäre. Sie sahen beide etwas verschlagen und wenig gepflegt aus. Beide waren von gedrungener Statur, besaßen unrasierte Gesichter und sahen sich mit ihren wasserblauen Augen sehr ähnlich. Maja und Leo liefen ohne eine Begrüßung sofort zum Stall hinüber und betraten eine ziemlich düstere Behausung. Es gab drei Boxen, doch nur zwei Pferde standen in den behelfsmäßigen Verschlägen. In der dritten Box wurde Heu gelagert. Das eine Pferd wieherte zur Begrüßung. Maja schaute sich um, ließ die Box mit einem Haflinger links liegen und stand dann vor der Box, in der ein dunkelbraunes Pferd stand mit zierlichem hübschem Kopf und einer kleinen weißen Blesse auf der Stirn, wie sie Dragon ebenfalls besaß. Es war viel zu dunkel in dem Stall, um genau hinzuschauen. Maja näherte sich mit der Hand dem Hengst, doch der rollte die Augen und schnaubte nervös. Dragon war eigentlich ein ruhiges Pferd, wie die meisten Hengste im Landgestüt. Sie waren alle an Menschen gewöhnt. Im Gestüt wurden die Hengste morgens zum Absamen geführt, was zusätzlich für einen ruhigeren Umgang mit den Tieren führte. Das war hier in diesem düsteren Stall sicher nicht geschehen, dennoch wunderte sich Maja über das Verhalten des Tieres. Doch wer konnte wissen, was der Hengst in den letzten Tagen erlebt hatte.

Leo trat zu ihr und blickte ebenfalls in den Stall. Er kam ihr angenehm nahe, machte allerdings ein skeptisches Gesicht. »Mmh, sieht auf den ersten Blick wie ein waschechter Trakehner aus, aber auf den zweiten Blick hat er krumme Beine. Und sein Blick gefällt mir nicht.«

»Wir müssen ihn rausholen, ans Tageslicht«, sagte Maja und ging nach draußen. Dort standen die beiden Polen und gestikulierten wild. Ihr Deutsch war schlecht, doch alle verstanden, was die beiden wollten. Ihren Finderlohn. Maja fragte nach einem Halfter. »Wir müssen das Pferd bei Licht betrachten.«

»Keine Zeit, wir nach Arbeit, jetzt Finderlohn.« Der eine von den beiden hielt die Hand auf, der andere guckte auf die Uhr. Maja nickte und ging einfach in den Stall zurück, um nach einem Halfter zu suchen. Sie fand es schließlich in einer Futterbox, achtlos in die Ecke geworfen. Sie nahm es zusammen mit einer Handvoll Futter und ging zur Box, wo Leo schon vorsichtig die Tür geöffnet hatte. Maja schob sich an ihm vorbei, hielt dem Pferd das Futter hin und zog gleichzeitig mit der anderen Hand geschickt das Halfter über die Nüstern. Das klappte ganz gut, der Hengst fraß das Futter, doch als sie das Halfter zumachen wollte, stieg das Tier plötzlich, schnaubte und warf den Kopf hin und her. Leo wollte zur Hilfe eilen, doch es war zu eng, der Hengst tobte und traf Maja mit seinem großen Kopf an der Schulter. Dann machte er einen Satz in die Stallgasse, wobei die junge Frau, die bis dato noch immer den Strick gehalten hatte, längs in die Stallgasse fiel. Für einen kurzen Moment war das Pferd frei und drohte, aus dem Stall zu stürzen.

Leo fasste geistesgegenwärtig nach dem Strick und versperrte dem Pferd den Ausgang. »Wir brauchen hier Hilfe«, rief er nach draußen, laut genug, damit die Männer ihn hören konnten, aber nicht so schrill, dass das Pferd noch mehr erschrak.

Maja lag noch immer am Boden und stöhnte vernehmlich. Die beiden Polizeibeamten kamen nun ebenfalls in den Stall, und sogleich rollte der Hengst wieder mit den Augen. »Bitte, gehen Sie ganz langsam vorbei und helfen Sie meiner Kollegin. Ich weiß nicht, wie lange ich den Hengst im Zaum halten kann. Bringen Sie sie schnell in Sicherheit und rufen Sie einen Krankenwagen.« Die Polizisten behielten das Pferd im Auge, während sie vorsichtig zu der jungen Frau traten. Es war schnell klar, dass Maja nicht alleine aufstehen konnte, denn ihr Bein lag merkwürdig verdreht auf den kalten Steinen. Sie hatte eine blutende Wunde an der Stirn und hielt sich mit der einen Hand die Schulter. Dabei hatte sie sich so weit aufgerichtet, dass sie an der Stallwand lehnte.

»Himmel, das wäre beinahe wirklich schief gegangen.« Sie grinste, doch am Zittern der unteren Lippe konnte man die Anspannung und die Angst sehen.

Leo sagte: »Bringen Sie sie erst bis ans Ende der Gasse, damit ich das Tier zurück in den Stall lassen kann. Ich glaube, die Halunken da draußen haben sich mit seinem Beruhigungsmittel verschätzt. Die Männer hoben Maja so vorsichtig wie möglich auf ihre Arme und drängten sich in den hintersten Winkel. Der Stall war nicht gerade groß. Es war viel zu gefährlich, Maja an dem aufgeregten Tier vorbeizutragen. Doch der erfahrene Pferdewirt

Leo hatte es tatsächlich geschafft, dass der Hengst ihm einigermaßen vertraute und sich nun schnaubend zurück in seine Box führen ließ. Die Tür schloss sich, der Riegel wurde vorgeschoben und alle atmeten auf. Nicht auszudenken, wenn so ein panisches Pferd bis zur Straße gelangte.

»Nehmen Sie die Personalien der Halunken da draußen auf, das war ein verdammt gefährlicher Betrugsversuch. Die haben ein Tier, das unserem Dragon ähnlich sieht, für diesen Zweck mit Medikamenten ruhiggestellt, die nun eine gefährliche Nebenwirkung entwickelt haben. Und das alles, um die Belohnung zu kassieren. Dieses Tier hier ist nie und nimmer unser Dragon. Es ist viel kleiner, seine Beine sind krumm und nicht so muskulös, und nur der Kopf zeigt eine frappierende Ähnlichkeit.« Leo schüttelte empört den Kopf und ging zu Maja, um einen der Beamten beim Tragen abzulösen.

»Bringt mich bitte hier raus«, sagte Maja, die nun sehr blass um die Nase geworden war. »Ich brauche frische Luft.«

»Wir setzen sie erstmal in mein Auto«, schlug Leo vor und strich seiner Kollegin tröstend über die Wange. Wie geht es dir?«

»Ich glaube, die Schulter ist nur geprellt, wird wahrscheinlich grün und blau, aber ich kann sie vorsichtig bewegen. Aber das Bein ist bestimmt gebrochen.« Sie blickte auf ihr Bein, an dem ihr Fuß kraftlos am Fußgelenk hing und zusehends dick wurde.

Leo fasste mit an, und gemeinsam trugen sie Maja nach draußen. Dort mussten sie erkennen, dass die beiden polnischen Gastarbeiter längst die Biege gemacht hatten. Der alte Golf war verschwunden.

* * *

Bert betrat gegen Mittag sein Lokal, wo eine erstaunlich hässliche Pressefrau auf ihn wartete. Sie hatte einen Hintern wie ein Brauereipferd, dicke Waden und eine unvorteilhafte Kurzhaarfrisur. Ihre Nase war breit und der Mund schmal, was umgekehrt oft zu besserem Aussehen führte. Ihr Alter schätzte Bert zwischen vierzig und fünfzig Jahre. Sie schrieb für die lokale Presse und sollte nun einen etwas persönlicheren Ton in ihrem Artikel verwenden, weg von der nüchternen Berichterstattung. Als Bert ihre tiefe Stimme hörte, war er für einen Moment verzaubert. Sie war angenehm und beruhigend. Eine Stimme, mit der man beim Telefonsex, aber auch bei der Seelsorge sicher Unglaubliches bewirken konnte. Und so rutschte ihm gleich am Anfang des Gespräches die Empfehlung heraus: »Mit Ihrer Stimme sollten Sie zum Radio gehen. Sie ist wunderschön.«

»Ach so«, meinte die Dame. »Beim Fernsehen wollten sie mich nämlich nicht haben. Ich komme mal gleich zum Thema: Haben Sie eine Vermutung, warum Balthasar Fromm an dem Abend in Ihrem Lokal aufgetaucht ist?«

»Ja, wir machen tolle Burger, und ich biete fünfzehn verschiedene Whiskys an.« Bert grinste sie an.

»Das sind zwei gute Gründe, für die man aber eigentlich keine Pistole braucht, sondern nur ein bisschen Kleingeld, oder? Kannten Sie den Autor?«

»Nein. Kann sein, dass er schon mal hier war, aber er war bestimmt kein Stammgast, und Krimis lese ich nicht.«

Sie guckte ihn mit blassen Augen an. »Schade, denn dann wüssten Sie, dass es in seinen Geschichten oft um Schuld geht. Und zwar nicht um Schuld, weil man jemanden betrogen oder geschlagen hat, sondern um Schuld aus Gedankenlosigkeit.«

»Aha. Das passt zu dem Gespräch, das wir geführt haben.«

Sofort setzte die Journalistin nach: »Ich dachte, Sie kannten Herrn Fromm gar nicht.«

»Ja, aber ein Barkeeper unterhält sich auch mit fremden Menschen. Sie glauben gar nicht, was mir die einsamen Trinker am Tresen alles erzählen.«

Sie machte sich eine Notiz in ihrem Collegeblock. »Darüber können wir gerne mal eine Shortstory bringen. Aber worüber haben Sie sich denn nun mit dem Autor unterhalten, bevor er seine Waffe erhoben hat?«

»Er fragte mich, ob ich schon mal schuld am Tod eines anderen Menschen gewesen sei. Und dann meinte er, alle Gäste, die gerade in meinem Lokal saßen, seien schuld an seinem Elend.«

»Das ist ja spannend. Hat er auch erklärt, weswegen er die Leute beschuldigte?«

»Nein, leider nicht. Meine Frage hierzu ließ er unbeantwortet, und zehn Minuten später zog er eine Pistole und bedrohte eine hübsche Brünette, die er vorher keines Blickes gewürdigt hatte.«

Die Dame schrieb fleißig mit und bemerkte dann: »Man hat mir erzählt, dass Sie dem Mann eine runtergehauen hätten, als er die Waffe gezielt auf die Frau gerichtet hat. Ganz schön mutig. Sie haben großes Glück gehabt, Sie alle.«

»Das war eher wie ein Reflex von mir, das hat wenig von einer Heldentat. Wenn der Mann ausgeflippt wäre, hätte er womöglich wild um sich geschossen. Dann wäre ich tot und der Depp von Warendorf.«

Sie zuckte mit ihren molligen Schultern. »Ich denke, er kam durch den Kinnhaken zur Vernunft.«

»Es war eine teure Ginflasche.«

Jetzt grinste sie ihn an und sah dabei sehr sympathisch aus, und nur noch ein bisschen hässlich. »Und da heißt es immer, Alkohol sei keine Lösung.«

* * *

Kommissar Schmitt stand wieder vor dem Whiteboard im Besprechungsraum und ergänzte die neusten Informationen. Frau Heinemann hatte sich gegen eine Reise nach Teneriffa entschieden und stattdessen eine offizielle Vermisstenanzeige erstattet. Balthasar Fromm hatte sich auf dem Landgestüt Warendorf einen Termin geben lassen, um sich als Autor über das Gestüt zu informieren. So hatte er es zumindest dem Pferdewirt Leo gegenüber erwähnt und sich von diesem herumführen lassen. Dabei hatte Fromm sich auch die Hengste zeigen lassen und nach deren Wert gefragt. Dieser Besuch sei erst zwei Wochen her, hatte Leo dem Kommissar mitgeteilt. Und Robert Heinemann hatte geplant, den Hengst Dragon käuflich zu erwerben. Da lag doch der Verdacht nahe, dass Fromm und Heinemann sich gekannt hatten.

Schmitt wippte auf seinen Füßen, als ein dicker Polizeibeamter zu ihm kam und ihm aufgeregt etwas von einem drogenabhängigen Pferd erzählte, das eine junge Pferdewirtin vom Landgestüt Warendorf angegriffen habe. Nach und nach erfuhr der Kommissar von der merkwürdigen Aktion in Telgte. Schmitt brummte nach dem Bericht nur etwas davon, dass diese Spur sich ja wohl als Fake erwiesen habe und man nicht länger darüber reden müsse.

Kaum war der Polizist wieder verschwunden, musste Schmitt sich an seinen Schreibtisch setzen und durchatmen. Schon der Gedanke, in einem engen Stall mit einem wild gewordenen Pferd eingepfercht zu sein, bedeutete mehr Puls, als sich gut anfühlte. Seine verstorbene Frau hatte ihn oft gemahnt, etwas gegen diese Tierphobie zu unternehmen. Seitdem er in einem Zoo als kleiner Junge seine Eltern verloren hatte und eine Stunde im Dunkeln durch das Gelände geirrt war, fürchtete er sich vor nahezu jedem größeren Tier. Er hatte damals geglaubt, dass bei Schließung des Zoos die Tiere nachts freigelassen würden, um das Gelände zu bewachen. So hielt es sein Großvater auf dem Hof ja auch. Nachts kamen die Hunde von der Kette.

Dieser ganze Fall hier in Warendorf hatte bereits eine Menge Opfer zu beklagen: zwei tote Männer, einen verschwundenen Barbesitzer, einen zusammengeschlagenen Barbesitzer, einen entführten Deckhengst und nun auch noch eine Pferdewirtin mit Beinbruch. Von wegen beschauliches Münsterland!

Dirk Kemper betrat das Büro, in der Hand ein paar ausgedruckte Kontoauszüge. »Ich komme gerade von der Sparkasse Warendorf, wo Robert Heinemann sein Konto hat. Das Wichtigste zuerst: Ein Robert Heinemann hat letzte Woche Sonntag beim Flug nach Teneriffa mit der Fluglinie Condor eingecheckt. Ich habe auch schon das Hotel überprüft, das er gebucht hat. Dort ist er laut Personal zwar angekommen, aber seit Sonntag nicht mehr gesehen worden. Seine Klamotten waren auch weg, das Zimmer leergeräumt. Heinemann hat seine Reise über das Reisebüro Krimphove gebucht und die haben mir freundlicherweise alle Details der Reise weitergegeben. Ich musste allerdings persönlich hinfahren, am Telefon wollten die nicht einfach über einen Kunden Auskunft geben, was ich eigentlich recht sympathisch finde. Da kann ja jeder sagen, er wäre die Polizei.« Dirk strahlte, man sah ihm an, wie viel Spaß ihm der Job gemacht hatte.

Schmitt streckte die Hand aus, um selbst mal auf die Kontoauszüge zu blicken, und Kemper reichte ihm die Blätter rüber.

»Ach ja, aus den Kontoauszügen geht auch hervor, woher Heinemann sein Spielgeld hat. Er besitzt ein Mietobjekt in Münster, top Lage, mehrere Wohnungen mit einem regelmäßigen Mieteinkommen. Da darf das Lokal ruhig mal schlechter laufen, der Mann ist im Grunde genommen versorgt. Wenn, ja wenn er nicht außerordentlich viel Geld ausgeben würde.«

Schmitt überflog die Auszüge und sagte: »Ja, das ist nicht schlecht, aber davon muss Heinemann noch Steuern zahlen und wahrscheinlich auch einen Verwalter bezahlen, sowie Rücklagen bilden für etwaige Reparaturen.« Plötzlich pfiff der Kommissar durch die Zähne.

Er hatte etwas entdeckt. »Offenbar hat Heineman seine letzten paar Kröten abgehoben. Das war vielleicht die Anzahlung für den Kauf des Hengstes.«

Dirk setzte sich an seinen Arbeitsplatz und meldete sich auf seinem Rechner an. Dabei fragte er: »Was bedeutet das jetzt für uns, dass Heinemann zwar in Teneriffa angekommen ist und ein paar Nächte im Hotel übernachtet hat, aber es dann fluchtartig wieder verlassen hat? Wir könnten die deutsche Botschaft in Spanien fragen, ob ein Robert Heinemann sich bei denen gemeldet hat, weil er ausgeraubt wurde oder sonst wie in Schwierigkeiten geraten ist.«

»Das ist theoretisch eine gute Idee«, sagte Schmitt, »aber in dem Fall wären seine Angehörigen sicher informiert worden. Also entweder hat er sich während des Fluges schon leidenschaftlich in ein Abenteuer gestürzt, sodass er sein Zimmer nicht mehr brauchte, oder ihm hat der Service nicht gefallen. Er könnte praktisch überall auf der Insel sein, ohne dass besondere Schwierigkeiten der Grund dafür sind. Es könnte aber auch anders sein.« Hier machte der Kommissar eine bedeutungsschwangere Pause. »Wie wäre es, wenn er unter falschem Namen bereits zurückgeflogen ist? Ich glaube, wenn wir Robert Heinemann finden, kommen wir der Lösung des Falls ein gutes Stück näher.« Schmitt stand auf und griff nach seinem Mantel. »Jetzt fahren wir mal nach Münster. Ich hoffe, Sie haben Sachen zum Wechseln mit, denn für den nächsten Auftritt hätte ich Sie gerne in Zivil.«

Dirk blickte an sich herunter, seine Uniform sah tadellos aus, und er selbst machte darin, wie er fand, eine ziemlich gute Figur.

»Wir werden eine Dame besuchen, die allergisch auf Polizeibeamte reagiert«, erklärte der Kommissar mit einem Lächeln und öffnete die Tür.

* * *

Sie fuhren über Everswinkel und Wolbeck nach Münster und erreichten die Wohnung von Frau Kern, der Tante von Balthasar Fromm, nach einer guten halben Stunde, allerdings nur, weil Schmitt ab Wolbeck sein Martinshorn benutzte. Denn die Innenstadt von Münster war an einem frühen Mittwochnachmittag, der mehr Sonne als Wolken zeigte, gut besucht. Radfahrer, Autofahrer, Schulkinder, alles tummelte sich auf den Straßen und Wegen. Ohne Schulterblick wurde man in Münster schnell zum Massenmörder.

Kurz vor der Wohnung von Frau Kern, die in der Piusallee wohnte, schaltete Schmitt das Martinshorn aus und holte es wieder ein. Bei ihrer Abneigung gegen die Polizei wäre das kein kluger Auftritt, mit einem solchen Getöse dort aufzutauchen. Sie parkten am Straßenrand und klingelten in einem Vier-Parteien-Haus.

»Ja bitte«, fragte eine ruhige Stimme über die Lautsprechanlage. Dirk Kemper blickte fragend auf den Kommissar, der sich souverän meldete: »Kommissar Schmitt von der Mordkommission. Ich würde Sie gerne wegen Ihres Neffen Balthasar Fromm sprechen.«

»Warum?« Die Dame ließ sich nicht leicht beeindrucken.

»Weil ich gerne den Mord an Herrn Fromm aufklären möchte und glaube, dass Sie mir dabei helfen können.«

Der Türöffner zeigte ihre Bereitschaft an, und die beiden Männer standen bereits beim Eintreten ins Treppenhaus so gut wie in der Wohnung. Frau Kern war groß und hager mit einem grauen Pagenkopf und klugen, braunen Augen. Sie stand in der Tür, der Mund war spöttisch verzogen und sie klatschte in die Hände. »Bravo. Ich hätte nicht gedacht, dass Sie so schnell bei mir auftauchen. Hat mein Bruder Ihnen davon erzählt?«

Schmitt ließ Kemper vorgehen und blickte zunächst ängstlich besorgt, ob vielleicht ein wildes Haustier auf ihn zustürzte. Doch nichts geschah, er reichte der Frau die Hand und stellte sich höflich vor, ebenso seinen Begleiter. Ihr Händedruck war ungewöhnlich fest. Sie bat die beiden Beamten in einen engen Flur, der in ein schönes, helles Wohnzimmer mit hoher Decke und alten Holzdielen führte. Eine gewisse Nervosität erkannte man nur daran, dass sie sich als Erstes eine Zigarette anzündete, die sie an der offenen Terrassentür rauchte. Schmitt und Kemper harrten geduldig aus.

Ungeduldig unterbrach Frau Kern die Stille und wartete gar nicht ab, dass Schmitt ihre Frage beantwortete, sondern sagte frei heraus: »Ja, ich hatte in Ihren Augen ein Motiv, und ich war sehr verärgert über Balthasars Verhalten, aber nein, natürlich habe ich ihn nicht umgebracht. Ich besitze keine Waffe und kann überhaupt nicht schießen.«

Kempers Gesicht nahm einen erstaunten Ausdruck an, während Schmitts Augen eher schmal und berechnend wurden. »Gemach, Frau Kern, soweit sind wir noch gar nicht. Wir haben erfahren, dass Sie enge Einblicke in die Buchprojekte Ihres Neffen hatten und seine Manuskripte auch Korrektur gelesen haben. Sie sind Lehrerin, nicht wahr?«

Sie zog mehrfach an ihrer Zigarette und blies den Rauch nach draußen. »Lehrerin?«, blaffte sie merkwürdig genervt. »Wer hat Ihnen denn das erzählt? Ich bin Dozentin an der Westfälischen Wilhelmsuniversität Münster im Fachbereich Germanistik. Sie haben sich aber schlecht vorbereitet.«

Kommissar Schmitt deutete eine Verbeugung an. »Das stimmt, mein Fehler. Wir haben die Information vom Hörensagen. Ihr Bruder ist der Lehrer, nicht wahr? Aber bei dem Fach wundert es mich nicht, dass Balthasar gerne Ihre Hilfe genutzt hat.«

Kemper mischte sich nun etwas voreilig ein und fragte: »Wieso waren Sie über Ihren Neffen so verärgert?«

Sie drückte die Zigarette am Türrahmen aus und hielt sie in der Hand, während sie die Tür nun schloss. Ihre Augen wurden schmal. »Was soll der Scheiß? Ich dachte, Sie wissen schon alles.« Frau Kern reckte ihr Kinn vor und setzte sich auf eine geschmackvolle, schwarze Ledercouch. Sie schlug die schlanken Beine übereinander, die in einer eleganten Jeanshose steckten, und hatte sich nun offenbar für eine passivere Haltung entschieden.

»Darf ich?«, fragte Schmitt und setzte sich ihr gegenüber. »Also, Frau Kern. Ich fasse den Fall mal für Sie zusammen, soweit es mir möglich ist. Wir haben einen toten Autor, der nach seiner Lesung vor einem Lokal erschossen wurde. Wir haben ferner einen toten Russen, der mehrfach vorbestraft war und der beim Versuch, eine Augenzeugin zu töten, ebenfalls erschossen wurde. Mit derselben Waffe, mit der Ihr Neffe niedergestreckt wurde. Und wir haben einen wertvollen Hengst, den einer der Teilhaber des besagten Lokals kaufen wollte und der am gleichen Freitagabend entführt wurde.« Dass sie diesen Mann nicht erreichen konnten und er auch nicht mehr in seinem Hotel wohnte, wo er gerade eigentlich seinen Urlaub verbringen sollte, verschwieg Schmitt, sondern fügte hinzu: »Wenn Sie nun zu irgendeinem Detail dieser Aufzählung Informationen haben, dann reden Sie jetzt bitte mit uns. Ich bin nicht hier, weil Sie unter Mordverdacht stehen.«

»Noch nicht jedenfalls«, bemerkte Kemper, wofür er einen bitterbösen Blick seines Chefs erhielt und sich etwas weniger forsch neben Frau Kern setzte.

»Möchten Sie etwas trinken? Ich brauch erst mal ein Glas Wasser.«

Beide Männer schüttelten beinahe synchron die Köpfe, und Frau Kern stand auf und ging in die Küche. Man hörte den Wasserhahn laufen, und sie kam mit einem Glas Leitungswasser zurück. »Ich habe die ersten Schreibversuche meines Neffen Korrektur gelesen, ihn beraten und ihm auch bei der Verlagssuche geholfen. Eine ehemalige Studienkollegin arbeitet als Literaturagentin. Daraus hat sich eine schöne und inspirierende Zusammenarbeit ergeben. Ich bekam selbst Lust, ein Buch zu schreiben, und habe natürlich meine Buchidee mit Balthasar besprochen. Und vor zwei Tagen habe ich dann erfahren, dass er mit meiner Idee ein Manuskript erstellt hatte und dies bereits mehreren Verlagen angeboten hat. Offenbar hat er es auch verkaufen können.« Eine gewisse Bitterkeit in der Stimme ließ sich nicht verleugnen. Sie griff nach ihrem Glas.

Dirk pfiff leise durch die Zähne. Konnte man der Dame wirklich glauben, dass sie davon erst nach Balthasars Tod erfahren hatte? »Ideenklau, das ist kein schönes Gefühl, wenn man jemandem vertraut hat, und der nutzt das so schamlos aus.«

Schmitt hob die Hand, um seinen jungen Kollegen zum Schweigen zu bringen. »Worum ging es bei Ihrer Buchidee?«

Sie seufzte und lächelte dann tatsächlich. »Ach, die Idee ist mir natürlich auch wegen Balthasar und seiner Schreiberei gekommen. Er war mitunter so wütend und frustriert, und dieses Gefühl inspirierte mich. In meinem Buch geht es um einen Autor, der sich nach den ersten erfolglosen Veröffentlichungen entschließt, selbst zum Verbrecher zu werden, um dann aus erster Hand darüber zu berichten. Dabei gerät er in die Gesellschaft wirklich gefährlicher Männer und muss schon bald um sein Leben fürchten.«

Schmitt hakte nach: »Überlebt der Autor in Ihrer Version?«

Sie zuckte mit den Schultern. »So weit war ich noch nicht. Ich bin mir nicht sicher, aber die Realität hat uns eingeholt, oder? Balthasar ist tot, und ich fürchte, er hat irgendein Spiel zu weit getrieben.« Plötzlich wurden ihre Augen glasig, und sie stand auf und holte sich ein Taschentuch aus einer Schublade. Sie blieb an die Anrichte gelehnt stehen. »Sie glauben mir nun wahrscheinlich nicht, dass ich davon erst nach seinem Tod erfahren habe, oder?«

Schmitt machte ein Pokerface. »Den Glauben habe ich in mein Privatleben verbannt. Haben Sie das neue Manuskript von Ihrem Neffen oder wissen Sie, von wem wir es erhalten können?«

»Eventuell hat es meine Studienkollegin. Ich kann sie fragen.«

Dirk mischte sich jetzt ein. »Ich denke, diese Informationen finden sich alle auf seinem Rechner. Und der ist bei uns. Wenn man weiß, wonach man suchen muss, geht es schnell.«

Schmitt nickte. »Kümmern Sie sich gleich darum. Unsere Nerds sollen sofort loslegen und alles andere verschieben. Ich wundere mich eh, dass wir noch nichts von der Auswertung gehört haben.«

Der Kommissar befragte Frau Kern noch nach dem Russen und den Vorfällen im Landgestüt Warendorf, doch mehr Informationen wollte oder konnte Frau Kern nicht geben.

»Man fragt sich ja allmählich, ob dieser Fromm noch alle Tassen beisammenhatte«, meinte Dirk forsch, als sie wieder im Auto saßen. »Da klingt vieles so naiv konstruiert, das konnte doch nur schiefgehen. Fahren wir nach Warendorf zurück?«

»Ja, aber wir halten noch mal beim Landgestüt. Was halten Sie von Frau Kern, Kemper?« Schmitt bog auf die Warendorfer Straße ein und bremste abrupt, um zwei Radfahrern das Leben zu retten.

»Ich glaube, sie ist eine intelligente, selbstbewusste Frau, aber sie hat uns nicht alles gesagt, was sie weiß.«

»Ja, genau das denke ich auch. Versuchen Sie mal, ob Sie über die Dame etwas herausbekommen. Als Dozentin ist sie ja eine Frau der Öffentlichkeit.« In dem Moment klingelte das Handy von Dirk, und er ging dran.

Am anderen Ende der Leitung war eine wütende Frauenstimme zu hören. Dirk unterbrach sie und sagte: »Warte mal Ella, ich mach den Lautsprecher an, dann kann der Kommissar mithören.«

»Guten Tag, Herr Schmitt, hier ist Ella Hauser. Also, ich wollte nur wissen, ob Sie noch in der Nähe sind. Ich bin hier an der Lambertikirche, und Sie glauben nicht, was ich gerade mit den Katholiken erlebt habe.«

»Hallo Frau Hauser, dazu habe ich so einige Fantasien, aber ich fürchte, außer bei Gewalttaten bin ich nicht zuständig.«

»Dann hören Sie mal zu. Vor der Lambertikirche sitzt häufig ein Mann mit seinem Hund, einem super lieben Labrador. Der Mann sitzt dort und bettelt um ein wenig Geld, um Futter für den Hund und Essen für sich zu kaufen. Doch heute kommt so ein kleiner, hagerer Diakon, dem die Askese und Selbstkasteiung wohl nicht gut bekommen ist, und hetzt zwei Messdiener auf den armen Mann, damit der verschwindet. Der Diakon selbst traute sich nicht näher als drei Meter an den Mann heran, schimpfte aber herum, dass er ihn mit dem Hund vor seiner Kirche nicht mehr sehen möchte. Vor seiner Kirche! Soweit ich weiß, haben das schon die Wiedertäufer behauptet, und wir wissen alle, wie das ausging. Eigentlich wurde die Lambertikirche aber von örtlichen Kaufleuten finanziert, nicht von der Kirche. Und zwar für das Volk.«

»Und wieso durfte der Hund nicht dort sitzen?«

»Ja, der Hund würde das Bild des Gotteshauses stören und Angst verbreiten. Dabei war der einzige Mensch, der die Hosen vollhatte, der Diakon selbst. So eine ausgeprägte Hundephobie habe ich noch nie gesehen.« Sie machte eine Pause und merkte ihren Fauxpas. »Nichts für ungut, Herr Schmitt, aber Sie werden schließlich nicht böse, wenn Ihnen ein Tier begegnet. Der Typ schickte dagegen zwei vierzehnjährige Bengels vor, damit sie einen armen Bürger vertreiben oder vielmehr seinen Hund. Der hat es den armen Jungen richtig befohlen. Die beiden hat der süße Hund sicher nicht gestört.«

Als sie Luft holte, fragte Dirk seine Freundin: »Und was hast du jetzt damit zu tun? Kümmert sich der NABU neuerdings auch um Haushunde statt um Wölfe?«

Sie schnappte empört nach Luft. »Ich kümmere mich als Mensch um Leute, die Hilfe benötigen. Ich habe diesem Diakon mal die Meinung gesagt und ihm unchristliches Verhalten vorgeworfen. Und dabei war mir sicher die Frage erlaubt, ob er die Geschichte von Noah und der Arche aufmerksam gelesen hat oder den heiligen Thomas von Aquin kennt, der den Tieren immerhin schon vor über neunhundert Jahren eine Seele nachsagte.« Sie lachte böse auf. »Und jetzt will der Typ mich anzeigen.«

»Was soll denn in der Anzeige stehen?«, mischte Schmitt sich ein, der offenbar misstrauisch geworden war. »Kannst du da was machen, Dirk?«, fragte Ella statt zu antworten.

»Ich muss schon genau wissen, was der Mann dir vorwirft.«

Ellas Stimme war nun deutlich leiser, als sie aufzählte: »Tätlicher Angriff und Beleidigung.«

* * *

Um siebzehn Uhr und damit pünktlich zur Öffnung des Lokals betrat eine weitere Dame Berts Lokal, dieses Mal mit einem ausgesprochen hübschen Gesicht, aber zu vielen Pfunden auf den Hüften. Zumindest für seinen Geschmack. Die Buchhändlerin, die er sonst oft wochenlang nicht gesprochen hatte, sondern allenfalls mal durch einen Gruß oder ein kurzes Winken kontaktiert hatte, betrat erneut seinen Laden, und Bert hatte gar nichts dagegen. Denn so ein Plausch am Tresen, um Informationen auszutauschen, machte ihm zu seiner eigenen Überraschung richtig Spaß.

»Grüß dich, Hilde. Wie läuft das Geschäft?«

Die Buchhändlerin trug eine enge, schwarze Hose und eine knallbunte Bluse, zu der ihr lilafarbenes Haarband hervorragend passte. Auf eine Jacke hatte sie bei dem kurzen Weg verzichtet, zudem schien die Sonne von einem fast wolkenlosen Märzhimmel.

Sie schob ihren runden Hintern auf einen Barhocker und bestellte eine Cola zero. Dann antwortete sie auf seine Frage: »Das Geschäft insbesondere mit einem Autor, der nach seiner Lesung mit einer Waffe andere Leute bedroht hat und kurz danach auf offener Straße erschossen wird, läuft gut. Vor allem die handsignierten Exemplare sind alle lange verkauft. Mittlerweile gibt es jede Menge Gerede, dass der Diebstahl des Pferdes und der Mord irgendwie zusammengehören. Das alles ist sehr gut für mein Geschäft.«

Bert nickte und stellte ihr die Cola hin, für sich selbst machte er einen kleinen, starken Espresso. »Weißt du, ob Balthasar Fromm und Robert sich gekannt haben? Und stimmt es, dass Fromm bei der Lesung behauptet hat, er habe Drohbriefe erhalten?«

Sie lachte. »Also das mit den Drohbriefen stimmt so nicht. Er hat erzählt, dass Kollegen von ihm mal welche erhalten hätten, weil manche Leser Fiktion und Realität nicht auseinanderhalten könnten. Es gibt ja auch genug Schauspieler, die zum Beispiel einen Arzt in einer Serie spielen und dann in der Freizeit mit medizinischen Fragen konfrontiert werden. Aber Fromm konnte froh sein, wenn er mal eine Rezension erhielt. Er war schlicht und einfach zu unbekannt. Vielleicht hätte er es noch geschafft, bekannter zu werden. Robert hat die Bücher von Fromm gelesen, zumindest das erste Buch und die Anthologie mit den Kurzkrimis. Die beiden hat er bei mir gekauft. Hat er sich mal gemeldet?«

»Nein, und mittlerweile mache ich mir Sorgen. Die Polizei fahndet auch schon nach ihm.«

Hilde Koch zupfte ein paar rote Strähnen unter dem Tuch zurecht. »Wieso fahndet die Polizei nach Robert? Er war doch schon weg, als all das passierte.«

Bert zog sich seinen Hocker heran und setzte sich. »Robert hat das Pferd gekauft, das entführt worden ist.« Hilde Koch machte große Augen und rutschte näher zu Bert hin. »Was wollte Robert denn mit einem Pferd? Reitet er?«

»Nein. Es war als Kapitalanlage gedacht. Robert kennt anscheinend einen begabten Reiter, der das Pferd zum Champion machen sollte, oder er hat einen Käufer an der Hand. So genau bin ich da noch nicht hintergekommen. Sag mal, Hilde, stimmt es, dass es bei den

Geschichten von Fromm häufig um Schuld ging? Eine Journalistin hat mich darauf gebracht.«

»Hm, lass mich mal darüber nachdenken. Ich lese ja so viel ...«

Bert holte das Buch mit den Kurzgeschichten aus einer Ecke hinter sich und reichte es ihr. »Hier.«

Ihre Hände berührten sich kurz, was Bert kaum bemerkte, Hilde aber tatsächlich eine leichte Röte ins Gesicht zauberte. Der Plan mit dem Abnehmen wurde innerlich gerade in Stein gemeißelt. Sie blätterte durch die Seiten des Taschenbuches und rief sich die einzelnen Geschichten in Erinnerung. Bert kümmerte sich derweil um ein Paar, das sich an einen Tisch gesetzt hatte und nach der Speisekarte fragte.

Und dann ging erneut die schwere Holztür auf, und Bert stöhnte innerlich auf. Tina Dessel trat ein und suchte sofort seinen Blick. Sie trug ein figurbetontes Kleid, und ihr Ausschnitt war artig genug für ein berufliches Meeting. Jetzt lächelte sie ihm zu und registrierte gleichzeitig Hilde Koch, die vom Alter her besser zum Barkeeper passte und sehr vertraut bei ihm saß. Die Lippen wurden schmal, sowohl bei Tina als auch bei Hilde.

Hilde schlug die Beine übereinander und beugte sich betont interessiert über das Buch, während die deutlich jüngere Tina etwas plump an Bert die Frage richtete, ob er den Gin schon genossen habe. »Hi Tina, Gründe hätte es genug gegeben, sich mit ein paar Gläsern Gin inneren Frieden zu verschaffen, aber der Sinn stand mir tatsächlich noch nicht danach. Es ist viel passiert seit unserem letzten Treffen. Wie geht es dir?«

Sie schwang sich auf den nächsten freien Hocker und sagte: »Es ist ein merkwürdiges Gefühl. Aber seitdem der Russe versucht hat, mich umzubringen und dann selbst erschossen wurde, geht es mir tatsächlich besser. Ich fühle mich so, als würde jemand auf mich aufpassen.« Sie schenkte ihm ein zuckersüßes Lächeln.

Bei diesen Worten hatte Hilde Koch natürlich den Blick vom Buch gehoben und die Ohren gespitzt. »Sie waren dabei, als dieser Russe erschossen wurde? Dann sind Sie die Frau, die den Mann am Freitagabend vor dem Lokal gesehen hat. Ich bewundere Ihre Haltung.«

Tina nickte und Bert räusperte sich. »Tina, nicht, dass du falsche Schlüsse ziehst. Ich war es nicht, der dir das Leben gerettet hat. Aber ich habe mal eine Frage. Hast du den Angreifer wirklich nicht gesehen? Oder hast du ein Motorrad kurz vorher gehört?« Nun starrten ihn beide Frauen verblüfft an.

»Bert, wenn du einen noch so kleinen Verdacht hast, solltest du mit dem Kommissar sprechen.« Hilde rutschte aufgeregt auf ihrem Hocker herum.

Tina schüttelte den Kopf. »Nein, ich habe nichts gesehen oder gehört. Wieso fragst du nach einem Motorradfahrer?«

Bert stellte wieder seine kräftigen, tätowierten Arme zur Schau und grinste schräg. »Weil ich am Dienstagabend von so einem Helmträger angegriffen wurde. Die Abdrücke einer Eisenstange zieren noch für eine ganze Weile meinen Bauch.«

Hilde führte erschrocken eine Hand zum Mund. »Wieso erzählst du denn jetzt erst, dass du zusammengeschlagen wurdest? Das ist ja ganz schrecklich. Warst du beim Arzt?«

»Ja, ja, alles okay, außer einem verletzten Stolz ist nichts kaputtgegangen, was nicht heilt.« Bert winkte ab und hatte sich entschlossen, seinen Kompagnon Robert vor den Frauen nicht zu erwähnen. In diesem Fall gab es so viele Verbindungen, da musste er vorsichtig sein. So allmählich musste er sich auch mal wieder um seine Kundschaft kümmern, denn es waren noch einige Leute mehr auf ein Feierabendbier hereingekommen. Alleine im Service war die Zeit knapp bemessen. Normalerweise waren sie oft genug zu zweit hier. Seine Wut auf Robert war mittlerweile einer nagenden Sorge gewichen. Hilde erhob sich ebenfalls und sagte, wobei sie ihm das Buch von Fromm auf die Theke legte. »Diese Journalistin hat recht, es geht in vielen Geschichten um Schuld. Ich mache mir mal Gedanken dazu. Schönen Abend, Bert.«

Er nickte und lief zu den Tischen, um Bestellungen aufzunehmen. Als er nach fünf Minuten zur Theke zurückkehrte, war Tina verschwunden. Was hatte sie wohl hier gewollt? Herausfinden, ob er am Montagabend den Russen erschossen hatte? Das konnte sie doch nicht wirklich glauben.

* * *

Doch er erlebte eine unangenehme Überraschung, als er gegen dreiundzwanzig Uhr vor seinem Haus ankam und sein Rad in den Schuppen stellte. Denn dort hockte eine zusammengekauerte Person unter lauter Sitzkissen für die Gartenstühle, die sie sich als Schutz vor der Kälte genommen hatte. Erst dachte Bert an einen Obdachlosen, der sich einen warmen Schlafplatz gesucht hatte. Der Geruch nach Alkohol passte zu diesem Gedanken. Bert wollte gerade schon leise den Schuppen verlassen, als er ein weibliches Schluchzen vernahm und schließlich Tina Dessel unter den Kissen erkannte. »Bert, bitte, kann ich bei dir schlafen?«

»Ganz sicher nicht. Was machst du hier«, fragte er wenig empathisch. Betrunkene Frauen in seinem Schuppen regten seinen Heldeninstinkt jedenfalls nicht an. Kein bisschen. Er zückte das Handy, um *Taxi Fritz* anzurufen. Als das erledigt war, wartete er auf eine Antwort.

Tina versuchte aufzustehen, stellte sich entsprechend ungeschickt an und hing an seinem Arm. »Ich habe mich plötzlich so alleine gefühlt, und dann kam dieser Abend in mir hoch. Ich wusste nicht wohin und habe mir Mut angetrunken. Ist es denn so schlimm, wenn ich bei dir schlafe?«

Bert seufzte und suchte nach den richtigen Worten. »Hör zu, Tina, ich kann verstehen, dass du einiges durchmachst. Aber ich bin nicht der richtige Ansprechpartner dafür. Das Taxi kann dich zu deinen Eltern bringen oder zu einer Freundin, oder auch in ein Krankenhaus, wenn ich mir deinen Zustand so beschaue, Tina.« Unter Tränen guckte sie ihn an und schluchzte. »Bin ich dir denn so unangenehm? Magst du mich kein bisschen?«

Bert stützte sie und führte sie aus dem Schuppen heraus zur Haustür. »Ich koche dir einen Kaffee, den trinkst du, bis das Taxi da ist. Das Mögen steht nicht zur Debatte, Tina. Ich stehe nun mal nicht auf wesentlich jüngere Frauen.«

Sie schubste ihn plötzlich weg und schimpfte: »Aber auf dicke Frauen stehst du, so wie dieses Pummelchen, das an der Theke saß, als ich kam.«

Bevor er etwas sagen konnte, hupte ein Auto. Das Taxi war schon da, offenbar war ein Fahrer direkt in der Nähe gewesen. Bert atmete auf. »Komm Tina, lass es gut sein. Du bist eine schöne Frau. Du solltest Dankbarkeit nicht mit Zuneigung verwechseln.« Sanft nahm er ihren Arm, führte sie zur Straße und setzte sie ins Taxi. Dem Fahrer gab er einen Geldschein und bat: »Die Dame nennt Ihnen das Ziel. Gute Nacht.«

Tina schnallte sich an und beugte sich noch mal vor, das Gesicht mürrisch verzogen: »Robert hat sich jedenfalls nie so prüde benommen wie du.«

Der Taxifahrer blickte besorgt zu Bert, und der nickte ihm aufmunternd zu, er solle losfahren.

Nachdenklich ging Bert ins Haus, wo ihn der Kater aus dem Flur heraus fixierte. Er selbst hatte nie mitbekommen, dass Robert deutlich jüngere Frauen abgeschleppt hatte. Aber wie auch? Meist blieb nur einer bis zum Schluss und machte das Lokal dicht.

Und dann fiel ihm wieder der Schläger von Dienstagabend ein. Es war nur eine Frage der Zeit, wann er Bert erneut auf die Pelle rücken würde, es sei denn, Robert hatte sich bei diesem Unbekannten gemeldet. Doch das war wohl mehr als unwahrscheinlich. Bert sollte besser für die nächsten Abende Polizeischutz in Anspruch nehmen. Er legte den Haustürschlüssel weg und hörte das Klirren von Glas aus der Küche. Der verdammte Kater, dachte er und spürte das unschuldige Tier zwischen seinen Beinen herumstreichen.

* * *

Dirk konnte nicht schlafen. Er war in seiner Wohnung in Oelde, Ella lag neben ihm, ruhig atmend, die blonden Haare überall auf dem Kissen verteilt. Er musste aufpassen, ihr nicht aus Versehen an den Haaren zu ziehen, wenn er sich bewegte. Sie hatte sich noch so dermaßen aufgeregt, dass sie zu Dirk gefahren war, um den Abend und die Nacht nicht alleine verbringen zu müssen. Irgendwann würde er mal das Thema gemeinsame Wohnung ansprechen, aber es würde schwierig werden. Dirk gefiel Münster gut, aber wohnen wollte er dort nicht. Zu viele Studenten, zu viel Bourgeoisie und Arroganz. Oelde war dörflich, aber mit guter Verkehrsanbindung. Ella argumentierte genau umgekehrt. Oelde war ein nettes Städtchen, aber zu viel Spießbürgertum und fade Lebensweise, zum Shoppen ein klägliches Angebot im Vergleich zu Münster. Das würde noch schwierig werden.

Ferner ging ihm der Besuch auf dem Landgestüt nicht aus dem Kopf. Die arme Auszubildende hatte nun tatsächlich Knochenbrüche erlitten. Aber das konnte ja kaum jemand geplant haben. Im Fernsehkrimi gab es schon mal manipulierte Pferde, die ein dazu auserkorenes Opfer töteten, aber Dirk konnte sich nicht vorstellen, dass Maja mit voller Absicht in diesen Stall gelockt worden war, um dann von dem wild gewordenen Hengst attackiert zu werden. Oder doch? Konnte Leo da mit drinstecken? Der hatte Maja als seine Begleitung auserkoren, wie ihnen am Landgestüt erzählt wurde. Interessanterweise war die Gestütsleiterin, eine

Engländerin mit einer langen Tradition von Reiterinnen in der Ahnengalerie ihrer Familie, gar nicht informiert worden. Sie war sehr überrascht gewesen, dass es eine Besichtigung gegeben hatte, weil Dragon angeblich wieder aufgetaucht sei. Leo Tenne, der später aus dem Krankenhaus kommend zu ihnen stieß, behauptete sehr überzeugend, dass er sich nicht viel davon versprochen habe. Er habe das lieber zunächst in seine Verantwortung nehmen wollen, bevor man irgendwelche Pferde scheu machen würde. Frau Whitaker, die Gestütsleiterin, konnte dieses Vorgehen nachvollziehen, bedauerte aber, dass er eine unerfahrene Auszubildende an das Pferd gelassen hatte. Diese Rüge hatte Leo schweigend einkassiert. Wie es aussah, hatte das Mädchen ziemliches Glück gehabt. Sie hatte einen angebrochenen Außenknöchel. Es war keine Operation nötig, sondern der Knöchel wurde konservativ behandelt, also mit einem Gipsverband ruhiggestellt. Die geprellte Schulter war hier ein Hindernis, da sie damit nur mühsam und unter Schmerzen an den Gehstützen würde gehen können. Leo berichtete, dass Maja sich einen Schwung Tabletten habe geben lassen und mit Fassung und einem tapferen Lächeln aus dem Krankenhaus gehumpelt sei. Ans Arbeiten sei die nächsten vier bis sechs Wochen allerdings nicht zu denken.

Was den Angriff auf Maja in der Sattelkammer anging, so gab es noch immer keine Spur. Weder Gestütsleitung, noch andere Angestellte waren bislang darüber informiert worden, falls Leo Tenne Wort gehalten hatte. Er war zumindest diesbezüglich aus dem Schneider, denn Schmitt hatte sein Alibi für den Abend überprüft.

Leo hatte tatsächlich die Nacht mit einer Gallenkolik im Krankenhaus zugebracht.

Dirk schaute auf die schlafende Ella und drückte ihr sanft einen Kuss auf die Stirn. Sie hatte ihm gestanden, dass sie im Zorn den Labrador an die Leine genommen und sich so dem Diakon genähert hatte. Die Panik des Mannes war groß, und er war in die Kirche geflüchtet. Der vermeintliche Sieg hatte nur kurz gehalten, denn sie hatte dummerweise darüber gesprochen, dass sie Angestellte beim NABU sei. Hoffentlich kam da nichts nach. Dirk warf sich schließlich im Bett herum und schlief irgendwann ein.

8. KAPITEL

Kommissar Schmitt saß an seinem Schreibtisch, die Beine stocksteif nebeneinander auf den Boden gestellt, und hielt mit beiden Händen eine Tasse Kaffee umklammert, als Dirk das Büro betrat.

»An diesem Morgen gab es noch nichts Gutes«, grummelte Schmitt, »außer einem Schokoladencroissant. Draußen sitzt irgendwo dieser Sozialarbeiter Frank Gernwohl mit seinem Hund herum und möchte mich sprechen. Das Tier ist so groß wie ein Kalb. Angeblich wird es dem im Auto zu heiß.«

Dirk setzte sich an seinen Arbeitsplatz und drückte den Knopf, der seinen Computer hochfuhr. Es war nach einem morgendlichen Regenguss überraschend sonnig und warm geworden. »Kein Problem, er kann den Hund doch irgendwo draußen lassen.«

Schmitt guckte ihn nun mit großen Augen an: »Ja? Geht das? Kann man das einem Hundebesitzer sagen, dass sein Hund nicht in mein Büro kommen darf?«

Dirk stand auf. »Ich sage ihm, ich hätte eine Hundehaarallergie und könnte die Haare nicht gut im Büro haben. Was will Gernwohl denn von uns?«

»Er sagt, die Mutter von Bolschakow habe sich bei ihm gemeldet. Mit uns will sie nicht sprechen, sie reist nach Russland, sobald der Leichnam ihres Sohnes freigegeben wird. Also, dann holen Sie den Mann mal her.« Dankbar lächelte Schmitt seinen jungen Assistenten an.

Und drei Minuten später betrat erst Frank Gernwohl das Büro, dann ein breit grinsender Dirk Kemper, der hinter dem Rücken des Sozialarbeiters Faxen machte. Der Grund für sein unflätiges Verhalten war ganz offensichtlich. Ein violett und grün schimmerndes Veilchen zierte das rechte Auge des Besuchers. »Guten Tag, Herr Schmitt«.

»Guten Tag, Herr Gernwohl. Oh, ich sehe, warum Sie kommen. Sie wollen eine Anzeige machen?«

Unwillkürlich ging die Hand von Frank Gernwohl zu seinem Gesicht. »Ach das, nein, nein. Berufsrisiko.« Er trug wieder seinen sandfarbenen, zerknitterten Blazer, heute mit einem fliederfarbenen Poloshirt darunter. »Ich habe die russische Mama unterschätzt.« Er setzte sich und wischte sich mit einem Taschentuch den Schweiß von der Stirn.

Schmitt staunte nicht schlecht. »Das war Frau Bolschakow?«

»Vielmehr Frau Bolschakowa, ja. Bei der weiblichen Form wird ein A an den Namen gehängt, ähnlich wie in Polen. Sie leidet wie jede Mutter sehr unter dem Tod ihres Sohnes, und da ich mal sein Sozialarbeiter war, machte sie mich in ihrem Schmerz dafür verantwortlich. Ich hätte ihn in meiner Obhut lassen müssen, wie sie meinte. Das hat sie zumindest als Entschuldigung angegeben, nachdem mein Auge deutlich anschwoll. Den linken Haken habe ich gleich bekommen, als sie in mein Büro gestürmt ist. Die Entschuldigung erst zehn Minuten später.« Er lachte gequält. »Russische Frauen sind etwas Besonderes. Und eine Besonderheit von ihnen ist ihr Kontrollzwang. Sie finden oft nichts dabei, Handys, Tagebücher und die sozialen Netzwerke ihrer Familienmitglieder zu überwachen. Vor allem eine echte russische Mutter möchte nicht, dass etwas aus dem Ruder läuft. Auch Frau Bolschakowa hat ihrem Sohn regelmäßig auf die Finger geschaut, wie Mischa mir mal genervt erzählt hat. Und wie Sie will sie natürlich, dass der Mörder ihres Sohnes gefasst wird. Also hat sie mich in einige Informationen eingeweiht. Und, um es gleich vorwegzunehmen, sie wird nicht mit irgendjemanden von der Polizei reden. Sie müssen mit mir als Vermittler vorliebnehmen.«

Schmitt winkte ab. »Das habe ich schon selbst herausgefunden. Der Kollege, der ihr vom Tod ihres Sohnes berichten wollte, kam nur bis zur Gartenpforte. Und eine Vorladung macht meist auch keinen Sinn. Russische Mamas kooperieren nur freiwillig.«

»Genau«, nickte Frank Gernwohl. Frau Bolschakowa erzählte mir, dass Mischa gerade wieder Fuß gefasst hatte und sie der Meinung war, dass er ein anständiges Leben führte. Es habe sie sehr gefreut, dass er wieder mit Pferden gearbeitet hat. Er liebte die Tiere, war ein guter Hufschmied und übrigens auch ein hervorragender Reitlehrer, laut Mama. Gut, das ist natürlich nicht immer eine brauchbare Einschätzung, aber sie hat mir auch den Arbeitgeber aufgeschrieben, Moment.« Er kramte in seiner speckigen Arbeitstasche und holte einen kleinen, hellblauen Zettel heraus, den er an den Kommissar weitergab. Dann erzählte er weiter: »Am Freitagnachmittag war Mischa bei ihr zum Essen. Das tat er oft, wenn es sein Job erlaubte. Während des Essens erhielt er einen Anruf auf seinem Handy. Er guckte aufs Display und verließ abrupt das Zimmer, blieb ungefähr zehn Minuten weg und kam dann wieder zurück, zeigte aber ein erhitztes Gesicht und achtete plötzlich gar nicht mehr darauf, was er sich an Leckereien in den Mund schob. Das weckte den Unmut und die Neugier von Mama Bolschakowa. Doch als sie ihn fragte, log er sie an. Er erzählte etwas von Problemen im Job, ein Pferd habe Hufrehe, und er müsse gleich nochmal los. Wenn Mama Bolschakowa sagt, dass ihr Sohn lügt, dann ist das so. Sie meinte, er sei plötzlich aufgekratzt und einsilbig gewesen, weit weg mit den Gedanken und nervös.«

Dirk warf spontan ein: »Wozu er deutlich einen Grund hatte, immerhin ist er erschossen worden.«

Der Sozialarbeiter nickte. »Es müsste doch leicht sein, in seinem Handy alle möglichen Anrufe und Kontakte nachzuprüfen.«

»Ja sicher«, nickte Schmitt und klopfte mit seinen Fingerkuppen auf seine Schreibtischplatte. »Nur haben wir kein Handy gefunden. Er trug nichts bei sich außer einer Brieftasche und einem Messer, sowie seinen Schlüsselbund. Sein Auto ist noch immer bei der Spurensicherung, aber die hätten sich sofort gemeldet, wenn etwas gefunden worden wäre. Was ist eigentlich mit Ihrer Exfreundin? Meine Leute haben sie zwar gesprochen, aber sie hat ausgesagt, sie habe Mischa Bolschakow seit einem Jahr nicht mehr gesehen.«

Sofort ging ein Schatten über das Gesicht von Frank Gernwohl. »Ja, ich habe sie nach dem Gespräch hier bei Ihnen angerufen. Sie hat sich vor einem Jahr von ihm getrennt. So etwas Unnötiges. Vorher waren wir glücklich und uns sicher. Jetzt sitzen wir beide alleine in unserem Leben, und jeder fühlt sich schlecht.« Er seufzte schwer und stand auf.

Im Hintergrund hörte man das tiefe Bellen eines Hundes. Frank Gernwohl lächelte unverhofft, und Kommissar Schmitt wurde blass. »Er ahnt immer, wann ich aufbreche oder ihn brauche. So allein bin ich gar nicht.« Mit diesen Worten verabschiedete sich der Sozialarbeiter, der immer den Eindruck machte, als müsste er wie ein Welpe in sein Fell in seine Kleidung erst noch hineinwachsen.

Als die Tür sich hinter ihm schloss, drehte Dirk sich zu seinem Chef um und fragte: »Und nun?«

»Fassen wir zusammen. Wir haben einen ominösen Motorradfahrer, der Bert bedroht hat und nach Robert Heinemann verlangt. Wir haben einen Söldner namens Mischa Bolschakow, der entweder engagiert war oder sein eigenes Ding machte und erschossen wird. Und wir haben zwei Amateure, also zumindest sind sie nicht als Verbrecher aktenkundig, und zwar Balthasar Fromm und Robert Heinemann, der eine ist tot, der andere auf der Flucht oder entführt.« Schmitt stand auf, rieb sich seinen Bauch und lief im Büro ein paar Schritte herum. »In diesem Fall gibt es zu viele Täter, finde ich. Ich gehe noch immer davon aus, dass Bolschakow den Autor erschossen hat. Aber warum?«

Dirk antwortete: »Robert Heinemann hat ein Alibi. Er ist mit hoher Wahrscheinlichkeit nach Teneriffa geflogen und erst dort verschwunden, oder? Was hat die Handyortung ergeben?«

»Die bestätigt das Gesagte. Sein Handy hat zuletzt auf Teneriffa ein Signal gesendet. Das war zwei Tage nach seinem Abflug von Deutschland, also am Samstag. Seitdem ist es aus. Er kann es natürlich verloren haben, oder es ist ihm in irgendeinen Pool gefallen, aber da er auch nicht mehr in seinem Hotel ist, macht uns das Sorge. Apropos Sorge, wir müssen los, Kemper. Frau Heinemann hat um ein Gespräch gebeten. Vor zehn Uhr würde sie nur ihren Arzt oder die extrem kurzsichtige Nachbarin hereinlassen. Aber nun wartet sie bestimmt schon mit einem leckeren Kaffee auf uns.« Er griff nach den Autoschlüsseln auf seinem Schreibtisch.

Dirk Kemper erhob sich: »Ganz bestimmt, dazu warmen Apfelstrudel. Das würde mir jetzt ausgesprochen guttun. Wissen Sie, was Frau Heinemann von uns will?«

Schmitt hob die Schulter. »Nein. Die Vermisstenanzeige zurückziehen? Keine Ahnung. Der Kommissar warf dem jungen Polizisten den Schlüssel zu. »Heute dürfen Sie fahren. Ich habe Rücken. Der Schulterblick will mir heute nicht so gelingen.«

»Was für ein Schulterblick?«

* * *

Sie klingelten um fünf nach zehn Uhr an der schönen Haustür und traten höflich einen Schritt zurück. Frau Heinemann öffnete mit einem Seufzer der Erleichterung. »Ich dachte schon, Sie kommen gar nicht mehr, treten Sie bitte ein.« Sie trug eine weiße Wollhose und einen zart rosafarbenen Rollkragenpullover, bei dessen Anblick Dirk bereits ins Schwitzen geriet. Beide Herren setzten sich dann artig an den Tisch aus Mahagoni und warteten gespannt, was die Dame des Hauses von ihnen wollte. Man hörte das Ticken einer alten Wanduhr und draußen dumpf das Zwitschern einiger Vögel. In diesen fast stillen Moment hinein knurrte der Magen des jungen Polizisten. Streng blickte ihn Frau Heinemann daraufhin an: »Haben Sie etwa noch nicht gefrühstückt? So hungrig können Sie doch gar nicht denken.«

Dirk machte nur ein schuldbewusstes Gesicht. Frau Heinemann schnaubte und verschwand einfach in der Küche. Wenn man ihre geschmackvoll und teuer eingerichteten Räume betrachtete, erwartete man eigentlich eine Haushälterin, die sich um alles kümmerte. Doch Frau Heinemann konnte offenbar auch ihre Küche bedienen, denn wenige Minuten später kehrte sie mit einem Teller zurück, auf dem zwei üppig mit Wurst belegte Brötchen lagen. Statt eines Kaffees gab es einen dampfenden Kakao dazu. Für Schmitt brachte sie ein Glas stilles Wasser mit, da konnte er den Bauch einziehen wie er wollte. Mit gutem Appetit widmete sich Dirk nun dem Frühstück, und Frau Heinemann setzte sich dem Kommissar gegenüber.

»Es ist nämlich so«, begann sie und stockte. »Ich habe herausgefunden, dass Robert und dieser Autor Balthasar Fromm sich sehr wohl gekannt haben und schon seit mehreren Monaten miteinander befreundet waren. Ich dachte, das sollten Sie wissen.« Sie zupfte an der Tischdecke herum.

Dirk hörte für einen Moment lang auf zu kauen, während Schmitt Frau Heinemann nur ruhig anschaute und abwartete. Er wusste, dass die Menschen meistens umso mehr sprachen, je stiller man selbst blieb.

»Ich weiß das, weil ich einen alten Freund von Robert gesprochen habe. Ich kenne ihn noch aus der Schulzeit der Jungen. Und er hat mir erzählt, dass Robert diesen Balthasar Fromm vor einigen Monaten kennengelernt und ihn seitdem öfter mal getroffen hat.« Ihre sorgfältig geschminkten und noch immer strahlend blauen Augen blickten besorgt auf den Kommissar. »Vielleicht wollte dieser Balthasar sogar Robert erschießen und wusste nur nicht, dass der im Urlaub ist. Kann ja sein, dass sie Streit hatten. Der hat meinen Robert womöglich in eine schlimme Geschichte hineingezogen. Robert hatte während des Abiturs auch mal so eine Phase, da hat er merkwürdige Freunde mit nach Hause gebracht.«

Schmitt rechnete im Kopf nach, dass das gut und gerne fünfundzwanzig Jahre her sein musste, aber er nickte verständnisvoll. »Das ist ein wichtiger Hinweis, den Sie uns da geben. Es kann alles Mögliche bedeuten. Solange wir nicht mit Ihrem Sohn gesprochen haben, bleiben uns nur Spekulationen. Wir wissen, dass Ihr Sohn über Einkünfte aus einer Immobilie in Münster verfügt?« Das war als Frage formuliert.

Frau Heinemann nickte. »Ja, das ist ein altes Haus, das mein verstorbener Mann schon mit in unsere Ehe gebracht hat. Er hat es zwei Jahre vor seinem Tod auf Robert überschrieben. Als Lehrer hat es Robert nicht lange an der Schule ausgehalten, aber als eigener Chef macht er sich ganz gut, sowohl als Vermieter als auch als Barkeeper. Ich wundere mich allerdings, dass er und Bert so wenig voneinander wissen. Sie kennen sich schon recht lange, aber sie sind mehr Geschäftspartner als Freunde.«

Dirk schob zwischen zwei Bissen einen Kommentar ein: »Manchmal ist das auch besser so, Freunde können nicht immer auch gut zusammenarbeiten. Bert kannte Balthasar Fromm jedenfalls nicht, das hat er uns glaubhaft versichert. Ich nehme an, Sie haben noch immer kein Lebenszeichen von Ihrem Sohn gehört, oder?«

»Nein, leider nein.« In ihren Augen glänzten Tränen.

Kommissar Schmitt gab ihr einen Moment und fragte sie dann: »Wissen Sie, was mich schon seit einiger Zeit beschäftigt? Ich frage mich das immer wieder. Sie sagten, Robert habe bislang keine besonderen Ambitionen besessen, was den Pferdesport angeht. Wie kommt es, dass er dann eine Person kennt, die in der Lage wäre, aus dem Zuchthengst Dragon einen Champion zu machen? Oder ihn lukrativ zu verkaufen? Hat er Verbindungen zum Landgestüt Warendorf? Ist er im Reitverein?«

Frau Heinemann überlegte, schüttelte dabei aber schon mit dem Kopf. »Ich habe keine Ahnung. Robert und auch Bert lernen ja eine Menge Leute bei ihrer Arbeit kennen. So manch einer der Landwirte sitzt da am Tresen. Beim Bier reden die Männer über Frauen, Politik und Geschäftsideen.« Sie verzog den Mund so, als wären alle drei Themen höchst überflüssig. »Sie haben doch sicher die Wohnung und den Computer des Toten auf den Kopf gestellt. Gab es denn keine verwertbaren Informationen?«

Dirk mischte sich wieder ein und zeigte dabei leichte Kakaospuren in den Mundwinkeln. »Das sind natürlich vertrauliche Informationen, Frau Heinemann, die für die weiteren Ermittlungen relevant sein können. Darüber dürfen wir leider nicht mit Ihnen reden. Es schmeckt übrigens ausgezeichnet. Ganz lieben Dank für Ihre Mühe.«

* * *

Bert betastete vorsichtig das Pflaster an seiner Stirn. Er hatte mit vielem gerechnet, aber nicht damit, dass es auf so schmerzhafte Weise ein Wiedersehen mit seinem Kompagnon geben würde.

Am Vorabend hatte er plötzlich ein Geräusch aus seiner Küche gehört hatte, das Klirren von Glas. So, als holte sich jemand ungeschickt ein Glas aus dem Schrank. Bei Bert gab es aber niemanden, der sich einfach ein Glas aus dem Schrank holen konnte. So erstarrte er in seiner eigenen Wohnung, während der Kater Schutz bei ihm suchte. Bert hatte sich umgeschaut und war mit einem Besenstiel bewaffnet in seine Küche geschlichen.

Und dort stand Robert Heinemann mit müden Augen und eingefallenen Wangen, aber eindeutig sehr lebendig. Robert hielt ein Glas Wasser in der Hand und kaute an einer Banane aus Berts stets gefüllter Obstschale. »Hi Kumpel.«

Und da hatte Bert rotgesehen. Er ließ den Besenstiel fallen, nahm Robert das Glas aus der Hand – und verpasste ihm eine tüchtige Ohrschelle.

»Die habe ich verdient«, keine Frage«, meinte Robert grinsend und hielt sich die rote Wange.

»Warum bist du nicht auf Teneriffa? Und wieso gehst du nicht an dein Handy?«

»Ich war auf Teneriffa. Mein Handy ist auch noch dort, sodass ich keine Nachrichten erhalten konnte. Ich bin hingeflogen und drei Tage später wieder zurück. Ich kann dir das jetzt nicht alles erklären, aber bitte lass mich heute Nacht bei dir schlafen. Bitte.« Robert hatte ihn flehend angeschaut, während sich bei Bert das Bild des Motorradfahrers mit der Eisenstange ins Gedächtnis schob.

Er sagte: »Du wirst von so einem Schlägertypen gesucht, und ich fürchte, dass ich meine Gesundheit oder sogar mein Leben dabei verliere, wenn du dich nicht schnellstmöglich bei ihm meldest.«

»Das mache ich, ganz bestimmt. Der ist harmlos, dem schulde ich nur ein paar Kröten wegen eines Gefallens, den er mir getan hat. Ich will doch nicht, dass irgendwer zu Schaden kommt.« Robert hatte sich an den kleinen Küchentisch gesetzt und die nächste Banane geschält.

Bert war stehen geblieben und musterte den Kollegen kalt. »Du willst nicht, dass jemand zu Schaden kommt? Dafür ist es ein wenig spät, finde ich. Hast du mal Zeitung gelesen? Was hast du mit all den Ereignissen zu tun, Robert?«

»Bert, ich erkläre es dir morgen früh, okay. Aber ich habe seit vierzig Stunden nicht mehr richtig geschlafen, ich kann nicht mehr. Bitte gib mir eine Decke und lass mich in irgendeiner Ecke schlafen. Morgen reden wir dann. Versprochen.«

Trotz aller Wut musste Bert zugeben, dass sein Kollege mehr als fertig aussah. Robert war kleiner als Bert, drahtig und hatte ein schmales Gesicht mit aristokratischen Zügen und graumelierten, schwarzen Haaren. Sein sonst so gepflegter Dreitagebart war zu lang, und die blauen Augen zeigten rote Ränder. Bert hatte ihm eine Decke und ein Kissen gegeben und Robert hatte sich in sein Arbeitszimmer gelegt, wo sich ein Schlafsofa befand. Dieses Zimmer war gleichzeitig ein Gästezimmer.

Geweckt hatte Bert am Morgen dann das Miauen seines Katers Paul, der das höchst selten tat. Alarmiert war Bert aus dem Bett gesprungen und hatte seine Schlafzimmertür geöffnet. In Boxershirt und T-Shirt bekleidet hatte er im Flur gestanden und gerade noch mitbekommen, wie sich die Haustür schloss. Mit einem Satz war Bert hinter Robert her und hatte ihn einen Meter von der Tür entfernt am Ärmel gepackt. »Erzähl mir nicht, du gehst Brötchen holen, mein Lieber.«

Der weitere Verlauf war peinlich genug. Robert hatte ausgeholt und ihm einen linken Haken verpasst. »Sorry, Bert, aber ich möchte dich nicht in Gefahr bringen.«

Während Bert völlig verdutzt eine aufgeplatzte Augenbraue erhielt, verschwand Robert in einem Taxi.

Jetzt saß Bert in einem schlichten Flur des Polizeipräsidiums auf einem Stuhl und wartete auf den Kommissar. Dieser kam angerauscht, seinen Kollegen Dirk Kemper im Schlepp, und schimpfte los, als er Bert erblickte: »Himmel noch eins! Sind Sie wieder überfallen worden?« Schmitt verschränkte die Arme vor der Brust und starrte mit gerunzelter Stirn auf Berts Augenbraue. Mittlerweile zog sich auch eine kleine blau-grüne Spur neben dem Auge her. Und natürlich fiel das Pflaster auf.

»Schlimmer. Viel schlimmer«, meinte Bert und stand auf, um den beiden Beamten zu folgen. Dabei überragte er den Kommissar um zwei Köpfe.

Der unangemeldete Besuch in seinem Büro störte den Kommissar heute sehr. Es gab eine Menge Spuren, denen er nachgehen musste. Aber fünf Minuten später musste er zugeben, dass dieser Barkeeper mit seiner Geschichte den Vogel abschoss.

»Sie wollen mir sagen, dass Sie Robert Heinemann in Ihrer Wohnung hatten, schlafend wie ein Baby, und er Ihnen ohne weitere Erklärung davongelaufen ist? Sie sind groß und stark«, rutschte es Dirk heraus.

»Wollten Sie als Polizist mir gerade empfehlen, einen Mann gegen seinen Willen in meiner Wohnung festzuhalten?«, reagierte Bert pikiert.«

Schmitt haute auf den Schreibtisch. »Herr Kemper braucht sein zweites Frühstück, dann denkt er wieder nach, bevor er redet. Aber dass Sie uns nicht sofort informiert haben, dieses Verhalten grenzt an Beihilfe zur Flucht. Oder wissen Sie, wohin Ihr Kollege gefahren ist? Vielleicht zum Flughafen, um zurück nach Teneriffa zu fliegen?« Schmitt klopfte mit einem Kugelschreiber auf einen Block und verstand so viel Gleichgültigkeit oder Gedankenlosigkeit nicht. War ja auch nicht auszuschließen, dass der Barkeeper seinem Kollegen einen Vorsprung gewähren wollte.

»Nein, das glaube ich nicht«, versicherte Bert, dem es nun doch leid tat, nicht sofort zur Polizei gegangen zu sein. Seine verletzte Eitelkeit hätte er wirklich besser hintangestellt. »Er hat sein Handy auf Teneriffa gelassen, wahrscheinlich damit die Polizei bei einer Ortung denkt, er sei noch immer auf der Insel. Er hält sich offenbar versteckt, und er hatte meiner Einschätzung nach Angst. Aber vor wem oder was, das hat er mir nicht erzählt.«

»Robert war mit dem toten Autor Balthasar Fromm befreundet.« Kommissar Schmitt stellte diese Aussage in den Raum und beobachtete Bert.

Dessen Überraschung war echt. »Das habe ich nicht gewusst. Aber ich habe auch nie mitbekommen, dass Robert die amourösen Angebote jüngerer Frauen angenommen hat. Anscheinend kenne ich nur die geschäftlichen Seiten meines Teilhabers.« Mit Bitterkeit in der Stimme erzählte Bert nun auch von Tinas Auftauchen am Vorabend. Schmitt unterbrach ihn nur kurz, um telefonisch die Bitte an einen Kollegen durchzugeben, nach der Taxifahrt von Robert Heinemann am Morgen zu forschen. Schon wenig später klingelte sein Apparat auf dem Schreibtisch und eine weibliche Stimme teilte ihm mit: »Die Fahrt endete an der Einener Straße 10, das liegt Richtung Telgte raus.« Schmitt wiederholte die Adresse und guckte fragend zu Bert. Der zuckte mit den Schultern. Die Dame am Telefon wusste noch mehr. »Ich habe mal geschaut, wer oder was sich dort befindet. Es ist ein Bordell. Und es hat noch bis dreiundzwanzig Uhr geöffnet.«

Man sah Schmitt an, dass er mit dieser Information nicht gerechnet hatte. »Ein Bordell? Das wäre natürlich ein netter Ort, um unterzutauchen. Danke.« Er legte auf und hatte nichts anderes erwartet, als dass Kemper grinste und Bert irritiert nachdachte. »Herr Kemper, Sie schnappen sich eine Kollegin und fahren da jetzt hin. Entweder nehmen Sie ihn gleich mit oder Sie finden zumindest heraus, was Robert dort gewollt hat.«

»Ich soll in einem Bordell nachfragen, mit welcher Absicht ein Mann sich dort aufhalten wollte? Die Damen werden mich verhöhnen, Chef.« Das Grinsen im Gesicht des jungen Polizisten wurde immer breiter.

Schmitt seufzte, und Bert sagte: »Mal Spaß beiseite. Ich kann mir kaum vorstellen, dass Robert einfach eine Nummer schieben wollte. Er hatte Angst und ist auf der Flucht. Anzunehmen vor demselben Mann, der mir bereits aufgelauert hat. Ich sollte mitfahren.«

Er stand auf, setzte sich aber wieder, da Schmitt rigoros den Kopf schüttelte. »Das ist eine polizeiliche Ermittlung, da können Sie nicht einfach als Assistent mitfahren. Ich bin mir sicher, dass mein Kollege auf der Fahrt dorthin erwachsen wird und die richtigen Fragen stellt.«

»Na klar, Chef.« Dirk Kemper verließ das Büro.

Schmitt widmete sich wieder dem Barkeeper: »Ich habe mich mal schlaugemacht. So ein Hengst im besten Alter und mit einer solch hohen Deckprämie kostete locker über Hunderttausend, wenn nicht sogar noch mehr. Das ist eine Menge Geld, auch wenn man ein Mietobjekt in Münster besitzt. Können Sie sich vorstellen, dass Robert Heinemann vielleicht schon länger ein paar illegale Machenschaften verfolgte? Suchen wir hier wirklich ein Opfer oder einen Täter?«

Bert lehnte sich in dem einfachen Holzstuhl, der an ihm wie ein Kinderstuhl aussah, zurück und dachte über die Frage nach. Er kannte seinen Teilhaber schon lange. Er hatte schon früh von den Scheidungsabsichten seines Kompagnons erfahren und auch, was Robert seiner Tochter zur Konfirmation schenken wollte. Aber mit wem er sich außerhalb der Arbeitszeiten traf oder wofür sein Herz schlug, das wusste Bert nicht. Es kam ja oft genug vor, dass Bert sich sogar von seinen eigenen Entscheidungen überrumpelt fühlte. Er sah die Dinge mit zunehmendem Alter anders. Im Grunde genommen ahnte er doch bereits seit einigen Tagen, dass sein Teilhaber keine kleinen Geheimnisse hatte, sondern sogar recht große. Bert konnte nur hoffen, dass Robert sich mit dem prügelnden Motorradfahrer ausgetauscht hatte, damit er selbst aus der Schusslinie war. Er überlegte, dass seine Infos auch für Frau Heinemann senior interessant sein mussten. Sie wusste sicher noch gar nichts von dem Auftauchen ihres Sohnes. Der Trommelwirbel von Schmitts Finger auf der Schreibtischplatte schreckte Bert aus seinen Gedanken, und er antwortete: »Ich glaube, dass Robert in etwas hineingeraten ist, das er unterschätzt hat. Vielleicht ist er beides? Erst Täter, dann Opfer? Oder genau umgekehrt?«

»Wie Mischa?«

Bert schaute den Kommissar erschrocken an. »Nein, um Gottes willen. Hoffentlich endet er nicht so wie Mischa. Aber er scheint zumindest Schwierigkeiten zu haben, und ich glaube, die hängen mit diesem Zossen zusammen.«

»Mit Zossen meinen Sie den Hengst? Ja, da könnten Sie recht haben. Ich habe mit der Verwaltung des Gestüts gesprochen. Robert war bereits Besitzer des Hengstes, nur sollte der noch zwei Stuten besamen. Deshalb stand Dragon noch im Landgestüt. Glück für Robert Heinemann, da sein Pferd über das Gestüt versichert ist. Im Gestüt wundert man sich allerdings, dass Robert sich noch gar nicht gemeldet hat. Das wird sicher ein Fall für die Anwälte, denn ich denke nicht, dass das Land ihm den vollen Kaufpreis ersetzen will. Die Gestütsleitung hofft, dass das Tier doch noch auftaucht.«

Der Kommissar verschwieg, dass das Gespräch mit der Verwaltung recht zäh verlaufen war. Frau Whitaker, eine waschechte Engländerin und derzeitige Leiterin hatte nur so viel bestätigt, wie der Kommissar bereits wusste. Er war sich sicher, dass sie noch einige wichtige Details verschwieg. Nach dem Skandal aus dem Jahr 2016 war man sehr vorsichtig geworden, was die Zusammenarbeit mit der Polizei anging. Leider lag noch immer der Verdacht nahe, dass jemand vom Gestüt das Pferd entführt hatte. Knapp siebzig Mitarbeiter gehörten zum Landgestüt, davon waren alleine zehn Personen in der Verwaltung beschäftigt. An sich genügend Personal, um die Pferde zu bewachen, aber auch so viele, dass man nicht für jeden Mitarbeiter die Hand ins Feuer legen konnte.

Bert erhob sich mit einem Blick auf die Uhr. Es wurde Zeit, sich um seinen Job zu kümmern. Und er wollte noch bei Frau Heinemann vorbei.

Die Frage des Kommissars hielt ihn zurück. »Wie lange hat Robert noch Urlaub? Also wann wird er wieder arbeiten müssen?«

»Ab kommenden Dienstag. Aber er sah aus, als käme er direkt aus dem Krieg. Erholung hat er bislang sicher nicht gehabt. Wenn Sie ihn treffen, sagen Sie ihm, er soll sich bei seiner Mutter melden.«

* * *

Als der Barkeeper das Büro verlassen hatte, kümmerte sich Schmitt um eine Liste, die er erstellt hatte und von deren Bearbeitung er sich weitere Informationen versprach. Zuerst suchte er das Büro der Kollegen auf, die sich um Balthasars Computer kümmerten. Er fand den Beamten Heinz Kellermann vor, der auf den Bildschirm starrte und immer wieder auf seine Tasten hackte, als müsste er etwas in Stein meißeln. Das Gemurmel dazu war nicht zu verstehen. Kommissar Schmitt räusperte sich an der Tür und trat ein. Mit großen blauen Augen schaute ihn ein dünner, kleiner Mann ein, der kein bisschen zu den dicklichen und ewig essenden Nerds passte, die man sonst vor den Rechner setzte. Zudem war er bereits Anfang sechzig.

»Haben Sie schon Informationen für mich, was den Computer von Balthasar Fromm betrifft? Ich bin vor allem an einem Manuskript interessiert, das er zu einigen Verlagen geschickt haben soll.«

»Ah, Kommissar Schmitt, setzen Sie sich. Soweit ich informiert bin, war es Mord, kein Selbstmord, oder?«

Schmitt nickte und zeigt mit keiner Miene, dass ihn diese Frage einigermaßen erstaunte.

Kellermann tippte wieder etwas ein und guckte dann über seine Brille hinweg den Kommissar an. »Der Mann hat einen Tag vorher alles gelöscht, beziehungsweise wahrscheinlich auf einen anderen Datenträger kopiert. Ich kenne nämlich keinen Autor, der leichtfertig etwas selbst Geschriebenes löscht. Auf jeden Fall findet sich auf dem Rechner nichts mehr, das irgendwie interessant für den Fall erscheint. Das Ding ist sozusagen jungfräulich.«

»Hm.« Schmitt musste erst darüber nachdenken. »Kann es sein, dass ein anderer vor uns an seinem Rechner war?«

»Habe ich auch schon dran gedacht. Es gibt keine fremden Fingerabdrücke, die Wohnungstür war nicht aufgebrochen worden, kein Nachbar hat jemanden gesehen oder gehört. Und hier ist der Hund des Toten ein wichtiger Zeuge, der hätte gebellt, wenn jemand Fremdes in die Wohnung gekommen wäre. Wir haben auch schon bei ein paar der üblichen Verlage angefragt, ob sie ein Manuskript von Balthasar Fromm erhalten haben, bislang ohne Erfolg. Das muss aber nichts heißen. Viele bekommen so viele Anfragen, da geht so einiges unter.«

Schmitt stand auf. »Schade. Mit dem neuen Buch wollte er angeblich eine Bombe platzen lassen. Es würde uns im besten Fall also Hinweise auf ein Motiv geben.«

Heinz Kellermann lächelte freundlich. »Ich bleibe dran. Leider hat der Mann auch seinen kompletten Emailverlauf gelöscht. Ich habe bei seinem Anbieter bereits eine polizeiliche Anfrage laufen, aber noch gibt es keine Antwort. Wissen Sie, Herr Schmitt, die Täter werden auch immer merkwürdiger, oder? Ein einfacher Bankraub, eine dilettantische Erpressung, so was gibt es kaum noch.«

Auf dem Weg zurück zu seinem Büro runzelte Schmitt die Stirn, denn es fehlte eine wesentliche Information. Die Information über Balthasars letzte Buchidee und das daraus entstandene Manuskript hatten sie von seiner Tante erhalten. Hinter seinem Schreibtisch angekommen, griff er zum Telefon und wählte die Nummer von Frau Kern. Sie meldete sich sofort.

»Guten Tag, Frau Kern, hier spricht Kommissar Schmitt. Ich habe eine Frage. Von wem wissen Sie überhaupt, dass Balthasar Ihre Buchidee geklaut hat und daraus selbst ein Manuskript erstellt hat?«

»Guten Tag, Herr Schmitt. Sie glauben mir also noch immer nicht, oder? Sie denken, ich hätte mit ihm zusammen das Buch geschrieben und wollte ihn dann loswerden?« Ihre Stimme klang aggressiv und trocken. So als hätte sie zu viel geraucht oder zu laut geredet.

»Frau Kern, Sie stehen nicht höher auf meiner Verdächtigenliste als Ihr Bruder oder jeder andere, der mit Balthasar Fromm in Kontakt war. Ich benötige für die Ermittlungen unbedingt dieses Manuskript, aber der Rechner Ihres Neffen ist leergeräumt. Deshalb muss ich es mir auf einem anderen Weg besorgen. Wer wusste also davon?«

»Meine Schwägerin hat es mir erzählt. Sie fragt sich ständig, ob Balthasar sich bei seinen Recherchen in Gefahr begeben hat.«

»Sie meinen Frau Fromm, die Mutter von Balthasar?«

»Ja, Eva, die Frau meines Bruders. Sie hat nur den einen Sohn und hatte immer einen guten Kontakt zu ihm. Sie tut mir unendlich leid.« Ihre Stimme bekam einen deutlich sanfteren Ausdruck. Dennoch gab es da ein Zögern, eine kleine Pause, wenn Frau Kern den Namen ihrer Schwägerin aussprach.

Der Kommissar hakte nach. »Gibt es zu Frau Fromm noch etwas, das Sie mir sagen möchten oder sollten? Frau Kern?«

»Sie wissen, dass sie Anwältin war?«

»Wieso war? Ich dachte, sie arbeitet noch in ihrem Beruf.«

»Nein, tut sie nicht, und das darf sie auch nicht mehr. Ich weiß nicht genau, was da schiefgelaufen ist, aber Eva hat ihre Zulassung als Anwältin vor einem Jahr verloren. Es hat ihr ziemlich zugesetzt. Seitdem sitzt sie viel zu Hause und trinkt Sekt, angeblich, um ihren Ruhestand zu feiern.«

Schmitt war überrascht, es ergaben sich doch immer mehr interessante Details, je tiefer man in die Familien eindrang. Er fragte Frau Kern ungläubig: »Und Sie wissen nicht, warum Ihre Schwägerin die Zulassung verloren hat? Obgleich Sie so engen Kontakt zu Ihrem Neffen hatten? Es fällt mir schwer, das zu glauben, Frau Kern.« Schmitt begegnete der nun anstehenden Pause mit Geduld. Für einen Moment dachte er, sie lege auf, doch dann hörte er ein Seufzen und Frau Kern sprach wieder: »Ich denke, Sie können es auch auf anderen Wegen herausfinden. Eva hat eine Bekannte auf den Anwalt der Gegenpartei angesetzt und ihn so ausspioniert. Der gegnerischen Partei sind dadurch im Scheidungskrieg enorme Gelder verloren gegangen.«

»Sie hat eine Privatdetektivin auf den Anwalt angesetzt?«, fragte Schmitt amüsiert.

»Sie hat eine Prostituierte auf den Anwalt angesetzt, die ihm sehr professionell ihre Liebe vorgegaukelt hat.« In Schmitts Kopf schob sich ein kleines Zahnrad in ein noch kleineres. Er konnte die Bedeutung dieser Verbindung noch nicht greifen, aber diese Information passte zu einem anderen Puzzleteilchen. Der Kommissar bedankte sich bei Frau Kern und beendete das Gespräch. Ungeduldig trommelte er wieder eines seiner Konzerte auf den Schreibtisch und starrte aus dem Fenster, auf die Uhr und wieder aus dem Fenster. Er konnte es kaum abwarten, dass Kemper von seiner Fahrt zum Bordell zurückkam. Kurzerhand griff er nach dem Handy und schickte ihm eine Nachricht. *Fragen Sie bei den Damen nach, wer von denen Frau Eva Fromm kennt. Nicht wundern, Kemper, einfach machen.*

* * *

Bert klingelte an der großen Haustür von Frau Heinemann und trat höflich einen Schritt zurück. Er musste zwei Minuten warten, bis die Dame ihm öffnete. Sie trug einen bunten Kimono und hatte eine Schlafmaske in die Stirn geschoben. Deutlicher konnte man nicht zeigen, dass man gestört wurde, dachte Bert, als er diesen Auftritt zusammen mit dem genervten Gesichtsausdruck bemerkte.

»Entschuldige bitte die Störung, Gerlinde. Aber ich muss dir etwas Wichtiges erzählen.«

Sie nickte nur müde, drehte sich um, und er folgte ihr, nachdem er leise die Haustür geschlossen hatte. Auf dem Sofa lag eine feine Kaschmirdecke, die Frau Heinemann nun beiseitelegte. Sie setzte sich hin und hielt sich kerzengerade, bereit für eine schlimme Nachricht, wie ihre Frage zeigte. »Ist er tot?« Dann erst betrachtete sie sein Veilchen.

Bert schüttelte den Kopf und deutete auf sein Auge. »Er ist sogar sehr lebendig und befindet sich hier in Warendorf. Das kleine Andenken hat er mir heute Morgen verpasst, als ich ihn aufhalten wollte.« Bert setzte sich und erzählte, was er seit dem Vorabend erlebt hatte.

Gerlinde Heinemann stand zwischendurch wortlos auf, hantierte eine Zeitlang in der Küche herum und kam mit zwei gefüllten Espressotassen zurück. Der starke Kaffeegeruch erfüllte das Wohnzimmer. Als er mit seinem Bericht fertig war, meinte sie knapp: »Wenn er so weitermacht, werde ich ihn enterben.«

Bert wusste, dass Robert dies verkraften konnte, da er bereits von seinem Vater den größten Teil geerbt hatte. Aber es war gewiss nur eine leere Drohung. Er griff nach der zierlichen Porzellantasse und nippte an seinem Espresso. Er war köstlich. Frau Heinemann hatte ihre Tasse bereits geleert. Sie starrte vor sich hin und fragte: »Er steckt in Schwierigkeiten, oder?«

»Ich fürchte, ja. Und ich glaube, dass Balthasar Fromm das gewusst hat. Deshalb hat er sich wahrscheinlich eine Waffe besorgt. Oder Fromm war das Problem und wurde deshalb aus dem Weg geräumt.«

»Also Bert, du glaubst doch nicht wirklich, dass mein Sohn ein Mörder ist. Ihr arbeitet seit Jahren zusammen. Hast du das vergessen?«

»Nein. Aber in diesem Fall weiß ich gar nicht mehr, wer Täter und wer Opfer ist. Und ich fürchte, die Polizei weiß es auch nicht.«

»Wo ist er jetzt?«

Bert schüttelte den Kopf und erhob sich vom Sofa. »Ich weiß es nicht. Wie ich schon sagte, er ist mit einem Taxi davongefahren.« Er wollte ihr nicht erzählen, dass der Taxifahrer Robert in einem stadtbekannten Bordell abgesetzt hatte.

* * *

Maja humpelte mühsam die breite Treppe des Verwaltungsgebäudes nach oben. Es waren nicht viele Stufen, aber mit den Gehstützen und der geprellten Schulter war es Schwerstarbeit. Unter dem Protest ihrer Mutter hatte Maja darauf bestanden, ihren gelben Krankenschein persönlich abzugeben. Außerdem wollte sie sich ein paar ihrer Sachen abholen. Sie würde dies nicht zugeben, aber sie fühlte sich ein bisschen wie die Heldin der Woche. Und sie hoffte auf Leo Tenne zu treffen, der sie gestern wegen ihrer Kühnheit und Tapferkeit gelobt hatte und im Krankenhaus bei ihr geblieben war, bis ihre aufgeregte Mutter erschienen war. Doch statt des gutaussehenden Leo traf sie vor dem Bild mit der Historie des Gestüts auf Kurt Schrader, einen langjährigen Mitarbeiter. Er sei hier schon als Gestüter gewesen, als man noch mit Kutschen aufgetaucht sei, scherzte Leo mitunter, wenn er den grobschlächtigen Mann sah, der mit seinen hundertzehn Kilo Lebendgewicht sicher kein Pferd mehr ritt. »Mädel, Mädel, das ist ja gerade noch mal gut gegangen, oder? Das hatte schon seine Gründe, warum wir früher keine Mädchen als Pferdewirte aufnahmen. Das hier ist Knochenarbeit und kein Spaß. Aber kaum gab es eine Gestütsleiterin, ging es los mit den Ponyhofallüren.« Er stellte sich breitbeinig in den Gang und musterte erst sie und dann Majas schlanke Mutter mit einem breiten, gierigen Lächeln.

»Nun, dieses Prinzip hat sich aber schnell durchgesetzt, oder?«, konterte Maja empört. »Immerhin steht seit über fünfzehn Jahren nun schon eine zweite Frau an der Spitze. Und eins sollten Sie wissen, Herr Schrader: Schon lange ahnt man, dass gerade Frauen wegen ihrer Sensibilität besser mit Pferden können als Machos.«

Sein Gesicht nahm rapide schnell eine rötliche Gesichtsfarbe an. »He, he, nicht so frech. Im Betrügen sind die Frauen uns jedenfalls nicht unterlegen. Haha.« Er lachte auf eine besonders dreckige Art, sodass Majas Mutter ihre Tochter am Arm zupfte. »Komm, lass uns gehen.«

Natürlich spielte Schrader auf die Ereignisse der Gestütsleitung aus dem Jahr 2016 an. Und er fuhr fort. »Das hier ist doch jetzt nichts anderes als die Einhaltung der Quote. Als wenn wir so eine Queen aus England brauchen, um unsere deutsche Zucht voranzutreiben.« Für einen Moment sah es so aus, als würde er ausspucken. »Na, Mädel, dann lern mal das Sticken, jetzt, wo du so viel Zeit hast.« Und damit verschwand er aus dem Gebäude und stolzierte hoch erhobenen Hauptes die Treppe hinunter.

»Puh«, meinte Majas Mutter grinsend. Der Pferdesport hat offenbar noch immer seine unverbesserlichen Chauvinisten.«

»Oh ja, vor allem in der Zucht. Unter den Gestütern findest du fast nur Männer, und die sind sehr speziell.« Maja verdrehte die Augen und humpelte weiter, um ihren Krankenschein abzugeben.

Plötzlich stand die Gestütsleiterin persönlich vor ihr. Groß, hager und mit kurzen, grauen Haaren blickte sie auf Maja herunter. Ihre braunen Augen inspizierten das Mädchen auf eine Weise, die nicht unangenehm war. Dann sagte die ältere Frau mit englischem Akzent: »Du musst das Mädchen sein, das gestern mit Leo Tenne unterwegs war, oder? Es tut mir so leid, was dir passiert ist. Es war nicht klug von Leo, dich mitzunehmen.«

Maja nickte und sagte artig: »Guten Tag. Das konnte Leo doch nicht ahnen. Ich bin nicht zimperlich.«

»Nein, offenbar kein bisschen«, lachte die sympathische Frau Maja nun an und ergänzte: »Deine Berufswahl passt auch nicht zu *self-pity*, wie sagt ihr im Deutschen?"

»Selbstmitleid, Wehleidigkeit."

»Kommst du mit in mein Büro? Ich möchte dir ein paar Fragen stellen."

Maja drehte sich zu ihrer Mutter um, doch die stand ganz vertieft vor der Historie des Landgestüts. Sie nickte und folgte der großen Frau gespannt in ihr Büro.

»Setz dich, Maja und erzähl mir mal von dem Abend, an dem du unseren Dragon noch gesehen hast.« Frau Whitaker bat Maja an einen Tisch abseits ihres Schreibtisches und setzte sich ihr gegenüber. Die Gestütsleiterin trug eine olivgrüne Hose und eine sehr bunte Bluse in schrillen Farben dazu. Ihre Halbschuhe waren dagegen einfach und praktisch und passten gar nicht zum übrigen Outfit. Ihr Lächeln war jedoch wunderbar, fand Maja und geriet ins Schwitzen. Was sollte sie denn jetzt nur sagen? Sie konnte doch schlecht ihre oberste Chefin anlügen?

»Also, ich bin mir mittlerweile gar nicht mehr sicher, wen oder was ich gesehen habe. Ich wusste ja nicht, dass es so wichtig werden würde.«

»Ja, aber die Polizei geht doch davon aus, dass Dragon am Freitagabend noch in seiner Box stand. Das ist ja nun sehr wichtig, was die Alibis angeht, verstehst du das, Maja? Ich wundere mich schon eine ganze Zeit über deine Aussage, denn ich war mir sicher, dass Dragon am frühen Abend verschwunden ist. Samstagmorgen ist es sehr früh aufgefallen und nachts hätten die meisten Pferde deutlich

Theater gemacht, wenn plötzlich ein Fremder den Stall betreten hätte. Du weißt selbst, wie empfindlich sie auf jede Veränderung im Alltagsgeschehen reagieren.«

Maja wurde die Luft in dem Büro zu knapp. Sie spürte, wie ihr Kopf heiß und rot wurde. Sie wusste nicht weiter.

Frau Whitaker blickte sie mit ihren braunen Augen so vertraut und fürsorglich an, dass Maja schließlich alles erzählte. Es brach wie ein Schwall aus ihr hervor, der Überfall in der Sattelkammer, der Besuch von Leo bei ihrer Mutter und das Abkommen mit der Polizei. Zunächst runzelte Frau Whitaker sichtlich verärgert die Stirn. Dann fragte sie genauer nach: »Und Leo Tenne war sogar bei dir zu Hause wegen deiner Aussage? Warum?«

Maja zuckte mit den Achseln, sagte aber: »Ihm waren ebenfalls einige Ungereimtheiten aufgefallen, so wie Ihnen ja auch. So ganz viel Sinn hatte meine Aussage wohl nicht.«

Frau Whitaker beugte sich vor, und Maja roch ein blumiges Parfum. So stellte man sich den Duft von Wildblumen vor. »Maja, könnte Leo der Angreifer gewesen sein, der nur testen wollte, wie leicht du von der geforderten Aussage abweichst? Dann nimmt er dich mit zu diesem wilden, gefährlichen Tier, um dich loszuwerden.«

»Nein, das kann nicht sein, Leo hatte ein Alibi für den Tag des Überfalls. Er lag mit einer Gallenkolik im Krankenhaus. Er war es nicht.«

Die Gestütsleiterin seufzte und strich Maja über den Arm. »Er ist ein gutaussehender, tüchtiger Mann, dem man zumindest glauben möchte, dass er auch ein anständiger Kerl ist. Ich denke, du solltest dich aber weiter an die Absprache mit der Polizei halten und nicht jedem erzählen, was du mir gerade gesagt hast, okay? Es ist vielleicht ganz gut, wenn du nun ein paar Wochen von hier fernbleibst. Ruh dich aus, lass dich von deiner Mutter verwöhnen und lerne ein bisschen für die theoretischen Prüfungen, okay?«

Maja nickte nur und stand mühsam auf. Sie fühlte sich weniger gut als zu Beginn des Gespräches, konnte der Gestütsleiterin aber auch nichts vorwerfen.

Beim Hinausgehen sagte Frau Whitaker mit einem strahlenden Blick aus ihren braunen Augen. »Und wenn etwas dich bedrückt, dann komm einfach sofort zu mir. Wir Frauen müssen doch hier zusammenhalten.«

Als Maja zum Ausgang humpelte, sah sie, dass ihre Mutter weitere Bilder und Informationen zum Gestüt anschaute. »Alles erledigt? Du bist mit einer merkwürdig gekleideten Frau mitgegangen.«

»Das war Frau Whitaker, die Gestütsleiterin. Sie ist Engländerin, und ich musste ihr von dem Überfall in der Sattelkammer und von meiner Falschaussage erzählen. Sie ahnte es irgendwie.«

Ihre Mutter machte sofort ein besorgtes Gesicht. »Du solltest niemandem trauen, Maja. Ich werde es mal sicherheitshalber dem Kommissar erzählen.« Frau Sperling griff kurzerhand nach ihrem Smartphone und wählte die Nummer des Kommissars.

* * *

Als Dirk auf den Parkplatz des Polizeireviers in Warendorf fuhr, war ihm seine gute Laune vom Vormittag abhandengekommen. Er verabschiedete sich von der Kollegin, die ihn begleitet hatte, und suchte das Büro auf, das er sich mit Kommissar Schmitt gerade teilte. »Scheiße«, ließ er laut und vernehmlich hören, als er Schmitt nicht sofort vorfand. Doch der war nur kurz zur Toilette gegangen und hörte Kempers Ausruf.

»Sind Sie irgendwo reingetreten?«

»Ich hätte gerne irgendwo gegengetreten, das kann ich Ihnen sagen. Da gab es bestimmt nette und vorzeigbare Frauen in dem Bordell, die alle gerne mit mir geredet hätten, aber ich gerate ausgerechnet an eine Dame, die genauso stur wie üppig war.« Er machte ein paar eindeutige Handzeichen. »Die Dame behauptete, sie sei die einzige Ansprechpartnerin, die ich kriegen würde. Natürlich kannte sie keinen Robert Heinemann im Speziellen. Meist würden die Männer nur ihre Vornamen nennen, und die seien bei der Hälfte der Kunden auch noch falsch. Ich habe der Dame ein Foto von Robert Heinemann gezeigt. Sie hat auch gar nicht geleugnet, dass dieser Mann zu Besuch war, aber nur wegen einer schnellen Nummer, wie sie mit großen Kulleraugen beschwor. Ob ich nicht das Schild draußen gelesen hätte, fragte sie mich. Hierher kämen die Männer, um zu entspannen, nicht um auf die Polizei zu warten oder um von ihren kriminellen Machenschaften zu berichten. Beim Namen Eva Fromm zuckte die Dame dann aber deutlich mit den Augenlidern und kam aus der Nummer nicht mehr raus. Frau Fromm hatte den Damen angeblich mal als Anwältin geholfen.«

»Nun, da habe ich noch bessere Informationen zu.« Schmitt berichtete seinem jungen Kollegen, was er über

Eva Fromm und den Verlust ihrer anwaltlichen Zulassung gehört hatte.

Dirk reagierte mit Kopfschütteln. »Dieser Fall zieht immer größere Kreise. Es scheint beinahe, als wäre halb Warendorf in kriminelle Machenschaften verwickelt – und das nicht erst, seit Balthasar Fromm erschossen wurde.«

Schmitt lehnte sich an seinen Schreibtisch und verschränkte die Arme vor der Brust. Er trug heute ein taubenblaues Hemd, das einen leichten Glanz besaß und ihn um fünf Jahre jünger wirken ließ. »Was haben Sie noch herausgefunden? Gab es Hinweise, dass Robert noch dort war und auf einem der Zimmer versteckt wurde? Vielleicht sollten Sie dort inkognito als Kunde ermitteln.« Schmitt tat so, als ob er ernsthaft über eine Verkleidung für Kemper nachdachte.

»Sehr witzig«, meinte der nur. »Ich weiß genau, dass meiner Freundin Ella dafür der Humor fehlen wird. Was ich im Übrigen sehr begrüße. Aber Sie sind Single.«

Der Kommissar grinste: »Und das wissen Sie genau?«

»Ich glaube, dass Robert Heinemann sich dort ein Auto besorgt hat. Ich habe nämlich mitbekommen, wie zwei Frauen sich unterhalten haben. Es ging darum, dass die eine ihr Auto nicht mehr zur Verfügung habe und eine Mitfahrgelegenheit brauche. Sollen wir uns einen Durchsuchungsbefehl besorgen?«

»Nein, eine Namensliste genügt völlig. Wenn wir die Namen haben, haben wir vielleicht schon das gesuchte Autokennzeichen, ohne, dass es groß auffällt. Ich gebe es an die Kollegen weiter. Wir sind die Polizei, wir finden so etwas meist ohne großes Nachfragen heraus. Gut gemacht, Kemper.« Schmitt schaute auf seine Armbanduhr. »Trinken Sie einen Kaffee, essen Sie etwas, und dann fahren Sie bitte zum Hof der Geschwister Quante. Ich möchte, dass Sie vor allem Frau Quante noch mal befragen. Teilen Sie ihr die Ergebnisse der bisherigen Ermittlungen mit, soweit erforderlich, lassen Sie die Namen Robert Heinemann und Mischa Bolschakow fallen und fragen Sie sie nach dem Manuskript ihres Exfreundes.«

Dirk Kemper salutierte zum Spaß und fragte lässig: »Wollen Sie nicht mitkommen? Die Dame hat Format. Und ihr Hund ist wirklich harmlos.«

»Kann sein«, meinte Schmitt, »aber sie hat nun auch den Hund von Balthasar Fromm übernommen, und der ist sicher nicht harmlos. Der springt an allem und jedem hoch und leckt mit seiner überaus langen Zunge überall entlang, um etwas Fressbares zu finden.« Der Kommissar verzog das Gesicht und drehte sich um. »Es liegt übrigens eine Anzeige gegen ihre Freundin Frau Hauser vor. Am besten entschuldigt sie sich, vielleicht zieht der Mann dann die Anzeige zurück.«

Dirk ließ die Schultern hängen. »Ella entschuldigt sich bestimmt nicht bei diesem Diakon. Eventuell gehe ich mit ihr mal zum zuständigen Pastor. Können Sie da nichts machen?« Der junge Polizist machte ein bettelndes Gesicht, das bei seiner Mutter sicher Wunder wirkte. »Jetzt nicht, sie wird schon nicht verhaftet werden. Nun fahren Sie schon endlich los, danach können Sie Feierabend machen, rufen Sie mich aber bitte noch kurz an. Bis morgen.«

* * *

Hilde Koch hatte ihre Angestellte bereits eine Stunde zuvor nach Hause geschickt. In wenigen Minuten war Ladenschluss, und sie wartete ungeduldig, dass sie die Tür zuschließen konnte. Doch eine ältere Dame suchte mit Bedacht eine passende Geburtstagskarte aus dem Ständer aus und hatte die Lesebrille auf der spitzen Nase. Da betrat noch ein Kunde den Buchladen und verlangte zielstrebig nach einem Buch von Balthasar Fromm.

Hilde strich sich eine rote Locke aus der Stirn, die unter dem gelben Tuch hervorgerutscht war, und lächelte zuvorkommend. »Möchten Sie das Buch mit den Kurzkrimis oder den historischen Roman? Das war sein Erstling.«

Der junge Mann überlegte nicht lange. »Nee, das Buch, aus dem er bei der Lesung vorgelesen hat. Während er erschossen wurde. Das will ich haben.«

»Er wurde aber nicht während der Lesung erschossen.«

»Aber es war doch bestimmt einer ihrer Gäste.« Der junge Mann machte ein überhebliches Gesicht und strich sich über den langen Bart.

Warum mussten eigentlich so viele Männer gerade aussehen wie diese Schauspieler aus der Serie Vikings? Hilde fand einen Dreitagebart schmuck, diese verlausten Bärte aus Zeiten, in denen es weder Badezimmer noch Etikette gegeben hatte, sagten ihr allerdings nicht zu. »Quatsch. Wie kommen Sie denn darauf? Es waren doch nur ein paar Leute da, und die hat die Polizei unter die Lupe genommen.«

»Also ich weiß, dass es meist jemand aus der Familie oder dem engen Freundeskreis ist. Und der Autor muss etwas geahnt haben, immerhin hatte er sich eine Waffe besorgt.« Der junge Kerl sah aus, als würde er vor lauter Lässigkeit gleich ausspucken.

Der kannte sich ja aus, dachte Hilde und gab das Buch in die Kasse ein. »Kannten Sie den Autor persönlich?«

»Nein, der ist doch viel älter als ich gewesen. Mein Daddy kannte ihn. Und seine Freundin, diese Bäuerin. Dad holt da immer Eier.«

»Exfreundin«, sagte Hilde knapp und reichte ihm den Kassenbon. Der junge Mann gab ihr einen Zehner und grinste. »Dafür haben die letzte Woche aber noch mächtig geknutscht, hat mein Pa erzählt.«

Hilde wunderte sich, sagte aber nichts. So weit kam das noch, dass sie mit einem Zwanzigjährigen übers Küssen redete.

Als nun auch die letzten beiden Kunden den Buchladen verließen, schloss Hilde ab und machte noch einen Abstecher zu Bert hinüber. Nicht nur der Mord sorgte dafür, dass sie sich plötzlich von dem Lokal magisch angezogen fühlte. Es war sicher auch der gut gebaute Barkeeper, der sie nun mit einem warmen Lächeln begrüßte. Ganz langsam taute er auf.

Hilde setzte sich zu ihm an die Bar, ließ aber den Blick durchs Lokal schweifen. Sie hatte keine Lust, wieder von dieser hübschen, jungen Dame missbilligend beäugt zu werden. Die Beine dieser Frau waren für ihren Vergleich zu lang gewesen, die Taille zu schmal, und für ihre glatte Haut hätte Hilde die Hälfte ihrer Bücher hergegeben. Hilde wusste sehr wohl, dass es nicht nur auf das Äußere ankam, und sie würde sich so schnell auch nicht verbiegen, um irgendjemandem zu gefallen. Nur ein bisschen abnehmen.

An diesem frühen Abend saßen erst vier Leute an zwei Tischen und studierten die Speisekarte. »Hey Hilde. Es gibt spannende Neuigkeiten. Was willst du trinken?«

»Gerne einen Cappuccino, Bert. Ich hatte gerade auch ein seltsames Gespräch über unseren toten Autor. Aber du zuerst.« In dem dämmrigen Licht hatte sie nicht so sehr auf sein Gesicht geachtet. Nun erschrak sie sichtlich. »Bert, bist du schon wieder überfallen worden?« Sie streckte die Hand aus, als wollte sie über die Platzwunde an der Stirn streichen, ließ sie dann aber wieder fallen. Bert stand viel zu weit weg. Also erzählte ihr der Barkeeper von seinem vergangenen Abend und dem frühen Morgen. Dabei betonte er vor allem die zudringliche und peinliche Art der jungen Tina, die er anscheinend in ein Taxi hatte setzen müssen, um sie loszuwerden. Diesen Teil der Geschichte hätte Hilde sehr gerne noch einmal und ausführlicher gehört, doch klug, wie sie war, nickte sie nur beiläufig dazu. Doch als Bert von Robert erzählte und dass er diesem das schicke Pflaster an der Augenbraue verdanke, regte sie sich auf. »Himmel, da kennt man jemanden so lange und wird dennoch überrascht. Was machst du denn jetzt, Bert? Kündigt ihr euren gemeinsamen Betrieb auf? Zeigst du ihn an?«

»Ich denke, wir warten, bis die Polizei den Fall gelöst hat. Ich will erst wissen, inwieweit Robert darin verwickelt ist. Männer schlagen sich schon mal, Hilde. Hatte ich erwähnt, dass ich ihm am Abend zuvor in meiner Küche eine saftige Ohrfeige verpasst habe?«

»Nein, den Teil deiner Geschichte hast du ausgelassen. Aber man steht ja sicher unter Schock, wenn da ein Eindringling in der Küche hantiert, als wäre es seine eigene.« Hilde musterte das Auge und die Schwellung darüber.

Bert grinste sie an und zapfte dann ein Bier, da ein Herr am Tisch ihm mit seinem Glas zugewunken hatte. »Ich wusste schon genau, wem ich da eine verpasse. Die Tatsache, dass er mir so gar nichts erzählt hat und seine krummen Dinger durchzieht, obgleich wir zusammen ein gutgehendes Lokal führen, das macht mich noch immer so wütend, dass ich ihm gleich die nächste Ohrschelle verabreichen möchte. Doch wie war dein Tag, Hilde? Kleinen Moment.« Bert brachte das Bierglas zum Tisch und kehrte zurück. Statt hinter die Theke zu wandern, setzte er sich für einen Moment auf den Barhocker neben ihr. Sie zog den Bauch ein und zupfte an ihrer langen, türkisfarbenen Bluse herum. Sie fühlte sich plötzlich unwohl. Eventuell hätte sie besser mit dieser auffallenden Farbe gewartet, bis sie ein paar Kilos leichter sein würde, fiel ihr gerade ein, doch dafür war es zu spät.

»Du hast doch sicher davon gehört, dass Balthasar Fromm eine Freundin hatte, eine Bäuerin aus der Nähe?«

Bert nickte, merkte aber an: »Die hat aber doch schon vor dem Mord an ihm Schluss gemacht oder war es umgekehrt?«

»Er hat angeblich mit ihr Schluss gemacht. Aber eben war ein junger Mann in meinem Laden, der behauptet hat, Balthasar und die Exfreundin hätten letzte Woche noch ziemlich eng geknutscht. Sein Vater hätte es beobachtet, der kauft wohl immer seine Eier auf dem Hof ein.«

Bert sog hörbar die Luft ein. »Puh, das ist aber durch mehrere Zungen gegangen, oder? Wie gesichert ist so eine Aussage? Und warum sollte es überhaupt wichtig sein? Viele Leute haben so eine On-Off-Beziehung.« Sein Gesicht sagte aus, was er darüber dachte.

Hilde setzte sich gerade hin und sagte eifrig: »Wichtig daran erscheint mir, dass die beiden das Gegenteil behauptet haben. Und das macht mich misstrauisch. Warum sollte diese Freundin so tun, als hätten sie sich getrennt angesichts der Ermordung von Balthasar?« Sie dachte kurz nach und beantwortete sich die Frage dann selbst. »Okay, es könnte sein, dass sie in nichts hineingezogen werden wollte. Die meisten Leute bekommen Angst, wenn ein Mord in ihrer unmittelbaren Nähe geschieht.«

»Die meisten Leute? Du etwa nicht, Hilde?« Bert wanderte nun zurück hinter seinen Tresen, denn es kamen neue Kunden ins Lokal, die er im Blick haben wollte. Hilde machte ein spitzes Gesicht, was mit ihren rundlichen Wangen ausgesprochen niedlich ausfiel. »Ich liebe Krimis, und ich fürchte, jetzt, da die Realität meine Bücher eingeholt hat, bin ich tatsächlich fasziniert. Ich glaube, ich kaufe mir auch mal ein paar Freilandeier vom Hof.« Mit einem Blick auf die Uhr verabschiedete sich Hilde von Bert, der die Zeche für ihren Cappuccino wieder verweigerte. Nachdenklich blickte der Barkeeper seiner munteren Nachbarin hinterher und starrte dann überlegend auf sein Handy. Doch seine Aufgaben im Lokal beschäftigten ihn die nächsten zwei Stunden.

9. KAPITEL

Am nächsten Morgen machte sich Dirk auf den Weg zum Hof der Geschwister Quante. Leider hatte er Nicole Quante am Abend vorher nicht angetroffen. Auch der Bruder war nirgends zu sehen gewesen. Lediglich ein junger, schlaksiger Rotschopf namens Jonas hatte auf dem Hof herumgelümmelt und mit einer Steinschleuder auf Bierdosen geschossen.

Mit den Gedanken war er aber noch bei dem Gespräch mit seiner Freundin heute Morgen. Ella hatte es tatsächlich geschafft, dem zuständigen Pastor ein neues Projekt zu empfehlen. Aktiver Naturschutz durch das Einrichten von Nistkästen für Turmfalken, Dohlen und Fledermäuse. Diese Tiere liebten Kirchtürme. »Damit installiere ich den aktiven Tierschutz an der Lambertikirche, und die Gemeinde bekommt dann eine Urkunde und ein Plakat vom NABU«, hatte sie Dirk strahlend verkündet. »Ich werde mich am Wochenende persönlich darum kümmern, das habe ich dem Pastor versprochen.

Danach werde ich ihm berichten, dass es da einen Diakon in seinem Team gibt, der leider nicht so tierfreundlich ist, und mein engagiertes Handeln deutlich falsch eingeschätzt hat. Ich denke, er wird ein paar klärende Worte sprechen und sicher nicht wollen, dass seine Mitarbeiterin vom NABU eine Anzeige bekommt.« Soweit ihr Plan. Er selbst sollte dabei mit seiner Uniform bekleidet beim Anbringen der Nistkästen helfen und die Aktion sozusagen als Staatsdiener aufwerten. Nun hatte er für Samstag einen Job und ahnte, dass seine Freundin den Pastor nur um den Finger wickeln wollte, um ihn dann für ihre Freisprechung zu gewinnen.

Er hatte den Hof erreicht, parkte vor einer Scheune und schaute sich um. Nirgends war jemand zu sehen, auch nicht der Junge von Abend zuvor. Stattdessen vernahm er erstaunt das Wiehern eines Pferdes. Er hatte beim letzten Besuch gar nicht bemerkt, dass hier auch Pferde untergebracht waren. Der Fall um den ermordeten Balthasar hatte ja erst später das Thema Pferd ins Spiel gebracht, sonst hätte Dirk als aufmerksamer Polizist selbstverständlich auch Nicole nach ihren Kenntnissen über diese Tiere befragt, dachte er mit leichtem Schuldbewusstsein. Viele Bauern unterhielten als Hobby ein paar Pferde. Sie konnten sich das ohne aufwendige Stallmiete leisten. Und wenn er es recht überlegte, passte die Reiterei zu einer Frau wie Nicole Quante.

Dirk lief also in die Richtung, aus der er das Geräusch gehört hatte, und entdeckte zunächst ein paar Rinder, die sich im Stall über ihre Futterrinne beugten und genussvoll fraßen. Zumindest hörte sich das ruhig mahlende Geräusch so an. Er vermutete, dass das Pferd in einer der hinteren Boxen ebenfalls im Kuhstall untergebracht sei. Doch dann hörte er die Stimme von Nicole, die zornig Anweisungen gab. Er lief um das Stallgebäude herum und stand unverhofft vor einem großen Pferd, das sofort auskeilte und erschrocken am Halfter riss. Nicole Quante hatte es an einem Eisenring, der in der Wand befestigt war, festgebunden und stand mit einem Wasserschlauch neben dem Tier. Nur ein schneller Sprung zur Seite rettete ihre Kniescheibe. Dirk bekam reichlich von dem Wasser ab, das für das Tier bestimmt war. »Himmel noch eins«, fluchte er. »Passen Sie doch auf, wo Sie hinschießen.«

»Verdammt noch mal«, schallte es zurück.

Die junge Bäuerin hatte den Schlauch nun so weit unter Kontrolle, dass sie ihm damit drohte. »Wie können Sie denn dermaßen unverhofft um die Ecke gerannt kommen? Beinahe hätte mich das Pferd erwischt. Kennen Sie sich denn gar nicht aus? Pferden nähert man sich mit Bedacht und so, dass sie einen sehen können.« Sie beruhigte das hellbraune Pferd, indem sie ihm den Hals klopfte und ihm ein Lecker gab. Dann erst drehte sie den Wasserhahn zu, der an der Mauer befestigt war.

Dirk fuhr sich mehrfach mit den Händen durch die nassen Haare und schüttelte sich. Die Sonne schien zwar von einem klaren Frühlingshimmel, aber die Luft am frühen Morgen war kalt, und er fror jetzt in den nassen Klamotten. Die Uniform klebte unangenehm am Oberkörper, die Hose war zum Glück nur an wenigen Stellen betroffen. Betont ruhig, aber mit deutlich pochender Schläfenvene erwiderte er: »Meine Liebe, ich komme vom Stall und bin dann um die Ecke gelaufen. Wie sollte ich, ortsunkundig, wie ich bin, ahnen, dass ich direkt vor den Hufen eines Hengstes lande?«

Jetzt lachte Nicole Quante und zeigte ein paar weiße Zähne. Auf ihren dicken Brillengläsern waren einige Wassertropfen zu sehen, und sie nahm sie ab, um sie an ihrem Pullover trocken zu putzen. Als sie ihn nun anschaute, sah sie gleich um Längen besser aus, fand Dirk. Die Maulwurfsäuglein waren größer und von einem schönen Grünton. »Sie sind nicht nur ortsunkundig, mein Lieber. Das hier ist ein Wallach. Ein Wallach ist ein Hengst, dem man die ...«

»Schon gut, sprechen Sie es nicht aus, der arme Kerl tut mir bereits leid, und ich verstehe, warum er nun ständig nervös und in Sorge ist, dass man ihm noch mehr abschneidet. Haben Sie ein Handtuch für mich? Mit dem Wasserstrahl hätten Sie ein Haus löschen können.« Dirk verzog das Gesicht, und Nicole lachte schon wieder, setzte aber leider ihre Brille wieder auf. Sie griff nach dem Strick, mit dem der Wallach festgebunden war, und sagte. »Ich bringe Jimmy noch in den Stall zurück, gehen Sie schon vor, im Bad finden Sie frische Handtücher. Es steht offen, Sie werden es leicht finden. Ich bringe Ihnen dann auch ein Hemd von meinem Bruder mit nach oben. Den Weg finden Sie ohne mich?«

Er nickte nur und drehte sich um. Ihre Wohnung kannte er ja vom letzten Besuch. Nicole Quante war eine praktisch veranlagte Frau, der es offenbar überhaupt nichts ausmachte, dass ein fremder Mann alleine ihre Wohnung betrat und das Badezimmer benutzte. Gut, er war ja auch kein dahergelaufener Eierdieb, sondern Polizist.

Das Gespräch mit der Bäuerin hatte nicht so begonnen, wie er es sich vorgestellt hatte. Die Dame hatte resolut die Kontrolle übernommen. Und auf die blöden Kommentare im Büro, wenn er mit einem fremden Hemd zur Uniform auftauchte, hatte er auch keine Lust. Missmutig ging er ins Haus, durchquerte die große Eingangshalle und stieg die Treppe zu Nicoles Wohnung hinauf. Das Bad fand er schnell, denn Nicole hatte einen Türstopper so gestellt, dass sie offen stand, und er sah auch, warum. Die Trinkschalen für die Hunde standen dort. Die hatte er ganz vergessen. Nicole hatte ja einen großen Bernhardiner, und der Golden Retriever ihres toten Exfreundes war vor wenigen Tagen auch zum Hof übergesiedelt. So war ihm das Tierheim erspart geblieben. Und in diesem Moment ertönte auch schon lautstarkes Gebell, ein Golden Retriever sowie ein bunter Bernhardiner stürmten die Treppe hoch und umzingelten ihn. Zwei lange Ruten wedelten um ihn herum. Der Golden Retriever sprang sogar an ihm hoch, und Dirk spürte die Zunge überall. Einen kurzen Moment lang fürchtete er, sie könnten ihn als Eindringling empfinden und ohne die Besitzerin einfach zupacken. So musste sich der phobische Kommissar also fühlen, wenn ein Tier in der Nähe war. Doch allein das Wedeln der beiden lammfrommen Riesen sprach Bände. Die würden jedem Einbrecher begeistert das Werkzeug reichen. Dirk zog sich sein nasses Hemd aus und trocknete sich ordentlich ab. Die beiden Hunde schickte er zuvor raus und schloss die Tür hinter sich zu. Er wusch sich auch noch die Hände, da sie arg nach nassem Hund rochen, und benutzte ein Deo. Dann legte er sich das Handtuch um die Schultern und öffnete die Tür. Und blickte direkt in den Lauf einer Schrotflinte.

»Keine Bewegung, Bursche, und die Hände so, dass ich sie sehen kann.«

»Welchem Westernfilm sind Sie denn entstiegen?«, fragte Dirk, als er den Bruder von Nicole Quante erkannte. »Ich kann mich ausweisen. In der linken Gesäßtasche ist mein Dienstausweis.« Zu seiner Überraschung lachte Robin Quante nun plötzlich los. »Ach, Sie sind doch der Bulle, der neulich schon hier war. Lassen Sie mal gut sein, dem Lover meiner Schwester fass ich ganz sicher nicht an den Hintern. Dürfen Sie das überhaupt? Meine Schwester ist doch in den Fall involviert.« Zum Glück ließ der stämmige Landwirt nun endlich die Waffe sinken und lehnte sich mit einem vergnügten Grinsen an den Balken hinter ihm.

Dirk sah an sich hinunter, wie er da mit bloßem Oberkörper stand und sagte: »Ihre Schwester hat mich soeben mit einem Wasserschlauch nass gespritzt, sodass ich mich abtrocknen musste. Ich bin nur hier, um sie noch mal zu befragen. Haben Sie eventuell ein trockenes Hemd für mich, das Sie mir leihen können?«

Robin Quante begutachtete den gut trainierten Polizisten und nickte. »An den Schultern wird Ihnen ein Hemd von mir passen, aber in den Bauchumfang müssen Sie erst noch reinwachsen. Ich schau mal nach.« Er nahm seine Schrotflinte hoch und trollte sich.

Auf halber Treppe kam ihm Nicole entgegen, die bereits ein Hemd in den Händen hielt. »Hi Robin, ich habe mir mal ein Hemd von dir geliehen, der Polizist ist mir vor den Gartenschlauch gelaufen.«

Dirk hörte den Bruder nur lachend sagen: »Meine liebe Schwester, du schreckst wirklich vor gar nichts zurück. Ich habe die Hunde gehört und dachte, ein Einbrecher bediene sich an dem Familienschmuck, da kam dieser Adonis halbnackt aus dem Bad.«

Nicole verzog keine Miene: »In meiner Situation darf man nichts unversucht lassen. Denkst du an die Post?«

Sekunden später lachten die beiden Geschwister ganz ungeniert auf der Treppe über ihn. Dirk kam sich jetzt sehr albern vor, wie er da mit einem Handtuch um die Schultern stand. Er war froh, als Nicole ihm ein recht unauffälliges, blaues Hemd reichte und ihn nach einem Kaffee fragte. Den nahm er dankend an. Nachdem er auch den letzten Knopf geschlossen hatte, folgte er ihr in die Küche, wo beide Hunde unter dem Tisch lagen.

»Sie kennen sich also auch mit Pferden aus«, stellte er fest und fragte weiter: »Wie war das bei Balthasar?«

Nicole hantierte an der Kaffeemaschine herum und fragte: »Warum interessiert es Sie, ob Balthasar sich mit Pferden auskannte? Er hat jedenfalls nie geritten.«

»Er hat sich beim Landgestüt Warendorf nach einigen Dingen erkundigt. Wussten Sie, dass er mit einem der Besitzer vom *RoBerta* befreundet war? Sagt Ihnen der Name Robert Heinemann etwas?«

»Nein, das wusste ich nicht, und den Namen kenne ich nicht. Ich war nur einmal mit Balthasar im *RoBerta* essen. Mein Bruder und ich gehen selten aus. Was wir an Geld haben, stecken wir in unsere lebenden Tiere, nicht in irgendwelche Burger. Sie scheinen mit Ihren Ermittlungen ja weiter zu sein, wenn Sie all diese Fragen stellen.« Mit dynamischem Schwung stellte sie Dirk einen Pott Kaffee auf den Tisch. Milch schüttete sie einfach dazu. »Schmeckt super, ist frisch gezapft.«

Dirk nickte artig und guckte etwas skeptisch in seine Tasse. Er wartete erst ab, ob die Bäuerin ihren Kaffee ebenfalls mit derselben Milch trank. So sehr Naturbursche war er jetzt nicht, dass er seine Kaffeetasse unter einen Euter halten musste. Er nippte am Kaffee, nachdem Nicole die gleiche Menge Milch in ihre Tasse gegossen hatte. Und war überrascht, der Kaffee schmeckte hervorragend. Dann fasste er einige Ermittlungsergebnisse für die junge Frau zusammen. Dabei achtete Dirk auf die Reaktion der Bäuerin, während er ihr von dem gestohlenen Hengst erzählte sowie von Robert Heinemanns Anspruch auf das Tier. Doch Nicole nickte nur und bestätigte, dass sie natürlich von dem gestohlenen Hengst gehört habe. »Wir lesen hier auf dem Hof Zeitung und besitzen jeder einen Fernseher. Nur die Internetverbindung könnte hier auf dem Land besser sein. Aber zu den Vorfällen weiß ich nichts. Ich hatte immer den Eindruck, dass Balthasar keinerlei Interesse an Pferden hatte. Er wird für einen Roman im Landgestüt ermittelt haben.«

»Kennen Sie das aktuelle Manuskript Ihres Exfreundes? Er soll es bereits an einige Verlage geschickt haben.« Dirk konnte sich kaum vorstellen, dass man in einer Beziehung nicht über solche Dinge sprach, doch die Reaktion von Nicole war eindeutig. »Nein, ich fürchte, das war auch einer der Gründe, warum Balthasar sich von mir getrennt hat. Ich habe zu wenig Interesse für seine Schreiberei gezeigt.«

»Tja, schon der Begriff *Schreiberei* ist nicht sehr freundlich. Wie viel Ahnung haben Sie vom Pferdesport?«

»Woran soll ich das denn jetzt messen? Ich denke, nicht mehr oder weniger als andere Reiter. Ich reite seit meinem siebten Lebensjahr. Ich kann Ihnen sagen, dass es mitunter ein gutes Geschäft sein kann, Geld in ein junges Pferd zu investieren und es gut ausbilden zu lassen. Es bleibt aber immer ein Risikogeschäft. Das Pferd bringt unter Umständen weniger ein, als man erwartet hat, oder es verletzt sich und verliert dann sofort an Wert. Ich würde also eher eine Bank überfallen, als einen wertvollen Hengst zu stehlen. Das ist viel zu viel Aufwand.«

Dirk nickte und bemerkte: »Es sei denn, Sie haben bereits einen guten Käufer in der Hinterhand. Wie gut kennen Sie das Landgestüt in Warendorf?«

»Wie viele junge Mädchen aus der Umgebung bin ich dort damals geritten, doch sie haben uns Reiterinnen ganz schön ausgebeutet. Wenn du gut genug reiten konntest, durftest du einige Pferde bewegen. Dafür musstest du aber vorher zig Stunden schwere und unbezahlte Stallarbeit tätigen. Ich habe nach vier Wochen das Weite gesucht. Hören Sie, Herr Kemper, das ist ja ganz nett mit Ihnen, mit Wasser zu spielen und Kaffee zu trinken, aber ich muss allmählich wieder an die Arbeit.«

Dirk nickte und trank seinen Pott Kaffee leer. Es war eine Tasse mit typisch münsterländischem Blau-Weiß-Druck und zeigte einen Kiepenkerl. »Kennen Sie einen Schmied namens Mischa Bolschakow?«

Mit einem abschätzenden Blick begutachtete Nicole den Polizisten in ihrer Küche. »Die Zeitungen sind voller Mutmaßungen. Ist das nicht der Russe, der aller Wahrscheinlichkeit nach Balthasar erschossen hat und dann selbst gerichtet wurde?«

»Welchen Schmied haben Sie für Ihr Pferd?«, fuhr er fort und ignorierte ihre Frage.

Fahrig wischte sie sich ihre Hände an der Jeanshose ab und räumte dann ihre Tasse in die Spülmaschine. Dabei klapperte sie unnötig laut.

»Ich habe den Schmied vor einiger Zeit gewechselt, ich komme gerade nicht auf den Namen.« Jetzt wurde Dirk misstrauisch und bestand darauf: »Dann schauen Sie bitte nach. Es ist wichtig. Ich möchte den Namen des alten und des neuen Schmieds wissen.«

»Ich kenne keinen russischen Schmied, das habe ich doch schon gesagt.« Nicole Quante verschränkte die Arme vor der Brust und blickte betont genervt zur knallroten Uhr an der Wand hinter Dirk. Auch auf die Gefahr hin, dass sie ihm das geliehene Hemd wieder vom Leib riss, Dirk verschränkte ebenso die Arme vor der Brust und lächelte. »Das kann nun wirklich nicht lange dauern und geht sogar schnell mit dem Handy. Es wird Ihnen ja sicher einfallen, wenn Sie alle Hufschmiede in Warendorf aufrufen. Ich denke nicht, dass es mehr als zwei oder drei sind.« Die Frau sah aus, als würde sie ihm am liebsten die nächste Ladung Wasser oder sogar Schrot verpassen, doch sie setzte sich in Bewegung. Dirk konnte eine Tür hören. Fünf Minuten später kam sie wieder und sagte: »Erst hatten wir Rolf Emser, jetzt einen Mann namens Freitag. Ich muss nun wirklich in den Stall. Das Hemd können Sie behalten.« Sie nahm ihm den Kaffeepott aus der Hand und steckte ihn ebenfalls in die Spülmaschine.

Dirk beobachtete sie in aller Ruhe und stellte abermals fest, dass die Frau eine perfekte Figur besaß, aber Haare auf den Zähnen hatte und eine viel zu dicke Brille auf der Nase. Er seufzte eher unbewusst, stand auf und verabschiedete sich von ihr. »Ich bringe das Hemd die Tage gewaschen zurück, keine Sorge.« Als er draußen über den Hof ging und sie ihm misstrauisch nachschaute, fiel ihm an der Auffahrt der Kühlschrank auf, an dem man vierundzwanzig Stunden lang frische Eier kaufen konnte. Er zückte sein Portemonnaie und nahm zehn Eier mit. »Wo sind eigentlich die freilaufenden Hühner?«, rief er ihr zu.

»Auf einer unserer Weiden. Wir haben mobile Hühnerställe. Ich will das Hemd nicht zurück! Bringen Sie mir lieber den Mörder von Balthasar beziehungsweise den, der den Mord in Auftrag gegeben hat.«

Über ihre letzten Worte dachte Dirk während der Fahrt zum Polizeipräsidium nach. Sie würden sich ermittlungstechnisch nun mehr um Nicole Quante kümmern müssen, denn die Dame machte sich mehr Gedanken um ihren Exfreund als sie zugab. Und eine Frau wie diese Unternehmerin wusste auch mehr, da war er sich zu hundert Prozent sicher. Der Polizist hätte gerne Schmitts Einschätzung zu Nicole Quante gehört, doch leider war dieser Hof kein Ort für seinen Kommissar.

»Ich könnte mir Schutzkleidung anziehen, mich bewaffnen und aus dem Auto heraus die Dame vernehmen«, überlegte Kommissar Schmitt wenig später, als Dirk ihm seinen Bericht abgeliefert hatte. Und er fügte hinzu: »Ich gebe Ihnen recht, Kemper, dass wir Nicole Quante bislang zu wenig Beachtung geschenkt haben. Während Sie unterwegs waren und gegen wilde Pferde, Hunde und Schrotflinten gekämpft haben, hat unser Barkeeper noch mal angerufen. Er hat von der Buchhändlerin erfahren, dass die Bäuerin und der Autor eventuell gar nicht so getrennte Wege gegangen sind, wie man uns das weismachen will.«

»Und Ahnung von Pferden hat sie auch.« Schmitt nickte versonnen und lächelte dann. »Wir laden sie vor. Sie überprüfen die Sache mit dem Schmied, und dann laden wir sie vor und zeigen ihr Bilder von Mischa Bolschakow. Denn eins haben wir mittlerweile herausgefunden: Bolschakow hat zuletzt bei dem Schmied Emser gearbeitet. Er war gut und zuverlässig, sagt Emser über ihn. Sie wird kaum ihre ganzen Viecher mit aufs Revier bringen, und ich kann sie mir mal ansehen und in die Zange nehmen. Sie haben das gut vorbereitet, Kemper.«

Dirk grinste und meinte: »Sie wird jede Menge Widerstand mitbringen. Solange wir sie nicht im Visier hatten, war sie sehr freundlich, und es gab Kuchen, doch jetzt wird sie zunehmend rabiater.«

* * *

Hilde Koch blickte zur Uhr. Es war kurz vor zwölf. Im Allgemeinen wurde es bald stiller um diese Zeit im Buchladen, denn die westfälischen Damen eilten mit ihren Einkäufen nach Hause, um für ihre westfälischen Männer zu kochen. Zumindest die ältere Generation, aber auch viele Jüngere legten Wert auf diese Regelmäßigkeit am Tag. Auch die Kantinen hatten jetzt bald Stoßzeit, ebenso die Bäckereien und Imbissbuden. Hilde überließ den Laden ihrer Kollegin und fuhr mit ihrem Auto nach Freckenhorst, weil sie neugierig auf Nicole

Quante und ihren Hof war. Was war das wohl für eine Frau, die Balthasar Fromm zu ihrem Lebensabschnittspartner auserwählt hatte? Eine Landwirtin passte ihrer Meinung nach gar nicht zu dem kultivierten Balthasar, der immer so viel Wert darauf legte, sich korrekt auszudrücken und stets sehr ausgewählt gekleidet war.

Hilde ließ schon zum x-ten Mal den Abend der Lesung Revue passieren. Je tiefer sie sich in diesen merkwürdigen Mordfall verbiss, desto differenzierter bewertete sie den Abend und die Stunden vor Balthasars Tod. Sie erinnerte sich an immer mehr Details. Zum Beispiel sah sie wieder die Familie Fromm vor sich, als Balthasar seine Eltern fragte, ob sie noch mit ihm eine Kleinigkeit essen gehen wollten. Doch Herr Fromm wirkte abgelenkt, hatte während der Lesung mehrfach auf die Uhr geschaut und geäußert, früh ins Bett zu wollen. Frau Fromm hatte dagegen ausgesehen, als hätte sie allzu gerne einen Drink genommen. Doch sie war mit ihrem Mann zusammen nach Hause gefahren. Küsschen links, Küsschen rechts, dann hatten die Eltern die Buchhandlung verlassen. Balthasar selbst war enttäuscht gewesen, gleich zu Anfang hatte er das geäußert. Es waren zu wenig Zuhörer erschienen. Warendorf war nun mal nicht Köln – und Balthasar Fromm war nicht Sebastian Fitzek. Er schrieb nicht schlecht, aber er war unbekannt. Mittlerweile wäre Balthasar zufrieden mit seinen Buchverkäufen. Hilde hatte vom Verlag erfahren, dass seine beiden Bücher in die zweite Auflage gingen. War es Verbitterung gewesen, die ihn mit einer geladenen Waffe in das Lokal getrieben hatte? Diese Verbitterung konnte aber nicht allein durch die Lesung hervorgerufen worden sein, denn die Waffe musste er da ja schon bei sich getragen haben. Nein, diese Waffe hatte er sich bestimmt schon ein paar Tage vorher besorgt.

Als Hilde den Hof in Freckenhorst erreichte, begegnete ihr ein Traktor, auf dem ein kräftiger Mann saß. Er verfolgte sie neugierig mit seinen Blicken, musste sich dann aber wieder auf die Straße konzentrieren, auf der es noch weiteren Gegenverkehr gab. Der Hof lag am Windmühlenweg, einer Straße, die parallel zur Horstmarer Straße verlief. Hilde kannte sich in dem kleinen Ort Freckenhorst, der zu Warendorf gehörte, gut aus, denn sie war hier geboren. Und als Buchhändlerin gefiel es ihr gut, dass sie eine Dorfstraße befuhr, die nach der reiselustigen Dichterin Annette von Droste Hülshoff benannt worden war.

Hilde Koch fuhr auf den Hof und stellte ihr Auto so ab, dass es nicht im Weg stand, falls der Trecker bald zurückkam. Der Stand mit den frischen Eiern befand sich sofort an der Einfahrt. Es war nur ein überdachter Stand mit einem Kühlschrank und einer Geldkassette, die durch eine Kette gesichert war. Hilde ging es natürlich nicht um die Eier, sondern um die Bäuerin selbst. Kurz entschlossen steckte sie Geld in die Kassette, entnahm eine Packung Eier und ließ sie gleich darauf einen Meter entfernt fallen. Mit Genugtuung stellte sie fest, dass nicht ein Ei diesen Sturz überstanden hatte. Nun, da musste sie wohl jemandem Bescheid geben. Diese Sauerei ließ man nicht einfach so hier liegen. Das schuldbewusste Gesicht von Hilde war bühnenreif, als sie zum Haupthaus wanderte und die Türschelle drückte. Sie erschrak, als die Tür sogleich aufgerissen wurde. Geöffnet wurde sie von der jungen Bäuerin, die ihre Brille in der Hand hielt und sich über die Augen wischte. Ganz offensichtlich hatte die Frau geweint, beziehungsweise tat es noch. Hilde blickte betroffen auf Nicole Quante, bemerkte ihre schlanke Figur, die Arbeitshosen und die langen, rotblonden Haare, die offen ihr Gesicht umrahmten. In der Wohnung hing ein Geruch von Kaminfeuer und Erbsensuppe. Die junge Frau setzte ihre Brille wieder auf und machte ein fragendes Gesicht.

»Entschuldigung, ich bin Hilde Koch. Ich wollte ein paar Eier kaufen und habe den ganzen Karton fallen gelassen. Es tut mir wirklich leid.« Und das tat es tatsächlich. Bei der eifrigen Detektivarbeit war es nicht nur Hilde entgangen, dass es Menschen gab, die um die Mordopfer trauerten. Das Mädel vor ihr war ja nicht nur eine potentielle Verdächtige, sie war auch Freundin oder Exfreundin des Toten gewesen.

Nicht unfreundlich, aber doch sehr direkt fragte Nicole Quante: »Und jetzt wollen Sie einen weiteren Karton ohne noch mal zu bezahlen? Von mir aus.«

Man konnte Hilde Koch mangelnden Respekt vorwerfen, weil sie zum Schnüffeln hier aufgetaucht war, aber sicher keinen Geiz oder Unhöflichkeit. Sie stemmte die Hände in die rundlichen Hüften und reagierte verärgert. Der Auftritt wurde etwas behindert, weil ihr dabei die Handtasche wieder über die Schulter herunterrutschte. »Natürlich werde ich für einen weiteren Karton bezahlen, immerhin habe ich selbst die Eier kaputtgemacht. Aber ich wollte die Sauerei dort nicht so liegen lassen.« Abschätzend guckte Nicole an der kleineren Frau herunter. Dann pfiff sie plötzlich nur mit den

Zähnen wie ein Maurer, und ihre beiden Hunde kamen schwanzwedelnd angelaufen. Trotz einer gewissen Sorge, dass diese nun auf sie gehetzt werden würden, blieb Hilde stehen.

»Geht mal suchen. Ab.« Zwei große Zungen leckten im Vorbeigehen an ihren Händen, dann liefen die Hunde über den Hof und hatten mit ihren guten Nasen die Eier schnell gefunden. »Das ist nett, dass Sie Bescheid geben.«

»Es tut mir sehr leid, was geschehen ist. Ich bin die Buchhändlerin, bei der Balthasar die Lesung hielt, bevor er, also, bevor all das passierte.« Es war nun offensichtlich, dass Hilde eigentlich nur aus Neugierde die Eier auf dem Hof kaufte, und Nicole sprach ihre Gedanken direkt aus: »Sie sind also nicht an meinen Bioeiern interessiert, sondern an mir. Auch gut. Sie haben Balthasar immer unterstützt und er hat sich übrigens sehr darüber gefreut. Was wollen Sie wissen?«

»Es war ein spontaner Einfall, dann sind mir die Eier hingefallen, und ich war neugierig auf Sie. Es tut mir leid. Aber ich frage mich natürlich ständig, was an dem Abend geschehen ist, und ob der Mörder schon bei mir in der Buchhandlung gesessen hat.«

Nicole trat einen Schritt vor und schloss die Tür hinter sich. Hereinbitten wollte sie ihre Besucherin nicht. »Und? War er dabei? Gab es jemanden, der sich verdächtig benommen hat?« Sie wandte sich nach der Frage ab und schnäuzte in ein Taschentuch. Dann ergänzte sie: »Ich frage mich immer und immer wieder, ob der Abend anders verlaufen wäre, ob Balthasar noch leben würde, wenn ich an dem Abend zur Lesung gekommen wäre.«

Erneut glänzten Tränen in ihren Augen, und Hilde war sich plötzlich sicher, dass Nicole Balthasar Fromm noch geliebt hatte und ihn schmerzlich vermisste.

Sie sagte: »Ich kann das verstehen. Er hat kurz vorher mit Ihnen Schluss gemacht. Zumindest erzählt man sich das.« Darauf erhielt die Buchhändlerin leider keine Antwort. »Die Lesung war nicht so gut besucht, wie er gehofft hatte. Das sind sie meistens nicht. Ein Ehepaar ist in der Pause gegangen und war dann nebenan im *RoBerta* essen. Sie haben quasi alles mitbekommen, die Lesung und den Tod des Autors. Manchmal denke ich, Herr Fromm hat seinen Tod inszeniert. Was meinen Sie?«

Nicole Quante lachte freudlos auf. »Ich habe nicht einmal vorhergesehen, dass er mit mir Schluss macht. Ich kann besser mit Tieren als mit Menschen.« Als hätten ihre Hunde den Satz gehört, kamen sie nun angelaufen, die Eier hatten sie samt der Schale aufgeschleckt. Nur der Karton lag noch in der Einfahrt. Die Bäuerin streichelte die Hunde und ergänzte: »Da er sich von meinem Bruder wenige Tage vorher schon eine Pistole organisiert hat, denke ich, dass er irgendetwas geplant hat, was dem Erfolg seiner Bücher dienlich sein sollte. Die Polizei erzählte mir, es gäbe ein neues Manuskript, dessen Inhalt ich aber nicht kenne.«

»Ja«, nickte Hilde. »Er hat auf der Lesung von seinem neuen Projekt erzählt. Das Manuskript handelt von einem Autor, der seine Recherche so weit treibt, dass er selbst kriminell wird und sich dabei in höchste Gefahr begibt. Mehr weiß ich auch nicht, aber es scheint autobiografische Züge angenommen zu haben. Ich möchte den Verlag sehen, der so ein Manuskript nun nach dem Tod des Autors ablehnt. Können Sie schießen?«

»Ich kann hervorragend schießen.«

Sie gingen in stummer Eintracht ein paar Schritte in Richtung der Ställe. Dann drehte sich Nicole zu der Buchhändlerin um und sagte: Ich möchte jetzt weiterarbeiten. Nehmen Sie sich gerne noch mal Eier mit. Sie schmecken besser als die aus dem Supermarkt, das verspreche ich Ihnen.«

Aus dem Stall klang das Wiehern von Pferden.

* * *

Kommissar Schmitt trommelte einen kleinen Wirbel auf die edle Tischplatte. Wieder einmal saß er in der Küche von Frau Fromm und sah zu, wie sie vor einem Kaffee mit Cognac saß und versuchte, ihre Gedanken zu sortieren. Nicht, dass er gesehen hätte, wie Frau Fromm einen ordentlichen Schluck in ihre Tasse gegossen hatte. Aber er konnte es riechen. Kaffee und Cognac, das war ein ganz eigener, ziemlich guter Geruch. So einen Kaffee machte man sich an kalten Wintertagen, wenn einem die Knochen wehtaten oder sich eine Erkältung anbahnte. Oder wenn einen der innere Blues erwischte, weil man alleine vor dem Fenster saß und in einen Garten schaute, in dem man schöne Abende mit der Ehefrau verbracht hatte. Doch die war seit drei Jahren tot, und deshalb hatte Kommissar Schmitt auch sein Haus in Oelde verkauft und war nach Warendorf gezogen, in die Kreisstadt. Denn auch Oelde gehörte, wie viele umliegende Dörfer und Städte, zum Kreis Warendorf.

Herr Fromm war noch in der Schule, seine Frau hatte der Kommissar am frühen Nachmittag aufgesucht, um sie nach dem Manuskript des Sohnes zu befragen. Sie saß mit einer Zeitschrift in der Küche bei einem Kaffee. Auch heute machte sie einen gepflegten Eindruck. Sie trug einen knielangen, engen Rock mit einer blauen Bluse, die hervorragend zu ihren Augen passte. Eine etwas merkwürdige Kleidung, wenn man den ganzen Tag zu Hause verbrachte. Es war das Outfit einer Anwältin, die sich für ihren Auftritt bei einem Mandanten oder vor Gericht zurechtgemacht hat, nur dass Frau Fromm nicht mehr als Anwältin arbeiten durfte.

Sie blickte von ihrer Tasse hoch, und Schmitt hoffte, dass sie nun endlich seine Frage beantwortete: »Ich weiß, ehrlich gesagt, nicht mehr, was in dem Manuskript gestanden hat, beziehungsweise, worum es im Einzelnen in seinem neuen Buchprojekt ging.« Sie lächelte entschuldigend und stellte sich so offensichtlich dumm an, dass Schmitt verärgert reagierte.

»Meine Liebe, das glaube ich Ihnen nicht. Ich bin überzeugt davon, dass Sie sich bereits einige Gedanken gemacht haben, inwieweit die Geschichte für den Tod Ihres Sohnes verantwortlich ist. Wahrscheinlich schlafen Sie auch seit einiger Zeit schlecht.«

Dafür musste man kein Hellseher sein, die dunklen Augenringe der Frau waren für jedermann sichtbar. Und der gewaltsame Tod des einzigen Kindes führte bei allen Eltern zu traurigen Nächten.

»Es ist seitdem so viel geschehen, Herr Schmitt, ich kann gar nicht mehr richtig denken. Die Geschichte hatte gewisse Parallelen zu Balthasar. Ein Autor begibt sich in eine kriminelle Szene, um authentisch über seine Figuren schreiben zu können. Er wird sozusagen selbst straffällig und legt sich mit den falschen Leuten an. Ich glaube, es ging um einen Einbruch mit Todesfolge.«

»Wie ging die Geschichte aus?« Schmitt hatte sein Notizbuch hervorgeholt, auf dessen Cover ein Nashorn zu sehen war, und schrieb mit.

»Der Autor wurde erschossen.« Sie legte die Hände vor das Gesicht, ein Ehering und ein großer Goldring mit einem Topas fielen im Sonnenlicht auf, das durch das Fenster schien. Nach etwa zwei Minuten hatte sie sich wieder unter Kontrolle. »Ich habe das Manuskript als Ausdruck gelesen und ein paar Korrekturen an den Rand geschrieben. Balthasar hat es mitgenommen. Wahrscheinlich hat er die Korrekturen eingearbeitet und die Seiten dann weggeworfen. Ich lese solch lange Texte nicht am Bildschirm. Davon bekomme ich Kopfschmerzen.«

Sie schreckte auf, als der Kommissar mit der Faust auf den Tisch haute. »Es kann doch nicht wahr sein, dass dieses Manuskript nirgends einzusehen ist. An welche Verlage hat er es geschickt?«

Sie stöhnte leise auf und hielt sich den Kopf. »Das weiß ich doch nicht, an die gängigen nehme ich an, Ullstein, Rowohlt, Piper. Ich habe keine Ahnung davon. Fragen Sie seine Buchhändlerin oder meine Schwägerin.«

Am liebsten hätte jetzt der Kommissar gestöhnt. So allmählich drehte er sich im Kreis. Missmutig wechselte er das Thema: »Kennen Sie das Bordell an der Einener Straße?«

Frau Fromm trank gerade von ihrer speziellen Kaffeemischung und hätte sich beinahe verschluckt. Sie hustete, dann lachte sie. »Sie fragen mich, ob ich ein Bordell kenne? Ich gehöre schwerlich zur Zielgruppe eines solchen Unternehmens. Und mein Mann hoffentlich auch nicht.« Sie stand auf und holte sich ein Glas Wasser.

»Frau Fromm, ich weiß, dass Sie Ihre Zulassung verloren haben, und ich weiß, warum. Eventuell liege ich ganz falsch, aber mir kommt der Verdacht, dass Sie eine Dame für Ihre Zwecke eingespannt haben, die, nun sagen wir, nicht ganz unerfahren im Verführen eines Mannes ist.« Interessant war der Blick, den Frau Fromm ihm nun entgegenbrachte. Bislang hatte er in ihr nur die geschwächte Frau und Mutter gesehen, die einen schrecklichen Verlust zu beklagen hat und zu viel Alkohol trinkt. Doch nun sah er plötzlich auch die Anwältin. Eine Frau, die ihre Chancen abschätzt, innerlich eine Strategie vorbereitet und sehr kontrolliert vorgehen kann. »Ich nehme an, Sie würden genügend Einsicht in meine Akten erlangen, um mir einige Namen und Verbindungen demnächst um die Ohren zu hauen. Ja, ich kenne eine der Damen, die in dem Bordell arbeitet, aber deshalb kenne ich nicht das Etablissement an der Einener Straße. Ich bin nie dort gewesen.«

»Und haben Sie rein zufällig oder beruflich Robert Heinemann mit dieser Dame bekannt gemacht?« Schmitt stand ebenfalls auf und stellte seine leere Tasse an die Spüle. Er war nicht gerade ein großer Mann, aber er überragte die zarte Frau um eine Kopflänge, und dies nutzte er aus. Er stellte sich so nah wie möglich zu ihr, ohne unhöflich zu wirken. Sie lehnte an der Spüle, er selbst stand vor ihr und hatte den Tisch nun im Rücken. Sie musste sich an ihm vorbeidrängeln, um wieder ihren Stuhl zu erreichen.

»Natürlich habe ich mit niemandem über diese Dame gesprochen. Was wollen Sie mir eigentlich unterstellen? Ich möchte jetzt meine Geranien gießen. Entschuldigen Sie mich bitte.« Sie schritt zur Küchentür und erwartete offenbar, dass er ihr folgte. Das war ein sehr deutlicher Rausschmiss, denn auch wenn die Sonne heute erneut von einem schönen, klaren Frühlingshimmel schien, so hatte es in der Nacht kräftig geregnet. Die Geranien vorm Haus brauchten gewiss kein Wasser.

Kommissar Schmitt blieb noch für einen Moment an den Tisch gelehnt stehen und gab ihr den Rat: »Frau Fromm, Sie sind Anwältin und erzählen überall, dass Sie sich auf das Scheidungsrecht spezialisiert haben. Vor zwanzig Jahren waren Sie aber noch im Strafrecht tätig. Sie sollten sich daran erinnern, dass es keine gute Idee ist, den Fall selber aufzuklären. Eventuell hegen Sie sogar den Wunsch, außer dem toten Russen noch jemanden für den Tod Ihres Sohnes verantwortlich zu machen und ihn gar eigenhändig zu richten. Das ist weder eine gute Idee noch ein Kavaliersdelikt. Und wenn Sie unbedingt etwas gießen möchten, Ihr Farn auf der Fensterbank dort drüben würde sich über Wasser freuen. Guten Tag.« Ihm blieb nicht das letzte Wort.

Sie hielt ihm die Haustür auf und erwiderte lakonisch: »Wir sind doch beide davon überzeugt, dass Balthasar von diesem Russen erschossen worden ist. Und der ist selbst gerichtet worden, soweit ich weiß. Mehr muss ich gerade gar nicht wissen. Auf Wiedersehen.«

Ehe Schmitt noch etwas sagen konnte, spürte er die Tür im Rücken. Eine noble, teure Eingangstür, aber sie schloss sich ebenso unfreundlich hinter ihm wie eine verrottete Schuppentür. Trauernde Mütter entpuppten sich schon mal als wahre Racheengel. Und in diesem Fall gab es noch eine weitere trauernde Mutter, eine Russin. Hielt sie die Füße still oder hatte sie bereits ein Kommando an Kampftruppen losgeschickt? Kopfschüttelnd ging Schmitt zu seinem dunklen Audi und fragte sich, wer da gerade als Sieger aus dem Gespräch hervorgegangen war.

* * *

Wieder im Büro stellte er seinem jungen Assistenten eine Frage, die eher Hilflosigkeit als Professionalität verriet. »Wie sieht es eigentlich in diesem vermaledeiten Fall mit den Alibis aus? Wer hat eins und wer hat keins?«

Dirk Kemper saß vor seinem Bildschirm und öffnete mehrere Fenster. Dann drehte er sich um: »Sie wissen also auch nicht weiter?«

Schmitt ließ sich schwerfällig auf seinen Bürostuhl fallen. »Ich habe zu viele mögliche Täter. Täglich kommt einer zu meiner inneren Liste dazu.«

»Wen haben Sie sich heute notiert?«

»Frau Fromm.«

Der junge Kollege guckte ungläubig. »Die trinkende Mutter des Toten? Welche Rolle haben Sie ihr denn zugedacht? Entführung eines Siegerpferdes? Rache an Mischa Bolschakow?« In dem Moment ging ein Grinsen über das Gesicht des jungen Mannes, und er hob wissend die Hand. »Sie glauben, Mama Fromm hat es mit einem russischen Söldner aufgenommen? Da trauen Sie der Dame aber so einiges zu.«

Schmitt fasste kurz den Besuch bei Frau Fromm zusammen. »Es könnte auch Ihr Mann getan haben oder eine Kontaktperson. Immerhin schreckt Frau Fromm nicht davor zurück, Prostituierte auf gegnerische Anwälte loszulassen. Und zwar sehr erfolgreich. Man darf sich nicht von ihrem Alter und ihrer adretten Erscheinung täuschen lassen.«

Kemper wandte sich wieder seinem Bildschirm zu und ließ verlauten: »Alibis bringen uns hier gar nichts. Die haben alle kein gutes Alibi. Abgesehen von den Leuten, die am Freitagabend im *RoBerta* waren. Die konnten auf keinen Fall Balthasar Fromm erschossen haben.«

Schmitt nickte. »Deshalb unterhalte ich mich auch so gerne mit dem Barkeeper. Ich weiß zu hundert Prozent, dass er weder den Autor erschossen noch das Pferd entführt hat. Aber er steckt tief drin in diesem Fall und liefert mir wertvolle Informationen.« Sein Gesicht nahm einen versonnenen Ausdruck an. »Im nächsten Leben möchte ich auch Barkeeper werden. Dieser Beruf erscheint mir gerade in höchstem Maße reizvoll.«

»Gehen Sie in Rente und steigen Sie bei diesem Bert mit ein. Wenn Robert Heinemann sich weiterhin so ungeschickt anstellt, ist er bald im Knast oder tot. Das klingt nach einer freien Stelle, Chef.«

»Sie sind respektlos, Kemper. Ah, Manni, ich hoffe, du bringst uns Neuigkeiten. Wir stecken so fest wie ein Trabi im Schlammloch.«

An die offenstehende Tür des Büros hatte ein rundlicher, großer Mann um die vierzig geklopft. Er trug den weißen Anzug der Spusi, die Handschuhe waren verschmutzt wie bei einem Mechaniker. »Nicht viel, aber vielleicht wichtig. Im Auto des toten Mischa Bolschakow haben wir leider kein Handy gefunden, aber ein paar unterschiedliche Fingerabdrücke an der Tür, die jedoch aufgrund der Sonneneinstrahlung der letzten Tage eher schlecht sind. Wie ihr wisst, zerläuft der Schweißfilm, durch den die Abdrücke entstehen, bei Wärmezufuhr sehr schnell, und der Wassergehalt der Spur verdunstet. Im Inneren des Wagens sind die Spuren dagegen deutlicher, und hier haben wir zum Beispiel am Handschuhfach mehr Spuren gefunden als am Lenkrad. Dort waren nur die Abdrücke des Toten zu finden, was bedeutet, dass nur er den Wagen gefahren ist. Außerdem war der Wagen nicht abgeschlossen.«

»Aha«, meinte Schmitt aufmerksam. »Das bedeutet, jeder hätte sich die Waffe, mit der Balthasar Fromm erschossen worden ist, theoretisch aus dem Auto holen können.«

Der Mann von der Spusi nickte. »Wenn dieser Bolschakow sie denn im Auto gelassen hatte. Das finde ich seltsam, wenn du mich fragst. Wenn man jemanden umbringen will, lässt man doch nicht die Pistole im Auto, oder?«

Dirk mischte sich ein. »Na ja, es kann ja sein, dass er keinen Krach machen wollte. Bei einem Schuss kann jeder Nachbar ganz exakt sagen, wann das Verbrechen begangen wurde. Wir reden immerhin von einem sehr ungleichen Kampf. Mischa war ein großer, starker Kerl und sein Opfer eine kleine, zarte Frau, die nicht einmal mit einem Überfall rechnete. In seinen Augen war es sicher eine Kleinigkeit, sie zu erwürgen oder niederzustechen. Und ganz lautlos.« Und er fügte bewundernd hinzu. »Die Dame hat sich zwar ausgesprochen tapfer zur Wehr gesetzt, doch schlussendlich hätte er sie erwischt, wenn er nicht erschossen worden wäre. In dem Zusammenhang finde ich es spannend, dass der Angreifer offenbar auch ein Interesse daran hatte, dass Tina Dessel nicht getötet wird. Er hätte ja auch warten können, bis Bolschakow nach getaner Arbeit aus dem Haus gekommen wäre. Ich bin kein Profiler, aber der Mörder von Bolschakow ist sicher kein skrupelloser Mensch, dem es egal ist, wer zum Kollateralschaden wird.«

Schmitt dankte dem Kollegen, der das Büro wieder verließ, und blickte fragend auf Kemper: »So, jetzt hätte ich gerne das Alibi von Frau Fromm für den Montagabend, dem Todestag von Mischa Bolschakow.«

Dirk brauchte gar nicht erst nachzuschauen. »Das haben wir nicht. Irgendwie hat sie keiner danach gefragt. Soll ich …«

Weiter kam er gar nicht, denn der Kommissar ärgerte sich über sich selbst und haute mit der Faust auf den Schreibtisch. Zwei Mal tat er das, dann griff er zum Hörer und ließ sich die Telefonnummer von Frau Fromm diktieren. Wenig später meldete sich Herr Fromm.

Kommissar Schmitt grüßte freundlich und fragte dann: »Herr Fromm, können Sie mir sagen, wo Sie und auch Ihre Frau am Montagabend waren? Ja, der Montag nach dem Mord an Ihrem Sohn.« Schmitt hörte eine Zeitlang zu. »Aha, verstehe. Ja, klar. Auf Wiederhören.«

Dann beendete er das Gespräch, hielt das Mobilteil aber noch in der Hand: »Kein Alibi, beide nicht. Nicht einmal füreinander. Er war angeblich im Wald spazieren, wofür er eine Strecke mit dem Auto gefahren ist, und sie war allein zu Hause, besitzt aber ein eigenes Auto und hätte ebenfalls wegfahren können.«

»Um Mischa Bolschakow zu erschießen?«, beendete Dirk die Überlegung des anderen. »Halten Sie die Eltern für so abgebrüht? Dafür hätten sie den Mann beschatten müssen, denn Mischa befand sich nicht in seinem Zuhause.«

»Menschen sind in Extremsituationen zu einer Menge in der Lage. Ich hätte Tina Dessel auch nicht zugetraut, dass sie so vehement gegen einen russischen Hufschmied kämpft. Allein durch persönliche Einschätzungen finden wir keine Täter. Und seitdem es Zweifel daran gibt, dass Balthasar und diese Nicole Quante tatsächlich getrennt waren, hätte ich auch gerne das Alibi von Frau Quante.« Fragend blickte er den jungen Polizisten an, der sogleich im Ordner nachschaute und diktierte. Es war eine Handynummer, und die Bäuerin meldete sich auch sofort. Im Hintergrund konnte man Traktorengeräusche hören. Kommissar Schmitt sagte wieder munter seinen Text auf und hielt erschrocken den Hörer vom Ohr weg, als er zunächst lautes Gelächter hörte.

»Nur weil Ihr junger Kollege beinahe bei mir sein Seepferdchen gemacht hätte, bin ich nun verdächtig, oder was? Und wieso von Montag? Was soll ich denn am Montag angestellt haben?«

»Da wurde der potentielle Mörder Ihres Freundes erschossen. Mein Kollege hat Ihnen doch sicher davon erzählt.«

»Ach so, ja, der tote Russe. Sie glauben, ich habe meinen Exfreund gerächt, weil der so nett mit mir Schluss gemacht hat? Sie müssen verzweifelt sein. So emotional verbandelt war ich mit Balthasar nicht mehr. Um es kurz zu machen, ich habe kein taugliches Alibi. Ich war zu Hause, und mein Bruder auch, aber wir haben den Abend nicht zusammen verbracht.«

»Ich möchte Sie gerne einladen, morgen in mein Büro zu kommen. Geht das? So gegen halb neun?«

Ihre Stimme schwang zwischen Sorge und Belustigung. »Wollen Sie mich verhaften, weil ich kein Alibi habe und außerdem gut schießen kann? Ich weiß ja nicht, ob Sie einen Kalender vor sich haben, morgen ist Samstag.«

Kommissar Schmitt zuckte plötzlich zusammen, als im Hintergrund Hundebellen zu hören war. »Wir nehmen die Aufklärung eines Mordes so ernst, dass wir auch samstags arbeiten. Kommen Sie bitte ohne tierische Begleitung. Im Gegensatz zu meinem letzten Mordfall steht dieses Mal kein Tier unter Verdacht.«

Der Kommissar legte das Gerät weg und wandte sich wieder seinem Kollegen zu. »Was macht die Suche nach Robert Heinemann? Ich habe noch nichts von den Kollegen gehört.«

»Ach so, Entschuldigung, das habe ich ganz vergessen. Darum habe ich mich bereits gekümmert. Wir haben eine Autonummer, und die Fahndung ist bereits raus. Der Wagen, den Robert Heinemann aller Wahrscheinlichkeit nach genommen hat, gehört einer einundvierzigjährigen Angestellten des Bordells. Sie arbeitet seit drei Jahren dort und war erst heute wieder erreichbar. Angeblich hat sie ihr Auto an eine Freundin verliehen, die Handynummer, die sie uns von dieser Freundin gab, war aber falsch. Bislang ist Heinemann noch unterwegs.«

Schmitt stand auf und reckte sich. »Gut, es wird Zeit für eine Lagebesprechung und neue Aufgabenverteilung. Der Tag ist noch nicht zu Ende, aber der Staatsanwalt ist es allmählich mit seiner Geduld. Ein verschwundenes Pferd, ein verschwundenes Manuskript und ein verschwundener Barkeeper, dazu jede Menge Verdächtige und zwei Todesfälle, von den Schlägereien mal ganz abgesehen. Von denen habe ich ihm so genau gar nicht berichtet. Nun ist eine Woche um, und wir können nichts weiter vorweisen als müde Augen und Verwirrung.«

Dirk stand ebenfalls auf und ließ im Gegensatz zum Chef seine Muskeln spielen. Mit einem verschmitzten Gesicht widersprach er: »Oh nein, Chef, wir haben eine Menge Informationen aufgedeckt und Staub aufgewirbelt. Warten Sie nur ab, bald wird es brodeln und der oder die Täter kommen aus der Deckung.«

10. KAPITEL

Im Landgestüt Warendorf wurde es am späten Nachmittag ruhiger. Die öffentlichen Besuchszeiten gingen nur bis siebzehn Uhr, dann durfte kein Unbefugter mehr die Stallung betreten. Die meisten Angestellten machten freitags schon früh Feierabend, die Verwaltung war sogar nur bis zwölf Uhr mittags besetzt. Frau Whitaker saß auch um halb sechs noch in ihrem Büro, während ihre Sekretärin bereits ins Wochenende verschwunden war. Draußen hatte es sich seit dem Mittag zugezogen, nun kam ein feiner Nieselregen dazu. Die Gestütsleiterin hatte noch einen wichtigen Pressetermin wahrnehmen müssen. Eine Journalistin einer bekannten Zeitschrift hatte sie am Nachmittag besucht, Fotos gemacht und ein Interview geführt. So etwas war immer eine gute, kostenlose Werbung für das Gestüt, daher war sie gerne länger geblieben.

Sie reckte sich und blickte nach draußen. Durch die Wolkendecke und den Nieselregen bekam man den

Eindruck, die Abenddämmerung hätte bereits eingesetzt. Die Anlage mit den blühenden Beeten lag einsam vor ihrem Fenster, und für einen Moment genoss sie die Stille und träumte sich zum Familiensitz ihres Vaters in Lancashire, der ebenfalls groß und herrschaftlich war. Es wurde Zeit, dass sie ihrem betagten Herrn mal wieder einen Besuch abstattete.

Ein Geräusch riss sie aus ihren Gedanken. Unten hatte jemand die alte, schwere Tür geöffnet, was an einem Freitagabend eher Besorgnis denn Neugierde bei der Gestütsleiterin weckte. Normalerweise war das Gebäude um diese Zeit lange abgeschlossen, aber die Journalistin war erst zehn Minuten zuvor gegangen. Sie hörte Schritte auf der Treppe. Hatte die Dame etwas vergessen? Frau Whitaker blickte um sich, ob sie eine Handtasche, Jacke oder einen Schirm sah, doch da war nichts Fremdes in ihrem Büro. Von den Pferdewirten, die noch im Stall arbeiteten, konnte keiner wissen, dass ihre Gestütsleiterin noch da war. Beunruhigend waren die folgenden Geräusche. Die Person rüttelte an jeder Tür, ob sie zu öffnen war. Je näher sie sich ihrer Tür näherte, desto mehr vernahm sie ein hektisches Atmen, so als wäre einer zu schnell gelaufen oder angespannt. Vielleicht war etwas passiert. Also machte sie einen Schritt auf die Tür zu und schreckte zurück, als sich diese nun abrupt öffnete. Vor ihr stand ein Mann, der ein durchaus angenehmes, ordentliches Äußeres besaß, sich aber ganz offensichtlich unter Stress befand. Seine Augen waren gerötet, das Gesicht schlecht rasiert und eingefallen und die graumelierten Haare zerzaust. In seiner Hand hielt der Mann eine recht große Waffe, die er hektisch hin und her bewegte.

»Los, los, gehen Sie zurück und setzen Sie sich auf Ihren Stuhl. Ich bin gleich wieder weg.«

Die Gestütsleiterin ging rückwärts und tastete nach ihrem rollenden Bürostuhl. Sie setzte sich und konnte ihren Blick nicht von dem Mann lassen. Nach dem ersten Schock ging eine Spur der Erkenntnis über ihr Gesicht. Natürlich kannte sie Robert Heinemann, denn der war immerhin mehrere Mal hier gewesen, hatte sich Dragon angeschaut, war die Expertise des Tierarztes durchgegangen und hatte dann das Tier gekauft. In bar. Was zum Teufel wollte er mit einer Waffe in der Hand in ihrem Büro? Man konnte doch über alles reden. Das Tier war laut Kaufvertrag in seinen Besitz übergegangen und danach erst gestohlen worden. Das war bitter. Natürlich erwartete der Mann zu Recht, dass das Land ihm die Kaufsumme erstattete. Aber eventuell fand ein findiger Anwalt eine Möglichkeit, zumindest einen Teil der Summe einzubehalten. Doch dafür musste man sich zusammensetzen und nicht gleich durchdrehen.

Bevor sie ihm nun einen Vorschlag machen konnte, bekam sie eine Forderung zu hören: »Ich möchte, dass Sie mir mein Geld zurückgeben, und zwar jetzt gleich und in bar, so wie Sie es von mir erhalten haben. Ich trete von dem Kauf zurück. Immerhin haben Sie sich mein Eigentum unter dem Hintern rauben lassen.«

»Wir sind hier nicht auf einem Wochenmarkt, Herr Heinemann. Wir können das alles in Ruhe klären, aber nicht heute und nicht unter vier Augen. Wenn Sie nicht augenblicklich die Waffe weglegen, werde ich die Polizei rufen, die sucht Sie doch ohnehin schon überall. Mutig griff die Frau zum Telefon und sah dabei so britisch aus wie eine Sekretärin aus einer Edgar-Wallace-Verfilmung.

Robert Heinemann machte drei schnelle Schritte nach vorne und fegte mit dem linken Arm das Telefon und alle anderen danebenstehenden Utensilien mit Schwung und Getöse vom Tisch. In der rechten Hand hielt er weiter die Waffe auf Frau Whitaker gerichtet. »Hören Sie, meine Liebe, ich bin ziemlich verzweifelt, und das bisschen Energie, das ich habe, reicht gerade für meinen eigenen Überlebenswillen. Ich werde Sie nicht erschießen, aber eine Kugel in der Kniescheibe ist wesentlich unangenehmer als jetzt das Geld rauszurücken, das mir ohnehin zusteht. Und tun Sie mal nicht so entsetzt. Es ist ja nicht Ihr eigener Verlust, sondern der des Landgestüts.«

In den braunen Augen der Gestütsleiterin glänzten ein paar Tränen, doch sie behielt Fassung und sagte: »Das kann ich nicht. Meine Sekretärin hat das Geld doch lange eingezahlt. Glauben Sie, wir lassen hier zig Tausende an Euros in der Portokasse herumliegen? In diesem alten, schlecht gesicherten Gebäude? Haben Sie mal die Besucher gezählt, die hier so in der Woche herumlaufen?«

Robert Heinemann nagte an seiner Unterlippe. Ihre Worte ergaben Sinn, und er wusste, dass die Frau recht hatte. Doch wenn ein Mann bereits mit einer Waffe einen Menschen bedrohte, ging er nicht einfach, weil er eine falsche Antwort erhalten hatte. Von Robert Heinemann ging ein starker Geruch nach altem Schweiß aus, und er suchte sichtlich nach einem Plan B. Frau Whitaker wurde übel, als er so nah bei ihr stand. Sie rümpfte die Nase und wandte sich ab. Wenn Heinemann nicht mehr so konzentriert in ihre Richtung starren würde, könnte sie eine E-Mail als Notruf verfassen.

Plötzlich stand er neben ihr und schlug der Frau mit der flachen Hand unangenehm in den Nacken. »Gut, ich habe eine bessere Idee.« Der Kopf der Gestütsleiterin flog nach vorne, und die arme Frau rang um Fassung. »Sie werden mir jetzt ein vergleichbar gutes Pferd geben, einen Hengst natürlich, gleiche Farbe und Größe.«

Frau Whitaker schnappte nach Luft. Erst sah es so aus, als wollte sie auflachen, doch dann lehnte sie sich in ihrem Stuhl zurück. »Das ist ja totaler Blödsinn. Ich kann Ihnen doch nicht einfach einen Hengst mitgeben. Wie wollen Sie denn überhaupt mit dem Tier vom Hof kommen?« Sie schüttelte energisch den Kopf mit den kurz geschnittenen, grauen Haaren. Bis sie schmerzhaft den Lauf der Waffe in ihren Rippen spürte. Erst jetzt wurde ihr klar, dass der Mann einen Revolver in der Hand hielt, keine Pistole. Die Trommel mit den Patronen und der lange Lauf hätten sie unter anderen Umständen fasziniert. Immer fester schob Heinemann ihn in ihre Rippen.

»Sorry, aber für Ihre Spielchen ist das Ganze hier zu brisant. Los jetzt, ab in den Stall. Transportwagen haben Sie ja genug hier herumstehen.«

Also schob er die Frau vor sich her. Die Flure in dem alten Gebäude waren eng und dunkel. Frau Whitaker hatte kaum eine Chance, wegzulaufen. Aber nur ein verzweifelter Mann konnte so verrückt sein, ein fremdes Pferd zu verladen und dies in einem Umfeld, das so bekannt war wie das Landgestüt. Robert Heinemann hatte sicher keine Ahnung, wie viel Personal hier am

Abend herumlief. Sie mussten an den Blumenbeeten und der lebensgroßen Pferdeskulptur in der Mitte vorbeigehen. Frau Whitaker ging vor ihm her und wandte sich zum Stall II.

Unterwegs sagte sie zu ihm: »Das wird doch publik gemacht. Wenn Sie jemandem nun ein Pferd verkaufen, das gar nicht Dragon ist, und hier erneut ein Hengst verschwindet, geht das durch die Presse. Ihr Käufer wird sich betrogen fühlen.«

»Das lassen Sie meine Sorge sein.« Bei Robert Heinemann bildeten sich deutlich kleine Perlen auf der Stirn. Er schwitzte trotz des Nieselregens. Die Hand mit der Waffe zitterte immer wieder.

Frau Whitaker hingegen sah man eine gewisse Erleichterung an, als sie den Gestütswärter Leo Tenne im Dienst sah. Er stand mit einer Dose irgendeines Pulvers vor einer Box und streute davon zwei Löffel unter das Futter. Die Engländerin kannte das Mittel. Es hieß Sputolysin, man gab es bei Atemwegserkrankungen. Allerdings stand ein Wirkstoff des Medikamentes auf der Dopingliste, sodass es nur gegeben werden durfte, wenn das Pferd in den ersten sechs Tagen nach Verabreichung an keinem Turnier teilnahm. Leo Tenne blickte überrascht auf, als er die Gestütsleiterin um diese Zeit im Stall sah. Der lange, breite Gang war ansonsten leer. Nur das beruhigende Geräusch mahlender Pferdezähne war zu hören. Absolut absurd hörten sich die Worte der Chefin nun an.

»Leo, ich bin gezwungen, unseren Bariton abzugeben. Herr Heinemann hier wird ihn mitnehmen, im Austausch zu Dragon. Die beiden sind ja im Wert ziemlich ähnlich, oder?« Und mit diesen Worten blickte sie sich suchend im Stall um, während Leo erst widersprechen wollte, dann aber die eindeutigen Merkmale von Zwang und Bedrohung sah. Robert Heinemann hielt die Waffe nun so, dass er mal auf Leo Tenne zielte, mal auf Frau Whitaker. Dabei hielt er so weit Abstand, dass der gut trainierte Gestütsmitarbeiter ihn nicht erreichen konnte.

»Okay, Sie bringen mir das Pferd auf den Hänger. Wenn Sie Faxen machen, werde ich der Lady ins Knie schießen.

Leo stand noch immer mit der geöffneten Dose des Medikaments vor der Box eines Hengstes, ein wunderschöner Apfelschimmel beäugte die drei Personen neugierig, bevor er misstrauisch an dem Futter roch. »Wir müssen dort drüben hin, da steht Bariton«, sagte Leo nach einem kurzen Zögern und schritt langsam in die Richtung, in die er gezeigt hatte. Robert Heinemann und vor ihm Frau Whitaker folgten in gebührendem Abstand.

Schräg gegenüber und ziemlich am Ende des Stalls blieb Leo stehen und zeigte auf ein großes Pferd mit wachen Augen und muskulösem Körper. Auf dem Namensschild über der Box stand der Name des Hengsts: *Bariton*. Heinemann ging näher ran, um das Pferd zu begutachten. Für ihn waren die meisten Zossen nur anhand der Größe und der Farbe zu unterscheiden. Dass hier im Hengststall des Landgestüts keine alte Mähre stand, darauf konnte er sich allerdings verlassen. Auf mehr aber auch nicht.

Den Moment, in dem Heinemann sich vor die Gitterstäbe stellte, um den Hengst besser sehen zu können, nutzte Leo. Er sprang vor und schüttete das feine Pulver aus der Dose direkt dem Mann ins Gesicht, als der sich wieder umdrehte, und schob dabei noch geistesgegenwärtig seine Chefin schützend hinter sich. Heinemann schrie erschrocken auf und rieb sich mit der freien Hand die Augen, doch schon erhielt er einen Schlag in die Magengrube. Der schwere Revolver fiel ihm aus der Hand und rutschte über die Stallgasse. Robert Heinemann schnappte sich das Halfter, das an der Tür hing, und ehe Leo den nächsten Schlag setzen konnte, zog er ihm die Stricke, an denen sich leider auch Metall befand, quer durch das Gesicht, während er gleichzeitig hektisch den Boden nach der Waffe absuchte. Auch Frau Whitaker griff nach der Waffe, die nur zwei Meter entfernt von der Stallbox lag. Sie war von dem Angriff ihres Mitarbeiters weniger überrascht worden als Heinemann, denn sie hatte die ganze Zeit darauf gewartet. Ihr war es nicht entgangen, dass Leo die geöffnete Dose mit dem feinen Pulver in der Hand behalten hatte. Sie war groß, hager, aber durchtrainiert, und sie ließ sich nach vorne auf die Knie fallen, stützte sich gleichzeitig auf eine Hand, während sie mit der anderen nach dem Revolver griff. Ein Tritt traf sie in die Seite, und auch Heinemann griff nach seiner Waffe. Blitzschnell bekam er sie zu fassen, drehte sich um und schoss, ohne genau zu zielen. Dann sprang er vom Boden hoch, schoss erneut, dieses Mal in die Luft, und blickte hektisch um sich. Als er die Gestütsleiterin am Boden liegen sah, mit Blut auf ihrer gelben Bluse, geriet er in Panik und stürzte aus dem Stall.

Leo Tenne stand sprungbereit wie ein Puma im Gang, entschied dann aber, sich um die am Boden liegende

Frau zu kümmern. Gleichzeitig zückte er sein Handy und setzte einen Notruf ab. Und erst jetzt nahm er auch das Wiehern und Treten gegen die Stalltüren wahr, das rings um ihn stattfand. Schussfest waren die Hengste hier nicht. Er kniete sich sichtlich betroffen zu seiner Chefin nieder, die sich tapfer gewehrt hatte. Er zog seine Steppjacke aus und bettete ihren Kopf darauf. Dann verschaffte er sich einen ersten Eindruck.

* * *

Bert blickte sich in seinem Schankraum um. Es war Freitagabend, genau eine Woche nach den tödlichen Schüssen auf Balthasar Fromm, und das Lokal war bis auf einen Tisch gut gefüllt. Er suchte unter den Gästen nach Gesichtern, die auch am letzten Freitag hier gewesen waren, und da fiel ihm das Pärchen auf, das Burger mit dicken Pommes gegessen hatte. Beide besaßen eine üppige Figur und waren regelmäßige Gäste des *RoBerta*. Sie aßen meist einen Burger und hielten Händchen. Ein sympathisches Paar, das mit einigem Genuss durchs Leben ging.

Bert hielt Tim auf, als der an ihm vorbei in die Küche huschte. »Kennst du das Pärchen an Tisch sechs? Die sind öfter hier.«

»Nur vom Sehen. Gesprochen habe ich mit denen auch noch nicht. Ich weiß nur, dass sie beide den Chiliburger lieben und letzte Woche bei der Lesung nebenan waren. Das habe ich soeben mitgehört. Sorry, Achim dreht durch ohne mich.« Er grinste und verschwand in der Küche.

Kurz entschlossen brachte Bert zwei Alster zum Nachbartisch des Pärchens und drehte sich dann zu den beiden um. »Hallo, schön, dass ihr hier seid. Das schafft nicht jeder, nach den Ereignissen hier eine Woche später aufzutauchen.«

»Ach«, meinte der Mann, der einen dichten Bart und dunkle Haare trug. »Du musstest ja auch sofort weitermachen. Uns ist nichts passiert, im Gegenteil. Uns treibt es an den Ort des Geschehens zurück.«

Seine Partnerin nickte und ihre rotblonden Locken wippten mit. Mit großen, blauen Augen strahlte sie erst ihren Begleiter an und dann Bert. »Wir waren zuvor noch auf der Lesung des Autors. Nie hätte ich damit gerechnet, dass der hier einfach so eine Waffe zieht, als spiele der eine Szene aus seinem Buch nach. Erst habe ich sogar gedacht, das sei nun ein abgesprochenes Spiel und die beiden Frauen seien engagierte Schauspielerinnen. Aber dann fiel der Schuss und die Flaschen zerbarsten. Mit einer geladenen Waffe macht vermutlich keiner solche Scherze.«

»Wieso haben Sie die Lesung eher verlassen? Hat es Ihnen nicht gefallen?«, wollte Bert wissen.

»Wir hatten Hunger. Mir knurrte der Magen. Der Typ hat gut gelesen, aber ich fand ihn auch sehr überheblich.« Der Mann blickte fragend auf seine Partnerin, die ihm vorsichtig widersprach. »Ich weiß nicht, ob das nicht Schau war. Er hat erzählt, dass Autoren und Verbrecher sich in vielen Dingen ähnlich seien. Sie wären von sich selbst überzeugt, hielten sich für die Klügsten und könnten schlecht mit Kritik umgehen.«

Bert fand das spannend. »Hat er auch davon gesprochen, dass er selbst sich als Verbrecher fühlte oder mal in die Rolle schlüpfen wollte?«

Beide schüttelten den Kopf, und die Frau sagte: »Das hat die Polizei natürlich auch schon alles gefragt. Meiner Meinung nach deutete nichts darauf hin, dass Balthasar Fromm nach seiner Lesung in die nächste Kneipe gehen und eine Waffe ziehen würde. Das hat es doch noch nie gegeben. Und wir haben uns selbst natürlich schon gefragt, ob der Mann, der ihn dann tatsächlich erschossen hat, bereits im Publikum saß. Aber angeblich hat man ja einen Russen in Verdacht, der selbst danach erschossen worden ist, oder?«

Bert nickte. »Es ist allerdings nicht klar, ob dieser Russe nur einen Auftrag erledigt hat.«

Natürlich hätte Bert noch mehr erzählen können, aber er wollte hier keine Gerüchte verbreiten, und es war auch nicht seine Aufgabe, seine Gäste auf den aktuellen Stand zu bringen. Er sammelte bloß Informationen und hoffte, dass man seinen Teilhaber aus der Angelegenheit heraushalten konnte. Doch ein Gedanke ließ ihn gerade nicht mehr los. War Balthasar einer dieser Narzissten, die glaubten das perfekte Verbrechen kreieren zu können? Oder einen echten Kriminellen herauszufordern? Es war verrückt.

Später am Abend, als Bert allein war, begann er damit, die Einnahmen des Abends zu zählen und zu verbuchen. Das Geschäft lief gerade gut. Als er in der Küche die Fenster schloss, vernahm er aus dem Schankraum die Lokaltür. Aus der Küche heraus rief er: »Wir haben geschlossen.«

»Weiß ich doch, alter Kumpel. Mach jetzt bitte keinen Ärger und gib mir die Einnahmen.« Bert blieb wie angewurzelt in der Küchentür stehen. Keine zwei Meter entfernt stand Robert hinter dem Tresen und hatte mittlerweile gesehen, dass Bert die Kasse geleert hatte. »Findest du nicht, dass du es allmählich übertreibst? Willst du wirklich dein eigenes Lokal ausrauben?« Erst da bemerkte Bert eine relativ große Waffe, die Robert in der Hand hielt, wenn auch nach unten gerichtet.

»Ich raube dich nicht aus, ich brauche nur schnell Bargeld. Meine Karte ist eingezogen worden. So ein verdammter Mist. Wir rechnen nächste Woche ab, wenn ich wieder hier bin, okay?« Robert war um ein Lächeln bemüht, doch das fiel reichlich grimassenhaft aus. Man konnte deutlich sehen, dass sich seine Lage nach dem letzten Zusammentreffen nicht verbessert hatte.

»Warum gehst du nicht zu deiner Mutter? Sie macht sich wirklich große Sorgen, und egal, was du angestellt hast, sie ist deine Mutter und wird dir helfen.«

»Jetzt kannst du mir am besten helfen. Ich darf sie da nicht mit reinziehen, versteh das doch. Mir ist da so ein Typ auf den Fersen, dem ich noch Geld schulde. Wenn der weiß, dass ich am Rockzipfel meiner Ma hänge, tut er der alten Lady noch was an. Bitte, gib mir einfach die Einnahmen.«

Bert lehnte sich mit verschränkten Armen an den Türrahmen, er nahm dabei noch den köstlichen Duft von Flammkuchen wahr und sagte: »Aber mich darfst du mit in deine dunklen Angelegenheiten ziehen. Ich kann Schläge in die Magengrube oder geplatzte Augenbrauen einfach besser wegstecken als deine Mutter. Kein Problem, Mann. Du sagst mir jetzt, was los ist, und ich gebe dir anschließend ...« Er hatte den Satz noch nicht ganz beendet, da gab es einen enormen

Knall. Robert hatte einfach irgendwo in die Wand geschossen.

Er schien selbst überrascht über den schweren, aber gradlinigen Rückstoß, den der Revolver machte. »Jetzt, Bert.«

Irgendwo hatte Bert mal gelesen, dass vor allem ängstliche Tiere gefährlich werden konnten. Offenbar traf das auch auf die Zweibeiner zu. Er war sich sicher, dass Robert ihn nicht erschießen würde, aber in seinem Zustand war er unberechenbar. Beruhigend hob Bert nun die Hände in die Höhe, auch wenn er größer und kräftiger als Robert war, und zeigte dann auf seine am Boden stehende Ledertasche. »Die Mappe mit dem Geld ist hinten drin. Bring endlich dein Leben wieder auf die Kette, Robert.«

Der schaute ihn aus rot geränderten Augen an und sagte: »Danke. Ich versuch's, ehrlich. Und ich bin dir was schuldig, das weiß ich.« Dann griff er in die Tasche, ohne Bert dabei aus den Augen zu lassen, und verschwand, nachdem er sich auch noch eine Flasche Whisky geschnappt hatte.

Die Lokaltür hatte sich noch nicht ganz geschlossen, da war Bert bereits an seinem Handy und wählte die Nummer des Kommissars. Dabei fiel ihm ein, dass der womöglich schon im Bett lag und sich einen verdienten Feierabend gönnte. Zu spät. Zu seiner Überraschung meldete sich nicht der Kommissar, sondern der junge Polizist. »Dirk Kemper am Apparat von Kommissar Schmitt.

»Sehr schön, Sie sind also beide noch im Dienst. Gerade war Robert Heinemann bei mir im Lokal und hat alle

Einnahmen mitgenommen. Er hatte einen sehr großen Revolver bei sich, den er auch benutzt hat.«

»Hat er etwa noch jemanden angeschossen? Ich gebe Sie mal an Kommissar Schmitt weiter, er hat schon vor Stunden versucht, Sie anzurufen.«

Die angenehm tiefe Stimme des Kommissars erklang, und Bert meldete sich schuldbewusst. »Entschuldigung, ich höre mein Handy nicht, wenn das Lokal voll ist.«

»Ja, ich habe alles mitgehört, ich schicke sofort eine Streife in Ihre Richtung. Robert Heinemann hat heute am frühen Abend versucht, ein Pferd mitzunehmen. Er hat dafür die Gestütsleiterin als Geisel genommen. Bei einem Handgemenge mit einem weiteren Mitarbeiter wurde die Dame leider angeschossen. Ich will Ihnen mal eins sagen: Ihr Kompagnon wird gerade als gefährlicher und bewaffneter Täter überall gesucht. Er ist mit einem Revolver vom Gestüt geflohen, den er auch benutzt. Den Raub eines weiteren Pferdes konnte der Mitarbeiter vor Ort verhindern. Offenbar hat Heinemann gerade dringende Geldsorgen, und ein Pferd als Gegenwert schien ihm eine Lösung zu sein. Das Ganze ist genauso schiefgegangen wie alles andere. Ich vermute, dass Ihr Partner nur noch untertauchen möchte und nun von der Bildfläche verschwinden wird.«

»Nennen Sie ihn bitte nie wieder Partner«, war das Einzige, was Bert mit bitterer Stimme antwortete.

11. KAPITEL

Dirk hatte am frühen Morgen wie versprochen mit seiner Freundin Ella und einem Kollegen vom NABU die Nistkästen an der Lambertikirche in Münsters Innenstadt angebracht. Eine gelungene Aktion für die Turmfalken, die hoffentlich bald den Turm und die daran hängenden Käfige umschwirren würden. In diesen Käfigen hatte man im 16. Jahrhundert die Leichen der drei Wiedertäufer öffentlich zur Schau gestellt und die kirchliche Ordnung der Domstadt wiederhergestellt. Doch Ellas Plan war nicht aufgegangen. Der recht jungenhaft wirkende Pastor hatte bedauernd erklärt: »Es tut mir leid, aber unser Diakon Dr. Jäger ist Oberstudienrat am Paulinum. Eventuell hat es etwas damit zu tun, dass er sehr viel Wert auf Respekt und Ordnung legt. Er fühlte sich offen von Ihnen bedroht, und er hält es für pädagogisch sinnvoll, dass Sie das nachempfinden und auf einige Sozialstunden verdonnert werden.« Dann fragte er Ella beim Abschied mit einem verschmitzten Lächeln: »Ich hoffe, Sie haben die Nistkästen nicht als Vorwand genutzt, um mich als Schlichter auf Ihre Seite zu ziehen.«

Ella war mit allen Wassern gewaschen. »Interessanter Gedanke, tatsächlich war ich an der Lambertikirche, um mir den Glockenturm anzusehen und zu recherchieren, ob er für das Anbringen von Nistkästen geeignet wäre. Und erst dabei traf ich auf die Szene mit dem Obdachlosen und seinem Labrador. Nun gut, ich warte dann also auf Post von Ihrem Diakon und Seelsorger.« Das Wort Seelsorger betonte sie deutlich süffisant. Zu Dirk sagte sie wenig später: »Ich glaube, der Pastor wusste von dem Vorfall schon, als ich zum ersten Mal mit ihm gesprochen habe. Der hat mich von vorne bis hinten durchschaut und dabei zwei Nistkästen und unsere Arbeitszeit abgestaubt. Wer hat hier wohl wen missbraucht?«

»Die katholische Kirche hat seit zweitausend Jahren Erfahrung darin, gut für sich zu sorgen, indem sie andere arbeiten und zahlen lässt,« hatte Dirk sie getröstet.

Nun saß er zusammen mit dem Kommissar im Auto.

Schmitt starrte auf die Straße und summte dabei ein Kinderlied. Es war bereits später Samstagvormittag – aber von dem Flüchtenden hatten sie immer noch keine Spur.

Schmitt war am Morgen auf dem Hof der Geschwister Quante gewesen, um sich selbst ein Bild von den Verhältnissen dort zu machen.

Dirk schaute sorgenvoll zu ihm hinüber: »Alles okay, Chef? Ich dachte, Sie wollten mittags Ihr Zuhause genießen?«

»Papperlapapp. Diese Bäuerin hat mich echt gefordert. Ich habe den dringenden Verdacht, dass die junge Dame jeden an der Nase herumführt, der sich in ihre Nähe wagt. Wussten Sie zum Beispiel, dass ihr der Hof gehört und ihr Bruder bei ihr angestellt ist? Es sind nämlich nur Halbgeschwister. Der Bruder ist das Produkt einer Affäre. Da war der alte Bauer wohl mal zu lange mit dem Trecker unterwegs. Jedenfalls hat er den Jungen großgezogen, aber den Hof hat er nur seiner leiblichen Tochter vererbt, obgleich diese ein paar Jahre später geboren wurde.«

Dirk war beeindruckt und musste sich erst mal setzen. »Das klingt so, als wäre der Streit zwischen den Kindern vorprogrammiert. Ich hatte aber eher den Eindruck, die verstehen sich ausgezeichnet. Respekt, Sie haben der Dame eine Menge Geheimnisse entlockt.«

Jetzt wandte Schmitt ihm den Blick zu und verzog schmerzhaft das Gesicht. »Nein, keineswegs. Das habe ich erst nach dem Gespräch herausgefunden, weil mich die Dame neugierig gemacht hat. Von Nicole Quante erfährt man nur so viel, wie sie möchte. Wenn es stimmt, was uns der Barkeeper erzählt hat, und sie und Balthasar Fromm haben ihre Trennung nur vorgespielt, dann hätte sie ein verdammt gutes Motiv für den Tod an Mischa Bolschakow – und kein Alibi.«

Dirk spielte mit seinem Autoschlüssel. »Ich finde, wir haben in Robert Heinemann einen ausgezeichneten Täter. Meinen Sie nicht? Was ist mit der Kugel aus seiner Waffe?«

»Die stimmt nicht mit der Waffe überein, mit der die anderen beiden erschossen wurden. Es handelt sich auch nicht um eine Pistole, wie die Zeugen aussagten, sondern um einen Revolver, einen *Smith & Wesson*, wie sie Sportschützen gerne verwenden. Er hat eine sechs Zoll Lauflänge und Platz für zehn Patronen in der Trommel. Er bietet für den Laien also schon eine beachtliche Größe. Da fragt man sich doch, wie so ein harmloser Barkeeper an eine solche Waffe kommt? Eine Waffenbesitzkarte hat er nämlich nicht.«

Dirk gab zu bedenken: »Ja, aber am Tresen einer westfälischen Gaststätte kommt man sicher mit allerlei Typen in Kontakt.«

»In Warendorf? Ich weiß nicht. Kennt da nicht jeder jeden?«

Dirk fuhr fort: »Ich wüsste zu gerne, wo der Hengst Dragon ist. Die Aktion von gestern Abend lässt vermuten, dass es einen Übergabetermin gab, bei dem Robert Heinemann mitsamt dem verschwundenen Pferd erscheinen sollte.«

Schmitt hörte dem jungen Kollegen zu und ergänzte: »Das bedeutet doch aber, dass Heinemann gar nicht selbst in das Pferd investieren wollte, wie seine Mutter uns erzählt hat, sondern dass er nur eine Art Zwischenhändler spielte.« Schmitt raufte sich die wenigen Haare, die ihm geblieben waren. »Das hat alles überhaupt keinen Sinn.«

Dirk Kemper übernahm Schmitts Eigenart und wanderte nun im Büro hin und her. »Wenn man sich mal anschaut, was gerade passiert, dann gibt es zwei interessante Entwicklungen. Erstens verkaufen sich die Bücher eines bis dato unbekannten Autors zumindest in der Region Münsterland plötzlich hervorragend. Die Zeitungen schreiben häufig über den Fall. Und immer wird am Ende der Artikel erwähnt, dass der Mord an dem Autor

Balthasar Fromm Auslöser für die merkwürdigsten Ereignisse war. Und dann werden oft seine beiden bisherigen Werke samt ISB-Nummer aufgelistet. Für diesen Geschäftssinn habe ich übrigens die Tante in Verdacht.«

Dirk machte eine Pause, die der Kommissar für sich nutzte: »Oder die hübsche Buchhändlerin. Allerdings glaube ich kaum, dass die ISBN in einem Polizeibericht auftaucht. Dennoch mischt Hilde Koch ordentlich mit. So hat sie gestern beispielsweise ihre Liebe für Bioeier entdeckt und ist zum Hof von Nicole Quante gefahren, um dort so offensichtlich herumzuschnüffeln, dass Frau Quante es ihr direkt auf den Kopf zugesagt hat. Das hat sie mir eben selbst erzählt.« Schmitt saß noch immer halb auf der Fensterbank, und Dirk Kemper blieb überrascht vor dem älteren Mann stehen. »Sie finden die Buchhändlerin hübsch?«

»Ja, sehr. Eine perfekte Figur ist nicht alles, wissen Sie. Aber Sie sind zu jung, um das sehen zu können.«

»Egal«, meinte Dirk und zählte weiter auf, während er seine Runden abging. »Kommen wir zu dem Pferd Dragon, dem Zuchthengst, der in Fachkreisen gefragt war, aber den sonst kaum einer kannte. Nun können Sie jedes Schulkind und jeden Messdiener im Kreis Warendorf fragen. Der Hengst ist berühmt. Sie müssten mal lesen, was auf Facebook los ist. Eine Menge Mädels, vor allem Reiterinnen, wollen das Tier retten und suchen nach ihm, als wäre es ein Spross von Fury. Maggy, eine Kollegin, hat mir gestern erzählt, dass eine Menge völlig unnützer Hinweise im Präsidium ankommen, wo der Hengst angeblich sei. Die Beamten hier arbeiten im Hintergrund echt gut, um uns den Rücken freizuhalten.«

Der Kommissar verließ die Fensterbank und reckte sich. »Kemper, ich habe eine Bitte. Können Sie eine Art Diagramm anfertigen, in das Sie zeitlich alle Ereignisse eintragen und wenn möglich die Vernetzung der Taten? Ich gehe jetzt noch kurz ins Krankenhaus, um unser englisches Opfer zu besuchen. Und dann genieße ich mein Wochenende und komme erst Montag früh wieder. Es sei denn, man liefert mir Robert Heinemann.«

* * *

Barkeeper Bert hatte ein richtiges Morgentief, als er im Bad stand und sich im Spiegel betrachtete. Das schien auch sein tierischer Mitbewohner Paul zu spüren, denn der schlich in ungewohnter Nähe um seine Füße und legte sich schließlich sogar auf die Matte vor der Dusche. Bert ließ den Kater gewähren.

Beim späten Frühstück, das ihm nicht schmeckte, zog er eine Bilanz. Das Betreiben eines Lokals zusammen mit einem gesuchten Kriminellen würde sich in Zukunft schwierig gestalten. Er musste Robert aus dem gemeinsamen Projekt entlassen. Oder er selbst müsste kündigen. Über beide Möglichkeiten dachte er nach, hatte aber im Grunde genommen Spaß an der Arbeit. Er hätte das *RoBerta* alleine führen und sich ein paar weitere Angestellte suchen können. In der folgenden Woche wollte er mal einen Anwalt aufsuchen und sich beraten lassen, wie man den finanziellen Teil klären könnte. Er dachte an die vergangene Nacht, als ihm der Kommissar von der Geiselnahme berichtet hatte. Einen Menschen als Geisel zu nehmen, das war in Deutschland kein Kavaliersdelikt. Robert würde mit einer Haftstrafe nicht unter drei Jahren rechnen müssen. Hinzu kamen illegaler Waffenbesitz und schwere Körperverletzung. Bert musste bei diesen Gedanken wiederholt den Kopf schütteln, und er spürte, wie seine Puls anstieg. Wenn sein Leben so weiterging, würde er bald Betablocker benötigen.

Das Klingeln seines Festanschlusses dröhnte laut und unschön durch die Wohnung. Es war eine Nummer aus Warendorf, und er meldete sich mit: »Hier ist Bert.«

Beim Klang der Stimme am anderen Ende der Leitung ging tatsächlich ein Lächeln über das Gesicht des schlecht gelaunten Barkeepers. »Hilde, das ist eine Überraschung. Du bist schon im Buchladen, oder?«

»Ja, seit einer Stunde. Aber ich habe deutlich eher Feierabend als du. Ich wollte dich über den Stadtklatsch informieren, denn leider hängt Robert da tief drin. Und ich dachte, es ist besser, du erfährst es von einer Freundin.«

Bert schluckte. Zwei Jahre hatte er mit der Buchhändlerin kaum mehr Kontakt gehabt als vielleicht mal einen kurzen Besuch in ihrem Laden. Nun, eine Woche nach dem Mord in der Straße bezeichnete Hilde sich als Freundin. Aufgeregt erzählte Hilde Bert nun von den Dingen, die er leider schon wusste. Und er fasste beim Zuhören einen spontanen Entschluss, den er sich leisten konnte.

»Hilde, danke, dass du mir das alles erzählst. Robert war danach noch bei mir im *RoBerta*. Mit einem sehr großen Revolver.« Ihren erschreckten Aufruf ignorierte er. »Was hältst du davon, wenn ich dich heute Abend zum Essen einlade, und ich erzähle dir dann mehr. Ich werde fürs *RoBerta* entweder einen Ersatz finden oder ich mache ein Schild an die Tür: *Wegen Mord und Totschlag geschlossen.*«

»Totschlag? Das klingt so, als hättest du deinen Partner heute Nacht erschlagen?« Man merkte an ihrem Tonfall, dass sie nicht genau wusste, ob sie lachen oder lieber ernst bleiben sollte. Schnell setzte sie hinterher: »Aber das ist eine hervorragende Idee. Ich habe Zeit.«

* * *

Maja Sperling konnte mit ihren Unterarmstützen schon recht gut laufen, und sie nutzte ihre wiedergefundene Beweglichkeit nun, um nach ihrem Termin und der Röntgenkontrolle noch jemand anderen im Josephs-Hospital aufzusuchen. Ihre Chefin lag seit dem Vorabend hier, denn sie war auf eine noch dramatischere Art in die Geschehnisse hineingezogen und verletzt worden als Maja selbst.

Zum Glück war Frau Whitaker nicht so schwer getroffen, wie anfangs vermutet. Die Kugel hatte ihren Bauch nur gestreift. Es war eine tiefe Fleischwunde, die aber ohne Operation auskam, und die zähe Engländerin empfing bereits Besucher, wie man ihr im Schwesternzimmer mitteilte.

»Ja, ja, du kannst dich gerne selbst überzeugen. Frau Whitaker ist bester Laune und erzählt von ihrer Schussverletzung so souverän wie Bruce Willis, wenn er von seinen Filmaufnahmen kommt. Mittlerweile glaube ich, dass der Schütze traumatisierter ist als das Opfer. Deine Chefin ist bestimmt eine Nachfahrin von Margaret Thatcher.« Der dicke Pfleger lachte und nannte Maja die Zimmernummer.

Die hatte zwar keine Ahnung, wer Margaret Thatcher war, aber sie lachte erleichtert mit. Als sie vor der Zimmertür stand, verließ sie der Mut, und sie blieb stocksteif stehen. Bis die Tür von innen aufgerissen wurde und eine Krankenschwester mit einem Tablett herauskam. »Oh, noch mehr Besuch für Sie, Frau Whitaker.« Maja betrat nun das Zimmer ihrer Chefin und wurde gleich von vier Augen angestrahlt. Zunächst roch sie aber eine Mischung aus Desinfektionsmittel und Seife, dazu das Parfum nach Wildblumen, das sie von Frau Whitaker kannte. Diese lag ganz entspannt in einem typischen Krankenbett, das Kopfteil hochgestellt. Und sie trug dezent Lippenstift und Lidschatten. Neben ihr auf dem Nachttisch befand sich ein kleiner, handgroßer Blumenstrauß aus bunten Rosen.

Leo saß am Besuchertisch, eine Tasse Kaffee stand vor ihm. »Hi Maja, ich bin soeben befördert worden. Hier sitzt der neue Abteilungsleiter für das Ressort Reiten.« Er grinste von einem Ohr zum anderen. Dabei wirkte er mit den Striemen im Gesicht, die er von dem Halfter erhalten hatte, das Robert Heinemann ihm durchs Gesicht gezogen hatte, tatsächlich zehn Jahre jünger. Beinahe wie ein Student aus einer schlagenden Verbindung. Maja begrüßte die Gestütsleiterin höflich und erklärte, dass sie in der Nähe gewesen sei. »Ich freue mich, Maja. Setz dich, ich erzähl dir jetzt auch nochmal von gestern Nachmittag. Ich kann gar nicht genug davon berichten. Meine Güte, was waren wir für ein gutes Team.«

Leo schob seiner jungen Kollegin einen Stuhl zu und flüsterte ihr dabei zu, dass Frau Whitaker sicher noch eine gehörige Portion Medikamente im Blut habe.

Nachdem Frau Whitaker also gekonnt die dramatischen Ereignisse zusammengefasst hatte, stellte sie Leo die Frage: »Was hat der Typ sich denn dabei gedacht? Wenn der mit einem unserer Wagen und einem geklauten Pferd davongefahren wäre, hätten wir doch die Polizei informiert. Der wäre doch nicht weit gekommen. Oder wollte der sich auf den Rücken des Pferdes schwingen und in den Sonnenuntergang reiten? Völlig meschugge, manche Deutsche.« In gespielter Empörung schüttelte sie den Kopf, verzog aber schmerzhaft das Gesicht, als sie ihre Position verändern wollte.

Leo machte ein ernstes Gesicht. »Der hätte uns geknebelt, gefesselt und in die Sattelkammer gesperrt. Mit ganz viel Pech wären wir erst am nächsten Morgen gefunden worden. Der Vorsprung hätte gereicht. Ich mache mir ein wenig Vorwürfe.«

Frau Whitaker reagierte sofort: »Nein, Leo, das habe ich Ihnen doch schon zig Mal gesagt. Das war brillant, ihm das Medikament in die Augen zu streuen. Wir konnten uns doch nicht kampflos ergeben. So haben wir immerhin verhindert, dass wir ein weiteres Pferd verlieren.«

»Ja sicher, aber das meine ich nicht. Vor einiger Zeit war doch dieser Autor bei uns, und ich habe ihn herumgeführt. Er meinte, dass er ein Buch schreibt, in dem eventuell das Gestüt vorkommen wird. Wir sprachen auch darüber, wie Champions gemacht werden. Ich weiß es noch genau. Wir standen vor Dragons Box, und ich habe von dem Tier geschwärmt. Ich hatte Sie ja mal darauf hingewiesen, dass in dem Pferd eine Menge Potential steckt und wir nicht jede beliebige Reiterin darauf reiten lassen sollten. Dragon ist ein Dressurpferd, kein Springer. Erinnern Sie sich?«

Frau Whitaker legte die Stirn in Falten und nickte. »Ja, irgendetwas haben Sie mir erzählt, und wir waren nicht einer Meinung, glaube ich.«

»Vor allem war ich nicht einer Meinung mit unserem alten Abteilungsleiter, auf den Sie, liebe Chefin, nun mal mehr gehört haben. Er hat Dragon zwar ein paar Mal Dressur gehen lassen, aber mit einer völligen Fehlbesetzung. Der wollte einfach recht behalten. Aber dieser Schreiberling hat mir geglaubt. Er hat sich sehr genau informiert, und kurze Zeit später hatten Sie plötzlich Robert Heinemann im Büro stehen, der Dragon kaufen wollte. Was für ein merkwürdiger Zufall. Damit begann die ganze Misere, und unser Landgestüt geriet erneut negativ in die Schlagzeilen.«

Maja mischte sich vorsichtig ein. »Was hat denn dieser Heinemann mit dem Autor zu tun?«

»Das weiß ich nicht genau, aber die beiden kannten sich, wie ich erfahren habe. Immerhin ist der Autor vor dem Lokal erschossen worden, das der Typ mit einem anderen zusammen betreibt. Ich weiß gar nicht, was mich geritten hat, einem Besucher dermaßen ein Pferd anzupreisen. Ich war wahrscheinlich beleidigt, weil keiner meiner fachmännischen Meinung vertrauen wollte. Dragon ist ein Champion. Der könnte mit der richtigen Reiterin zusammen als Dressurpferd die Massen begeistern und Preise abräumen. Sie hätten sehen sollten, wie elegant der gesprungen ist. Und jetzt hat ihn sicher ein alter Ölscheich für seine verwöhnte Tochter im Stall stehen.«

Frau Whitaker strich mit ihren schlanken Fingern die Bettdecke glatt. Etwas spitz meinte sie: »Wenn Sie so überzeugend Pferde zum Kauf anbieten, sollten Sie vielleicht ganz woanders arbeiten. Dragon ist ein Verlust, keine Frage, und er ist nun eine kleine Berühmtheit, ohne dass er auch nur ein Hindernis überspringen musste. Dank der sozialen Medien. Ich hoffe, dass er wieder auftaucht, denn ganz sicher braucht Robert Heinemann kein Pferd mehr, wenn er erst einmal gefasst wurde. Soweit ich weiß, verzichten die im Knast auf Reitsport.«

»Ja, aber der Hengst gehört ihm dennoch. Entweder müssen Sie ihn zurückkaufen oder er hat das Tier längst weiterverkauft und hat daher die Probleme. Er kann nicht liefern und das Geld eventuell auch nicht zurückzahlen. Ich könnte mir denken, dass seine Geschäftspartner keine anständigen Zuchtbetriebe sind.«

»Was immer Robert Heinemann vorhatte, in erster Linie brauchte er Geld. Denk daran, Leo, er war erst in meinem Büro und forderte die Barzahlung zurück.«

Majas Blick ging von einem zum anderen, da kam eine Fülle an Informationen auf sie zu, und die musste sie erst nacheinander sortieren. Und so stellte sie verblüfft eine Frage an Leo: »Du warst der Meinung, Dragon sollte als Dressurpferd gehen? Das habe ich doch schon mal gehört.« Als die blonde Frau überlegend einen Finger an die Lippen legte und ihre großen Zähne zu sehen waren, sah sie unglaublich jung und naiv aus.

»Ich habe dir das nicht erzählt, ich wollte keine Stimmung gegen unseren Abteilungsleiter machen.« Leo sagte dies mit einem Seitenblick zu Frau Whitaker. Die verdrehte die Augen und wollte etwas sagen, doch Maja kam ihr zuvor. »Ich glaube, es war einer der Schmiede. Aber es war ein Aushilfsschmied. An dem Tag brauchten wir dringend einen Schmied, weil Dragon sich den Kronsaum verletzt und einen Defekt in der Hornwand hatte. Unser Schmied hatte alle Mitarbeiter auf eine zweitägige Fortbildung geschickt. Da hat unser Hauptsattelmeister einen anderen Schmied angerufen. Das war ja keine große Sache. Der Mann hat den Riss mit Wachs und Lederöl geflickt.« Maja bekam ganz hektische Flecken im Gesicht, da ihre Aussage gerade so wichtig genommen wurde.

Leo beugte sich nun auch noch ein Stück zu ihr, und sie konnte ein frisch duftendes Rasierwasser riechen. »Und der hat gesagt, Dragon sei ein Dressurpferd?«

»So in etwa. Er war überrascht, als er hörte, dass Dragon als Springer ausgebildet wird. Er hätte selten ein so elegantes Tier gesehen mit derart geschmeidigen Bewegungen.«

Frau Whitaker hatte bislang zugehört, doch jetzt wollte sie wissen: »Weißt du, wie der Mann hieß? Das scheint ja ein guter Mann zu sein, wenn er die gleiche Meinung vertritt wie unser neuer Abteilungsleiter im Reiten.« Sie lächelte Leo an und widmete sich dann aber wieder Maja.

Die hob langsam ihre Hand zum Mund und blickte erschrocken auf. »Ach du meine Güte. Ich weiß den Namen nicht mehr, aber er war Russe.«

Und dann wurde es voll im Krankenzimmer, denn nun kam ein weiterer Besucher. Glattrasiert, mit deutlichem Bauchansatz, aber einem pfiffigen, orangefarbenen Hemd und feiner Stoffhose. Kommissar Schmitt strahlte die kleine Gruppe an und sagte artig: »Einen schönen Samstag. Das gefällt mir. Drei Pferdeleute vom Gestüt um mich versammelt und nicht die kleinste Gefahr, dass ein Pferd dabei sein könnte. Ich liebe Krankenhäuser und das dort herrschende Tierverbot.«

»Dafür sind hier oft die ganz kleinen Tierchen zu finden und machen Probleme, die Einzeller, Bakterien und Viren. Pfui Teufel.« Frau Whitaker setzte sich ganz vorsichtig aufrecht hin. »Herr Kommissar, haben Sie Robert Heinemann schon gefunden?«

»Nein, leider haben wir ihn noch nicht gefunden. Aber alle Bahnhöfe und Flughäfen in der Nähe sind informiert. Wir finden ihn, es ist nur eine Frage der Zeit. Viel Geld kann er nicht bei sich haben. Aber vielleicht können Sie beide helfen.« Schmitt blickte erst Frau Whitaker an und dann Leo. »Gab es etwas, das Robert Heinemann erwähnt hat und das Rückschlüsse auf seine Pläne geben könnte?«

Beide sahen sich an und schüttelten gleichzeitig den Kopf. Frau Whitaker ergänzte: »So gut funktioniert mein Denkapparat nicht, wenn eine Pistole auf meinen Körper zielt. Auch wenn er immer behauptet hat, er würde mir nur ins Knie schießen. Das hier ist ja wohl ein Bauchschuss.« Sie zeigte auf ihre Körpermitte.

»Es war ein Revolver«, sagte Schmitt. »Ich glaube nicht, dass er Sie erschießen wollte. Ein berechnender Mörder ist Robert Heinemann meines Wissens nach nicht. Er verhält sich eher wie ein in die Enge getriebenes Tier. Hatte er Gepäck bei sich? Haben Sie sein Auto gesehen oder andere Dinge, die einen Hinweis geben könnten?«

Leo schob seine Tasse hin und her. »Ich habe die halbe Nacht darüber nachgedacht. Ich bin ja nach dem Schuss erst mal zu Frau Whitaker gegangen, um nach ihren Verletzungen zu sehen. Sie sah schlimm aus mit dem ganzen Blut auf der Bluse und auf dem Boden. Die Pferde waren aufgeregt und trampelten gegen die Boxentüren, und bei dem Krach und der Aufregung habe ich auch kein Auto wegfahren hören. Aber wahrscheinlich hatte er sowieso auf dem Parkplatz an der Verwaltung geparkt. Ich bin natürlich bei Frau Whitaker geblieben, bis der Rettungswagen eintraf.«

»Ja, ganz klar«, meinte der Kommissar und musterte den patenten Gestütsmitarbeiter, der immer passend zur Stelle war, wenn etwas passierte. »Aber warum haben Sie nicht auch direkt meine Nummer gewählt?« Suchend blickte der Kommissar sich nach einem Stuhl um, aber es gab nur einen kleinen Hocker unterm Waschbecken.

Maja erhob sich und überließ dem Kommissar ihren Stuhl, um sich dann abseits an die Tür zu stellen. Sie fühlte sich sichtlich unwohl, hörte aber gespannt zu. Auch als der Kommissar protestierte, da sie verletzt war, winkte sie ab. »Ich gehe jetzt gleich.«

Leo machte ein empörtes Gesicht. »Ich dachte, wenn ich den Notruf wähle und eine Schussverletzung sowie einen Überfall melde, dann läuft das Programm. Dann wird doch hoffentlich nicht nur ein Sanitäter losgeschickt, sondern auch die Polizei! Wie gesagt, ich habe mich um meine Chefin gekümmert, die mit einem Bauchschuss in der Stallgasse lag.«

Die Chefin, deren Bauchschuss sich ja zum Glück nur als ein Streifschuss herausgestellt hatte, nickte nun dankbar und mit theatralischem Gesichtsausdruck, der nicht zu ihr passte.

»Ja, ja, natürlich wird das weitergeleitet. Aber bis der Notdienst kapiert hat, dass der zuständige Kommissar informiert werden muss, weil der Überfall zu einer laufenden Ermittlung gehört, dauert es oftmals. Kennen Sie die Bäuerin Nicole Quante?«, fragte Kommissar Schmitt so plötzlich, dass Leo spontan nickte.

Frau Whitaker und Maja guckten sich nur fragend an.

»Sie hat vor einigen Jahren ein paar unserer Pferde geritten. Wir haben viele Reiterinnen, die froh sind, wenn sie vernünftige Pferde zum Reiten haben. Sie helfen bei der Stallarbeit und dürfen dafür reiten. Natürlich nur, wenn sie das Handwerk beherrschen. Wir nehmen keine Anfängerinnen.«

»Eine Win-win-Situation könnte man meinen«, überlegte der Kommissar laut, der so ein Abkommen nicht im Geringsten nachvollziehen konnte. »Mit Verstand betrachtet, arbeiten die Mädchen – ich nehme an, es sind hauptsächlich Mädchen – gleich zwei Mal für Sie. Erst machen sie den Stalldienst und dann den Reitdienst. Sie sparen dadurch Lohnkosten.«

Frau Whitaker mischte sich nun erbost ein. »Wir zwingen niemanden dazu, aber Sie glauben gar nicht, wie viele junge Mädchen hier Schlange stehen. Wann haben Reiterinnen denn mal die Möglichkeit, auf Toppferden zu trainieren? Manch eine hat dadurch auch ihren Berufswunsch verwirklicht und einen Ausbildungsplatz bekommen.«

Kommissar Schmitt wandte sich an Leo Tenne: »War sie gut, Nicole Quante? Und wussten Sie, dass sie die Freundin von Balthasar Fromm war? Und der wiederum war mit Robert Heinemann befreundet. Wussten Sie das alles?«

»Stellen Sie immer so viele Fragen auf einmal? Nein, wusste ich nicht. Aber ich ahne nun, wer dafür verantwortlich ist, dass der Schreiberling mir so auf die Pelle gerückt ist und alles Mögliche wissen wollte. Wer weiß, ob das nicht eine Finte war. Angeblich hat er ein Buch geschrieben, in dem unser Gestüt vorkommt.« Leos Stimme klang genervt. Von einem Augenblick zum anderen hatte sich die Stimmung im Krankenzimmer abgekühlt, und alle schienen aufmerksam und vor allem wachsam.

Maja stützte sich auf ihre Gehhilfen. »Ich muss dann mal wieder los. Gute Besserung weiterhin.« Sie wandte sich zur Tür, aber so richtig nahm kaum noch einer Notiz von ihr. Frau Whitaker winkte Maja flüchtig zu, und Leo schien zumindest erleichtert, dass ein Besucher weniger ihm und dem Kommissar zuhörte. Er redete weiter, nachdem sich die Zimmertür hinter Maja geschlossen hatte.

»Diese Nicole war damals schon schwierig und fordernd. Sie war eine sehr gute Dressurreiterin, und daher habe ich mir ihr schlechtes Benehmen eine Zeitlang gefallen lassen. Sie verlangte tatsächlich, dass wir zumindest eine Art Obolus für die freiwilligen Helferinnen bezahlten. Als das Gestüt ablehnte, tauchte sie nicht mehr auf.«

Kommissar Schmitt hatte der jungen Dame mit den Gehstützen die Tür aufgehalten und setzte sich nun wieder hin. Er machte sich in aller Ruhe ein paar Notizen und fragte dann: »Wissen Sie etwas über die neue Story von Balthasar Fromm? Wir suchen überall nach dem Manuskript.«

Leo biss sich plötzlich auf die Unterlippe und fuhr sich angespannt durch seine dunklen Haare. Dann nickte er. »Mensch, dass mir das nicht früher eingefallen ist. Ja, ich habe ihn natürlich gefragt, worum es in seinem Buch gehen würde und inwiefern wir als Landgestüt darin auftauchen würden. Ich habe gescherzt, dass wir ja einen guten Ruf hätten und dies schon seit fast zweihundert Jahren.« Leo machte eine Pause, in der er seinen kalten Kaffee austrank. Er verzog auch gleich das Gesicht und schob die Tasse von sich. »Der Schreiberling meinte nur, es ginge um den Diebstahl eines berühmten Pferdes und um einen Autor, der bei der Entwicklung seiner Geschichten selbst ins kriminelle Milieu abrutscht. Und dann meinte er in einem Ton, als mache er sich selbst über die Buchszene lustig. ›Wissen Sie, in meinem neuen Werk lasse ich mal einen Autor nicht nur eine Geschichte schreiben, sondern ich lasse ihn auch sterben. Die nehmen sich doch alle viel zu wichtig.‹«

* * *

Diese Worte wiederholte der Kommissar zehn Minuten später, als er in seinem Audi saß, um nach Hause zu fahren. Während der Fahrt telefonierte er mit Dirk Kemper. Der junge Polizist saß noch im Präsidium, koordinierte die Fahndung nach Robert Heinemann und trug Ergebnisse zusammen, die er später in einem Meeting kundtun wollte.

»Wie viele Leute kennen das Ende des Buches und hätten somit die Geschichte wahr werden lassen können?«, fragte Kemper.

»Seine Mutter, Frau Kern, seine Tante eventuell, aber sie behauptet, zumindest den Schluss nicht zu kennen. Und Nicole Quante, die gelogen haben könnte, als sie behauptete, dass sie sich für das Manuskript nicht interessiere. Aber ich weigere mich anzunehmen, dass seine Familie etwas mit seinem Tod zu tun hat. Nennen Sie es die Ignoranz eines alten Mannes, dessen Moralvorstellungen das nicht zulassen wollen. Ich nenne es Menschenkenntnis.«

»Wenn wir davon ausgehen, dass er selbst seine Festplatte so jungfräulich hergerichtet hat, müssten wir von Selbstmord ausgehen.«

Schmitt räusperte sich, fluchte kurz wegen eines anderen Autofahrers und meinte dann: »Wir können mit ziemlicher Sicherheit davon ausgehen, dass Mischa Bolschakow Fromm erschossen hat. Wir wissen nur nicht, wer ihn beauftragt hat. So, ich widme mich jetzt dem schönen Anblick vor meinem Haus.«

»Haben Sie Blumen gepflanzt oder gefällt Ihnen die Briefträgerin?«, war die freche Antwort seines jungen Kollegen.

Kommissar Schmitt legte einfach auf und parkte den Wagen in seiner Einfahrt. Dann stieg er mit einem Lächeln aus, um seine hübsche Nachbarin zu begrüßen, die in ihrem Vorgarten gegenüber seinem Haus Tulpen und Stiefmütterchen in allen möglichen Farben einpflanzte. Dabei bot sie selbst einen bunten Anblick. Sie steckte in engen Jeanshosen, einer bunten Regenjacke und hatte ein orangefarbenes, breites Band um ihren Kopf geschlungen. Zartrosa Lippenstift und grasgrüne Gummistiefel rundeten das Bild ab. Sie lächelte ihn an und fragte über die Straße rufend: »Sie sehen aus, als kämen Sie von der Arbeit. Habe ich recht?«

Er nickte verlegen.

»Wo arbeiten Sie, dass Sie samstags losmüssen?«

»Ich bin Kriminalkommissar.« Er betätigte den elektronischen Schließmechanismus seines Wagens und grinste ein wenig verlegen. Seine Nachbarin richtete sich nun auf und kam ein paar Schritte näher. »Aha, Sie ermitteln in dem Mord an Balthasar.« Das klang sehr vertraut und machte den Kommissar misstrauisch. »Kannten Sie den Autor. Ich heiße Horst. Horst Schmitt.«

»Moni Wagenfeld. Ja, ein wenig. Seine Mutter war meine Anwältin bei der Scheidung.« Sie grinste. »Ich habe Balthasar ab und an in der Kanzlei getroffen, aber das ist schon einige Jahre her.«

Der Kommissar hatte ganz sicher nicht die Absicht gehabt, ein dienstliches Gespräch mit der aparten Nachbarin zu führen, aber den Zufall konnte er sich als ermittelnder Beamter kaum entgehen lassen. Auf ein paar Nachfragen hin erfuhr er, dass Balthasar Fromm ein unglaublicher Stratege gewesen sein musste, der selten etwas dem Zufall überließ. Er sei schon in jungen Jahren ein leidenschaftlicher Schachspieler gewesen und bei

Wettkämpfen gestartet. »Als ich ihn kennenlernte, da hatte er sich gerade der Schreiberei zugewendet. Er hat mir erzählt, dass das Planen und Entwickeln einer Geschichte dem Schachspiel ähnlich sei. Er müsse einzelne Schritte planen, die Auswirkungen auf den Fall und die Figuren beachten und einzelne Fäden zum Schluss logisch zusammenbringen.« Moni Wagenfeld atmete tief ein und ergänzte: »Wenn Balthasar Fromm mit einer Waffe in einem Lokal herumgefuchtelt hat, dann kann ich nur schwer glauben, dass das eine spontane, emotional begründete Tat gewesen sein soll. Vielleicht war es ein merkwürdiger Test, der schiefgelaufen ist.«

Kommissar Schmitt ging wenig später sehr nachdenklich zu seinem Grundstück und öffnete die Haustür. Noch immer war es für ihn ungewohnt, ein Haus zu betreten, das er nicht mit seiner Frau zusammen gekauft und bewohnt hatte. Es fehlte innen noch an Behaglichkeit, er musste dringend Blumen und Dekoartikel kaufen und Bilder aufhängen. Nach dem Fall wollte er sich an einem freien Wochenende daran begeben. Das Frühjahr war optimal geeignet für eine solche Herausforderung.

In seinem Briefkasten fand er einen Brief der Huk-Agentur, den er schon in den Müll schmeißen wollte, da er ihn für Werbung hielt. In der Anrede stand nicht Herr Horst Schmitt, sondern Kommissar Schmitt. Er bemerkte er, dass das Kuvert gar keine Briefmarke trug. Der Brief war also per Hand eingeworfen worden, weil vielleicht ein Mitarbeiter der Versicherung in seiner Nähe wohnte. Schmitt zog seine Jacke aus und nahm den Brief mit in die Küche. Dort öffnete er ihn mit einem normalen Küchenmesser.

Schon wenige Minuten später pfiff er durch die Zähne. Balthasar Fromm besaß eine Risikolebensversicherung. Abgeschlossen hatte er diese im Vorjahr. Für wen er die Summe von hunderttausend Euro festgelegt hatte, ging aus dem Schreiben nicht hervor. Aber Kommissar Schmitt wurde aufgefordert, sich bei dem zuständigen Sachbearbeiter zu melden. Man wolle wissen, wie weit die Ermittlungen im Todesfall Balthasar Fromm vorangeschritten seien, denn bei einem Mord zahle die Versicherung erst, wenn dieser aufgeklärt sei. Denn falls der oder die Begünstigte den Mord begangen habe, brauche die Versicherung nicht zu zahlen. Bei Selbstmord zahle sie auch nicht, doch den konnte der Kommissar eindeutig ausschließen.

Doch wer war denn nun der oder die Begünstigte seiner Lebensversicherung? Darüber stand in dem Schreiben nichts. Natürlich nicht. Leider musste Schmitt sich noch gedulden, denn an einem Samstagnachmittag würde er keinen erreichen. Aber Schmitt verwettete sein Lieblingshemd darauf, dass es sich bei dieser Person um Nicole Quante handelte. Immer wieder begegnete ihm diese rothaarige Frau, die ihnen weiszumachen versuchte, dass sie keinen Mann länger als eine Erntezeit an sich binden könne. Dabei hatte sich im Laufe der Ermittlungen herausgestellt, dass sie Mischa Bolschakow mindestens als Schmied gekannt haben musste. Auch Leo Tenne kannte sie aus dem Landgestüt. Im *RoBerta* war sie mal essen gewesen und mit Balthasar Fromm hatte sie kurz vor seinem Tod und nach der angeblichen Trennung noch geknutscht. Zu jedem Beteiligten in dem Fall hatte Nicole Quante also eine Verbindung.

Die Häufung von Ereignissen und Informationen rund um den Mord ließ Schmitt ahnen, dass der Fall sich allmählich dem Ende neigte.

Mit dem Brief in der Hand schritt er zu seiner Terrassentür und blickte auf das kleine Stück Garten, das zum Haus gehörte. Zu klein für eine Gartenparty, aber für eine Wurst auf dem Grill mit ein paar Freunden passend. Oder mit der Nachbarin.

* * *

Auch Bert dachte an eine Frau. In einer Viertelstunde würde Hilde vor seiner Tür stehen. Bert hatte lange überlegt, was er kochen sollte. Es sollte kein aufwendiges Gericht werden, aber auch eine gewisse Mühe und Sorgfalt zeigen. So gab es als Vorspeise eine Möhren-Ingwer-Suppe und zum Hauptgang ein Gratin aus Fenchel, Kartoffeln und Brokkoli, kleine Schweinemedaillons mit Champignons und einen Gurken-Apfel-Salat. Zum Kaffee würde Bert einen griechischen Joghurt mit Pfirsichhälften anbieten.

Hilde erschien mit roten Wangen und ein wenig nach Luft schnappend. »Ich bin mit dem Fahrrad gefahren«, erzählte sie stolz und überreichte ihm zwei Gläser selbstgemachte Marmelade. »Ich fand es doof, einem Barkeeper eine Flasche Wein mitzubringen.«

Sie tranken zur Suppe einen trockenen Sherry und zum Hauptgang eine Flasche Weißwein. Berts Bericht von der vergangenen Nacht versetzte seine Besucherin in Erstaunen. Schließlich fragte sie voller Mitgefühl, wie es für ihn nun weitergehen werde.

»Robert ist auf der Flucht, Bert. Der kommt nur noch wieder, wenn ihn die Polizei schnappt, und dann steht ihm eine Haftstrafe bevor. Ich frage mich manchmal, ob irgendetwas anders gelaufen wäre, wenn ich diese Lesung nicht mit ihm veranstaltet hätte. Manchmal sind es ja Kleinigkeiten, die dann schlimme Kettenreaktionen auslösen.« Der Blick der Buchhändlerin war für einen Moment lang traurig, trotz des guten Essens.

Bert schenkte ihr Wein nach. »Es hat keinen Sinn, sich darüber den Kopf zu zerbrechen. Du hast das getan, was Buchhändlerinnen nun mal machen. Ich hätte noch am ehesten Einfluss nehmen können.« Bert lachte und hob seine Faust, die eine beeindruckende Größe hatte. »Ich hätte ihn k.o. schlagen sollen. Balthasar wäre nie aus der Tür getreten und wäre auch nicht erschossen worden.«

In dem Moment klingelte das Telefon. Laut und schrill und unpassend. Beide blickten zur Wanduhr. Es war bereits kurz nach neun Uhr, den Nachtisch hatten sie noch nicht angerührt, und noch immer standen die geleerten Teller vom Hauptgang vor ihnen. Zu angeregt und ausfüllend waren die Gespräche bislang verlaufen.

»Ich muss drangehen«, sagte Bert mit einem entschuldigenden Lächeln. »Es könnte das Lokal sein.«

Er stand auf, und Hilde blickte dem großen Kerl nach. Als er nach dem Mobilteil griff, sprang der Kater Paul mit einem geschmeidigen Satz auf Hildes Schoß. Sie erschrak kurz und stieß einen kleinen Schrei aus. Bert lächelte kurz und nahm das Gespräch an. Augenblicklich verschwand das Lächeln aus seinem Gesicht.

»Ich bin es, Gerlinde. Jemand ist mir bis zu meinem Haus gefolgt, und nun steht er mit seinem Motorrad an der Straße und beobachtet mich. Ich war zum Bridge bei meiner Freundin. Kannst du bitte sofort kommen? Achim kann grad nicht, der steht noch in der Küche.«

Bei dem Wort Motorradfahrer spannte Bert unwillkürlich den Bauch an, was noch immer Schmerz bereitete. Dass Achim um kurz nach neun Uhr noch in der Küche zu tun hatte, war nicht ungewöhnlich, dass Gerlinde den Koch eher angerufen hatte als ihn, aber schon. Doch das ließ er unkommentiert. »Warum rufst du nicht die Polizei? Die sind dafür zuständig und auch viel schneller bei dir.«

Mittlerweile blickte Hilde ebenfalls besorgt zu Bert und streichelte mechanisch den Kater. Bert setzte sich zu Hilde an den Tisch, sodass auch sie ein wenig mithören konnte.

Gerlinde antwortete: »Das klingt immer gleich so hysterisch, wenn eine alte, allein lebende Dame bei der Polizei anruft. Solange ich noch nicht geknebelt und geschlagen auf einem Stuhl sitze, kommt keiner. Und auf die beruhigenden, nichtssagenden Bemerkungen westfälischer Beamter kann ich gut verzichten.«

Das war nachvollziehbar. Bert überlegte kurz, meinte aber dann: »Ich rufe den Kommissar an. Immerhin suchen die noch nach einem Motorradfahrer, der mir eine Eisenstange in den Bauch gerammt hat, weil er nach Robert suchte.« An Hildes erschrockenem Gesicht konnte auch Bert ablesen, dass seine Worte sicher wenig beruhigend für die alte Frau Heinemann waren. »Ach du meine Güte. Was mache ich denn jetzt?«, fragte sie besorgt.

»Schließ alle Türen ab, ich melde mich wieder, wenn ich Schmitt erreicht habe. Steht der Kerl noch da draußen?«

»Ja.«

»Was macht er?«

»Er tippt in sein Handy und sitzt auf der Maschine. Ich schaffe mir morgen einen Rottweiler an.«

Bert legte auf, und Hilde und er starrten sich an. »So ein Mist. Soll ich hinfahren?«

»Sicher nicht. Wir haben beide zu viel Alkohol getrunken. Ruf den Kommissar an. Der schickt jemanden hin.«

Bert nickte und wählte die Nummer des Kommissars. Das Gespräch dauerte keine drei Minuten. Kommissar Schmitt wollte sofort einen Streifenwagen zum Haus von Gerlinde Heinemann schicken und bat Bert dringend, sich fernzuhalten.

Nach dem Gespräch rief Bert erneut bei Gerlinde an, doch diese hob auch nach dem achten Klingelton nicht ab. »Mist. Was nun?«

Hilde blieb ruhig. »Vielleicht sind die Beamten schon vor Ort, und sie kann deshalb nicht ans Telefon gehen. Versuch es in fünf Minuten nochmal.« Bert nickte und hielt nervös das Telefon in der Hand. Dann lächelte er Hilde an. »Möchtest du noch Nachtisch? Zumindest ein Kaffee wäre jetzt gut, oder?«

Sie räumten ihre Teller ab und blieben gemeinsam in der Küche. Bert drückte den Startknopf seines Kaffeeautomaten, und Hilde setzte sich an den kleinen Küchentisch. Während Bert Milch aufschäumte, um ihr einen leckeren Espresso macchiato zu kredenzen, wählte sie noch mal die Nummer von Frau Heinemann. Wieder nichts. Sie legte das Telefon schweigend auf den Tisch. Plötzlich drehte Bert sich um, trank erst seinen Espresso in einem Zug leer, griff dann nach der Tasse, die er so schön für Hilde zubereitet hatte, und leerte auch diese. Dann verkündete er: »Ich kann nicht anders, ich fahre hin. Um die Zeit bin ich in fünf Minuten bei ihr.«

Hilde nickte. »Ich komme mit.«

* * *

Kaum waren sie in die Straße eingebogen, konnten sie bereits Blaulicht und mehrere Autos sehen. Ein großer Krankenwagen stand mitten auf der Straße.

»Oje«, meinte Hilde. »Der Trubel ist nichts für alte Damen. Sicher hat sie einen Schwächeanfall bekommen.«

»Weiß man nicht«, meinte Bert und suchte nach einer Parklücke. »Der Krankenwagen kann auch für den Motorradfahrer hier sein. Weil Gerlinde ihm das Kaminbesteck in die Seite gerammt hat oder das Küchenmesser ins Auge.« Doch seine tiefe Stirnfalte passte nicht zum scherzhaften Geplauder. Sie gingen beide zum Haus, wurden aber gleich darauf aufgehalten. »Halt, wer sind Sie?«

»Ich habe den Kommissar informiert und kenne Frau Heinemann gut. Lassen Sie uns bitte rein.«

»Wer sind Sie?«, wiederholte ein dicker Beamter mit müden Augen.

»Bert. Ich bin der Barkeeper vom *RoBerta*.«

»Und Sie?« Er schaute Hilde an.

»Mir gehört die Buchhandlung *Ebbeke*, die neben dem *RoBerta* liegt, und ich habe sogar einen Nachnamen. Koch. Hilde Koch.« Der Beamte nickte und ließ sie durch.

Im eleganten Wohnzimmer von Gerlinde Heinemann bot sich ein skurriles Bild. Kommissar Schmitt lehnte an dem großen Esstisch, die Arme im weißem Hemd hatte er vor der Brust verschränkt, und die eleganten Lederschuhe vermittelten den Eindruck, als wäre er gerade vom Theaterbesuch nach Hause gekommen. Sein Gesichtsausdruck wechselte von Zorn zu Belustigung und wieder zurück. So ganz hatte er sich noch nicht für eine Stimmung entschieden. Gerlinde Heinemann war ebenfalls gewohnt sorgfältig zurechtgemacht, doch sie war mit einem Arm an den eigenen Lehnstuhl gefesselt. Tatsächlich zierte recht deutlich eine Handschelle ihren zarten Arm. Neben ihr stand ein Polizeibeamter. Auf dem Parkettboden befand sich ein Blutfleck. Hilde und Bert blickten sichtlich verwirrt auf die anwesenden Personen und schraken zusammen, als der Krankenwagen sich nun mit Blaulicht in Bewegung setzte. Bert fragte in die Stille hinein: »Wer befindet sich denn in dem Krankenwagen? Gerlinde? Geht es dir gut?«

»Wonach sieht das wohl aus? Nach viel Spaß?« Sie machte ein spitzes Gesicht und verdrehte genervt die Augen.

Kommissar Schmitt hatte sich nun wieder für den zornigen Ausdruck entschieden, und er blaffte den Polizisten an: »Nun entfernen Sie endlich die Handschellen. Das ist doch wirklich eine Zumutung für die Hausherrin. Wenn ich nicht gekommen wäre, hätten Sie ihr womöglich den Arm auf den Rücken gedreht und sie auch noch geknebelt.« Er guckte zu Bert und Hilde. »Und was zum Teufel machen Sie hier? Ich hatte mich meines Wissens nach sehr eindeutig am Telefon geäußert, nicht wahr?«

»Ich dachte, es wäre für Gerlinde beruhigend, wenn ein Bekannter sich kümmert. Was ist denn überhaupt passiert?«

»Ich habe auf diesen Verbrecher geschossen. In Notwehr. Aber das glaubt mir hier keiner. Wenn ich tot auf dem Boden liegen würde, dann würde ein tragischer Fall daraus. Aber so bin ich nun eine Verbrecherin.« Sie riss dem Polizisten, der soeben ihre Handschelle öffnete, ihren Arm mit einem Ruck weg, sodass ihm die Handschelle mit einem Scheppern zu Boden fiel.

Der junge, schlaksige Beamte bekam einen hochroten Kopf und bückte sich. Bert fiel erst jetzt auf, dass er noch immer die Hand von Hilde Koch hielt, und er ließ sie vorsichtig los und trat einen Schritt auf die Mutter seines Kompagnons zu. »Du hast doch gar keine Pistole.«

»Sie hat mit einem Revolver geschossen.« Kaum hatte der Polizist diesen Satz gesagt, wich er auch schon vor dem wütenden Blick des Kommissars zurück.

Der Kommissar fragte Bert nun, wobei er auf einen Revolver zeigte, der hinter ihm auf dem Tisch lag: »Ist dies die Waffe, mit der Robert Heinemann Sie am gestrigen Abend bedroht hat?«

Bert trat näher. »Ihre Leute haben doch das Projektil eingesammelt, das er bei mir verschossen hat. Sagen Sie es mir. Ich weiß nur, dass es ein großer Revolver war. Aber falls das hier sein Revolver ist, wo ist dann Robert?«

Hilde trat ebenfalls näher und meinte mit Blick auf die schwer aussehende Waffe: »Ich kann mir nicht vorstellen, dass Sie mit diesem schweren Ding geschossen haben.« Mit einigem Respekt betrachtete sie dann die zarte Frau Heinemann.

»Das werden wir anhand der Schmauchspuren schon beweisen können«, mischte sich wieder der Polizist ein.

»Wer liegt denn nun in dem Krankenwagen?«

Frau Heinemann presste die Lippen aufeinander, und der Polizist blickte fragend zu seinem Chef.

Kommissar Schmitt ignorierte die Frage und wandte sich wieder an die Hausherrin. »Frau Heinemann, tatsächlich glaube ich Ihnen gar nicht, dass Sie mit dieser Waffe auf jemanden geschossen haben. Und das werden die Schmauchspuren auch ergeben, oder vielmehr der Mangel an Schmauchspuren. Ich denke, dass Sie genau wussten, wie Sie Ihren Sohn kontaktieren konnten, der dann herbeieilte, um Ihnen beizustehen. Das erwarte ich tatsächlich auch von einem guten Sohn, doch nicht auf die Art und Weise, die wir hier vorfinden. Ich hoffe sehr, dass wir bei der Spusi noch einen Nacht- und Wochenenddienst haben. Wo bleiben Ihre Kollegen denn?« Demonstrativ schaute Schmitt auf die Uhr.

Der junge Polizist nahm endlich mal seine Mütze ab, worunter ein Schopf roter Haare hervorkam, und kratzte sich. »Wir sind hier in Warendorf ja nicht so gut besetzt wie in Manhattan oder Berlin. Ein Teil von den Kollegen ist wahrscheinlich noch im *RoBerta*.«

Nun flogen eine Menge Köpfe in die Richtung des Polizisten. Es war nicht ganz klar, ob Schmitt einen Scherz machte, oder wirklich so wenig von seiner Truppe hielt, denn er fragte: »Weil die noch einen Burger vor der Nachtschicht essen müssen?«

»Weil dort doch auch so Typen in Motorradkluft randaliert haben. Das ist jetzt ein merkwürdiger Zufall, nicht wahr?«

12. KAPITEL

Es war später Nachmittag, das Abendprogramm für den Samstag stand noch in der Schwebe. Ella sah Dirk an und wusste, dass etwas nicht stimmte. »Was ist los?«, fragte sie.

Dirk blieb im Türrahmen ihrer gemeinsamen Wohnung abrupt stehen. »Ich bin irgendwie unruhig. Kommissar Schmitt befindet sich im wohlverdienten Wochenende, und er hat auch klargemacht, dass er dies nicht nur braucht, sondern auch nutzen will. Und ich bin auch weit weg. Dabei sind wir beide doch das Team, das endlich die Morde und die Überfälle aufklären muss, egal welcher Wochentag gerade ist.«

»Ja, aber es hilft doch nicht, wenn du nun auf dem Präsidium herumsitzt.«

Dirk ging zum Tisch und setzte sich zu Ella. »Nein, aber ich würde lieber in der Nähe sein. Was hältst du davon, wenn ich dich in ein wirklich aufregendes Lokal zum Essen einlade? Es gibt dort Burger und leckere

Salate, Flammkuchen und Gin Tonic. Ich fahre und du lässt dich verwöhnen.«

»Oh«, sagte Ella erstaunt. »Das klingt gar nicht nach Arbeit. Wie hieß noch das Lokal, in dem der Fall begann?«

»*RoBerta*. Das ist doch ein wirklich schöner Name. Wir können Vergnügen mit ein bisschen Arbeit verbinden.«

Ella lächelte spitzbübisch. »So wie heute Morgen? Du hast recht, mein Lieber, und du hast es verdient, dass ich dir heute Abend Rückendeckung gebe. Lass uns in die Weltstadt Warendorf fahren und uns inkognito in die Unterwelt begeben. Im Auto erzählst du mir bitte eine Zusammenfassung des Falls, soweit es dein Berufsstand erlaubt.«

Sie fuhren um halb sieben los und erreichten Warendorf eine knappe halbe Stunde später. Unterwegs hatte Dirk seiner Freundin von dem Barkeeper Bert erzählt und natürlich von den anderen beteiligten Personen.

Ella blieb zunächst vor der Buchhandlung stehen, die sich neben dem Lokal befand, und blickte durch das Schaufenster. »Sieh nur, die geschäftstüchtige Frau hat die Bücher des toten Autors gut platziert.« Das Plakat von der Lesung stand im Schaufenster, daneben lagen die beiden Bücher und ein Hinweis, dass es noch nach seinem Tod einen weiteren Krimi geben werde. Von dem Plakat blickte sie ein Mann nur leicht lächelnd an, der auffallend blaue Kinderaugen besaß, aber einen spöttischen Zug um den schmalen Mund.

»Der sieht gar nicht aus wie ein Autor«, meinte Ella. Sie schien diesbezüglich genauere Vorstellungen zu haben.

»Wie sehen die denn aus?«, fragte Dirk.

»Nicht so langhaarig und rockermäßig. So eine intellektuelle, charmante Lässigkeit, mit Brille und Sakko mit Lederbesatz an den Ellbogen.« Sie grinste ihn an und meinte: »Ich bin übrigens auch eine von denen, die ins Kolosseum gehen würde, und daher möchte ich nun gerne die Bücher von Balthasar Fromm lesen. Kannst du sie mir besorgen?«

Dirk stöhnte auf. »So also funktioniert das.« Er folgte Ella belustigt zum Lokal, die nun auch dort eine kleine Schau abzog. »Wow, hier ist er also rausgekommen und ist dann erschossen worden. Hier, wo ich jetzt stehe, stimmt das? Wo war der Schütze?« Sie blickte sich um.

»Du bist ja total morbide, Schatz. Dort drüben hat der Schütze gestanden. Direkt an der Hauswand. Das wissen wir vom Eintritt der Kugel, und das deckt sich mit der Aussage einer Zeugin, die den Schützen dort hat stehen sehen.« Dirk zeigte auf die gegenüberliegende Straßenseite.

»Dann hat der Mann einen direkten Blick auf die Lokaltür gehabt, was im Umkehrschluss aber auch bedeutet, dass Balthasar Fromm und jeder andere, der herauskam, den Mann auch gesehen haben muss. Wenn ich ein Heckenschütze wäre, wollte ich nicht gesehen werden. Es gibt doch hier auch Hausecken, von wo aus er genauso gut hätte schießen können, aber weniger gut gesehen worden wäre.« Ella drehte sich einmal um die eigene Achse.

Dirk stand mit offenem Mund an der Bordsteinkante und sagte zögernd: »Ich muss mal eben laut nachdenken, bitte unterbrich mich nur, wenn ich etwas Falsches sage. Unser Schütze hat versucht, eine Zeugin, die ihn gesehen hat, als sie draußen kurz mit ihrem Handy telefoniert hat, nach dem Mord zu beseitigen. Mit tödlichem Ausgang für ihn selbst. Warum aber ist er dieses Risiko überhaupt eingegangen? Also warum hat er sich vor dem Mord so hingestellt, dass er vom Lokal aus gut zu sehen war?«

Ella überlegte kurz. »Das macht man so, wenn man verabredet ist.«

»Aber das macht man nicht so, wenn man auf jemanden wartet, den man töten will, richtig?«

Ella verstand ihren Freund sofort. »Du meinst, euer Schütze, also dieser Russe, wollte Balthasar Fromm ursprünglich gar nicht töten?«

»Ganz genau. Laut Aussagen aller Zeugen ertönte der Schuss kurz nachdem Balthasar Fromm aus der Tür getreten war. Er fuchtelte mit seiner Waffe herum, ging raus und – bumm, hörten alle den Schuss. Einen Schuss.« Dirk stürzte vor und küsste seine Freundin mit einem Schmatzer auf den Mund. »Was sind wir doch alle für Trottel gewesen. Der Russe hatte vielleicht gar nicht vor, Fromm zu erschießen, er wollte ihn oder jemand anderen vor dem Lokal treffen. Es war eine Verabredung. Und dann hört er aus dem *RoBerta* einen Schuss. Kurz darauf kommt ein Mann heraus, ob dass nun seine Verabredung war oder nicht, und zielt womöglich sogar auf ihn. Vielleicht hatte der Russe bereits seine Waffe gezogen, als er den ersten Schuss gehört hatte. Der Mann war ein Krimineller, der fackelte bestimmt nicht lange, wenn eine Waffe auf ihn gerichtet wurde. Er schoss, bumm. So kann es gewesen sein. Ich hab einen Bärenhunger, lass uns reingehen. Ich muss unbedingt noch Schmitt anrufen und ihm davon erzählen.« Er zog

Ella an der Hand. Die fragte aber noch weiter: »Heißt das denn nun, Balthasar Fromm wollte diesen Russen erschießen und war nicht schnell genug? Sicher ist ja so ein Krimineller der bessere Revolverheld.«

Dirk öffnete die Tür, und ein Schwall warmer Luft und der Geruch nach Essen empfingen sie. Das Lokal war gut gefüllt, nur mit Mühe ergatterten sie einen Tisch mit hohen Barhockern am Fenster. Dirk war zuerst enttäuscht, als er Bert, den Barkeeper nirgends entdecken konnte, doch wahrscheinlich war es viel besser, wenn er nicht gleich als Polizist erkannt werden würde. Die Frau hinter der Theke schätzte Dirk auf Anfang fünfzig. Sie wirkte ein wenig hausbacken, besaß aber ein kluges, freundliches Gesicht und schien den Job nicht zum ersten Mal zu machen.

Dirk beantwortete Ellas Frage erst, als sie saßen und die Speisekarte vor ihnen lag. Er blickte zur Theke und meinte: »So, wie der Typ hier mit seiner Waffe wahllos einen Schuss abgegeben hat, war es ihm eventuell egal, ob und wen er traf. Ich frage mich nur, welches Motiv ihn da bewogen haben könnte. Wir suchen noch immer fieberhaft nach dem Manuskript, denn wir glauben, dass Balthasar nach seiner eigenen Story handelte. Dank dir, meine Liebste, bin ich heute um mindestens eine Erkenntnis reicher.«

»Und der Abend hat erst angefangen. Ich nehme den Veggi-Burger mit Pommes. Habt ihr denn schon eine Vermutung, wer den Russen ein paar Tage später ermordet hat?« Ella hängte ihre Jacke über den Hocker.

»Ermordet klingt sehr nach Absicht. Ich glaube vielmehr, dass die Umstände ein schnelles Handeln erforderlich machten, denn er war ja gerade dabei, eine junge Frau zu töten. Es war aber bestimmt kein zufälliger Passant, denn immerhin hatte er die Waffe dabei, mit der Bolschakow, so hieß der Russe, Balthasar erschossen hat. Wahrscheinlich hat derjenige sie aus Bolschakows Auto, oder er hat sie dem Russen im Kampf abgenommen. Jedenfalls wurde er aus nächster Nähe erschossen.«

Die Frau an der Theke kam nun zu ihnen, um die Bestellung aufzunehmen. Dirk fragte zunächst: »Hat Bert heute frei?«

»Ja, ich bin seine Cousine. Er wollte heute mal einen Abend für sich haben, was ich gut verstehen kann.« Sie lächelte. »Die Küche steht für Sie bereit, das restliche Team ist an Bord.«

Sie bestellten einen Veggi-Burger und einen Chili-Burger, sowie ein Glas Weißwein für Ella und eine Fassbrause für Dirk.

»Ich sollte dich eine Schweigepflichtserklärung unterschreiben lassen, Ella, dann könnte ich jetzt super gut den Fall mit dir durchsprechen. Aber andererseits wollten wir uns ja einen netten Abend machen.« Der junge Polizist schaute sich im Lokal um, ob einer der Gäste da war, den sie nach dem Schusswechsel befragt hatten. Doch er konnte niemanden sehen, dessen Gesicht ihm bekannt vorkam. Als die Bedienung an ihren Tisch kam, um zunächst die Getränke zu bringen, fragte Dirk sie nach Robert Heinemann. »Kennen Sie den zweiten Besitzer des Lokals auch?«

»Klar, kenne ich Robert, aber ich sehe ihn selten. Ich bin die Notbesetzung und arbeite immer nur hier, wenn beide Herren unpässlich sind. Ich heiße übrigens Anna.« Sie lachte. »Zum Glück muss ich mein Geld nicht mit Aushilfejobs verdienen. Ich bin Immobilienmaklerin.« Sie beugte sich vertraulich vor und stemmte das Tablett in die Hüften. »Aber die Eskapaden, die Robert sich gerade leistet, sind untragbar. Bert wird alleine weitermachen müssen oder braucht einen neuen Teilhaber. Ich fürchte, da kommt noch einiges auf ihn zu.«

Am Nachbartisch saßen zwei Männer in Holzfällerhemden und tranken jeweils ein großes Helles. Sie sahen aus wie Vater und Sohn, die sich nach der Arbeit noch auf ein Bier trafen. Der Ältere wischte sich in einer gewohnten Geste den Schaum vom Mund und mischte sich nun lässig in das Gespräch ein: »Der Robert hatte Wettschulden. Und in diesen Wettbüros lungern Typen herum, die nicht lange fackeln, wenn jemand nicht liefert. Bei denen sollte man einfach keine Schulden machen, habe ich ihm aber oft genug gesagt.« Er setzte wieder sein Glas an.

Dirk war plötzlich hellwach und stand auf, um sich zu den Männern umzudrehen. Dabei zückte er seine Dienstmarke und stellte sich vor. »Was wissen Sie darüber? Kennen Sie jemanden von den Typen, bei denen Robert Heinemann Schulden hatte?«

»Ich habe mal gesehen, dass einer hier auftauchte und Stress machte. Das ist aber schon ein Jahr her, keine Ahnung mehr, wie der genau aussah. Wie ein Ganove aus Humphrey Bogarts besten Zeiten. Schirmmütze und auf jeden Fall ein dünner Schnurrbart. Aber ich glaube, jetzt hat Robert sich echt übernommen. Und deshalb taucht er unter. Für ihn war das Leben immer ein Spiel. Er hatte meist genug Kohle, die Frauen mögen ihn. Sie wissen, was ich meine.«

Der Sohn trank sein Bier und hörte nicht einmal genau hin. Sein Blick ging immer wieder zu Ella, und das reichte Dirk nun allmählich. Er dankte und drehte sich um, damit sein breiter Rücken den Blick auf seine hübsche Freundin erschwerte.

Ella sprach die Bedienung an, denn bei der Nennung ihres Berufes war sie hellhörig geworden. »Anna, haben Sie eine Wohnung für uns zwei? Sie muss die Ansprüche einer Münsteranerin und eines ländlich-hausbackenen Mannes aus der Provinz Oelde befriedigen.«

»Man kann mich wohl kaum als ländlich-hausbacken bezeichnen«, maulte Dirk und machte sich groß.

Anna schlug spontan vor: »Dann ziehen Sie doch nach Hiltrup. Von dort kann man mit dem Fahrrad nach Münster radeln und wohnt dennoch im Grünen. Die Mieten sind auch günstiger als mitten in Münster. Und einen Bahnhof gibt es dort ebenfalls. Warendorf finde ich aber auch recht hübsch zum Wohnen. In beiden Städten kann ich für Sie suchen, wenn Sie mögen. Doch jetzt versorge ich Sie erst mal mit Essen.«

Ella und Dirk guckten beide nicht sonderlich begeistert. »Mit deinen Fähigkeiten könntest du auch gut bei der Münsteraner Polizei anfangen«, lockte Ella und blickte schmeichelnd zu ihrem Freund und dann erstaunt zur großen Tür des Lokals, wo soeben zwei Männer in voller Motorradkluft den Raum betraten. Beide nahmen ihre Helme nicht ab. Und noch bevor der junge Polizist dem Blick seiner Freundin folgen konnte, ertönte der erste Schreckensruf einer Frau.

Die Männer trugen jeder einen Baseballschläger in den Händen, und der eine haute damit nun gegen zwei Flaschen im Regal, dass es nur so schepperte. Dirk drehte sich um und sprang auf, eine Hand ging automatisch an seinen Gürtel. Doch natürlich saß er hier nicht mit einer Dienstwaffe herum, und so fasste die Hand ins Leere. Aber er zog schnell sein Handy heraus und setzte einen Notruf für die Kollegen ab. Nun musste er die Rüpel so lange bei Laune halten, bis die Verstärkung auftauchen würde.

»Hey, ihr Spaßvögel, könnt ihr nicht aus einem Glas trinken, wie alle anderen auch?« Dirk näherte sich betont harmlos den beiden, sah aber zu, dass er einen Tisch zwischen sich und der Reichweite des Baseballschlägers behielt. Einer der Typen stand nämlich dem Publikum zugewandt, der andere stand zur Theke gewandt. Anna kam gerade aus der Küche und trug ein Tablett mit Essen, als sie erschrocken innehielt.

»Bleib da stehen, Herzchen. Ich muss nur kurz holen, was mir gehört.« Der Mann in der Motorradkluft, der zuvor schon die Flaschen zerdeppert hatte, eilte hinter die Theke, öffnete die Kasse und zog alle Scheine heraus und stopfte sie in einen Beutel. »Dein Chef schuldet mir eine Menge Geld. Ich nehme das als Anzahlung und komme wieder, wenn er nicht zahlt. Sag ihm das.«

Es war mittlerweile mucksmäuschenstill geworden im Lokal. Es gab einen deutlichen Frauenüberhang, aber auch von den Herren machte keiner Anstalten, den Helden zu spielen. Nicht beim Anblick der Baseballschläger.

Dirk war zwar im Nahkampf einigermaßen fit, aber die Jungs hatten Helme auf und dicke Ledermontur am Körper, während er selbst völlig ungeschützt war.

»Geht es um den Hengst? Ihr habt wohl beide aufs falsche Pferd gesetzt, was?« Der Typ mit dem Geldbeutel drehte sich zu ihm um. »Du bist ja ein ganz Schlauer. Dann weißt du vielleicht auch, wo Robert Heinemann ist? Er schuldet mir eine Menge Kohle. So sieht es aus.«

Dirk trat vorsichtig etwas näher. »Ja, aber er muss doch erst warten, bis das Gestüt die Entschädigung zahlt. So etwas dauert. Robert konnte doch nichts dafür, dass Dragon gestohlen wurde.«

Der Mann, der direkt vor Dirk stand, haute mit dem Schläger mehrfach drohend in seine Hand, die in einem schwarzen Lederhandschuh steckte, und sagte: »Laber doch keinen Scheiß. Der Gaul sollte längst nach Russland verkauft worden sein. Ein Teil der Kohle sollte an uns gehen, die Entschädigung an Robert. Doch der Dreckskerl hat sich beides eingesteckt. Sag ihm also, dass wir es ernst meinen.«

Erstaunlich offen erzählten die Kerle hier von einem Plan, der Dirk nun doch überraschte. Er warf Ella einen Blick zu, doch die Gäste des Lokals schienen nicht in Gefahr zu sein, solange sie sich still verhielten.

Mutig geworden fragte Dirk weiter: »Und warum mussten zwei Menschen sterben?«

Ein lautes Getöse ließ alle erneut zusammenzucken. Der Mann am Tresen fegte mit einer langsamen Bewegung seines Schlägers alle Gläser von der Theke, während die beiden Männer, die dort auf den Barhockern gesessen hatten, erschrocken zurückwichen. »Hör auf zu quatschen«, meinte er, und es war nicht ganz klar, ob er Dirk oder seinen Begleiter meinte.

Anna stand noch immer mit ihrem Tablett dort und sagte vernehmlich. »Wenn ihr weiter den Bestand dezimiert, kommen hier bald keine Einnahmen mehr rein. So gelangt keiner mehr an Geld, und Bert trägt an dem ganzen Scheiß nun wirklich keine Schuld. Also verpisst euch jetzt.«

Ein dumpfes Lachen tönte unter dem Helm hervor. »Die Süße hat recht. Wir sollten das Zeug lieber trinken.« Der Mann blickte auf die Reihen an Flaschen, die im Regal bis hoch hinaus aufgereiht standen, und nahm sich eine Flasche Cognac mit. »Komm, Alter, wir gehen. Ach ja, du Neunmalkluger. Du bist doch ein Bulle, oder? Die rieche ich gleich, wenn sie auftauchen. Wir haben niemanden umgebracht, wir wollen nur, was uns zusteht.« Im Hintergrund konnte man nun das Martinshorn hören, und die beiden Männer verschwanden hektisch aus der Tür.

Dirk folgte ihnen, doch als er die Lokaltür öffnete, erhielt er einen Schlag, der ihn für eine Zeit benommen machte. Dabei hatte der Mann nicht mit dem Schläger agiert. Zum Glück nicht. Mit einem Baseballschläger konnte man töten, aber Dirk war nur von einer Faust getroffen worden. Er hielt sich die Nase und stand eine Zeitlang zusammengekauert einfach nur da. Er spürte, wie Blut aus der Nase lief und sie zuschwoll. Als das Aufheulen der Motoren zu hören war, richtete er sich auf, doch er konnte nicht das komplette Nummernschild erkennen. Aber beide Fahrer kamen aus dem Kreis Warendorf. Er rief den Beamten des ersten Polizeiwagens, der gerade auftauchte, zu, sie sollten zunächst den Motorrädern hinterherfahren. Der Beamte schaltete schnell, wendete und gab Gas. Der zweite Polizeiwagen hielt vor dem Lokal, und eine Frau stieg aus. Es war die Beamtin, mit der Dirk zwei Tage zuvor im Bordell gewesen war. Sie war gut zwanzig Jahre älter als er und strahlte eine gewisse Lässigkeit aus.

»Herr Kemper, Sie können das Ermitteln wohl nicht lassen. Ist der Chef auch da?« Sie trat nahe an Dirks Gesicht und drehte sein Kinn so, dass das Gesicht von der Straßenlampe bestrahlt wurde. »Ach herrje. Lassen Sie uns reingehen, damit Sie Eis auflegen können.«

Im Lokal herrschte nach einer kurzen, gespenstischen Stille nun murmelnder Lärm. Viele Gäste telefonierten mit ihren Handys und machten Fotos von dem Scherbenhaufen, um zu zeigen, wie nah sie an einem Überfall gewesen waren. Nur Berts Cousine Anna und Achim, der Koch, standen mit missmutigen Gesichtern herum und entschieden beide, dass sie Bert heute nicht mehr anrufen würden. Ella besorgte Eis für Dirk, und sie sorgte auch dafür, dass er nun erst seinen Burger aß. Die Spurensicherung machte Fotos der Verwüstung, fragte nach möglichen Fingerabdrücken, doch beide Männer hatten schwarze Handschuhe getragen. Dennoch wurde nach Faserresten gesucht, und draußen fand sich der Profilabdruck der Motorräder, sowie ein gut sichtbarer Schuhabdruck. Ella und Achim machten sich daran, die Scherben zu beseitigen, die Gäste zahlten unterdessen meist großzügig und aufgerundet ihre Rechnungen.

»Ich muss dringend Schmitt anrufen, denn es gibt ja nun einiges zu berichten«, meinte Dirk. Er griff nach seinem Handy und wählte die Nummer.

* * *

Vielleicht war es Anspannung, Übermüdung oder Charakter. Aber der Kommissar konnte sich trotz der momentanen Lage, in der er sich samt einer alten Lady befand, ein breites Grinsen nicht verkneifen, als er hörte, wo sich sein Lieblingspolizist gerade befand. Da hatten sie beide ausdrücklich ihr Wochenende abseits von kriminellen Machenschaften und Grübeleien verbringen wollen und landeten beide zeitgleich an einem Tatort nur wenige Kilometer auseinander.

Nachdem sie so knapp und informativ wie möglich ihre Ergebnisse gegenseitig ausgetauscht hatten, sagte Dirk: »Die Kollegen der Spurensicherung kommen jetzt zu Ihnen. Soll ich mitfahren?«

»Nein, mir wäre es sehr lieb, wenn Sie auf dem Rückweg noch im Krankenhaus nach unserer Schussverletzung sehen.«

»Ach ja, hatten Sie bereits erwähnt, wen Frau Heinemann Senior angeblich mit einem Revolver niedergeschossen hat?«

»Nein, habe ich nicht. Es ist unsere Landwirtin, Nicole Quante. Mich verwirrt ihr Erscheinen hier sehr. Wir sollten unseren Barkeeper mal fragen, ob es möglicherweise eine Frau gewesen sein könnte, die ihn belästigt hat.«

Dirk antwortete: »Bei allem Respekt für die Dame, aber Bert ist ein ziemlich kräftiger Kerl. Das würde ihm nicht gefallen. Aber mit einer Eisenstange in der Hand kann natürlich auch ein Vierzehnjähriger zum Problem werden.«

»Eben.«

Schmitt legte auf. Leider hatte ihn der Notarzt nicht mit Nicole Quante reden lassen. Sie habe einen Schock erlitten und dürfe nicht mit Fragen belästigt werden. Die Kugel saß in der Schulter und musste eventuell operiert werden. Für einen Sanitäter oder Arzt musste jeder verletzte Mensch ein Patient sein, egal ob mit oder ohne kriminelle Ambitionen. Kommissar Schmitt hingegen empfand dabei tatsächlich ein Gefühl der Genugtuung. Sein Instinkt funktionierte noch, er hatte es ja geahnt, dass diese junge Dame für Überraschungen gut war. Und mit der alten Lady würde er auch recht behalten. Ganz sicher hatte Frau Heinemann nicht geschossen. Vielmehr, war es sehr wahrscheinlich, dass ihr Sohn bei ihr aufgetaucht war. Robert Heinemann war mittlerweile zum meistgesuchten Mann des Münsterlandes geworden. Laut Aussage der alten Dame habe ein Motorradfahrer sich vor ihrem Haus positioniert – und zwar auf der gegenüberliegenden Straßenseite. Eine ganze Zeitlang habe der Mann oder vielmehr die Frau einfach nur auf das Haus gestarrt, während Frau Heinemann ratlos und maximal beunruhigt immer wieder geschaut hatte, ob die Person endlich weg sei. Währenddessen habe sie Bert angerufen. Und plötzlich sei der Motorradfahrer zur Haustür gelaufen, habe Sturm geschellt und an der Tür geklopft. In Panik habe sie dann einfach auf die Tür geschossen. Zuvor habe sie aber gewarnt: »Gehen Sie weg, ich habe eine Waffe und werde schießen.« So die erste Aussage von Frau Heinemann. Die Untersuchung der Tür ergab, dass sie vorher geöffnet worden war, bevor der Schuss abgefeuert wurde. Woher Frau Heinemann den Revolver hatte, wollte sie nicht sagen. Der Schuss musste unmittelbar vor dem Erscheinen des Kommissars abgegeben worden sein, denn sie hatten Nicole Quante vor der Tür gefunden und Frau Heinemann mit der Waffe in der Hand im Flur stehend.

»Herr Schmitt, ich bin keine dreißig mehr. Wann kann ich mich bitte zur Ruhe legen?«

Frau Heinemann betrachtete betont gelangweilt ihre fein manikürten Hände. »Sie werden bei mir keine Schmauchspuren finden, Sie wissen das und ich auch.«

»Na also, wollen Sie endlich eine Aussage machen?«

Schmitt wandte sich ihr zu und setzte sich auf das Sofa. Auch er war mittlerweile sehr müde.

»Nein, ich möchte ins Bett. Ich brauche im Übrigen gar nicht mehr aussagen als das, was ich bereits gesagt habe.«

Kommissar Schmitt lächelte. »Das ist eine sehr interessante Vorgehensweise, liebe Frau Heinemann. Aber Sie haben recht, gegen einen Angehörigen müssen Sie nicht aussagen. Ah, da sind ja die Kollegen von der Spurensicherung oder zumindest einer.«

* * *

Bert und Hilde saßen im Auto und schnallten sich an. Der Kommissar hatte die beiden weggeschickt. Er konnte schlecht zulassen, dass zwei Hobbydetektive am Tatort blieben und bei den weiteren Ermittlungen zuschauten.

Die Buchhändlerin meinte: »Du willst bestimmt in dein Lokal und nach dem Rechten schauen, oder?«

»Nein, genau das will ich nicht. Und ich kenne meine Cousine und meinen Koch. Wenn die beiden es nicht für notwendig hielten, mich zu informieren, dann haben sie die Lage unter Kontrolle. Ich finde, wir zwei sollten den Fall lösen, oder?« Er grinste sie mit seinen braunen Augen verschmitzt an. »Ich weiß, wer in dem Krankenwagen abtransportiert wurde. Während du zur Toilette gegangen bist, hat mich der Polizist nach draußen begleitet. Ich habe ihm gesagt, dass ich neulich auch von einer Person in Motorradkluft angegriffen worden bin, und es sei ja kaum zu glauben, wie gut so eine Kluft das Aussehen verbergen könne. Ich sagte ihm, dass ich es kaum fassen könne, dass wahrscheinlich dieselbe Person, die mich überfallen hat, nun ganz dreist hier auftaucht. Ja, das sei mal eine wilde Dame, diese Bäuerin, meinte daraufhin unser Provinzbulle. Also Hilde, bereit für ein Abenteuer?«

Hilde machte große Kulleraugen und zupfte an ihrem Haarband. »Du meinst, Nicole Quante ist soeben angeschossen worden? Und sie hat dich mit einer Eisenstange verletzt?«

»Nicht ganz. Ich bin mir sicher, dass Nicole Quante in dem Rettungswagen liegt. Aber mich hat sie nicht überfallen, dafür war die Person zu groß und zu breitschultrig. Oder ist Nicole Quante über eins achtzig?«

»Nein«, schüttelte Hilde noch immer betroffen den Kopf. »Sie ist nur wenig größer als ich, aber sie besitzt eine sehr sportliche Figur. Was kann sie denn von Frau Heinemann gewollt haben?« Hilde schnallte sich an, und Bert fuhr los.

»Das ganze Münsterland sucht nach Robert Heinemann und nach einem Pferd, oder? Und Nicole Quante besitzt einen großen Hof mit vielen Tieren. Zudem war sie mit dem ermordeten Autor befreundet. Warum hat eigentlich noch niemand bei ihr in den Ställen nach dem Pferd gesucht? Hast du bei deinem Besuch auf dem Hof Pferde gesehen?« Bert fuhr durch die fast leeren Straßen von Warendorf in Richtung Freckenhorst.

»Nein«, sagte Hilde, »aber mir fällt ein, dass ich ein Wiehern gehört habe. Ich habe natürlich nicht weiter darauf geachtet, weil es auf einem Bauernhof immer irgendwelche Tiergeräusche gibt. Du willst jetzt zum Hof fahren und nach Dragon suchen?« Hilde strahlte ihn an, als wollte er sie zu einem Romantikwochenende in einem Wellness-Hotel einladen.

»Kannst du mal auf der Webseite des Landgestüts nach einem Bild von Dragon suchen? Die Hengste sind dort fast alle mit Bild und Höhe der Deckprämie aufgelistet. Wir müssen natürlich vorsichtig sein, wenn wir die Ställe untersuchen, denn es gibt dort ja noch den Bruder von Nicole. Und wir müssen damit rechnen, dass die Polizei bald auftaucht.« Bert hielt inne und sagte nach kurzem Überlegen. »Noch vor zwei Tagen wäre ich mit wehenden Fahnen ins Lokal gefahren, um zu retten, was es zu retten gibt. Aber nun möchte ich tatsächlich mal als Erster mitmischen und nicht immer nur aufräumen.«

Bert parkte seinen alten Volvo auf einem Feldweg hundert Meter vom Hof entfernt. Da Hilde mit dem Fahrrad zu Bert gefahren war, hatte sie einigermaßen warme Sachen an. Zusammen spazierten sie zum Hof, und Hilde schnappte sich einen Eierkarton und legte Geld in die Kassette am Außenkühlschrank. »Falls uns jemand erwischt, sagen wir, wir wollten uns nach einer Party noch ein paar Eier braten. Das hat doch Tradition hier im Münsterland.« Sie kicherte.

Sie näherten sich der Auffahrt zum Hof, links lagen die beiden Stallungen und rechts das alte Bauernhaus, das in dem Mondlicht und dem fahlen Strahl einer einzelnen Laterne sehr gemütlich wirkte. Ein Käuzchen schrie, doch sonst blieb es ruhig, als sie sich nun dem Stall näherten. Das große Scheunentor stand einen Spaltbreit offen, vielleicht um die nicht mehr ganz so kalte Frühlingsluft hineinzulassen. Oder einfach, weil jemand es nicht sauber geschlossen hatte. Sie schlüpften hindurch und wurden mit einem leisen Wiehern begrüßt. Ein paar Kühe scharrten nervös mit den Hufen und schnaubten. Bert schaltete die Taschenlampe seines Handys an, und zusammen gingen sie an den Rindviechern vorbei, bis sie am Ende auf zwei Boxen trafen, in denen jeweils ein Pferd stand. Das erste Pferd streckte seinen Kopf neugierig aus der Öffnung und beäugte die beiden nächtlichen Besucher. Bert und Hilde schauten auf das Pferd und schüttelten nahezu gleichzeitig den Kopf. Dragon war ein dunkles Pferd. Bert leuchtete mit seiner Taschenlampe in die Box und sagte: »Ich verstehe immerhin genug von Pferden, um zu wissen, dass der Junge hier ein Wallach ist. Dragon dagegen ist ein Hengst. Zumindest war er das vor seinem Raub.« Das andere Pferd in der Box nebenan machte es ihnen nicht so einfach. Das Tier wandte ihnen den Rücken zu und machte keine Anstalten, zu ihnen herüberzuschauen. »Ist auf jeden Fall ein Hengst und ziemlich dunkel«, sagte Bert, während er die Taschenlampe in den Stall hielt. Er machte sich gerade am Türriegel zu schaffen, als draußen auf dem Hof leise Stimmen zu hören waren. Hektisch blickte Bert um sich und zog Hilde dann in einen Verschlag, wo ein Sack mit Kartoffeln lagerte, eine Schubkarre, Sättel und anderes Zeugs. Es gab allerdings keine Tür mehr für die kleine Nische. Er schob die mollige Frau vorsichtig hinter die Schubkarre und stellte sich dann flach an die Wand. Wenn jemand Licht anmachte und hier reinkam, würden sie beide entdeckt werden. Bert war viel zu groß und Hilde auch kein dünnes Kind, das sich in einer Ecke verstecken konnte.

»Wenn das der Bruder von Nicole ist, und er die Hunde dabeihat, sind wir geliefert«, meinte Hilde, und ihre Lippen zitterten. Man hörte das leicht schleifende Geräusch des Scheunentors. Doch es blieb dunkel, ein gutes Zeichen. Die Schritte zeigten an, dass zwei Personen nun die Stallgasse entlanggingen. Ein paar Schritte klangen dumpf nach Straßenschuhen, doch das andere Paar klackerte wie mit Absätzen über den Steinboden.

Eine blonde, schlanke Frau in einem dunkelblauen Kostüm mit silbernen Knöpfen ging neben einem drahtigen, größeren Mann mit zu langem Haarschnitt. Die Dame trug elegante Schuhe mit Absätzen, die sicher nicht für eine Stallgasse gefertigt worden waren. Es störte die Dame auch nicht, dass sie laute Geräusche verursachte. Sie verzog mürrisch das Gesicht. »Mir wäre wohler, Sie hätten den Revolver noch bei sich«, sagte sie.

Der Mann antwortete: »Den hat mir meine Mutter abgenommen. Eine Waffe würde alles nur schlimmer statt besser machen. Sie hat Angst, dass ich so wie Balthasar wegen der Waffe in der Hand noch erschossen werde.«

Bert erkannte natürlich die Stimme seines Teilhabers Robert. Er hielt die Luft an und ballte die Fäuste. Gut zu wissen, dass Robert keine Waffe dabeihatte, denn Bert guckte sich nun in dem Verschlag nach einem möglichen Gerät zur Verteidigung um. Er würde noch abwarten, was die beiden sich zu erzählen hatten, aber dann würde er sich den verdammten Idioten vorknüpfen.

Robert hielt derweil eine große Taschenlampe nacheinander auf die beiden Pferde gerichtet und pfiff dann leise zwischen den Zähnen hervor. »Na, komm zu Daddy. Da bist du ja, mein kleiner Dukatenesel. Ich hätte auch gleich darauf kommen können, dass Balthasar ihn bei seiner Bäuerin versteckt. Aber da er mir weisgemacht hat, es sei aus und vorbei mit dem ewigen Gestank nach Tieren und dem frühen Aufstehen, hatte ich die Dame nicht auf dem Schirm. Wäre sie heute nicht bei meiner Mutter aufgetaucht, wäre ich noch immer nicht darauf gekommen. Verlassene Frauen sind ja nicht unbedingt die besten Komplizen bei einem Deal. Leider tauchte sie in einer Motorradkluft auf, und ich habe sie verwechselt. Ich hoffe, sie ist nicht allzu schwer verletzt.« Roberts Stimme klang glaubwürdig zerknirscht.

Selbst in dem Verschlag konnte man das leise Schnauben hören, das die Frau nun von sich gab. »Dieses Früchtchen wird einhunderttausend Euro von der Lebensversicherung meines Sohnes bekommen. So sieht es aus. Balthasar hat sie bis zum Tod geliebt. Der hat das alles fein geplant, und ich dumme Kuh habe sein Manuskript erst nach seinem Tod gelesen. Das werde ich mir nie verzeihen. Ich hätte ihn retten können, wenn ich mich mehr für seine Schreiberei interessiert hätte.« Die

Stimme wurde weinerlich. Bert und Hilde blickten sich im fahlen Licht wissend an. Die Dame bei Robert war also Frau Fromm, Balthasars Mutter. Das war der Hammer, was sich da nebenan abspielte.

»Was für ein Manuskript?« Robert holte eine Möhre aus der Tasche und lockte den Hengst, der noch immer weit hinten in seiner Box stand, nach vorne. »Braver Junge, na komm. Erkennst du mich nicht?«

Frau Fromm seufzte tief. »Balthasar hat sich eine Art Vermächtnis geschrieben. Und wenn man die Geschichte mit der Realität vergleicht und mal mutig nach vorne denkt, dann hat er sogar seinen eigenen Tod provoziert, um als Autor wahrgenommen zu werden. Natürlich verkaufen sich seine Bücher gerade gut. Doch das neue Manuskript ist ein Krimi über einen verzweifelten Autor, der sich in kriminelle Machenschaften verstrickt hat, um bekannter zu werden. Er schreibt sozusagen seine eigene Geschichte auf, und nimmt dabei in Kauf, dass er gleichzeitig damit untergeht. Sein letztes Werk wird ihm dann immerhin die gewünschte Popularität bringen. Da bin ich mir sicher. Ich hatte keine Ahnung, wie verzweifelt Balthasar offenbar war. Er konnte natürlich nicht vorhersehen, dass dieser Russe ebenfalls erschossen wird. Das war ein bisschen Pech für dich, denn der wusste, wo das Pferd untergebracht werden sollte.«

Robert streichelte dem Hengst die weichen Nüstern. Das Tier hatte sich von der Möhre locken lassen. Er sagte: »Ja, Mischa war unser Verbindungsmann. Er hat den Käufer organisiert. Aber das wissen Sie ja alles längst. Nur gebe ich eins zu bedenken: Bei Selbstmord zahlt die Versicherung nicht.«

»Ja, das wusste Balthasar auch. Aber nun ist er ja eindeutig erschossen worden. Daran gibt es nichts zu rütteln und zig Zeugen waren dabei. Wie er das hinbekommen hat, weiß keiner so genau. Der Mörder ist auch tot.« Der triumphierende Tonfall, in dem Frau Fromm das sagte, entging keinem im Stall.

»Nun gut. Sie haben ja eben mit dem Käufer gesprochen. Geben Sie Bescheid. Sie können das Tier nun abholen. Dragon ist durch die ganze Geschichte eine Berühmtheit geworden. Wir könnten sicher noch mehr Geld für ihn bekommen.«

Frau Fromm griff nach ihrem Handy und setzte eine Nachricht ab. »Nun, wir wissen beide, dass Nikolas nicht selber kommt. Dafür hat er seine Leute. Haben Sie beide Kaufverträge dabei? Ich will das endlich hinter mich bringen und um meinen Sohn trauern.«

»Meine Teuerste, Sie hätten sich gar nicht erst einmischen brauchen. Wir geben bestimmt ein gutes Team ab, aber, es tut mir leid, trauernde Mütter sind mir zu unberechenbar.«

»Als diese Beamten mich nach dem Manuskript befragten und ich es leider erst dann gelesen habe, musste ich handeln. Wären Sie an meiner Stelle gewesen, hätten Sie das Gleiche getan.«

Jetzt lachte Robert leise. »Sicher nicht. Ich hätte eine andere Lösung gefunden.«

Im Verschlag hatten Hilde und Bert eine wunderbare Akustik, um alles mitzubekommen. Doch ihre Position war höchst unbequem. Vor allem Hilde hockte jetzt schon eine Zeitlang gebückt hinter der Schubkarre und konnte sich nicht mehr lange halten. Trotz der nächtlichen Kühle schwitzte sie stark. Bert stand zwar einigermaßen gerade, aber er wusste nicht, wann er vorpreschen sollte, um Robert zu überrumpeln. Er hatte keine Ahnung, wann die Käufer im Stall auftauchten, aber mit einer russischen Eskorte wollte er sich lieber nicht anlegen. Also gab er Hilde zu verstehen, dass er nun rausgehen werde. Diese nutzte das Schnauben eines Pferdes, um sich anders hinzuhocken und eine bequemere Haltung anzunehmen, winkte aber erschrocken ab.

Gerade wollte Bert nach einer Schippe greifen, da ging das Stalltor erneut auf, und nun hörten sie eine Stimme mit russischem Akzent. Der Typ machte sich offenbar überhaupt keine Sorgen, dass er gehört werden konnte. Der Strahl einer starken Taschenlampe erhellte den Stallboden.

»Na endlich, das wurde aber auch Zeit. Treten Sie bitte zur Seite. Ich muss das Pferdchen sehen.« Ein deutlich älterer, großer Mann mit Bart und listigen Augen kam näher, im Schlepptau hatte er einen jüngeren Mann mit wesentlich sanfterer Ausstrahlung. Dieser trug eine große Tasche. Der Ältere trat ohne Zögern in die Box, tastete die Beine des Hengstes ab, klopfte ihm die Flanken und ließ sich den Huf geben. All das machte Dragon mit, als wäre es selbstverständlich. Der Mann wusste anscheinend genau, wie er mit einem solchen Tier umzugehen hatte. Dabei sagte er: »Das ist Milan, Niklas Sohn. Der Hengst wird ein Hochzeitsgeschenk für ihn und seine Verlobte. Die beiden jungen Leute sind sehr erfolgreich, und sie werden Dragon zum Champion machen. Er wird ein ganz erstklassiges Dressurpferd werden. Und Niklas wird mit ihm züchten. Er wollte schon immer einen deutschen Hengst aus einer so guten Abstammung besitzen. Und das ganze Procedere hier ...«, er blickte sich in dem Stall um, »mal ehrlich, das wirkt so herrlich inszeniert. Da schlägt mein russisches Abenteurerherz gleich höher.« Der Russe blickte um sich und lachte viel zu laut. »Wenn ich das zu Hause erzähle, das wird ein Spaß.« Von einem Moment zum anderen wurde er ernst, und sein Gesicht erinnerte in dem sparsamen Licht an einen Fuchs. Er trat aus der Box heraus, und gleich folgte ihm das Tier neugierig.

Der junge Mann stellte derweil die Tasche zwischen seine Beine und blieb an der offenen Stalltür stehen. Er holte ein Halfter aus der Tasche und streifte es dem Tier mit einer routinierten Hand über den Kopf. Robert kramte nun die Papiere hervor, und die beiden Männer beugten sich darüber, während der junge Mann nur Augen für das Pferd hatte. Er schien auch kein Deutsch zu verstehen.

Frau Fromm wurde immer nervöser. Sie verknotete ihre Hände ineinander und blickte immer wieder zum Ausgang. Der junge Mann führte den Hengst aus der Box heraus, und nun konnte jeder den geraden, muskulösen Körperbau und den schön gezeichneten Kopf des Tieres bewundern. Bis auf die heimlichen Zuhörer in dem Verschlag, die kaum Luft zu holen wagten. Berts Blut brodelte. Er konnte kaum glauben, dass Robert mit Frau Fromm zusammen den zwielichtigen Russen das gestohlene Pferd verkauften. Der Clou war ja, dass er es zwar als Eigentümer des Tieres tat, sodass der Kauf quasi rechtmäßig war. Aber er verkaufte Dragon heimlich, während dieser noch als gestohlen galt. Wollte er tatsächlich zwei Mal abkassieren?«

Dragon machte nun einen sehr majestätischen Eindruck, als er sich ganz gelassen aus dem Stall herausführen ließ. Er wieherte nicht, sprang nicht nervös umher oder dergleichen. Nachdem die Unterschriften geleistet waren, griff der Russe nach der Tasche und zählte Geldscheine ab, die er einer schmalen Briefmappe entnahm. »Ich gebe das Geld zunächst der Lady«, sagte er mit einem schiefen Lächeln und griff erneut in seine Tasche.

Robert wollte gerade protestieren, denn er war der alleinige Besitzer des Tieres, und sicher würde er nicht mit Frau Fromm teilen. Zumal es da noch ein Problem zwischen ihnen gab, das kaum lösbar war. Erstaunt beobachtete Robert nun, wie der Russe eine Pistole mit einem langen Rohr aus der Tasche holte. So viel wusste er auch, dass es sich dabei um einen Schalldämpfer handelte.

»Was um Himmels willen haben Sie damit vor? Wir hatten einen Deal.« Frau Fromm stand ein paar Schritte entfernt und hielt die Briefmappe vor den Bauch. Eher fasziniert als erschrocken blickte sie auf den Russen. Der bereitete die Waffe vor und sagte: »Ja, wir hatten ein Geschäft, und das ist nun abgeschlossen. Wir haben das Pferdchen, Sie das Geld, alles ist gut. Aber wir zwei«, er tippte nun auf sich und Robert, »haben noch ein anderes Problem miteinander. Sie haben Mischa umgebracht.«

»Nein, nein, das habe ich nicht. Aber verdient hat er es. Er hat meinen Freund umgebracht und wollte dann noch eine unschuldige Zeugin ermorden.«

Hilde hielt es in ihrem Versteck nicht länger schweigend aus und sie schlich zu Bert hinüber. Sie zitterte mittlerweile am ganzen Körper und drückte sich eng an ihn: »Bert, die wollen Robert erschießen!«

»Ja, und eventuell Frau Fromm gleich mit. Was sollen wir dagegen tun?« Gleichzeitig zückte er sein Handy und starrte auf das Display. »Ich habe eben eine Nachricht als Notruf abgesetzt. Hilfe ist bestimmt schon unterwegs. Aber ich musste das Handy auf Flugmodus schalten. Der Signalton wäre laut gewesen.« Noch immer hielt Bert die Schippe in der anderen Hand. Aber eine alte Schippe nutzte nur im Nahkampf. So nah würden sie dem Russen mit seiner Pistole kaum kommen. »Ich könnte ihn ablenken und du schleichst dich ran. Aber der erste Schlag muss sitzen, Bert, sonst verliert eine gut gehende Buchhandlung ihre Besitzerin.«

Nebenan hatten sie schwach die Beteuerungen eines Mannes gehört, der für einen kurzen Moment geglaubt hatte, seine Lage habe sich endlich verbessert und der nun Todesangst ausstehen musste. Doch besonders klug ging Robert dabei nicht vor. Erst wälzte er die Schuld auf Frau Fromm ab, dann sei es plötzlich der Vater von Balthasar gewesen. Und als Hilde gerade ihre vielleicht letzte Vorstellung geben wollte, hörten sie einen dumpfen, kalten Ton, als öffnete man vorsichtig eine Sektflasche.

Und Hilde musste gar kein Stöhnen mehr vortäuschen, ihr entglitt ein kurzer Schrei, bevor sie sich die Hand vor den Mund hielt. Zu kräftig hatte der Ton durch den Stall geklungen. In der nun folgenden Stille hörte man nur die Stimme von Frau Fromm, nicht ganz fest, aber um Haltung bemüht: »Ich möchte jetzt bitte gehen. Alles Weitere ist nicht mehr meine Angelegenheit.

13. KAPITEL

Das Josephs-Hospital in Warendorf war ein akademisches Lehrkrankenhaus der Westfälischen Wilhelms-Universität Münster. Es zeigte die typische Erscheinung eines modernen Krankenhauses: Ein langer mehrstöckiger Betonbau mit gleich großen Fenstern, die auf die Entfernung hin wie Waben eines Bienenstockes wirkten, strahlte eifriges Handeln aus. Nebengebäude, Parkplätze und ein lichtdurchflutetes Café zeigten weniger Kreativität denn Zuverlässigkeit. So spät am Abend tauchten nur Notfälle oder werdende Eltern in einem Krankenhaus auf. Allerdings gab es hier keine Entbindungsstation.

Dirk zeigte an der Information seine Dienstmarke vor und fragte nach dem eingelieferten Notfall Nicole Quante. Der junge Mann an der Information stutzte, lächelte dann und schickte sie in die Unfallchirurgie. Dort saß im düsteren Licht einsam ein Mann in Ledermontur und einem blutigen Arm sowie einer dicken Schramme im Gesicht. Sonst war niemand zu sehen.

»Wenn ihr Personal sucht, die schlafen schon«, äußerte der Witzbold, guckte aber nur auf Ella. »Was hat die Kleine denn?«, fragte er und ging zunächst davon aus, dass Ella einen Arzt brauche.

»Die Kleine hat gar nichts außer einer Abneigung gegen dumme Kommentare«, fauchte Ella.

Während der Typ beschwichtigend die Hände hob, sah er die Schwellung über Dirks Auge und meinte: »Für so eine Beule brauchst du doch nicht in die Notaufnahme, du Mädchen.« Sein Blick zeigte kurz einen erschreckten Ausdruck an, als hätte er was ganz anderes sagen wollen. Er wandte den Blick ab.

Dirk ging nicht darauf ein, er guckte sich um und betätigte eine Klingel an einer Theke. Eine verschlafen wirkende, junge Frau mit kurzen, stämmigen Beinen und einem dicken, blonden Zopf schob ihnen ein Formular zu. »Was ist passiert?«

Dirk schob den Zettel zurück und zeigte seine Dienstmarke vor. »Hier ist eben eine angeschossene Frau eingeliefert worden. Ich muss wissen, ob sie heute noch vernehmungsfähig ist?«

»Ach, du meine Güte. Tut mir leid, die haben wir verloren.«

Dirk guckte betroffen und Ella sackte in sich zusammen. »So schlimm waren die Verletzungen?«, fragte sie bestürzt. Die Krankenschwester musste offenbar noch wach werden. Sie blickte auf ihre Unterlagen und bemerkte dann erst die Bestürzung von Dirk und Ella. »Nein, nein, nicht so verloren. Sie ist weg. Es war nur ein Streifschuss, wir wollten sie aber für eine Nacht aufnehmen, doch unterwegs ist sie weggelaufen. Jemand hat gesehen, dass sie abgeholt wurde. Ist sie gefährlich?«

»Zumindest ist sie sehr schnell. Mist verdammt.«

Als sich dann auch noch der Typ mit dem blutigen Arm einmischte und meinte: »Hey, hat sie dir den Haken verpasst?«, konnte Dirk nicht mehr an sich halten und überlegte, wie er den Clown zur Ruhe bringen könnte.

»Machen Sie einen Alkoholbluttest bei dem Mann und kontrollieren Sie, ob er angetrunken mit seiner Maschine unterwegs war.«

Jetzt beugte sich die Krankenschwester ein wenig nach vorne und flüsterte ihnen zu: »Er war doch nur Beifahrer bei dem Unfall und wartet hier auf seinen Freund. Der wird gerade operiert. Seien Sie nett zu ihm. Manche kompensieren Sorge und Hilflosigkeit halt mit dummen Sprüchen.«

Während Dirk sich noch mal bei Kommissar Schmitt meldete, nickte Ella dem Mann zu und wünschte ihm alles Gute für seinen Freund.

Dirk erzählte dem Kommissar von der Flucht der Bäuerin aus dem Krankenhaus und fragte ihn: »Wollen Sie jemanden zum Hof der Geschwister schicken?«

»Ich dachte, Sie fahren da morgen früh mal hin und schauen sich die Pferde im Stall an. Denn das sah ja heute Abend so aus, als wollte unsere flotte Bäuerin Kontakt zu Robert Heinemann aufnehmen. Warum wohl? Aber soweit ich die Aussage von Frau Heinemann verstanden habe, hat Frau Quante nichts Feindseligeres gemacht, als erst das Haus zu beobachten und dann an der Tür zu klingeln. Wir lassen sie heute Nacht in Ruhe. Aber ich schicke eine Streife dort vorbei, die regelmäßig kontrolliert, ob auch keiner bei Nacht und Nebel ein Pferd verschiffen will.«

»Sie denken, Balthasar hat den Hengst bei seiner Freundin untergestellt? Bei der Ex sucht keiner so schnell. Ich habe neulich nur einen Wallach bei Nicole Quante gesehen, zumindest hat sie behauptet, er sei ein Wallach.«

»Also das zumindest sollten Sie erkennen können. Ich habe auch keine Ahnung von Pferden, aber so einen Blick traue ich mir zu. Wenn das Pferdchen weit genug entfernt steht, versteht sich. Die Motorradjungs haben die Kollegen übrigens nicht erwischt. Heute Nacht scheint alles in Lederkluft unterwegs zu sein.«

Dirk spürte ein Kribbeln unter der Kopfhaut und blickte zurück. Ella und er hatten sich mittlerweile vom Empfang ein paar Meter entfernt. Schnell sagte er: »Ich rufe gleich zurück.« Dann eilte er zurück zu der Schwester, die an der Theke stand und etwas in eine Akte eintrug. »Mir ist noch etwas eingefallen zu unserer Patientin, kann ich bitte den behandelnden Arzt sprechen? Es ist dringend.« Sie blickte ihn aus ihren müden Kinderaugen an und nickte schwach. »Kommen Sie mit.« Ella und Dirk folgten der kleinen Krankenschwester in einen Wartebereich, wo ein paar Stühle standen. Auf dem Schild an der weißen Tür gegenüber stand der Name eines Oberarztes.

»Hören Sie zu«, sagte Dirk zu der Krankenschwester und machte ein ernstes Gesicht. »Es kann sein, dass die beiden Männer, die den Motorradunfall hatten, an einem Überfall beteiligt waren. Können Sie mir sagen, wann die beiden hier eingeliefert worden sind und wo genau der Unfall stattgefunden hat?«

Die junge Frau blickte auf eine Uhr an der Wand und meinte: »Vor einer halben Stunde ist der Rettungswagen gekommen, und der Fahrer wurde nach dem Röntgen und weiteren Untersuchungen direkt in den OP gebracht. Wahrscheinlich ist er noch wach, denn so schnell geht das alles nicht. Aber wo die Männer aufgegabelt worden sind, das weiß ich nicht. Irgendwo in Warendorf, denn sonst hätten sie sie nicht zu uns gebracht, sondern nach Münster oder Hamm.«

Ella mischte sich ein: »Können Sie bitte die Rettungssanitäter anrufen? Sie kennen sich doch bestimmt untereinander, oder?« Und an Dirk gewandt meinte sie: »Mir kam die Stimme gleich bekannt vor, aber unter einem Helm klingt ja alles viel dumpfer. Was für eine Frechheit, sich auch noch über uns lustig zu machen!«

Die Krankenschwester nagte an ihrer Unterlippe. »Ich muss jetzt erst den Oberarzt darüber in Kenntnis setzen. Bleiben Sie kurz hier.«

»Ich bleibe so, dass ich den Kerl im Wartebereich im Blick habe. Nicht, dass der uns auch noch durch die Lappen geht.«

Ella wollte auf keinen Fall schon nach Hause fahren, auch wenn die nächste halbe Stunde sich für sie recht langweilig gestaltete. Dirk hatte verschiedene Dinge zu überprüfen. Wo hatten die Beamten das Motorrad der Angreifer am Abend verloren, und wo waren die nun verdächtigen Fahrer vom Notarzt aufgesammelt worden? Das *RoBerta* lag mitten in der City. Die Männer waren in Richtung Bahnhof geflohen, allerdings hatten sie dabei lauter kleine, schmale Gassen benutzt, da sie auf ihrem Motorrad schneller verschwinden konnten als ein Ford mit einem müden Beamten am Steuer. So viel Mühe sich dieser auch gegeben haben mochte, in der Innenstadt ein Motorrad einzuholen, war schwer. Die Beamten hatten das Motorrad trotz Befragung einiger Passanten also schon früh verloren. Zuletzt gesehen worden war es an der Christuskirche. Der Unfall ereignete sich laut Sanitäter auf der Katzheide Richtung Everswinkel. Die Straße verlief eine Zeitlang parallel zur Bundesstraße 64 und war eigentlich nicht besonders kurvenreich. Doch ein geplatzter Reifen sei schuld gewesen, berichtete der Sanitäter, der die Männer hergebracht hatte.

»Das Krankenhaus verdient nicht schlecht an unserem Fall«, fasste Dirk eher mit Zorn in der Stimme zusammen. »Die flicken hier doch ständig lauter Beteiligte wieder zusammen.« Er zählte an einer Hand auf: »Pferdewirtin Maja, Gestütsleiterin Whitaker, Nicole Quante und nun eventuell endlich mal einen der bösen Buben. Habe ich jemanden vergessen? Ach ja, der smarte Pferdewirt Leo war wegen einer Gallenkolik ganz kurz vor den Ereignissen hier. Und da frage ich mich immer wieder, ob er nicht nur ein Alibi brauchte. Egal, das ist reine Spekulation. Jedenfalls haben wir nun das Nummernschild der Maschinen und zwei Namen. Allerdings habe ich auch allmählich ein taubes Ohr vom Telefonieren und längst schon wieder Hunger.« Und dann ging ein breites Grinsen über sein Gesicht. »Rate mal, was man im tiefen Gras in der Nähe der gestürzten Maschine gefunden hat?«

Ella machte ein ratloses Gesicht und scherzte: »Ein totes Kaninchen?« Ihre blauen Augen zeigten dunkle Schatten, und ihr Blick wurde immer verträumter.

»Zwei Baseballschläger. Jetzt haben wir die Burschen. Ich rufe nun im Präsidium an, damit unser Knabe hier verhaftet und vernommen wird. Ich kann mir allerdings denken, dass Schmitt lieber selbst mit ihm reden will.« Also tätigte er noch mal ein weiteres Gespräch und blickte dann auf die Uhr. Müdigkeit sah man dem jungen Polizisten noch immer nicht an. »Schatz, ich werde jetzt gleich mit ganz viel Vergnügen den Lederstrumpf da vorne verhaften, und danach fahren wir nach Münster und läuten die Nachtruhe ein. Mein Chef möchte heute auch nicht mehr arbeiten und findet, dass wir alle Schlaf brauchen. Eine Nacht in Gewahrsam wird dem Strolch hier nicht schaden.«

Der Strolch hatte derweil einen Verband um den Arm erhalten und hatte sich lang ausgestreckt auf die Stühle gelegt. Der Kollege von Dirk, der das Motorrad verfolgt hatte, erschien nun mit einem weiteren Polizisten, und alle drei traten neben den Mann in der Lederkluft. Als er die beiden Polizisten in Uniform sah, dämmerte ihm ganz offensichtlich, dass er in Schwierigkeiten steckte. »Was wollen Sie von mir?«

Dirk trat näher und sagte: »Als Erstes Ihre Personalien. Sie sind vorläufig festgenommen. Ihnen wird vorgeworfen, heute Abend in dem Lokal *RoBerta* zusammen mit Ihrem Freund einen Überfall getätigt zu haben. Zu den Ihnen zur Last gelegten Taten gehören Körperverletzung, Raub, Bedrohung und mutwillige Zerstörung von fremdem Eigentum.«

»Ja, leck mich. Wir haben nur einen Teil unseres Eigentums zurückgeholt. Ich gehe nirgends hin, sondern warte, wie die OP verläuft.« Der Blick des Mannes ging an Dirks großer Gestalt rauf und runter. »Hab eben schon gedacht, dass Sie der Typ aus dem *RoBerta* waren. Sorry für die Beule. Deine hübsche Begleitung ist mir dabei gar nicht aufgefallen. Mann, du musst mir das glauben, wir sind keine Unmenschen, aber das Maß war voll. Dieser Robert verarscht uns seit Monaten schon nach Strich und Faden. Er schuldet uns eine Menge Geld und lässt sich dann auf Teneriffa den Arsch bräunen. Im bestimmt teuersten Hotel der Insel.« Von dem anwaltlichen Ratschlag, bei einer Festnahme besser ohne Anwalt gar nichts zu sagen, hatte der Mann noch nie was gehört. Jedenfalls war er naiv offenherzig. Er gab den Überfall unumwunden zu und kramte jetzt seinen Ausweis hervor, reichte ihn Dirk. »Ich lauf nicht weg, ehrlich, aber ich muss hierbleiben.«

Dirk schaute sich die Papiere an, nach denen der Mann vor ihnen Martin Strube hieß und in Warendorf lebte. »Sie brauchen jetzt noch gar keine Aussage zu machen. Morgen wird Kommissar Schmitt mit Ihnen reden. Sie dürfen später im Krankenhaus anrufen und sich nach Ihrem Freund erkundigen. Aber jetzt gehen Sie mit meinen Kollegen mit. Unsere Gewahrsamszellen sind zwar keine lauschigen Wohlfühloasen, aber ein besseres Bett als diese Stühle hier haben Sie allemal. Also, los geht es.«

* * *

Bert schaffte es gerade noch, sich mit seiner Schippe in der Hand so in die Ecke zu drücken, dass er nicht sofort gesehen werden konnte. Er gab Hilde ein Zeichen, ihn nicht zu verraten. Die tapfere Buchhändlerin stellte sich nun in die Mitte des Raumes und hatte noch immer die Hände vor dem Mund, als der Russe mit der Pistole in der Hand ein paar Meter von ihr entfernt stehen blieb. Das tat er, damit er seine anderen Begleiter sehen konnte. Denn wie Hilde kurz darauf feststellte, hatte er Robert noch nicht erschossen, sondern nur knapp neben ihm in die Wand geschossen. Der Russe wedelte mit der Waffe und machte Hilde unmissverständlich klar, dass sie aus dem Verschlag kommen sollte. »Ist noch wer dort?«

»Nein, nur ich.«

»Und wer ist ich?« Er ließ seine Augen hoch und runter an Hilde entlanggleiten. Er schob sie vor sich her und stellte sie so hin, dass er Robert und Hilde im Visier hatte.

Frau Fromm stand noch immer mit der Briefmappe vor die Brust gedrückt einfach nur da. Ein Zittern in Händen und Knien konnte sie nur mühsam unterdrücken.

»Ich bin nur eine Buchhändlerin, die ein bisschen recherchiert hat. Ich bin erst heute dahintergekommen, dass Balthasar den Hengst womöglich bei seiner Exfreundin versteckt hat.« Hilde spielte ihre Rolle gut. Mit großen Kulleraugen stand sie vor dem Russen und lächelte dann ganz zaghaft Robert zu. »Hi Robert. Du steckst ein wenig in der Klemme, nicht wahr?«

»Ihr kennt euch?«

»Ja«, bestätigte Robert nun. »Das ist die Buchhändlerin von nebenan. Also sie hat ihren Laden neben meinem Lokal. Wenn sie weiß, wo das Pferd ist, dann wissen es noch andere. Sie sollten sehen, dass Sie hier verschwinden, denn ich denke, es wird bald vor Polizisten wimmeln. Sie haben doch was Sie wollten.« Roberts Stimme nahm einen bettelnden, verzweifelten Ton an.

Doch der Russe mit der Waffe in der Hand lachte nur laut. Dann zeigte der Lauf seiner Pistole wieder auf Roberts Bauch. »Nun, dann fragen wir doch mal unsere hübsche Miss Marple. Wer hat denn nun Mischa umgebracht? Was meinen Sie, meine Liebe?«

Sie musste jemanden beschuldigen, der nicht hier im Stall stand, das war ihr klar. Denn dieser Typ mit der Waffe hätte denjenigen sofort erschossen. »Es war Herr Fromm, der Vater von Balthasar. Es ist doch verständlich, dass er den Tod seines Sohnes rächen wollte.«

Frau Fromm hatte einen Entschluss gefasst, man sah es ihr an. Denn sie straffte nun die Schultern, machte einen Schritt auf den Russen zu und sagte mit leiser Stimme. »Robert Heinemann hat Mischa erschossen. Ich weiß es ganz genau, immerhin war er danach bei mir. Sorry, Robert, aber ich bin nicht bereit, für deine Kurzschlüsse zu bezahlen. Ich werde jetzt gehen.« Und damit drehte sie sich um und marschierte einfach Richtung Stalltür.

Bert wusste, dass er nun sehr schnell handeln musste. Er hatte eine alte Schippe mit rostiger Metallschaufel und den Überraschungsmoment. Mehr nicht. Leise schlich er nun in einem Bogen aus dem Versteck, damit er nicht so schnell gesehen werden konnte. Der ältere

Russe hob nun die Pistole mit dem Schalldämpfer. Der Mann sagte etwas auf Russisch und dann auf Deutsch. »Schluss jetzt mit dem Theater. Drehen Sie sich um, verehrte Buchhändlerin.«

Hilde schluchzte kurz auf. »Bitte«, sagte sie, »bitte, ich habe doch gar nichts damit zu tun.«

»Ganz genau, deshalb sollen Sie auch wegschauen, Herzchen.« Roberts Augen blitzten sichtbar auf, zu auffällig, denn der Russe war kampferprobt und erkannte eine Gefahr von hinten. Er drehte sich um, in dem Moment stürmte Bert vor und schwang die alte Schippe gegen den Mann. Doch der duckte sich elegant mit einer halben Drehung weg, bei der er sein rechtes Bein treffsicher gegen Bert einsetzte und ihm damit einen Tritt verpasste. Gleich darauf hörte man ein tödliches Ploppen. Ein Körper fiel mit dumpfem Stöhnen um.

Nur Sekunden später erklangen Stimmen. »Hände hoch. Polizei.«

* * *

Kommissar Schmitt wusste, dass er nicht so handelte wie ein eifriger Kommissar vor dem Abschluss eines Falles. Er fuhr tatsächlich trotz der Flucht von Nicole Quante aus dem Krankenhaus und der Verhaftung der Motorradfahrer, die im *RoBerta* randaliert hatten, nach Hause. Er brauchte ab und zu Schlaf. Seiner Einschätzung nach würde Nicole Quante sich nicht nach Montana absetzen, um dort auf einer Ranch anzuheuern. Er glaubte auch nicht daran, dass sie das Pferd noch in dieser Nacht wegbringen würde, aber es war sicherer, dass der Hof diese Nacht überwacht wurde. Beide Motorradfahrer würde man auch morgen noch verhören können, und die Fahndung nach Robert Heinemann lief ohnehin weiter.

Schmitt war in einer deprimierten Verfassung, als er durch die Dunkelheit nach Hause fuhr. Seine Müdigkeit wurde zudem stündlich schlimmer. Das Klingeln seines Handys tönte durch das Auto, und er war versucht, es zu überhören. Noch zwei Straßen trennten ihn von einem warmen Kakao und einem weichen Bett. Doch die Information, die er von einem der diensthabenden Beamten erhielt, machte ihn schnell munter. »Chef, am Hof von den Geschwistern Quante tut sich etwas. Von dort kam ein Notruf.«

»Ein Notruf? Geht es um die verletzte Bäuerin? Hat sie einen Notarzt gerufen?«

»Nein, der Notruf kam per WhatsApp von einem Bert. Offenbar geht es um eine Gefahr durch bewaffnete Russen. Ich habe Verstärkung angefordert.«

Mit quietschenden Reifen fuhr Schmitt wenig später auf den Hof der Geschwister Quante. Dort standen bereits drei Polizeiwagen mit blinkendem Blaulicht. Auch ein Krankenwagen war vor Ort. Als er zum Stall eilte, hörte Schmitt Stimmen, dann einen leisen Ton, wie das Knallen eines Sektkorkens zwei Mal kurz hintereinander. Unverkennbar: Jemand schoss mit einem Schalldämpfer.

Fast gleichzeitig hörte Schmitt die Stimme seiner Beamten: »Hände hoch. Polizei!«

So schnell, wie es ihm möglich war, eilte er zum Stall, vergaß dabei aber nicht, die Dienstwaffe zu ziehen, schon allein der wilden Tiere wegen. Er betrat den Stall, als gerade mehrere Stimmen durcheinanderriefen. Die Neonröhre flackerte noch an der hohen Decke, doch man konnte bereits gut erkennen, dass zwei Personen am Boden lagen. Zudem stellte Schmitt mit einigem Erschrecken fest, dass zwei Frauen anwesend waren. Frau Fromm stand direkt an der Tür und die Buchhändlerin Hilde Koch hielt sich mitten im Geschehen auf.

»Sofort den Notarzt herholen«, ordnete Schmitt an und wollte die Stallgasse betreten, wobei er genau die Mitte anstrebte, damit er möglichst weit weg von den Samtmäulern der Rindviecher blieb.

Doch der harte Ton einer Stimme hielt ihn auf. »Halt! Keinen Schritt weiter. Zunächst einmal werde ich den Stall jetzt verlassen.« Der ältere Herr mit dem russischen Akzent hielt Hilde Koch im Arm und drückte ihr eine Pistole gegen den Hals. Die Dame kümmerte sich jedoch weniger um ihr Wohl, sondern hielt mit sorgenvollem Blick Ausschau nach Bert, dem Barkeeper, der noch immer am Boden lag. Noch war nicht erkennbar, auf wen geschossen worden war.

»Bert? Bist du okay?« Ein Japsen ertönte. Dann sagte Bert mit gepresster Stimme. »Ja, allmählich geht es wieder.« Der Barkeeper erhob sich, wobei er dieses Mal die neben ihm liegende Schippe als Stütze benutzte. Doch kaum war er auf den Füßen, drohte er mit Blick auf das ungleiche Paar: »Lassen Sie sie sofort los.« Mit sichtlicher Erleichterung erkannte Bert nun auch Kommissar Schmitt. »Er hat auf Robert geschossen! Er muss sofort ins Krankenhaus.«

»Muss er nicht. Der Mann ist tot.« Der Russe verzog keine Miene, schien aber seine Schießkünste nicht in Frage zu stellen. Ein betretenes Schweigen war die Antwort.

Hilde Koch, die sich noch immer mit ihren Schultern im Arm des russischen Mannes befand, straffte nun selbige und drehte sich so spontan aus den Armen heraus, dass der Russe sie überrascht losließ, dabei hielt er seine Waffe weiter auf ihren Kopf gerichtet. Hilde drehte sich jedoch nicht um, sondern eilte zu Robert Heinemann, der auf der Stallgasse lag. Während sich die Frau zu ihm hinunterbeugte, agierten auch alle anderen Personen im Stall, ohne dass die Buchhändlerin sich davon beirren ließ. Die drei Beamten der Polizei richteten nun alle Waffen auf den russischen Mann, der angesichts der Überzahl schnell ergeben nickte und seine Pistole niederlegte. Er wurde verhaftet und nach draußen geführt.

Frau Fromm hatte bislang starr und steif abseitsgestanden, nun wankte sie auf den Kommissar zu und fragte ihn: »Bitte, kann ich nach Hause? Mein Mann kann mich abholen. Mir geht es nicht gut.« Sie war kreidebleich, ihre Hände zitterten und sie hielt sich nur mühsam aufrecht. Kommissar Schmitt kniff die Augen zusammen und fragte sie: »Was genau haben Sie hier eigentlich gemacht?«

»Robert hat Dragon hier gefunden und ihn an den Russen verkauft. Das ist sein Recht gewesen, immerhin gehörte ihm der Hengst ja, und sein Käufer hatte schon lange genug gewartet. Das Tier ist bereits abgeholt.«

Kommissar Schmitt wusste nicht, ob er sich erst um Robert, um Bert oder Frau Fromm kümmern sollte. Zudem gab es offensichtlich noch einen weiteren Mann, der mit dem kostbaren Tier im Hänger irgendwo herumstand oder bereits unterwegs war. Da nun ein Rettungsarzt in Eilschritten zu dem reglos am Boden liegenden Robert unterwegs war, widmete sich Schmitt wieder Frau Fromm. »Damit haben Sie erklärt, was Robert Heinemann hier gemacht hat, nicht aber, warum Sie unbefugt in einem fremden Stall stehen.«

»Ich bin die Begleitung von Robert gewesen.«

Der Kommissar registrierte durchaus, dass die Buchhändlerin trotz einer massiven Bedrohung für sich selbst zu dem niedergeschossenen Mann geeilt war, während seine Begleiterin Frau Fromm nur fragte, ob sie endlich nach Hause dürfe. Er bemerkte, wie der Notarzt den Kopf schüttelte, während er neben dem leblosen Körper kniete. Robert Heinemann war also tatsächlich tot.

Kurz entschlossen verkündete Schmitt: »Sie kommen nun alle mit ins Präsidium, damit wir Ihre Aussagen aufnehmen können. Und darüber wird nicht verhandelt.« Er drehte sich um, ohne auf das empörte oder sogar panische Gesicht von Frau Fromm zu achten und gab weitere Anweisungen an seine Beamten. Dann trat er zu Bert und Hilde. Der Barkeeper hielt Hilde, die nun am ganzen Leib zitterte, im Arm, wobei der große Mann sich weit hinunterbeugen musste. Das tat er mit schmerzverzerrtem Gesicht und stockender Atmung. So ordnete Schmitt kurzerhand an: »Sie fahren beide mit dem Krankenwagen mit. Ich habe zwar keine Ahnung, was hier alles vorgefallen ist, aber es sieht so aus, als hätten Sie eine Vorliebe dafür, ständig Schläge mit Metallrohren, Fäusten oder Schippen zu bekommen.« Dabei wanderte Schmitts Blick nun zu der alten Schippe, die auf dem Boden lag.

»Es war ein durchtrainierter, russischer Fuß«, versuchte Bert zu scherzen.

»Mein Mitleid hält sich angesichts dieser dummen Einmischung deutlich in Grenzen.«

»Mit Roberts Tod haben wir nichts zu tun. Das war Frau Fromm.« Hilde brachte den Satz mit bebenden Lippen hervor und warf der älteren Dame, die gerade aus dem Stall herausgeführt wurde, einen giftigen Blick zu. Der Kommissar nickte nur und sparte sich den Einwand, dass Frau Fromm nicht einmal eine Waffe in der Hand hatte. Seine Beamten waren schließlich vor Ort gewesen, und es stand außer Frage, wer da mit dem Schalldämpfer geschossen hatte. Kommissar Schmitt hatte keineswegs vor, nun ellenlange Verhöre und Vernehmungen durchzuführen, aber einen ersten Eindruck musste er sich verschaffen. Schon allein damit er entscheiden konnte, wen er für eine Nacht in Gewahrsam nahm und wen nicht. Er fühlte sich für so etwas auch nicht mehr fit genug.

* * *

Auf seinem Schreibtisch fand Schmitt einen dicken Stapel ausgedruckter Papiere. Viel zu dick für irgendeine Akte. Auf dem Deckblatt klebte eine Nachricht. *Ich hab's endlich aufgespürt, das Manuskript des toten Autors. Schönen Feierabend, Heinz.*

Schmitt zuckte zusammen, als seine Bürotür mit Schwung geöffnet wurde. Der Sonntag steckte ihm noch in den Knochen, fünf Stunden lang hatte er Gespräche geführt, diktiert und sich mit Kemper ausgetauscht. Halb Warendorf war in den Fall verstrickt, und Schmitt dachte nicht zum ersten Mal, dass die kleinen, münsterländischen Dörfer, katholisch geprägt und mit braver, bürgerlicher Fassade, wahre Brutstätten für die verschiedensten kleineren und größeren Untaten seien. Schmitt hatte es ja selbst oft genug erlebt. Selbst rumänische und russische Schurken kamen dafür in das schöne, flache und grüne Land, in das Münsterland.

Am spannendsten war die Vernehmung von Nicole Quante gewesen, die ihren rechten Arm in einer Schlinge trug, damit die Schulter ruhig blieb. Blass hatte sie ausgesehen und traurig, sie war mit einem Taxi gekommen. Unumwunden hatte Nicole zugegeben, am Freitagabend in der Vorwoche den Hengst Dragon aus seiner Box entführt zu haben und ihn in ihrem Kuhstall untergebracht zu haben. Das sei mit Balthasar so abgesprochen gewesen. Er hatte ja seine Lesung an dem Abend, Robert oder Mischa wollten sich bei ihr melden, denn die beiden hätten einen Käufer an der Angel. Nicole kannte Mischa Bolschakow als guten Hufschmied und neuen Bekannten von Balthasar, aber er war ihr unheimlich. Sie ahnte, dass er keine reine Weste hatte, doch genau das hatte ihren Freund fasziniert. Sie hatte ihn des Öfteren gewarnt. Und dann sei ja alles auch ganz schrecklich schiefgelaufen. Erst sei Balthasar erschossen worden, dann Mischa, und Robert sei verschwunden und auch über sein Handy nicht erreichbar. Sie habe keine Ahnung gehabt, wie sie nun an Robert rankommen sollte, also sei sie auf die Idee gekom-

315

men, ihn bei seiner Mutter aufzusuchen. Nicole hatte natürlich nicht gewusst, dass ausgerechnet die Typen, bei denen Robert Spielschulden hatte, immer in Motorradkluft aufgetaucht waren und seine Mutter sich bedroht fühlte, als sie dort eine ganze Zeitlang vor der Tür gestanden hatte. Nicole war sich einfach unsicher gewesen, ob sie an der Tür klingeln sollte, und hatte gehofft, er komme raus zu ihr. Währenddessen hatte Frau Heinemann besorgt ihren Sohn kontaktiert und ihm erzählt, dass da ein Typ vor der Tür stehe und sie beobachte. Robert sei sofort erschienen und habe, ohne zu fragen, auf sie geschossen, als sie gerade genug Mut gesammelt hatte, um an der Haustür zu klingeln. Sie habe Frau Heinemann zumindest eine Nachricht für ihren Sohn hinterlassen wollen. Stattdessen sei es sogar Robert gewesen, der gerufen habe: »Verschwinde, du kriegst dein Geld schon noch.« Und dann habe er ihr in die Schulter geschossen.

Auf die Frage, warum sie sich an dem Abend trotz der Verletzung noch aus dem Krankenhaus habe entlassen lassen, meinte sie nur: »Mein Bruder ist auf Kegeltour, und ich kann schlecht so viele Tiere sich selbst überlassen. Wissen Sie, was zwei große Hunde mit meiner Küche anstellen, wenn sie Hunger bekommen?« Von dem Trubel auf ihrem eigenen Grund und Boden habe sie nichts mitbekommen, erklärte sie, denn ihre Medikation hätte auch einen schwereren Menschen stundenlang tief schlafen lassen. Sie sei mit einem Taxi nach Hause gefahren, nicht mit ihrem Bruder.

Für den Raub an Dragon musste sich die junge Frau natürlich verantworten, aber ansonsten hielt Schmitt sie für unschuldig. Eine Frage hatte er der jungen Frau noch stellen müssen: »Was war denn nun zwischen Ihnen und Balthasar? Hat er nur pro forma mit Ihnen Schluss gemacht, damit kein Verdacht auf sie fiel?«

Bei dieser Frage war die taffe Frau doch noch in Tränen ausgebrochen. »Ja, er versprach mir, wenn Gras über die Sache mit Dragon gewachsen wäre, würde er für mich sorgen.«

Damit hatte Balthasar Fromm sogar Wort gehalten, denn mit hoher Wahrscheinlichkeit würde die Lebensversicherung von Balthasar die Prämie an Nicole Quante auszahlen müssen.

* * *

Kommissar Schmitt hatte am Sonntag mehr in dem Manuskript gelesen, als ihm lieb war. Auch jetzt, am Montagmorgen, hatte er einen Stapel loser Blätter vor sich, der bereits deutlich kleiner geworden war. Wieso Kemper nun mit einer derartig zur Schau getragenen Munterkeit und guter Laune an einem Montag ins Büro gestürzt kam, konnte er nicht begreifen.

Doch Dirk lieferte die Erklärung gleich mit. »Ich freue mich tatsächlich außerordentlich, dass Sie mich noch ein paar Tage hier in Warendorf gebrauchen können, Chef. Ich hatte noch gar keine Lust, wieder die Verkehrsdelikte von Oelde zu bearbeiten. Dabei hatte unser nettes Örtchen schon so manch delikaten Verbrecher aufzuweisen.«

»Erinnern Sie mich bitte nicht daran. Wir haben in diesem aktuellen Fall nun schon drei tote Männer, und an dem Tod von Robert Heinemann gebe ich uns eine Teilschuld. Wir hätten viel eher darauf kommen müssen, dass Nicole Quante das Pferdchen bei sich versteckt hält. Also, ich hätte jetzt sehr viel Spaß an harmlosen Verkehrsdelikten, zumal ich eine Menge davon nachvollziehen kann. Ein guter Fahrer darf auch mal schnittig unterwegs sein.«

»Das habe ich nicht gehört, Chef. Der Staatsanwalt hat ja nun eine Menge zu tun.«

»Wie viele Strafanzeigen muss er schreiben?«, fragte Schmitt, und der Polizist setzte sich an seinen Arbeitsplatz und fuhr den Rechner hoch. Dabei zählte er auf: »Nicole Quante wegen der Entführung von Dragon und, wie ich annehmen darf, wegen der Bedrohung und Körperverletzung an Maja Uhlmann. Sie war es doch wohl, die Maja in der Sattelkammer bedroht hat, oder?«

Schmitt nickte. »Ja, Samstagmorgen hatte sie schon sehr früh morgens einen Viehtransporter bei sich, und der Mann hätte ihr ein lupenreines Alibi geben können. Aber für Freitag hatte sie nun mal keins. Sie hatte große Sorge, dass wir ihr auf die Schliche kommen, bevor der Hengst verkauft ist.«

Dirk nickte mit schuldbewusstem Gesicht: »Sie haben recht, da hätten wir draufkommen können. Also weiter im Text. Frau Fromm hat sich der Hehlerei schuldig gemacht, beziehungsweise der Komplizenschaft. Auch wenn man aus der Sicht der trauernden Mutter verstehen kann, dass sie das Projekt ihres Sohnes beenden wollte.«

Kommissar Schmitt nickte und warf zwischendurch immer wieder einen Blick in die Textseiten auf seinem Schreibtisch. »Wenn Frau Fromm einen guten Anwalt hat, sie wird sicherlich einen guten Kollegen beauftragen, dann wird es schwer. Denn Robert Heinemann war ja der Besitzer des Pferdes. Daher ist auch die Kaufurkunde des russischen Käufers rechtens. Es wird wohl nur zu einer Anklage wegen Vertuschung kommen. Sie hat gewusst, dass Robert Mischa umgebracht hat, ohne es zu melden. Der nächtliche Stallbesuch bei Nicole Quante ist ein Fall von Hausfriedensbruch. Aber sie wird sich aus all dem herauswinden. Sei es drum. Sie hat ihren einzigen Sohn verloren und ihren Job, und sie tut mir wirklich leid. Frau Heinemann Senior kann man auch nicht verurteilen. Natürlich hilft eine Mutter ihrem Sohn. Warum Robert sich nach dem tödlichen Schuss an Mischa nicht bei der Polizei gemeldet hat, wird mir immer klarer. Er steckte einfach zu tief in der ganzen Sache drin. Die beiden Motorradfahrer müssen sich wegen Körperverletzung, Nötigung und diverser anderer Delikte verantworten. Ich denke, Bert sitzt bei den Verhandlungen in der ersten Reihe und streichelt seine blauen Flecken. Die beiden Halunken hatten Robert Geld für den Hengst geliehen. War ja klar, dass die durchdrehen, als das wertvolle Tier verschwand. Das stand ja überall in den Zeitungen.«

Dirk Kemper nickte, malte Kringel auf einen kleinen Block und meinte: »Es ist schon recht seltsam, dass in diesem Fall die meisten Täter schon gerichtet wurden. Wie eine Endlosschleife: Mischa bringt Balthasar Fromm um. Robert Heinemann bringt Mischa um und der russische Strohmann bringt dann Robert um. Solange wir mit den Ermittlungen im Rückstand waren, konnten wir nur noch die Leichen aufsammeln. Und jetzt haben wir in dem Russen einen Täter, der zwar von Anfang an eingeplant war, aber nur als Käufer beziehungsweise Strohmann und nicht als Mörder von Robert.« Die Stimme des jungen Polizisten klang beinahe enttäuscht, und der Kommissar guckte von den Papierseiten auf. »Gefällt Ihnen etwas an der Aufklärung nicht?«

»Ich sehe Robert Heinemann nicht als Mörder von Mischa vor mir, aber es ergibt alles einen Sinn. Dieser Robert hat eine echt tragische Rolle. Er war nie wirklich ein Verbrecher, ist aber wie einer gestorben. Wer bekommt denn nun das Geld von dem Verkauf? Sicher nicht Frau Fromm.«

»Nein, das Geld steht Robert zu, vielmehr seinen Erben, abzüglich der Schulden. Im Moment haben wir das Geld sichergestellt, es wird noch überprüft. Und Nicole Quante wird hunderttausend Euro von der Versicherung erhalten. Ich werde jetzt weiter an diesem Manuskript lesen und erhoffe mir davon Erkenntnisse, warum Mischa überhaupt unseren Schreiberling erschossen hat. Das ist ein Punkt, der für mich noch keinen Sinn ergibt. Also suchen Sie sich eine Beschäftigung, ich brauche nicht mehr lange. Und dann ...« Er machte eine bedeutungsvolle Pause. »Und dann werde ich eine Bombe platzen lassen.«

* * *

Als Bert die Buchhandlung seiner neuen Freundin Hilde betrat, tat er das mit gemischten Gefühlen. Hier hatte der ganze schräge Fall begonnen. Mit einer Lesung. Aber der Plan von Balthasar Fromm hatte lange vorher Gestalt angenommen, in einem Manuskript. Doch war der Autor wirklich überzeugt gewesen, dass er den Spuk auch durchziehen würde, als er das Lokal betreten hatte? Bert zweifelte daran. Er selbst hatte eine innerlich zerrissene Person erlebt, die da am Freitagabend an seinem Tresen einen Whisky getrunken hatte. Was wäre gewesen, wenn Balthasars Eltern mit ihm zusammen noch etwas getrunken hätten? Oder wenn seine Freundin Nicole Quante zur Lesung aufgetaucht wäre?

Hilde strahlte ihn an. »Oh, du kommst heute mal mich besuchen, wie schön. Ich kann dir auch einen Kaffee anbieten, aber keinen Gin Tonic.« Hilde sortierte gerade ein paar Bücher in ein Regal und hielt inne. Ihr Geschäft war geräumig und präsentierte die Bücher so, dass man die meisten Cover gut sehen konnte, nicht nur die Buchrücken.

»Danke, den nehme ich gerne. Hilde, mir geht da etwas nicht aus dem Kopf.«

Sie wurde ernst. »Ja, mir geht sogar eine Menge nicht aus dem Kopf. Woran genau denkst du?«

Bert half ihr galant von der kleinen Stehleiter herunter, auf der die Buchhändlerin stand.

»Warum ist die Polizei sich noch mal so sicher, dass Robert Mischa Bolschakow umgebracht hat? Die Waffe wurde doch gar nicht bei ihm gefunden, oder? Ich muss immer wieder daran denken, wie er seine Unschuld beteuert hat.«

Hilde blieb skeptisch: »Ja schon, aber mit einer Pistole auf der Brust hätte das jeder getan. Und jeder andere hätte doch auch auf Notwehr plädieren können, denn es ging ja darum, dieser Zeugin das Leben zu retten. Nur Robert steckte so tief drin, dass er besser nicht zur Polizei gegangen wäre. Und denk daran, Bert. Robert war durchaus in der Lage, auf einen Menschen zu schießen, er hat es im Landgestüt getan, und er hat auf Nicole Quante geschossen. Es ist möglich, dass er Mischa gar nicht umbringen wollte, aber geschossen hat bestimmt er.«

Bert sah sie betroffen an. »Ja, wahrscheinlich hast du recht. Die Erkenntnis, dass der eigene Kompagnon Menschen erschießt, ist nicht so leicht. Ich sehe nur aus wie ein starker Typ.« Er grinste schief. »Ich muss mich jedenfalls nach einem neuen Teilhaber umsehen. Vorher wird es noch eine Menge Papierkram mit Roberts Mutter geben. Steh mir bei.«

Hilde lachte und nickte: »Sehr gerne.« Plötzlich verzog sich ihr Gesicht, als hätte sie überraschend in eine Zitrone gebissen. »Ich geh jetzt mal einen Kaffee kochen, lauf nicht weg.«

Bert folgte ihrem Blick nach draußen und guckte ebenfalls etwas erschrocken. »Oh je, sie hat mich gesehen. Wahrscheinlich wollte sie eh zu mir.«

Tina Dessel stand mit einer viel zu dünnen Jacke frierend vor den Schaufenstern der Buchhandlung, die bunt und einladend mit allerlei Büchern und Schulsachen arrangiert waren. Es hing dort auch noch immer das Plakat zur Lesung von Balthasar Fromm mit seinem Portrait darauf.

Zögernd betrat Tina den Buchladen und lächelte Bert schüchtern an. »Hi Bert, ich möchte mich für meinen Auftritt neulich entschuldigen. Ich war ziemlich betrunken.« Fahrig steckte sie die Hände in ihre kurze Jacke und zog sie auch gleich wieder heraus. »Und ja, noch was. Es tut mir sehr leid, dass Robert tot ist. Er war ein netter Kerl ...« Sie wusste offenbar nicht weiter und blickte dieses Mal sogar erleichtert auf, als Hilde zu ihnen trat.

Die Buchhändlerin hatte ihre Worte gehört und sagte: »Das muss für Sie bestimmt besonders schlimm sein, immerhin hat Robert Ihnen das Leben gerettet. Wird zumindest vermutet.« Das fügte sie mit einem Blick zu Bert hinzu, der die Stirn runzelte.

Tina Dessel kamen nun prompt die Tränen. »Erst rettet Bert mich vor dem durchgeknallten Autor und dann sein Kompagnon vor dessen irrem Mörder. Das ist doch total verrückt.«

Hilde nahm die jüngere Frau in den Arm und führte sie zu einem gemütlichen Sessel. Dort ließ sich die Frau nieder und suchte nach einem Taschentuch. »Was ist denn eigentlich mit Robert geschehen? Weißt du etwas, Bert? Oder wissen Sie es?« Hilfe suchend blickte Tina nun von einem zum anderen. Schließlich erzählte ihr Bert den Ablauf des Samstagabends und ließ auch seine Rolle mit Hilde nicht aus. Die Buchhändlerin holte derweil Kaffee und Tassen herbei.

Bert fragte Tina nun schon zum zweiten Mal nach dem Abend, an dem Mischa bei ihr eingedrungen war. Genau wie der Kommissar vermutete Bert, dass sie eventuell mehr wahrgenommen haben könnte, als sie selber glaubte. »Lass uns weiter zurückgehen. Du warst an dem Montag bei mir zu Hause und hast dich mit einer Ginflasche bedankt. Dabei hast du mir erzählt, dass du jemanden am Freitagabend vor dem Lokal gesehen hast und dieser Jemand sehr gut der Mörder von Balthasar gewesen sein könnte.«

»Dann bin ich mit dem Bus nach Hause gefahren.«

»Ist dir jemand gefolgt?«

»Das kann ich dir nicht sagen. Ich habe jedenfalls nichts bemerkt. Ich habe dann eine Serie im Fernsehen geschaut und einige Telefonate geführt. Am Abend habe ich die Nachrichten angesehen und mir eine Pizza in den Ofen geschoben.«

Hilde erkannte an Tinas Gebaren, dass sie die Erinnerung an den Moment des Überfalls zu stressen begann. Sie kratzte sich an den Armen und schwitzte plötzlich.

Hilde strich ihr beruhigend über den Arm. »Welche Telefonate hast du geführt? Hast du Robert angerufen?«

Tina machte große Augen. »Nein. So gut kannte ich ihn gar nicht. Ich habe mit meiner Mutter gesprochen, mit einer Freundin und mit Frau Fromm.«

»Mit Frau Fromm?« Hilde und Bert fragten dies gleichzeitig. Und Bert ergänzte noch: Mit Balthasars Mutter? Warum denn das?«

Tina hielt ihren Becher Kaffee nun in der Hand und schaute hinein. »Ich weiß nicht. Es war so eine Eingebung. Ich wollte ihr sagen, dass ich wahrscheinlich den Mörder von Balthasar gesehen habe und dass ich dies am nächsten Tag auch bei der Polizei melden wollte. Ich dachte, es tröstet sie vielleicht, wenn der Fall schnell aufgeklärt wird. Heute mache ich mir Vorwürfe. Ich hätte viel eher schalten müssen. Aber mir ist erst nach und nach die Bedeutung meiner Beobachtung eingefallen. Ich war an dem Abend im *RoBerta* nur kurz zum Telefonieren draußen vor der Tür und habe einen Mann dort stehen sehen. Das ist ja nichts Ungewöhnliches, oder?«

Bert beugte sich angespannt wie ein Bogen zu ihr vor. »Tina, wann hast du Frau Fromm angerufen? War das kurz vor dem Überfall durch Mischa?«

»Das war etwa eine Stunde vorher.«

Bert blickte Hilde an. »Weißt du, was das bedeuten kann?«

Sie nickte traurig. »Robert lag richtig.«

* * *

Mit einem Blick auf die Uhr beendete Kommissar Schmitt das Gespräch und legte das Mobilteil mit akribischer Sorgfalt parallel zu seiner Schreibunterlage. Dann sagte er: »Wir haben jetzt endlich den Flug gefunden, mit dem Robert Heinemann aus Teneriffa zurückgeflogen ist. Er hatte den Ausweis eines Deutschen dabei, der auf Teneriffa arbeitet und ihm ähnlich genug sieht. Das Foto auf dem Ausweis war außerdem schon älter und ausgebleicht. Heinemann hat seine Mutter gebeten, den Ausweis an eine Adresse auf Teneriffa zu schicken, und so wussten die Kollegen, nach welchem Namen sie bei den Fluggesellschaften suchen mussten. Die Kollegen von der Spusi haben echt gute Arbeit geleistet.«

Dirk Kemper schrieb noch immer an den Berichten zu den Vernehmungen und war über jede Ablenkung erfreut. »Ist das noch wichtig, Chef?«

»Ja, das ist sogar sehr wichtig, denn Robert Heinemann ist erst am Dienstagabend aus Teneriffa zurückgekommen.« Der Kommissar sah am Blick von Kemper, dass der sofort verstanden hatte. »Heinemann konnte Mischa gar nicht erschossen haben.«

»Das heißt, der Fall ist noch gar nicht aufgelöst?« Dirk Kemper machte ein verboten zufriedenes Gesicht, als er sich zurücklehnte und die Arme hinter dem Kopf verschränkte. Kommissar Schmitt schüttelte den Kopf. »Ich habe so eine Vermutung, aber mir fehlt noch eine Verbindung. Ich werde jedoch erst das Manuskript zu Ende lesen, denn dann weiß ich zumindest, was unser tragischer Autor für Pläne verfolgte. Holen Sie mir bitte einen Kaffee und sprechen Sie mich erst in einer Stunde wieder an.«

Fünfundfünfzig Minuten später klingelte das Telefon auf seinem Schreibtisch erneut. Es war Bert, und Schmitt, der nach einem leisen Stöhnen an den Apparat gegangen war, spitzte plötzlich aufmerksam die Ohren. Denn das, was Bert ihm da von Tina Dessel erzählte, das führte ganz genau zu seiner fehlenden Verbindung. Der nächste Anruf von Kommissar Schmitt galt dem Staatsanwalt, bei dem er sich einen Haftbefehl und eine Hausdurchsuchung ausstellen ließ.

Sie fanden Frau Fromm im Wohnzimmer sitzend vor, eine Tasse Tee mit Rum vor sich und gekleidet in einen Hausanzug aus Samt. Selbst in dieser legeren Kleidung hätte man Frau Fromm zu einem Bankgespräch oder ins Theater schicken können. Das galt nicht ihrem Zustand, denn der war desolat. Sie sprach verlangsamt, hatte dunkle Ringe unter den Augen und zeigte wenig Ausdruck. Herr Fromm hatte ihnen die Tür geöffnet, und mit einem Blick auf die Papiere hatte er ihnen nur ergeben zugenickt. Die Pistole, mit der Mischa den Sohn der Fromms erschossen hatte, fanden die drei Beamten, die Schmitt und Kemper ins Haus gefolgt waren, wenig später unter einem losen Dielenboden in einem Gästezimmer.

»Die habe ich Robert abgenommen«, sagte Frau Fromm mit einem müden Lächeln.«

»Lass es gut sein, Schatz, sie wissen es.« Herr Fromm stellte sich neben seine Frau und streichelte ihren Rücken.

Kommissar Schmitt setzte sich auf einen Sessel gegenüber von Frau Fromm und fragte sie mit sanfter Stimme: »Warum haben Sie sich denn nicht gemeldet? Das wäre doch noch als Notwehr durchgegangen.«

Sie blickte hoch. »Ich dachte, die Frau sei tot. Ich hätte keine Zeugin gehabt, und außerdem war ich nicht nüchtern. Bei mir als Mutter hätte das stark nach Rache und Selbstjustiz ausgesehen. Ich bin Juristin, ich weiß genau, wie schlecht meine Lobby gewesen wäre als Anwältin ohne Lizenz und als betrunkene Frau. Ich bin in Panik davongelaufen. Ich habe später tatsächlich dran gedacht, alles zuzugeben, doch ich habe den Zeitpunkt einfach verpasst. Und dann hatte ich ja das Manuskript meines Sohnes gelesen und wollte seine Idee zu Ende bringen und seinen Anteil einstreichen. Ich bin es ihm schuldig, dafür zu sorgen, dass er posthum doch noch einen Bestseller landet.«

Dirk Kemper stand ein wenig deplatziert im Wohnzimmer herum und mischte sich ein: »Robert Heinemann musste für diesen Ehrgeiz sterben.«

Sie lachte bitter. »Entschuldigung, aber dem Russen gegenüber mit der Pistole in der Hand wollte ich da im Stall dann ganz sicher nicht die Heldin spielen. Robert ist ein großes Stück selbst schuld. Er hat zu hoch gepokert und sich mit den falschen Leuten eingelassen.« Sie zerknüllte ihr Taschentuch zwischen den fein manikürten Händen.

»Sie meinen wohl, er hat sich mit Ihrem Sohn eingelassen. Ich habe das Manuskript mittlerweile auch gelesen, und ich weiß nun, dass Balthasar alle gegeneinander ausgespielt hat. Er hat sich mit Robert angefreundet, weil der labil war, über gewisse Finanzen verfügte und ein Spieler war. Dem russischen Schmied mit der kriminellen Ader hat Balthasar vorgegaukelt, dass er mit ihm zusammen ein Pferd aus dem Landgestüt schmuggeln wolle, sozusagen als Rechercheabenteuer. Das sei ganz harmlos, da er ja den Besitzer kenne. Und wenn alles gelinge, sollte Mischa ein paar Tage später den russischen Käufer kontaktieren und Robert die Versicherungssumme einkassieren. Aber, Frau Fromm, wir wissen beide, dass Ihr Sohn niemals vorhatte, lebend aus der Nummer zu kommen. Zumindest nahm er es billigend in Kauf. Er versetzte Mischa nicht nur, sondern schrieb ihm, dass er das Pferd von jemand anderem habe klauen lassen. Er, Mischa, sei raus aus dem Geschäft. Mischa muss ganz schön wütend gewesen sein und ging zu dem vereinbarten Treffpunkt, den sie ursprünglich ausgemacht hatten. Mischa sollte Balthasar dort nach der Lesung abholen. Ich glaube, er wollte Ihren Sohn nur zur Rede stellen. Stattdessen kommt Balthasar aus dem *RoBerta* und richtet seine Waffe auf Mischa, als wollte er den Mitwisser abknallen. Mit neunzigprozentiger Sicherheit reagiert ein Mann mit Mischas Vergangenheit genau so: Er greift selbst zur Waffe und schießt. Und trifft sicher auch besser als ein Autor. Das war kein Duell, sondern ein kalkulierter Selbstmord.«

Dirk Kemper pfiff leise durch die Zähne und machte ein erstauntes Gesicht.

Frau Fromm hielt sich die Hände vor das Gesicht und weinte. »Hätte ich doch nur eher sein Manuskript gelesen. Ich hätte ihn retten können.« Der Kommissar warf dem Polizisten einen traurigen Blick zu. Da hatte Balthasar seine Mutter auf sehr tragische Weise geprüft, ob sie sein Schreiben ernst genug nahm. Mit diesem Gedanken musste Frau Fromm nun leben.

Herr Fromm blickte erstaunt um sich. Für ihn war das alles neu, das sah man ihm an. »Du hast mir gar nicht erzählt, dass du ein Manuskript von Balthasar erhalten hast. Wann war denn das?«

»Du warst dabei, als unser Junge uns den Datenträger gegeben hat, aber du hast ihm nicht mal richtig zugehört.« Unter Tränen blickte sie ihren Mann nun erbost an, nicht bereit, die ganze Schuld alleine zu tragen.

»Wo hatten Sie die Waffe her, und wie genau ist der Montagabend, an dem Mischa starb, denn nun verlaufen?« Schmitt bat Dirk Kemper mit einem kurzen Handzeichen, sich Notizen zu machen.

»Tina Dessel rief mich um etwa sieben Uhr am Abend an und erzählte mir, dass sie womöglich den Mörder von Balthasar gesehen habe. Er stand kurz vor dem tödlichen Schuss draußen an der Straße. Sie wollte mich, so glaube ich, trösten und fragte aber auch, ob es sein könnte, dass mein Sohn an dem Abend mit jemandem verabredet gewesen sei. Sie wolle am nächsten Morgen mit dem Kommissar sprechen, hat sie erzählt. Nach dem Gespräch war ich so aufgewühlt, unruhig und hatte Sorge, dass die Frau es sich anders überlegte.

Sie schien so unsicher zu sein, ob sie wirklich den Mörder gesehen hatte oder nur einen harmlosen Passanten. Doch ich wusste, es war der Mörder. Der Treffpunkt stand ja im Manuskript. Und dort stand auch, dass der Mann, den man den kalten Russen nannte, zustimmte, mit dem Autor zusammen ein Pferd zu klauen. Er kannte angeblich einen reichen Russen in der Heimat, der gerne ein westfälisches Pferd in seiner Zucht haben wollte. Also fuhr ich los. Ich hatte vier Gläser Wein getrunken, aber das war mir egal. Mein Mann war unterwegs und hätte mich nicht fahren können, ein Taxi dauerte mir zu lange. Als ich vor ihrem Haus hielt, ich hatte die Adresse im Internet herausgesucht, stand die Haustür einen Spalt offen. Ich ging hinein und fand dort eine Waffe auf dem Fußboden. Sie muss dem Russen im Kampf mit Tina aus der Tasche oder dem Hosenbund gefallen sein. Aus der Küche kamen Geräusche, und als ich mich vorsichtig näherte, sah ich, wie der Mann ein Messer in der Hand hielt und sich zu Tina wandte, die gerade erst gegen die Schranktür gefallen sein musste. Sie sank jedenfalls bewusstlos zusammen. Da habe ich geschossen.« Erschöpft sank Frau Fromm an die Lehne des Sofas und schloss die Augen. Dann sprach sie leise weiter. »Es war zunächst ein verdammt guter Triumph. Ich hatte den Mörder meines Sohnes mit seiner eigenen Waffe erschossen. Voll mit Adrenalin fuhr ich nach Hause. Aber ich irrte mich. So wie jeder Mensch, der glaubte, Rache sei die einzige Lösung für das Gefühl der Leere oder der Wut. Danach ist noch mehr Leere. Die Erkenntnis, dass Rache nichts repariert oder wieder lebendig macht, ist furchtbar. Vielleicht hätte ich mich doch besser erschießen lassen sollen. Es tut mir leid.«

Dirk Kemper saß in Ellas Wohnung in der gemütlichen Küche, als er sah, dass sein Handy munter auf der Tischplatte vibrierte. »Kemper hier, hallo Chef. Was gibt es?«

Zunächst war nur ein Schnaufen, dann tiefes Ein- und Ausatmen zu hören. Zögernd erklang die Stimme des Kommissars: »Kemper, ich brauche Sie hier. Dringend. Ich habe bereits mit Ihrer Dienststelle gesprochen.« Es folgte erneut ein schweres Atmen. »Ist das okay für Sie? Können Sie noch eine kleine Zeit bei mir in Warendorf bleiben?«

Dirk Kemper grinste breit, was der Kommissar nicht sehen konnte. Denn nichts tat der junge Mann lieber, als mit Schmitt auf Mörderjagd zu gehen. »Natürlich. Ich bin Ihr ergebener Diener. Aber was ist denn passiert? Ist schon wieder ein Pferd aus dem Landgestüt verschwunden?«

»Schlimmer, Kemper, viel schlimmer. In Telgte ist ein Mann tot aufgefunden worden. Wahrscheinlich wurde er von einem Wildschwein getötet.« Bei dem Wort Wildschwein zitterte die Stimme des Kommissars deutlich, denn der würde lieber eine Horde Psychopathen jagen, als sich in die Wälder des Münsterlandes zu begeben, um nach einem solchen Urvieh wie einem Wildschwein zu suchen.

Sabine Gronover

WÖLFE IM MÜNSTERLAND

Taschenbuch, 360 Seiten
ISBN 978-3-95441-430-7
13,00 EURO

Wenn die Angst durchs Land schleicht ...

Der Fund einer toten Ziege verstört die Bewohner des beschaulichen Ortes Oelde im Münsterland. Der Wolf ist zurückgekehrt! Mirela Schulze Brinkhoff, die alte Mutter eines Großgrundbesitzers, prophezeit, dass mit dem Wolf auch das Unglück Einzug hält, und es sieht so aus, als würde die gebürtige Rumänin mit ihren Befürchtungen Recht behalten.

Ihre Schwiegertochter wird tot auf der Pferdeweide gefunden, mit zerbissener Kehle. Sie hatte in der Nacht nach dem Wolf Ausschau gehalten. Die Untersuchungen ergeben jedoch, dass sie vor den Bissen erschlagen wurde. Allen wird klar, dass ein gewissenloser Mörder in Oelde sein Unwesen treibt.

Die Stadt steht kopf, die Eltern der Kinder des Waldkindergartens verbreiten Panik, der Bürgermeister mahnt zur Ruhe. Kommissar Schmitt und der junge Polizist Dirk Kemper ermitteln unter Hochdruck. Dabei fühlt sich Schmitt nicht einmal sonderlich geeignet für die Ermittlungen rund um den Wolf, denn er hat eine ausgesprochene Angst vor jedem Tier, das größer ist als ein Beagle.

»Wir sagen: Kaufen Sie sich das Buch und entdecken Sie eine aufregend gewobene Geschichte.« (Antenne Münster zu »Todgeweiht im Münsterland«)

Sabine Gronover

MAXIPARK

Taschenbuch, 344 Seiten
ISBN 978-3-95441-697-4
15,00 EURO

Tierische Mordermittlung

Auf dem Mittelaltermarkt im Maximilianpark in Hamm wird der Waffenschmied Erik tot aufgefunden, erschlagen mit einer seiner Äxte. Die markerschütternden Schreie des Esels, der an ein Bein des Mordopfers gebunden wurde, schallen über das Gelände, der monumentale Glaselefant ragt als stummer Zeuge des grausamen Geschehens in die Höhe …

Dieser Fall scheint wieder einmal wie geschaffen, um dem tierphobischen Kommissar Horst Schmitt die Freude am Ermitteln zu verleiden. Zusammen mit seinem Kollegen Kemper bezieht er ein Zelt, um rund um die Uhr am Ort des Geschehens zu sein, doch was vordergründig nach munterem Lagerleben und Alkohol im Dienst klingt, wird schon bald gefährlicher Ernst …

»Weil es alles hat, was in einen Krimi gehört:
einen interessanten Mordfall, spleenige Charaktere,
ein wenig amouröse Verwicklungen, Überraschungsmomente
und sympathische Ermittler. Und weil man sich dem Charme
der westfälischen Landbevölkerung eigentlich nicht entziehen kann …«

(Leserkanone.de zu »Falkenmord«)

Christoph Güsken

LIES MIR DAS BUCH VOM TOD

Taschenbuch, 368 Seiten
ISBN 978-3-95441-700-1
15,00 EURO

Lesen und sterben in Münster

Beim neuen Festival »Münster liest« soll die Stadt zur Heimat des Buchs werden, doch die ungetrübte Lesefreude wird jäh gestört, als in einer Kriminalroman-Ausstellung im neuen Landesmuseum eine Leiche gefunden wird.

Exhauptkommissar de Jong macht um Mordfälle eigentlich einen großen Bogen, aber dass der Tote sein Freund Ollie Frings war, lässt ihm keine Ruhe. Gibt es womöglich einen Zusammenhang mit dem Büchertalk »Menetekel«, den Ollie vor seinem Tod moderiert hat?

Während die Kripo hektisch ermittelt, führt die Spurensuche de Jong in die Vergangenheit, zum sogenannten »Mundharmonika«-Mord am Berg Fidel, seinem ersten Kriminalfall, der in den Neunzigern nicht aufgeklärt wurde ...

»Schräge Situationen und jede Menge Wortwitz«
(Münsterland Magazin zu »Ganz miese Gesellschaft«)

»Ich empfehle diesen Krimi münsterbegeisterten Literaturliebhabern.«
(Alles Münster Onlinemagazin zu »Der dunkle Lord von Münster«)

Henrike Jütting

HAFENTOD

Taschenbuch, 320 Seiten
ISBN 978-3-95441-723-0
15,00 EURO

Die langen Schatten der Vergangenheit ...

Im Jahr 1986 wird der angesehene Münsteraner Arzt Dr. Fred Neuhaus erschlagen in seinem Schwimmbad aufgefunden. Am Beckenrand hockt seine verstörte Ehefrau und gesteht die furchtbare Tat.

Fast vierzig Jahre später entdeckt die Kommissarin Katharina Klein einen Toten in der Nähe des Hafen-beckens von Münster. Es handelt sich um Arndt Neuhaus, den inzwischen 54-jährigen Sohn des Arztes. Auch er ist Opfer eines Gewaltverbrechens geworden.

Zusammen mit ihrer Kollegin Eva Mertens gelangt Katharina zu der Überzeugung, dass der gegenwärtige Fall nur aufgeklärt werden kann, wenn das schreckliche Ereignis von damals neu aufgerollt wird.

»... kurzweilige Unterhaltung«
(Westfälische Nachrichten zu »Mord im Kreuzviertel«)

»Wäre Agatha Christie Münsteranerin gewesen – sie hätte diese Geschichte kaum besser erzählen können.«
(AllesMünster.de zu »Mord im Kreuzviertel«)

Joachim H. Peters

ON THE ROAD TO DINGSBUMS

Taschenbuch, 312 Seiten
ISBN 978-3-95441-698-1
15,00 EURO

Gauner, Rentner und ein Hund ...
Ein mordsmäßig abgefahrener Road-Trip Ü70

Für Mischa wird es eng, denn der Boss einer Spielhallenkette hat ihm zwei Geldeintreiber auf den Hals gehetzt. Ein alter VW-Bus, der mit laufendem Motor vor dem Seniorenheim in Bielefeld steht, ist seine einzige Chance. Mischa rast los ...

... und merkt zu spät, dass die Altenpflegerin Alina sowie sechs Senioren mit an Bord sind, die zu einer Reise nach Brandenburg aufbrechen wollten: ein Buchhändler, eine Ärztin, ein Oberfinanzsekretär, eine Autohausbesitzerin, ein Amtsrichter und die Schauspielerin Lucy, die sich für einen internationalen Filmstar hält und am liebsten Sterbeszenen spielt.

Mischa gibt sich als Fahrer aus, und seine Passagiere ahnen nichts von den Verfolgern. Und auch nicht, dass der Betreiber des Seniorenheims bankrott ist und sie in Wirklichkeit nach Polen abschieben will. Als wäre das alles nicht schon kompliziert genug, schleppt Lucy auch noch einen ausgesetzten Hund an. Unterwegs lauern Gefahren und Glücksmomente, Autopannen und Abschiede. Für alle wird es die abenteuerlichste Reise ihres langen Lebens.

»*Ein Roman voll Herz und Hoffnung! Manchmal sind die besten Geschichten jene, die unser Herz berühren, unsere Hoffnung nähren und uns bis zur letzten Seite in Spannung halten.*«

(Sky du Mont, Schauspieler und Autor)